Isabel Stern

Schreie im Schatten

- Die Saat der Rache -

Autorin, Isabel Stern, geboren 1979, lebt seit über zwanzig Jahren in Berlin und hat dort ihre Leidenschaft für das Schreiben entdeckt. Neben ihrer Tätigkeit als Autorin engagiert sie sich in einer Hilfsorganisation, wo sie Menschen in schweren Lebenslagen unterstützt –
eine Arbeit, die sie inspiriert und ihr Gespür für menschliche Abgründe schärft. In ihren Thrillern verbindet Isabel spannende Plots mit tiefgründigen Charakteren, die ebenso komplex wie authentisch sind. Abseits des Schreibens liebt sie es, neue Ideen zu entwickeln, mit Freunden Zeit zu verbringen und im Alltag kleine Geschichten zu entdecken, die oft der Anfang für ein neues Buch sind.

© 2025 Isabel Stern
Verlag: BoD · Books on Demand GmbH,
In de Tarpen 42, 22848 Norderstedt, bod@bod.de
Druck: Libri Plureos GmbH,
Friedensallee 273, 22763 Hamburg
ISBN: 978-3-7693-5461-4

Buch

In einem alten Berliner Altbau führen sieben junge Nachbarn ein scheinbar idyllisches Leben. Sie teilen Lachen, Rituale und eine tiefe Freundschaft – doch hinter der Fassade lauert etwas Dunkles. Vor zwanzig Jahren war dieses Haus ein Ort des Grauens. Drei Kinder wurden hier gefangen gehalten, gequält und ihrer Kindheit beraubt. Die Narben dieser Zeit haben sie nie verlassen, die Schatten ihrer Vergangenheit sind nie wirklich verschwunden. Nun, da das Haus neue Bewohner hat, regt sich das Böse erneut. Alles beginnt mit harmlos wirkenden Nachrichten, die auf den Handys der Nachbarn auftauchen. Zunächst reagieren die sieben Freunde mit Spott und Humor – ein schlechter Scherz, ein Zufall, nichts weiter. Doch die Nachrichten hören nicht auf. Sie werden persönlicher, bedrohlicher. Schon bald wird klar: Jemand zieht die Fäden, jemand spielt mit ihnen. Ein perfides, gnadenloses Spiel, dessen Regeln sie nicht kennen. Was anfangs belanglos scheint, wird zu einem Albtraum, der sie an ihre Grenzen treibt. Doch anstatt sich der Angst zu beugen, stellen sie sich der wachsenden Bedrohung – gemeinsam. Für die drei Kinder von damals geht es um mehr als nur einen Kampf – es ist die Abrechnung mit den Dämonen, die sie seit zwanzig Jahren verfolgen. Doch die Dunkelheit, die in den Wänden dieses Hauses lauert, wird sich nicht ohne Widerstand vertreiben lassen. Wie weit würdest du gehen, um die Wahrheit ans Licht zu bringen? Manche Albträume enden nie. Manche Wunden reißen immer tiefer auf. Und manche Monster kehren zurück, wenn du glaubst, sie längst besiegt zu haben.

"In den Schatten alter Mauern flüstert die Vergangenheit – ein leises, grausames Lied, das Seelen zerreißt und Monster weckt, wenn die Dunkelheit bereit ist, alles zu verschlingen."

Tagebucheintrag - Melanie, 9 Jahre alt
Datum unbekannt
Ich weiß nicht, welchen Tag wir heute haben. Es fühlt sich an, als wäre hier unten keine Zeit mehr. Die Wände sind so kalt, und ich höre sie immer noch schreien, auch wenn sie längst aufge-hört haben. Finn sagt, ich soll still sein, sonst kommt er wieder. Aber wie kann man still sein, wenn man solche Angst hat? Leo hat mich heute angelächelt, glaube ich. Zum ersten Mal seit Tagen. Oder sind es Wochen? Sein Gesicht sieht so blass aus, seine Augen ganz leer. Finn redet kaum noch, er starrt nur in die Dunkel-heit, als ob er jemanden se-hen würde, den wir nicht sehen können. Ich will sie beide nicht al-lein lassen, aber ich weiß nicht, wie lange ich das noch aushalte. Ich höre seine Schritte. Er kommt immer dann, wenn die Stille schwer wird, wie ein Schatten, der sich lautlos nähert. Ich verachte ihn. Und Klaus. Sie sind die Mons-ter, die dieses Haus vergiften. Finn sagt, wir müssen durchhalten, doch in mir wächst die Dunkelheit, und ich weiß nicht, wie lange ich noch stark bleiben kann. Falls jemand das hier jemals findet: Bitte vergiss uns nicht.

„Unheilvolle Nachrichten"

Die Morgensonne tauchte den Balkon von Hannahs Wohnung in warmes, goldenes Licht. Es war einer dieser perfekten Junitage in Berlin, an denen der Himmel in einem klaren Blau strahlte und die Luft frisch und nach Sommer roch. Hannah lehnte sich entspannt an das schmiedeeiserne Geländer und ließ ihren Blick über die grünen Baumkronen schweifen, die sich sanft im Wind wiegten. Von hier oben, im dritten Stock ihres Altbauhauses in dem Berliner Bezirk Treptow, hatte sie einen wunderbaren Blick auf das ruhige Viertel. Die Spree war nur einen kurzen Spaziergang entfernt, und irgendwo in der Ferne konnte sie das leise Plätschern des Wassers erahnen. Endlich Urlaub. Zwei Wochen lang keine Frühschichten in der Psychiatrie, keine hektischen Übergaben, keine schwerwiegenden Gespräche mit Patienten oder deren Angehörigen. Als Pflegerin in einer psychiatrischen Klinik war Hannah oft körperlich und emotional an ihre Grenzen gestoßen. Jetzt konnte sie endlich durchatmen. Mit einer dampfenden Tasse Kaffee in der Hand atmete sie tief ein und schloss für einen Moment die Augen. Das hier war Glück, davon war sie überzeugt. Einfach nur dastehen, den Morgen genießen und wissen, dass der Tag noch komplett vor ihr lag. Hannahs Wohnung war gemütlich und mit Liebe eingerichtet. Pflanzen, Bilderrahmen und selbstgesammelte Fundstücke aus Flohmärkten zierten die Räume. Ihre Balkontür stand weit offen, und durch die Wohnung zog eine leichte Brise, die die weißen Gardinen sanft tanzen ließ. Ein leichtes Lächeln spielte um ihre Lippen, während sie ihren Kaffee nippte. Ja, heute würde sie sich nichts vornehmen. Einfach nur den Tag genießen und vielleicht später an der Spree entlangspazieren. Ein dumpfes Geräusch von unten im Haus ließ sie kurz aufhorchen. Doch die Ruhe kehrte sofort zurück, und Hannah zuckte mit den Schultern. Wahrscheinlich hatte jemand aus der WG wieder versucht, mit zu viel Schwung die Haustür zu schließen. Sie nahm einen weiteren

Schluck Kaffee und beschloss, sich davon nicht stören zu lassen. Stattdessen zog sie sich an, schnappte sich ihre Tasche und machte sich auf den Weg zur Bäckerei Blume um die Ecke. An ihrem ersten Urlaubstag wollte sie sich einen Cappuccino und ein frisches Croissant gönnen, draußen im kleinen Außenbereich der Bäckerei sitzen, ein Buch aufschlagen und einfach entspannen. Und natürlich wollte sie Iris, der Besitzerin der Bäckerei, kurz Hallo sagen. Iris war eine immer gutgelaunte ältere Frau mit einer positiven Ausstrahlung, die jedem Kunden das Gefühl gab, willkommen zu sein. Der Tag war zu schön, um sich Gedanken zu machen Hannah schloss die Wohnungstür leise hinter sich und lief die knarrenden Holzstufen nach unten. Wie jeden Morgen beschloss sie, die kritischen Blicke der antiken Treppe zu ignorieren, die bei jedem Schritt protestierend ächzte. Kaum hatte Hannah die erste Etage erreicht, öffnete sich die Tür von Uwe Möller einen Spalt breit, als hätte er genau auf ihre Schritte gewartet. Sein Kopf tauchte im Türrahmen auf, die schiefe Brille auf seiner Nase glitzerte im schwachen Licht. Es war wie ein Markenzeichen – dieser winzige Makel, der ihn auf seltsame Weise menschlich und vertraut machte. „Guten Morgen, Hannah! Schon früh unterwegs, was?" Seine Stimme klang freundlich, fast zu freundlich. „Guten Morgen, Herr Möller! Ja, ich gönne mir einen Cappuccino bei Iris – mein erster Urlaubstag. Das muss gefeiert werden!" erwiderte sie mit einem Lächeln, obwohl sie innerlich kurz den Atem anhielt. Er schob seine Brille zurecht und lächelte zurück, ein Lächeln, das irgendwo zwischen herzlich und forsch pendelte. „So gehört sich das. Urlaub sollte man genießen, wie einen guten Wein – nicht hektisch hinunterkippen, sondern langsam auskosten." Hannah lachte höflich. „Da haben Sie recht. Und, haben Sie heute Morgen schon Ihre Beatles aufgelegt?" fragte sie, in dem Versuch, das Gespräch locker zu halten. „Aber natürlich," antwortete er mit einem Zwinkern. „,Here Comes the Sun'. Passt doch hervorragend zu so einem Morgen, finden Sie nicht?" Seine Stimme war warm, aber da war etwas in seinem Blick – ein Funkeln, das sie nicht deuten konnte. „Perfekte Wahl," stimmte sie zu, während sie sich instinktiv eine Haarsträhne hinter das Ohr strich. Sie mochte die Beatles, aber diese Unterhaltung hatte etwas Mechanisches, fast als würde sie in eine Rolle gedrängt. „Na, dann will ich Sie nicht aufhalten. Grüßen Sie Iris von mir und genießen Sie Ihren Cappuccino!" Er tippte sich mit dem Finger an die Brille, eine kleine, eigenartige Geste, bevor er die Tür langsam wieder schloss. „Mache ich. Einen schönen Tag noch, Herr Möller," sagte Hannah und wartete, bis die Tür endgültig ins Schloss gefallen war. Erst dann setzte sie ihren Weg fort, spürte aber, wie sich ein leichter Schauer über ihren Rücken legte. Es war nicht das erste Mal, dass sie diese seltsame Unruhe in seiner Nähe gespürt hatte. Herr Möller war charmant, fast zu charmant – und immer präsent. Er schien jede Bewegung im Treppenhaus wahrzunehmen, als würde er in seiner Wohnung nur darauf warten, dass jemand vorbeikam. Seine Freundlichkeit hatte eine leise, ungreifbare Schärfe, wie ein Messer, das verborgen unter einem samtigen Tuch lag. Hannah schüttelte den Kopf, um den Gedanken loszuwerden. Herr Möller war ein älterer Mann, ein Nachbar wie viele andere. Und doch... irgendetwas an ihm ließ sie nie ganz los. Ohne weiter zu zögern, öffnete sie die Haustür und trat hinaus in die milde Morgenluft. Sie atmete tief ein, und das Unbehagen, das sie kurz zuvor bei Herrn Möller verspürt hatte, löste sich auf, als hätte es nie existiert. Auf dem Weg zur Bäckerei Blume drang die Sonne nur zögernd durch die dichten Baumkronen, ihr Licht tanzte in flackernden Mustern auf dem Boden. Die Vögel lieferten sich ein beinahe übertriebenes Konzert, das den Morgen lauter machte, als er sein sollte. Jeder Schritt auf dem Kiesweg fühlte sich an wie ein Moment der Flucht – ein kurzer, friedlicher Augenblick, der wie ein winziger Urlaub wirkte, fern von allem, was sonst auf sie wartete. Die Glocke über der Tür der Bäckerei gab ein helles Klingeln von sich, als Hannah eintrat. Der Duft von frischem Gebäck und starkem Kaffee schlug ihr entgegen, schwer und einladend zugleich, wie eine vertraute Umarmung. Hinter der Theke stand Iris, ihre blaue Schürze wie immer makellos, ein warmes Lächeln auf den Lippen. Sie hob die Hand, als sie Hannah entdeckte. „Hannah, Urlaub, richtig? Der perfekte Morgen für so etwas!" rief Iris fröhlich. „Absolut richtig. Ein Cappuccino, ein Croissant – und bitte einen Platz in der Sonne!" antwortete Hannah, ein Hauch von Erleichterung in ihrer Stimme. „Das lässt sich einrichten. Setz dich, ich bring dir alles." Mit einem Zwinkern verschwand Iris hinter der Kaffeemaschine, die ein leises Fauchen von sich gab, als würde sie die Vorfreude auf den Cappuccino teilen. Hannah trat hinaus in den kleinen Außenbereich und ließ sich an einem der Tische nieder. Die Sonne kitzelte ihre Haut, während sie ihr Buch aufschlug. Um sie herum klang das dezente Klirren von Tassen, untermalt vom gleichmäßigen Brummen der Stadt.

Die Hektik der letzten Wochen fiel von ihr ab wie ein zu enger Mantel, der endlich abgelegt werden durfte. Der Cappuccino dampfte verlockend, und das Croissant vor ihr strahlte in perfektem Goldbraun, als würde es um ihre Aufmerksamkeit wetteifern. Hannah lehnte sich zurück, ließ den Moment auf sich wirken, und ein zufriedenes Seufzen entkam ihr. Sie legte die Beine lässig auf den freien Stuhl gegenüber und erlaubte sich ein leises Lächeln. Ja, genau so hatte sie sich diesen Urlaub vorgestellt – und genau so durfte es weitergehen.! Gerade als sie den ersten Schluck Cappuccino nahm und das samtige Milchschaumbartgefühl auf ihrer Oberlippe genoss, vibrierte ihr Smartphone auf dem Tisch. „Echt jetzt?", murmelte sie und zog das Handy zu sich heran. Eine SMS.

„39ksld3@!NACh0##skdls?//q8p9_Bar - Hannah runzelte die Stirn und las die Nachricht noch einmal. Vielleicht war sie ja verschlüsselt? Eine Geheimbotschaft? Ein Hilferuf aus einer Parallelwelt? Oder – realistischer – ein gelangweilter Teenager, der ein paar zufällige Tasten gedrückt hatte. „Ach komm schon", sagte sie zu sich selbst und zog die Augenbrauen hoch. „Nicht in meinem Urlaub!" Sie drückte mit theatralischer Entschlossenheit auf Blockieren und legte das Handy wieder auf den Tisch. „Gelangweilter Teenager, Spam-Bot, Egal. Ich lasse mir meinen ersten Urlaubstag nicht verderben." Sie nahm einen weiteren Schluck Cappuccino und biss genüsslich in ihr Croissant, wobei sie ein paar Krümel auf ihrem Kleid verteilte. „Sehr elegant, Hannah. Sehr elegant." Ein leichter Wind wehte über die Terrasse, und sie blätterte entspannt in ihrem Buch. Kein Stress. Keine Sorgen. Nur Croissants und Cappuccino. Doch ein kleiner Gedanke nagte an ihr: Was, wenn es doch etwas Wichtiges gewesen war? Vielleicht ein geheimes Zeichen von einer Untergrundorganisation? Oder eine Warnung vor einem Alien-Angriff? „Hör auf, Hannah. Du schaust eindeutig zu viele Thriller, " murmelte sie und zwang sich, den Blick wieder auf die Buchseiten zu richten. Iris kam mit einem freundlichen Lächeln aus der Bäckerei und stellte ihr einen zweiten Cappuccino hin. „Gönn dir, Hannah. Urlaub ist schließlich Urlaub!" „Danke, Iris. Du bist die Beste." Iris zwinkerte ihr zu und verschwand wieder im Inneren des Ladens. Hannah lehnte sich zurück, schloss für einen Moment die Augen und hörte das leise Klappern von Geschirr und das Gemurmel anderer Gäste. Alles gut. Nichts kann diesen Urlaub ruinieren. Oder?

Hannah hatte gerade die perfekte Stelle in ihrem Buch gefunden – die Hauptfigur stand kurz davor, ein Geheimnis zu lüften – als sie plötzlich von einem lauten, vertrauten Ruf aus ihren Gedanken gerissen wurde: „Haaaannah!" Sie hob den Kopf und sah Mustafa, Moritz und Johannes auf sie zukommen. Mustafa, der selbst mit zwei Einkaufstaschen in den Händen noch so lässig aussah, als wäre er gerade einem Werbeplakat für Studentenmode entsprungen. Moritz, mit seinem wilden Lockenkopf und dem ewigen „Ich habe die letzte Nacht nicht geschlafen"-Blick. Und Johannes, der stets so aussah, als wäre er auf dem Weg zu einem Vorstellungsgespräch – inklusive Hemd und makelloser Frisur. „Na, Urlauberin! Du wirkst ja fast so entspannt wie eine Katze in einem Sonnenstrahl.!" rief Mustafa und grinste breit. „Morgen, Jungs! Wo führt euch der Weg hin? Bibliothek? Anatomie-Seminar? Der nächste OP-Saal?" fragte Hannah grinsend. „Einkaufen", seufzte Moritz und hob demonstrativ seine Einkaufsliste in die Luft. „Das Studentenleben besteht eben nicht nur aus Koffein und Prüfungsstress. Ab und zu braucht man auch… Brot." „Und Klopapier", ergänzte Johannes trocken. „Und sehr wichtig: Schokolade!" fügte Mustafa hinzu und nickte dabei so ernst, als ginge es um eine lebensrettende Operation. „Ihr seid wirklich die drei Musketiere des WG-Lebens", sagte Hannah schmunzelnd und klopfte auf den freien Stuhl neben sich. „Setzt euch, ihr habt euch eine Pause verdient." Keine zwei Sekunden später saßen die drei Jungs bereits auf den freien Stühlen, als wären sie mit Sekundenkleber daran festgeklebt. Moritz klaute sich ein Stück von Hannahs Croissant, während Johannes sich daran machte, seine Einkaufsliste akribisch neu zu sortieren. „Dieses Wochenende ist Lernen angesagt", erklärte

Mustafa mit einem dramatischen Seufzen. „Moritz muss sich durch die Neuroanatomie kämpfen, Johannes lernt für seine nächste mündliche Prüfung, und ich… naja, ich werde dafür sorgen, dass die WG nicht abbrennt." „Ehrlicher wäre zu sagen: Du lernst fünf Minuten und scrollst dann zwei Stunden auf Instagram, " murmelte Johannes ohne von seiner Liste aufzublicken. „Fake News!" Mustafa hob entrüstet die Hände. Hannah grinste breit und nippte an ihrem Cappuccino. Sie mochte die drei. Ihre Gespräche waren immer eine Mischung aus Halbwissen, echtem Wissen und einer guten Portion Selbstironie. Außerdem hatte sie festgestellt, dass das Zusammenleben der drei weniger eine geordnete Wohngemeinschaft als vielmehr eine Mischung aus Reality-Show und chaotischem Versuchslabor war. „Eigentlich ist es doch nett bei uns im Haus, oder?" sagte sie plötzlich und schaute nachdenklich in die Runde. „Alle verstehen sich, man grüßt sich, man leiht sich Zucker oder… Aspirin nach langen Nächten." „Das stimmt," nickte Moritz. „Fast wie eine große WG, nur dass jeder seine eigene Küche hat." „Und keine von uns explodiert ist… bisher", fügte Johannes hinzu und zwinkerte. „Wir sollten mal ein Haus Fest machen", schlug Mustafa vor und stieß mit seinem imaginären Cappuccino-Glas gegen Hannahs Tasse. „Alle zusammen. Hannah, Patrick, Sina, David von oben, und natürlich Iris mit ihren magischen Croissants." „Oh ja, Herr Möller wird begeistert sein, wenn er seine Beatles-Platten gegen unsere Spotify-Playlist antreten lassen muss, " sagte Hannah und lachte. Die Gruppe blieb noch eine Weile sitzen, plauderte über das Studium, WG-Chaos und die neuesten Skandale aus der Welt der Medizin. Iris schaute zwischendurch kurz vorbei, brachte noch einen Cappuccino für die Jungs und kommentierte trocken: „Wenn ihr meine Stühle kaputtwippt, müsst ihr sie ersetzen, klar?" „Versprochen, Iris!" rief Mustafa mit seiner charmantesten Stimme. Hannah lehnte sich zurück, lauschte dem Geplapper und dachte zufrieden: So fühlt sich Urlaub an. Kein Stress, nur Cappuccino, Croissants und ein bisschen WG-Chaos in freier Wildbahn. Hannahs Blick glitt über die Jungs, während sie in ihren Cappuccino nippte. Die Atmosphäre war entspannt, der Morgen warm, und die Gespräche drehten sich um belanglose, aber schöne Dinge. Doch dann passierte es. Fast zeitgleich vibrierte es in drei Hosentaschen und auf Hannahs Tisch. Mustafa zog sein Handy heraus, Moritz fummelte aus seiner Hoodie-Tasche das Smartphone hervor, und Johannes sah aus, als hätte ihn jemand mitten in einer Herz-OP gestört. Hannahs Handy vibrierte noch einmal kurz nach, als ob es auch noch einmal Hallo sagen wollte. „Was zur…?", murmelte Moritz und entsperrte sein Handy. „Ich hab auch eine SMS bekommen", sagte Johannes mit einem Stirnrunzeln. Hannahs Magen zog sich leicht zusammen. „Moment… eine SMS? Ihr auch?" Drei nickende Köpfe. Vier Paar Augen starrten auf ihre Displays. Die Nachrichten sahen alle ähnlich aus „39kslN@!lp0##sNachbdls?//q8p9_" wirre Zeichen, Zahlen und Symbole, als hätte jemand mit dem Kopf auf einer Tastatur geschlafen. „Das… das ist doch totaler Quatsch", sagte Johannes langsam. „Vielleicht ein technischer Fehler?" murmelte Moritz und rieb sich die Stirn. Hannahs Handy lag noch entsperrt auf dem Tisch, die Zahlen und Zeichen leuchteten ihr entgegen. „Ich… ich habe vorhin auch so eine Nachricht bekommen. Von einer anonymen Nummer. Ich dachte, es wäre einfach nur Spam." Für einen Moment herrschte Stille. Die Geräusche der Stadt verschwammen in den Hintergrund. Selbst Iris, die gerade einer Kundin ein Baguette einpackte, schien weit weg zu sein. „Okay, das ist seltsam", sagte Moritz schließlich. Hannah fühlte, wie ihre Schultern sich verkrampften. Ihr Urlaub. Ihr perfekter, entspannter Urlaub. Das hier fühlte sich nach… nach irgendetwas anderem an. Etwas, das sie nicht wollte. „Ach, Leute! Kommt schon!" Mustafa lehnte sich zurück, hob seine Hände in einer theatralischen Geste und setzte sein breitestes Grinsen auf. „Das ist Spam. Irgendein gelangweilter Hacker-Nerd hat sich in die SMS-Server eingeklinkt und schickt jetzt jedem in Berlin irgendeinen Unsinn. Vielleicht ist es auch ein Marketing-Gag. Wer weiß, vielleicht kommt gleich die nächste Nachricht: ‚Kaufen Sie jetzt das brandneue Cyber-Toastbrot 3000! '" Moritz schnaubte, Johannes schmunzelte kurz, aber Hannah konnte nicht wirklich lachen. Ihr Blick blieb auf der seltsamen Nachricht hängen. „Es ist trotzdem komisch…" murmelte sie, mehr zu sich selbst als zu den anderen. „Ja, seltsam ist es schon, " sagte Johannes nachdenklich. „Aber Mustafa könnte recht haben. Vielleicht ist es wirklich nur Spam. Wer würde sich denn die Mühe machen, uns vieren solche Nachrichten zu schicken?" „Genau!" Mustafa schnippte mit den Fingern. „Wir sind wichtig, aber nicht so wichtig." Hannah atmete tief durch. Nicht in meinem Urlaub. Nicht heute. Nicht jetzt. „Leute, ehrlich gesagt... ich will mich damit nicht beschäftigen. Ich habe Urlaub. Ich will Cappuccino trinken, Croissants essen und in Ruhe mein Buch lesen. Soll die anonyme Nummer doch vor sich hin texten. Ist mir egal." Sie nahm ihr Handy und drückte entschieden auf Blockieren. Dann schob sie es demonstrativ zurück in ihre Tasche. „Und damit ist das Thema für mich erledigt." Mustafa hob die Hände. „Jawohl, Chefin! Zurück zu den wichtigen Dingen: Wie isst man ein Croissant, ohne danach auszusehen, als hätte man ein ganzes Sandkornparadies auf sich verteilt?" Johannes seufzte, Moritz schüttelte den Kopf, und Hannah zwang sich zu einem Lächeln. Sie wollte nicht, dass diese seltsame Nachricht ihre Laune ruinierte. Doch tief in ihrem Bauch blieb ein kleiner, kalter Knoten, den sie nicht so einfach ignorieren konnte. Die Sonne schien weiter warm auf die Terrasse, und das Leben um sie herum schien völlig normal. Doch irgendwo, tief in Hannahs Gedanken, schlich sich der Gedanke ein: Was, wenn das doch kein Zufall war?

Sina lehnte sich an das schmiedeeiserne Geländer ihres Balkons und ließ den Blick über die ruhige Straße schweifen. Die alten Bäume spendeten angenehmen Schatten, Vögel zwitscherten irgendwo im Grün, und die Atmosphäre war... friedlich. Fast zu friedlich, wenn sie an ihr altes Leben in Friedrichshain dachte, wo sie rund um die Uhr entweder Techno-Beats oder betrunkene Nachtschwärmer unter ihrem Fenster hatte. Doch leise fragte sich Sina, warum sie eigentlich immer noch so ein mulmiges Gefühl hatte, wenn sie an Friedrichshain dachte. Eigentlich war es ein netter Kiez – Cafés, Straßenmusik, charmante Altbauten. Aber dann war da Olaf. Ihr Exfreund. Hochgradiger Narzisst mit einem Ego, das vermutlich eigene Postleitzahlen hatte. Sie schnaubte leise und klopfte sich selbst auf die Schulter. „Gut gemacht, Sina. Wenigstens einen Dämon hast du erfolgreich aus deinem Leben verbannt." Jetzt fühlte sie sich befreit. Baumschulenweg – ein idyllischer Fleck im grünen Gürtel Berlins, der trotzdem erstaunlich zentral liegt. Der Name klingt zwar mehr nach einer Seitenstraße, in der man sich hoffnungslos verfahren hat, aber nein, es ist tatsächlich ein ganzer Bezirk. Ein kleiner Geheimtipp, den die Touristen offenbar übersehen haben – oder bewusst meiden, weil hier keine Souvenirshops mit „I ♥ Berlin"-Tassen an jeder Ecke stehen. Warum sich die Besuchermassen lieber in Berlin-Mitte stapeln, bleibt ein Rätsel. Vielleicht mögen sie ja den besonderen Nervenkitzel, ständig von einem E-Roller überfahren zu werden. Baumschulenweg hingegen? Ein ruhiges, charmantes Stück Berlin, das seinen Bewohnern ein echtes Zuhause bietet – und Sina gefiel dieser Gedanke. Drei Wochen wohnte sie jetzt hier, im schönen Altbau in Treptow, direkt neben Hannah. Eine Wohnung, die sie sich mit etwas – sagen wir – kreativem Storytelling bei der Bewerbung gesichert hatte. „Gutbezahlte Bürokauffrau" klang eben besser als „Teilzeit-Bürohilfe mit laufender Umschulung zum Büromanagement". Aber hey, manchmal musste man eben ein bisschen… flexibel mit der Wahrheit umgehen. „In dieser Stadt kriegt man sonst doch nie eine Wohnung", murmelte sie zu sich selbst und zuckte mit den Schultern. Ihre alten WG-Freundinnen waren immer noch auf der Jagd nach einer bezahlbaren Bleibe, während sie hier oben stand und die grüne Idylle um sich herum genoss. Ein leises Lächeln stahl sich auf ihre Lippen. Ja, das war die richtige Entscheidung. Sie zog ihr Handy aus der Tasche und blickte erneut auf die merkwürdige SMS. „39kslN@!lp0##sNachbdls?//q8p9_ " Was soll das denn?" murmelte sie und schob mit einem genervten Seufzen ihren Daumen auf Blockieren. „Spam. Muss Spam sein. Oder irgendein gelangweilter IT-Student, der ein bisschen Chaos stiften will." Damit war das Thema für sie erledigt. Zumindest versuchte sie es sich einzureden. Sie nahm noch einen tiefen Atemzug, genoss die frische Luft und das leichte Rauschen der Blätter. Im Vergleich zu Friedrichshain war das hier wie ein Spa-Aufenthalt. Nicht zu still, nicht zu hektisch – genau das richtige Maß an Stadtleben. Die Spree war nur ein paar Gehminuten entfernt, Cafés mit süßen Terrassen und exzellentem Cappuccino um die Ecke, und sie hatte bereits ein paar Nachbarn kennengelernt. Alles schien perfekt. „Na los, Sina, genug verträumt. Schuhe an und ab an die Spree, " sagte sie zu sich selbst, drehte sich um und ging zurück ins Wohnzimmer. Sie zog ihre weißen Sneakers an, griff nach ihrer Sonnenbrille und war gerade auf dem Weg zur Tür, als ihr Handy erneut vibrierte. Eine neue SMS. Sina blieb stehen. Ihr Herzschlag beschleunigte sich leicht, als sie das Display ansah. „39ksld3@!Na0##chdls?//q8p9bar_"

„Was zur…?" murmelte sie und starrte auf die kryptischen Zeichen. Das war nicht normal. Zwei solcher Nachrichten innerhalb von zwanzig Minuten? Und wieder von einer anonymen Nummer. Sie biss sich auf die Unterlippe, ihre Finger schwebten über dem Blockier-Button. Dann schüttelte sie den Kopf. „Das kann doch nicht sein…". Kurz zögerte sie, dann schob sie das Handy in ihre Tasche. Vielleicht würde ein Spaziergang helfen, ihren Kopf freizubekommen. Sie zog die Tür hinter sich zu, lief die Treppe hinunter und begegnete im Flur Herrn Möller, der mit einem Stapel Schallplatten unter dem Arm seine Wohnungstür aufsperrte. „Na, junge Dame! Schöner Tag heute, nicht wahr?" sagte er freundlich. Sina zwang sich zu einem Lächeln. „Ja, wirklich wunderschön. Perfektes Wetter für einen Spaziergang." Herr Möller nickte zufrieden, während im Hintergrund gedämpfte Beatles-Musik aus seiner Wohnung erklang. Als Sina die Haustür öffnete und hinaustrat, konnte sie Mustafa, Moritz, Johannes und Hannah noch immer draußen vor der Bäckerei sehen. Sie saßen beisammen, sprachen angeregt – und irgendwie hatten alle ihre Handys in der Hand. Ein komisches Gefühl kroch in ihre Magengrube. Vielleicht sollte ich nachher mit Hannah reden…Doch jetzt wollte sie erst einmal ans Wasser. Sie steckte ihre Kopfhörer in die Ohren, schob ihre Sonnenbrille auf die Nase und ließ die Sonne auf ihre Schultern scheinen, während sie zur Spree lief. Alles wird gut. Bestimmt. Moritz schob seinen Stuhl zurück und stand auf. „So, Jungs, genug über geheimnisvolle SMS und Hacker-Theorien philosophiert. Dieses Wochenende steht Neuroanatomie auf dem Plan. Lernen, lernen, lernen!" „Oh nein, das klingt ja nach Spaß pur, " sagte Mustafa trocken und rutschte langsam, fast widerwillig, von seinem Stuhl. „Ich komme mit, " sagte Hannah spontan und griff nach ihrer Tasche. „Ein bisschen Bewegung schadet nicht, und ehrlich gesagt… dieser SMS-Kram geht mir gerade ein bisschen zu sehr in den Kopf. Frische Luft hilft bestimmt." Die Gruppe verabschiedete sich von Iris, die gerade begann, die Tische abzuwischen, und machte sich gemeinsam auf den Weg. Sie bogen in die ruhige, von Bäumen gesäumte Straße ein, und während Mustafa und Johannes sich bereits über Lernpläne stritten („Ich fang mit Herzklappen an! Nein, du fängst mit den Hirnlappen an!"), fiel Hannah etwas auf. Ein Stück vor ihnen lief Sina. Ihre Kopfhörer steckten in den Ohren, und ihr Blick war fest auf ihr Handy gerichtet. Sie lief langsam, fast gedankenverloren, ihre Daumen flogen über das Display, und sie schien völlig in ihre eigene Welt abgetaucht zu sein. „Seht mal da vorne", sagte Hannah leise und zeigte auf Sina. „Sieht aus, als wäre sie auch gerade… na ja, beschäftigt mit ihrem Handy." Moritz hob eine Augenbraue und grinste. „Ach komm, Hannah. Das ist Berlin. Die Hälfte der Leute hier starrt den ganzen Tag auf ihr Handy. Wahrscheinlich liked sie gerade ein Avocado-Toast-Bild oder sucht nach der nächsten Yoga-Session." „Vielleicht aber auch nicht", entgegnete Hannah und schob die Hände in ihre Jackentaschen. „Was, wenn sie auch so eine Nachricht bekommen hat?" Moritz zuckte mit den Schultern, sein Grinsen verblasste leicht. „Ja… eigentlich ist das nicht mal so unwahrscheinlich. Wenn wir vier schon solche SMS bekommen haben, dann vielleicht auch andere." „Kommt, wir fragen sie einfach mal", schlug Hannah vor und beschleunigte ihre Schritte. Mustafa und Johannes folgten, während Moritz noch kurz stehen blieb, die Stirn runzelte und in Gedanken versunken murmelte: „Was, wenn das kein Zufall ist?" Die Gruppe holte Sina rasch ein. Hannah tippte ihr leicht auf die Schulter, und Sina zuckte erschrocken zusammen. Ihre Kopfhörer fielen halb aus ihren Ohren, und sie schaute überrascht auf „Oh! Ihr seid es… Hey!" sagte Sina, noch etwas außer Atem. „Alles okay bei dir?" fragte Hannah sanft. „Du sahst gerade so… na ja, konzentriert aus." Sina zögerte kurz, dann zeigte sie auf ihr Handy. „Ja… ich hab eine komische SMS bekommen. Zweimal sogar. Irgendwelche wirren Zahlen und Zeichen. Ich dachte erst, es wäre Spam, aber jetzt… keine Ahnung." Mustafa pfiff leise durch die Zähne. „Na, das wird ja immer besser. Willkommen im Club der mysteriösen Nachrichten, Sina." Sina sah die Gruppe an, ihre Stirn legte sich in Falten. „Ihr habt auch welche bekommen?" Vier Köpfe nickten gleichzeitig. Für einen Moment herrschte Stille. Nur das entfernte Rauschen der Stadt und das Zwitschern der Vögel füllten die Luft. „Okay, das ist… seltsam", sagte Johannes schließlich und schob seine Brille zurecht. „Das klingt langsam nicht mehr nach normalem Spam." „Vielleicht sollten wir das jemandem melden?" fragte Sina unsicher. „Der Polizei? Was sollen wir denen denn sagen? ‚Hallo, wir haben eine komische SMS bekommen, bitte sperren Sie das Internet'?" Mustafa versuchte zu scherzen, aber man merkte, dass selbst ihm die Situation langsam unangenehm wurde. Hannah verschränkte die Arme vor der Brust. „Vielleicht sollten wir einfach… aufmerksam bleiben. Vielleicht ist es ja wirklich nur irgendeine dumme Spam-Welle. Aber falls noch etwas kommt, sollten wir uns austauschen. In unserer kleinen Hausgemeinschaft sind wir ja ziemlich gut vernetzt." Sina nickte langsam. „Ja, das klingt vernünftig." „Also gut, dann… zurück zum Alltag?" fragte Moritz mit einem gezwungenen Lächeln. Sina steckte ihre Kopfhörer in die Tasche und seufzte leise. „Ja… ich wollte eigentlich an die Spree. Ein bisschen spazieren gehen und abschalten." „Gute Idee", sagte Hannah sanft. „Genieß deinen Spaziergang, Sina. Und wenn noch etwas kommt – lass es uns wissen." Die Gruppe trennte sich. Sina lief weiter Richtung Ufer, während Hannah, Moritz, Mustafa und Johannes den Weg zurück zum Wohnhaus einschlugen. Doch keiner von ihnen konnte das mulmige Gefühl ganz abschütteln, das diese seltsamen Nachrichten hinterlassen hatten. Irgendetwas stimmte hier nicht. Der Weg zurück zum Altbauhaus war von einem merkwürdigen Schweigen begleitet. Selbst Mustafa, der sonst immer einen lockeren Spruch auf den Lippen hatte, starrte nachdenklich auf den Boden. Hannah spürte, wie sich ihre Schultern verkrampften, während sie versuchte, die seltsame Stimmung mit einem kleinen Scherz aufzulockern. „Na, Jungs, wer von euch meldet sich freiwillig für die nächste Hacker-Olympiade? Vielleicht knacken wir ja das SMS-Rätsel schneller als gedacht." Mustafa schnaubte leise, Johannes grinste schwach, und Moritz zuckte nur mit den Schultern. „Solange wir kein Virus eingefangen haben und morgen unsere Bankkonten leer sind, bin ich zufrieden." „Warte… haben wir etwa schon die ‚Panikstufe Online-Banking' erreicht?" Mustafa hob dramatisch die Arme. „Okay, ab jetzt kein Internet mehr! Ich werde ein Einsiedler in Brandenburg!" Die

Gruppe lachte leise, aber das Lachen hielt nicht lange an. Hannah blieb kurz stehen und sah zu den Fenstern ihres Wohnhauses hinauf. Das Gebäude wirkte plötzlich etwas weniger einladend, die alten Fassaden und die verschnörkelten Balkongeländer warfen seltsame Schatten im nachmittäglichen Licht. „Leute, ernsthaft… was, wenn das mehr ist als nur Spam?" fragte sie leise. Moritz sah sie an und schob die Hände in die Taschen seiner Jeans. „Dann… na ja, dann werden wir es wohl bald herausfinden, oder?" Hannah seufzte und lief die Stufen zum Eingang hoch. Die Tür schwang knarrend auf, und der vertraute Geruch des Altbaus – eine Mischung aus Holz, altem Putz und einem Hauch von frisch gebrühtem Kaffee aus irgendeiner Wohnung – umfing sie. Herr Möller kam gerade aus seiner Wohnung im ersten Stock und trug eine Tasse Kaffee in der Hand. „Na, die Jugend! Ihr seht aus, als hättet ihr ein Gespenst gesehen." „Fast, Herr Möller, fast", murmelte Hannah und versuchte zu lächeln. „Ach, wenn's mal wieder um diesen neumodischen Technikquatsch geht – lasst euch gesagt sein, Vinylplatten sind wie der Opa, der immer noch mit einem Handy mit Wählerscheibe ankommt, aber immer noch cooler ist als alles andere. Während die digitale Welt uns mit einem Klick bombardiert, dreht sich das alte Vinyl ganz entspannt weiter." Herr Möller zwinkerte ihnen zu und schlurfte mit seinen Hausschlappen zurück in seine Wohnung, während im Hintergrund „Let It Be" von den Beatles leise aus den Lautsprechern erklang. „Okay, Leute, ich bin dann mal in meiner Höhle. Hirnlappen warten auf mich, " sagte Johannes und verschwand Richtung WG im Erdgeschoss. Mustafa folgte ihm, während Moritz und Hannah die Treppen nach oben nahmen. „Kommst du noch kurz mit zu mir?" fragte Hannah, als sie die dritte Etage erreichten. Moritz nickte. „Klar, ich hab eh noch keinen Bock, mich jetzt sofort in Bücher zu stürzen." In Hannahs Wohnung roch es nach Vanillekerzen und frischer Wäsche. Die großen Zimmer waren liebevoll eingerichtet, und der Balkon ließ ein angenehmes Licht in den Raum fallen. „Setz dich. Ich mach uns einen Kaffee." Während Hannah in der Küche hantierte, zückte Moritz sein Handy und scrollte noch einmal durch die SMS. Diese wirren Zeichen – sie sahen nicht nach Zufall aus. Irgendwie schien es… als würden sie einen Code ergeben. „Han-

nah, hast du deine SMS noch?" fragte er plötzlich. Hannah stellte
die beiden dampfenden Tassen auf den Tisch und zog ihr Handy
hervor. „Ja, ich hab sie noch nicht gelöscht. Aber bringt uns das
was?" Moritz hielt die beiden Handys nebeneinander und verglich
die Nachrichten. „Schau mal. Bei uns beiden tauchen manche Zeichen wiederholt auf. Das hier zum Beispiel: ‚#9' und ‚/p'." Hannah beugte sich über die Bildschirme und runzelte die Stirn. „Du
glaubst also, dass das… irgendeine Art Code ist?" „Vielleicht. O-
der vielleicht hab ich einfach zu viel ‚Sherlock Holmes' gelesen."
Moritz ließ das Handy sinken und seufzte. „Ehrlich gesagt hab ich
keine Ahnung. Aber irgendwas daran… fühlt sich komisch an."
Draußen hörte man Schritte auf der Treppe. Ein Blick auf den Balkon zeigte Sina, die unten vor dem Haus stand und unsicher zu
Hannahs Fenster hochblickte. Hannah öffnete die Balkontür und
rief nach unten: „Sina? Alles okay?" „Ich… ich wollte eigentlich
nur kurz fragen, ob ihr noch irgendwas Neues rausgefunden habt.
Diese SMS… ich krieg sie nicht aus dem Kopf, " rief Sina zurück
und trat nervös von einem Fuß auf den anderen. „Komm hoch!"
rief Hannah, und wenige Minuten später saß Sina mit am Küchentisch. „Was, wenn das eine Warnung ist? Oder eine Drohung? O-
der vielleicht… ach, ich weiß auch nicht." Sina klang müde. Hannah nahm einen Schluck Kaffee und sah ihre Nachbarn an. „Egal,
was das ist, wenn noch eine Nachricht kommt, sagen wir uns gegenseitig Bescheid. Deal?" Moritz und Sina nickten. „Und vielleicht… können wir ja wirklich versuchen, herauszufinden, ob das
Ganze einen Sinn ergibt", fügte Moritz hinzu und tippte erneut auf
die kryptischen Zeichen auf seinem Handy. Die Mittagssonne
schien inzwischen hell über Berlin, ein Hauch von Sommer erfüllte die Luft. Doch in Hannahs Wohnung hing eine unsichtbare Anspannung, die niemand so recht abschütteln konnte. Während die
letzten Sonnenstrahlen durch die Fenster von Hannahs Wohnung
fielen, klopfte es plötzlich an der Tür. Hannah zuckte leicht zusammen, bevor sie zur Tür ging und sie öffnete. Davor stand Patrick aus der zweiten Etage – gutaussehend wie immer, mit seinem
perfekt sitzenden Hemd und dem zerzausten Haar, das trotzdem irgendwie gestylt aussah. In der einen Hand hielt er sein Handy, in
der anderen einen halb geleerten Kaffeebecher. „Hey Hannah, Mo-

ritz, Sina… ich hoffe, ich störe nicht. Aber…" Er hielt sein Handy
hoch. „Habt ihr auch so eine seltsame SMS bekommen?" „Komm
rein, Patrick. Du bist nicht allein, " sagte Hannah und machte ihm
Platz. Patrick trat ein, sah sich kurz um und setzte sich dann auf
den freien Stuhl am Küchentisch. „Also, ich dachte erst, das wäre
irgendein Fehler oder Spam. Aber ich bin gerade in einer Teams-
Besprechung gewesen und konnte mich nicht konzentrieren, weil
mich das so irritiert hat." „Willkommen im Club", sagte Moritz
trocken und zeigte auf sein Handy. „Das kann doch kein Zufall
sein, oder? sechs von uns im selben Haus bekommen dieselbe Art
von Nachricht?" fragte Sina, ihre Stimme zitterte leicht. Patrick
lehnte sich zurück und rieb sich nachdenklich über das Kinn.
„Vielleicht sind unsere Nummern in irgendeinem Leak aufgetaucht. Datenklau oder so etwas? Das passiert ja ständig." In diesem Moment ging die Balkontür quietschend auf, und David, der
Influencer aus der Dachgeschosswohnung, steckte seinen Kopf
herein. Wie so oft hatte er es geschafft, vom Dachgeschoss bis
hinunter zu Hannahs Balkon zu klettern – ein waghalsiger Spaß,
den er sich regelmäßig gönnte.. „Hey Leute! Party und ich bin
nicht eingeladen? Das geht ja mal gar nicht." David, in lässiger
Sportkleidung und mit seiner charakteristischen Sonnenbrille auf
dem Kopf, betrat den Raum. Sein Handy baumelte in der Hand.
„Okay, ich wollte nur kurz fragen… ähm, hat jemand von euch
auch so eine super seltsame SMS bekommen? Irgendwelche random Zeichen und Zahlen?" „Nummer sieben", murmelte Hannah
und schüttelte den Kopf. „Jetzt ist es offiziell – das ist kein Zufall
mehr." David setzte sich auf die Tischkante, seine sportliche Art
schien für einen Moment von echter Besorgnis durchbrochen zu
werden. „Also, ich bekomme echt viele DMs und irgendwelche
Spam-Sachen. Aber das hier… das ist anders. Es fühlt sich irgendwie… gezielter an." Die Gruppe sah sich an. Patrick, der immer einen kühlen Kopf bewahrte, hob die Hand, als wolle er Ordnung ins Chaos bringen. „Okay, fassen wir mal zusammen: Wir
sieben, Bewohner desselben Hauses, haben alle eine oder mehrere
kryptische Nachrichten bekommen. Niemand von uns kann sich
erklären, was sie bedeuten, und sie kamen alle ungefähr zur selben

Zeit." „Das klingt wie der Anfang von einem richtig schlechten Thriller-Film", warf David ein und grinste schief.

„Oder wie der Anfang von etwas, das vielleicht ziemlich ernst werden könnte", erwiderte Sina leise. Hannah stand auf und lief nervös durch die Küche. „Ich wollte doch einfach nur Urlaub haben. Cappuccino, Croissant, ein gutes Buch – war das zu viel verlangt?" Moritz lachte trocken. „Tja, scheinbar schon. Willkommen in deinem persönlichen Escape Room, Hannah." „Vielleicht sollten wir die Nachrichten vergleichen", schlug Patrick vor und legte sein Handy auf den Tisch. „Gibt es Gemeinsamkeiten, wiederkehrende Muster oder irgendetwas, das uns Hinweise liefert?" Einer nach dem anderen legten sie ihre Handys auf den Tisch. Sieben Displays leuchteten im schummrigen Licht der Küche auf, alle mit denselben wirren Zeichen, Zahlen und Symbolen. „Warte mal," sagte David plötzlich und deutete auf die Nachrichten. „Seht ihr das? Da sind immer wieder dieselben Zahlenreihen. 4-7-2... und hier 9-A-3." „Das sieht aus wie... ein Code, " murmelte Sina und lehnte sich näher an den Tisch. „Vielleicht GPS-Koordinaten?" schlug Patrick vor. „Oder ein Passwort für irgendetwas?" fügte Moritz hinzu. Hannah fuhr sich durchs Haar und starrte die Handys an. „Ganz egal, was es ist – irgendjemand hat das an uns geschickt. Das war kein Zufall. Das war Absicht." Ein kurzer Moment der Stille lag über der Gruppe. Draußen war die Straße ruhig, und irgendwo in der Ferne hupte ein Auto. „Okay," sagte Patrick schließlich mit seiner ruhigen, bestimmten Stimme. „Wir sollten das nicht ignorieren. Aber wir sollten auch nicht in Panik geraten. Vielleicht können wir zusammen herausfinden, was dahintersteckt." „Wir könnten uns morgen treffen und die Nachrichten genauer analysieren", schlug Sina vor. „Vielleicht gibt es einen Zusammenhang, den wir jetzt noch nicht sehen." David klatschte in die Hände. „Leute, das wird ein Abenteuer! Mystery Squad Berlin, ich sehe schon den Titel meines nächsten TikToks: ‚Wie sechs Nachbarn ein Rätsel knacken! '" „David, das ist kein Social-Media-Content!" schnappte Hannah, konnte sich aber ein Grinsen nicht verkneifen. Hannah ließ sich auf ihren Stuhl fallen. Ihr Blick fiel auf die sechs Handys, die kurz zuvor nebeneinander gelegen hatten. Wer auch immer diese Nachrichten geschickt hatte – es fühlte sich nicht nach einem Zufall an. Und das bedeutete, dass jemand ein Ziel hatte. Doch welches? Hannah lehnte sich zurück, die Arme vor der Brust verschränkt. Ihr Blick wanderte von Patrick zu David, von Sina zu Moritz. Die Atmosphäre im Raum war aufgeladen, fast greifbar. „Wisst ihr, was mir gerade aufgefallen ist?" begann Hannah langsam, ihre Stimme ruhig, aber mit einem leicht zittrigen Unterton. „Warum war eigentlich unser erster Gedanke, ob die anderen auch so eine SMS bekommen haben? Warum sind wir nicht einfach davon ausgegangen, dass es nur Spam war, irgendein blöder Zufall? Stattdessen... hatten wir sofort das Gefühl, dass es uns alle betrifft. Dass es... gezielt war." Die anderen schwiegen, aber Patrick hob nachdenklich eine Augenbraue. „Du hast Recht. Als ich die Nachricht bekommen habe, hatte ich sofort das Bedürfnis, nachzufragen, ob noch jemand betroffen ist. Normalerweise würde ich so etwas einfach löschen und weitermachen." „Und ich bin direkt hoch zu euch, ohne groß nachzudenken", fügte David hinzu und spielte nervös mit seiner Sonnenbrille. „Es war wie ein Impuls. Ein Gefühl, dass das hier... na ja, größer ist als eine einfache Spam-Nachricht." „Das ist doch gruselig, oder?" sagte Hannah, während sie eine Hand durch ihr langes, brünettes Haar gleiten ließ. „Als ob wir alle denselben Gedanken hatten, ohne miteinander zu sprechen. Eine Art kollektiver... Reflex." Sina schlang ihre Arme um sich selbst und schaute nachdenklich auf die Tischplatte. „Vielleicht, weil die Nachricht einfach so... seltsam war. Sie hat etwas mit uns gemacht. Eine Mischung aus Neugier und... Unbehagen." Moritz nickte langsam. „Ja, und das macht es ja noch seltsamer. Diese Nachrichten sind nicht bedrohlich formuliert, es steht nichts Klartext-mäßiges drin. Aber trotzdem hatten wir alle dieses Gefühl. Als ob... als ob sie für uns bestimmt waren." „Und noch etwas", fügte Patrick hinzu, seine Stimme fest und sachlich wie immer. „Normalerweise, wenn man so etwas bekommt, denkt man vielleicht kurz darüber nach, lacht darüber, löscht es und vergisst es wieder. Aber wir... wir sind hier und reden ernsthaft darüber. Das bedeutet doch, dass irgendetwas daran anders ist. Irgendetwas, das wir nicht fassen können." Ein kalter Schauer lief Hannah über den Rücken. Sie nahm ihre Tasse und hielt sie fest, als könne der warme Kaffee sie vor diesem merkwürdigen Gefühl schützen, das sich in ihrer Magengrube festgesetzt hatte. Moritz grinste. „Ach Leute, interpretieren wir da doch nicht so viel rein. Wir kennen uns inzwischen ganz gut, und wenn irgendetwas passiert, denken wir automatisch: Hat er auch 'ne Nachricht bekommen? Bin ich die Einzige? Klar, es ist irgendwie seltsam, dass wir alle diese SMS bekommen haben. Aber psychologisch ist das ganz gut zu erklären." „Und wie?", fragte Hannah und sah ihn mit neugierigem Blick an. Moritz lehnte sich zurück, verschränkte die Arme hinter dem Kopf und grinste breit, als hätte er gerade die Weisheit persönlich gepachtet. „Na gut, Frau Doktor Hannah, ich erkläre es dir – psychologisch fundiert und absolut kostenlos." Hannah hob eine Augenbraue. „Ich bin gespannt." „Also", begann Moritz und machte eine bedeutungsvolle Pause, „das Ganze ist ein klassisches Beispiel für Gruppendynamik gepaart mit einer Prise selektiver Wahrnehmung. Wenn wir alle gleichzeitig eine mysteriöse SMS bekommen, springt unser Gehirn sofort auf Alarmstufe Rot: Achtung, du bist nicht allein! Hier passiert was Großes! Das ist wie bei diesen Horrorfilmen, wo alle Teenager gleichzeitig eine Nachricht vom unbekannten Killer bekommen. Nur dass unser Killer vermutlich ein Werbe Bot mit Rechtschreibschwäche ist." Ein leises Kichern ging durch die Runde. „Und außerdem", fuhr Moritz fort, „sind wir Menschen ja Herdentiere. Wenn der eine nervös wird, spüren das die anderen sofort. Das hat schon bei den Höhlenmenschen funktioniert: Einer schreit Tiger! und alle anderen sprinten los – ob da wirklich ein Tiger war oder nur ein schlecht gelauntes Eichhörnchen, spielt keine Rolle." Hannah lachte und schüttelte den Kopf. „Also, kurz gesagt: Wir sind alle leicht hysterisch und interpretieren zu viel in ein paar Buchstaben auf einem Display." „Exakt!", bestätigte Moritz und zeigte mit beiden Zeigefingern auf sie. „Psychologie ist manchmal erstaunlich simpel. Und jetzt gönne ich mir noch einen Schluck Kaffee, bevor hier jemand anfängt, Alufolienhüte zu basteln." Sina rieb sich die Schläfen, atmete tief durch und rief plötzlich: „Stopp! Hört auf zu reden und schaut euch die Nachrichten nochmal genau an!" Ihre Stimme schnitt durch das Gemurmel wie ein scharfes Messer. Alle Blicke richteten sich auf sie, fragend, irritiert. Patrick hob eine Augenbraue, während die anderen schweigend ihre Handys auf den Tisch legten. „Hört zu", fuhr Sina fort und ihre Stimme war jetzt ruhiger, aber bestimmt. „Es ist eigentlich kein Wunder, dass wir sofort aneinander gedacht haben, als wir diese Nachrichten bekamen. Ich bin zwar nur eine kleine Bürohilfe, aber mein Bruder... naja, der ist so ein IT-Nerd. Er hat mir, ob ich wollte oder nicht, ein paar seiner Tricks gezeigt." Ein leises Murmeln ging durch die Runde, doch Sina hob die Hand. „Schaut genauer hin, zwischen den Zeichen und Buchstaben in diesem Code... erkennt ihr es nicht? Das Wort NaCb. Es versteckt sich geschickt dazwischen, oder? Ich vermute, es bedeutet Nachbar. Bei jedem von uns ist es ein wenig anders eingefügt, aber es ist eindeutig da. Die Struktur des Codes bleibt intakt, die Zeichenfolge unversehrt, doch dieses Wort schiebt sich dazwischen, als ob es darauf warten würde, entdeckt zu werden." Ihr müsst nur genau hinsehen – mit ein bisschen Fantasie könnt ihr es erkennen." Ein Moment gespannter Stille folgte. Dann begann Patrick leise zu fluchen, während die anderen ihre Handys wieder anstarrten. Und plötzlich schien der Raum vor konzentriertem Schweigen zu vibrieren. David sprang plötzlich vom Tisch auf, wobei sein Stuhl ein unangenehmes Quietschen von sich gab. Mit ernstem Blick und leicht erhobenem Zeigefinger sagte er bestimmt: „Okay, Leute! Bevor wir uns hier weiter in Vermutungen und Spekulationen verlieren, sollten wir einen klaren Plan aufstellen." Er ließ seinen Blick durch die Runde schweifen, seine Stimme ruhig, aber eindringlich. „Wir treffen uns morgen früh. Mit Kaffee – viel Kaffee. Dann nehmen wir uns diese Nachrichten vor, vergleichen sie genau und schauen, ob wir irgendwelche Muster oder noch mehr Gemeinsamkeiten erkennen können." Sina hat das Wort „Nachbar" im Code entdeckt, und unbewusst haben wir es alle ebenfalls wahrgenommen. Wie sonst hätten wir sofort aneinander gedacht, als die Nachricht auf unseren Handys erschien? Für einen Moment wussten sie nicht, was sie sagen sollten. Hannah hob eine Hand. „Und wenn es kein weiteres Muster gibt?" David zuckte mit den Schultern. „Dann gründen wir einen Detektivclub und lösen den Fall trotzdem. Wer bringt die Lupen mit?" Ein leises Lachen ging durch die Runde, und die Spannung löste sich ein wenig. David setzte sich wieder und murmelte noch: „Außerdem wollte ich

schon immer mal Chief Inspector David auf meiner Visitenkarte stehen haben..." „David hat recht", stimmte Patrick zu und zog sein Handy aus der Tasche. „Aber bis dahin sollten wir einfach versuchen, den Abend ruhig ausklingen zu lassen. Vielleicht klärt sich alles von selbst auf." Patrick stand auf und streckte sich. „Gut. Morgen also. Sagen wir... 10 Uhr bei Hannah? Wir bringen Kaffee und Croissants mit." Die Gruppe nickte zustimmend, und nach und nach verließen die Nachbarn Hannahs Wohnung. Hannah saß noch immer auf ihrem Sofa, die Beine unter sich verschränkt, und starrte aus ihrem Fenster. Von draußen drang das leise Summen der Stadt herein, ab und zu unterbrochen von einem vorbeifahrenden Auto oder dem Lachen von Menschen, die den warmen Sommertag genossen. Ihr Blick fiel wieder auf ihr Handy, das stumm und unschuldig auf dem Couchtisch lag. „Komm schon, Hannah", murmelte sie zu sich selbst. „Es ist nur eine Nachricht. Irgendein Blödsinn von einem gelangweilten Spinner oder vielleicht ein Algorithmus, der Amok läuft und zufällig das Wort ‚Nachbar' darin versteckt." Sie redete sich das ein, versuchte, ihre Gedanken zu ordnen, doch der Zweifel blieb. Warum hatten alle im Haus genau dieselbe SMS bekommen? Und warum hatten sie sofort das Gefühl gehabt, miteinander reden zu müssen? Na klar, weil in jeder Nachricht versteckt das Wort ‚Nachbar' auftauchte. Das konnte doch kein Zufall sein, oder? „ Ein dumpfes Geräusch aus dem Flur ließ sie zusammenzucken. Sie stand langsam auf und schlich zur Wohnungstür. Durch den Türspion sah sie Herrn Möller, den älteren Nachbarn aus der ersten Etage. Er trug seinen alten Bademantel und kratzte sich am Kopf, während er scheinbar unschlüssig in der Mitte des Flurs stand. In seiner Hand hielt er... ein Handy? Hannah öffnete vorsichtig die Tür. „Herr Möller? Alles in Ordnung?" Herr Möller sah auf und lächelte gequält. „Ach, Hannah! Gut, dass Sie da sind. Ich wollte nicht stören, aber... sagen Sie mal, haben Sie auch so eine seltsame Nachricht bekommen?
Auf meinem Handy steht da so ein... ja, ein völliger Unsinn!" Hannah spürte, wie sich ein eiskalter Knoten in ihrem Magen zusammenzog. „Sie auch?" Herr Möller nickte und hielt ihr das Handy hin Auf dem Bildschirm flimmerten erneut kryptische Zeichen

und Zahlen auf, ähnlich wie bei ihr und den anderen: 39kslN@!lpNachb0##skdls?//q8p9_.

Doch eines stach sofort ins Auge – das Wort „Nachbar" war, wenn auch nicht vollständig ausgeschrieben, deutlich zwischen den Symbolen versteckt... „Ich wollte ja eigentlich nie so ein modernes Gerät haben", murmelte Herr Möller, während er sich den Nacken rieb. „Aber meine Nichte hat mir das eingeredet, falls mal was passiert. Na ja, jetzt hab ich das Ding und bekomme sowas hier." Hannah zwang sich zu einem Lächeln. „Herr Möller, Sie sind nicht allein. Fast alle im Haus haben diese Nachricht bekommen. Vielleicht ist das einfach ein blöder Zufall, aber... es fühlt sich komisch an." Herr Möller nickte langsam. „Ja, das tut es." Er sah sich im Flur um, als würde er erwarten, dass jemand aus dem Schatten tritt. „Na ja, ich wollte Sie nicht stören, junge Frau. Ich werde jetzt eine Platte auflegen, das beruhigt die Nerven." „Das klingt nach einem guten Plan", sagte Hannah sanft und sah ihm nach, wie er in seine Wohnung zurückging. Als sie ihre Tür wieder schloss, lehnte sie sich dagegen und schloss für einen Moment die Augen. Jetzt auch Herr Möller. Das konnte kein Zufall mehr sein. Sie nahm ihr Handy vom Couchtisch und tippte in ihre Nachbarschaft-WhatsApp Gruppe. Hannah: Leute, Herr Möller hat auch so eine SMS bekommen. Das ist doch kein Zufall mehr. Morgen um 10 Uhr bei mir – lasst uns wirklich versuchen, das zu analysieren. Sofort floppten die ersten Antworten auf. Patrick: Alles klar, ich bring Kaffee mit. David: Bin dabei. Mystery Squad Berlin ist am Start! Sina: Ich werde da sein. Moritz: Okay, bis morgen. Hannah legte das Handy zur Seite und versuchte, tief durchzuatmen. Vielleicht würde es morgen Klarheit geben. Vielleicht würden sie ein Muster erkennen oder etwas finden, das all das erklärte. Aber tief in ihrem Inneren hatte sie das Gefühl, dass dies erst der Anfang war. Draußen schimmerte der Vollmond durch die Blätter der Bäume, während der Altbau still und friedlich in der nächtlichen Sommerluft lag. Nur in sechs verschiedenen Wohnungen leuchteten kleine Bildschirme und warfen ein unheimliches Licht auf nachdenkliche Gesichter. Am nächsten Morgen begann ein neuer Tag, voller ungelöster Fragen. Die Sonne stieg langsam über die Dächer von Baumschulenweg empor, während Hannah ihre Wohnungstür öffnete. In der Küche legten die ersten Sonnenstrahlen goldene Muster auf den Boden, als es an der Tür klopfte. Patrick stand dort, in einem perfekt gebügelten Hemd, mit einer großen Kanne Kaffee in der Hand und einem breiten Grinsen im Gesicht. „Guten Morgen, Nachbarin! Wie versprochen, frischer Kaffee für uns!" Er trat ein und stellte die Kanne auf den Tisch, wo schon Tassen bereitstanden. Kurz darauf polterten Mustafa und Moritz in die Wohnung. Mustafa trug ein völlig zerknittertes T-Shirt, auf dem „Trust me, I'm (almost) a doctor" stand, und Moritz wirkte wie jemand, der erst nach drei Espresso in vollständige Sätze fassen konnte. „Wir haben Croissants mitgebracht!" verkündete Mustafa und hielt eine Tüte hoch. „Sie sind vielleicht schon kalt, aber hey, gute Absichten zählen, oder?" „Definitiv", sagte Hannah lachend und nahm die Tüte entgegen. David kam mit einer viel zu großen Sonnenbrille herein und grüßte mit einem halbherzigen Winken. „Sorry, ich habe bis spät in die Nacht ein Video geschnitten. Aber für ein Live-Event wie dieses bin ich natürlich dabei." Sina erschien als Letzte. Sie trug eine gemütliche Strickjacke und hatte zwei kleine, sorgsam gefaltete Notizbücher unter dem Arm geklemmt. „Ich dachte, wir machen uns vielleicht Notizen. Irgendjemand muss ja hier strukturiert denken." „Oh, Sina, " sagte Patrick und legte eine Hand dramatisch auf sein Herz. „Die Welt braucht mehr Menschen wie dich. Du bist der Fels in unserer chaotischen Brandung." Hannah musste lachen. Es fühlte sich fast normal an, wie sie hier saßen, Kaffee tranken und Croissants aßen, während sie über eine mysteriöse SMS redeten, die vielleicht bedeutungslos war… oder vielleicht auch nicht. Das Chaos nimmt seinen Lauf „Okay, fangen wir an", sagte David und setzte seine Sonnenbrille ab, als wäre er in einem Actionfilm. „Wer hat seine SMS noch?" Alle zückten ihre Handys. Sechs Displays leuchteten auf, jedes zeigte die gleiche Art von kryptischen Zeichen. Hannah betrachtete die wirren Buchstaben und Zahlen und schüttelte den Kopf. „Ehrlich, es sieht aus wie etwas, das ein gelangweilter Teenager in einem Hacker-Forum aufgeschnappt hat", murmelte Moritz. Mustafa kratzte sich am Kopf. „Vielleicht sind wir Teil eines geheimen Experiments? So etwas wie ‚Wie lange dauert es, bis ein Haufen durchschnittlicher Berliner dem Wahnsinn verfällt?'" „Du meinst, wir sind das Experiment?" fragte Sina und zog eine Augenbraue hoch. „Na ja, " Mustafa zuckte mit den Schultern. „Wenn das bekannt wird, könnten wir wenigstens etwas daraus machen. ‚Mystery-SMS-Crew 2024' wäre doch ein guter Name." David grinste breit. „Ich hätte schon ein Logo im Kopf." Hannah lachte kurz, aber das flaue Gefühl in ihrem Magen verschwand nicht. „Leute, im Ernst. Das ist nicht normal. Acht Leute, ein Haus, und wir alle bekommen so eine Nachricht. Da stimmt was nicht." Der Wandel der Atmosphäre In diesem Moment vibrierte Davids Handy. Alle Köpfe ruckten herum. „Nicht schon wieder…" murmelte er, während er aufs Display starrte. Es war eine neue Nachricht. Aber diesmal war sie anders. Keine wirren Zeichen. Nur ein einzelnes Wort: „SCHLÜSSEL" Stille breitete sich aus. Selbst Mustafa sagte nichts mehr. „Was… was soll das heißen?" fragte Sina leise. Patrick nahm sein Handy aus der Tasche. „Hat sonst jemand auch…?" Alle sahen auf ihre Bildschirme. Nein, diesmal war es nur David. „Okay, okay, lasst uns mal einen Moment ruhig bleiben", sagte Hannah und hob die Hände, als wollte sie die aufkommende Panik im Raum ersticken. „Es ist nur ein Wort. Vielleicht… vielleicht bedeutet es nichts. Oder vielleicht ist es ein Fehler." „Ein Fehler?" David sah sie an, seine Stimme war angespannt. „Hannah, diese ganze Sache ist kein Fehler. Das hier wird langsam… unheimlich." „Vielleicht… sollten wir das melden?" schlug Moritz zögernd vor. „Bei wem denn?" Mustafa breitete die Arme aus. „‚Hallo, Polizei? Ja, wir haben da eine komische SMS bekommen, und jetzt haben wir Angst vor einem Wort. ' Klingt glaubwürdig." Hannah lehnte sich gegen die Küchenzeile und schloss die Augen. „Ich glaube, wir müssen erst mal einen Schritt zurücktreten. Vielleicht klärt sich das von selbst. Vielleicht hören die Nachrichten einfach auf." Aber niemand im Raum glaubte wirklich daran. Ein Gefühl von etwas Größerem, Die Gruppe saß noch eine Weile schweigend zusammen, jeder mit seinen eigenen Gedanken beschäftigt. Die vorherige Leichtigkeit war verflogen, und das Gewicht von etwas Unbekanntem hing nun in der Luft. Draußen schob sich eine dunkle Wolke vor die Sonne, und für einen kurzen Moment lag die Wohnung von Hannah im grauen Licht. David legte sein Handy langsam auf den Tisch. Das

Wort „SCHLÜSSEL" schien auf dem Display zu pulsieren, fast so, als würde es sie alle verspotten. Keiner wusste, was als Nächstes kommen würde. Aber jeder spürte es. Dies war kein Zufall mehr. Gerade als die bedrückende Stille die Gruppe vollständig einzunehmen drohte, klopfte es an der Tür. Ein lautes, energisches Klopf-Klopf-Klopf. Alle zuckten zusammen. Hannah öffnete die Tür, und Johannes stand davor – die obligatorische Thermoskanne mit grünem Tee in der einen Hand, ein zerfleddertes Lehrbuch in der anderen. „Hey Leute, ich wusste, ihr könnt nicht ohne mich weitermachen, " sagte Johannes mit einem schiefen Grinsen und schob sich an Hannah vorbei ins Wohnzimmer. „Ich hab Moritz und Mustafa gesucht und dann in unserer WG nur eine Nachricht gefunden: ‚Bei Hannah, SMS-Konferenz, bitte Anwesenheitspflicht'." „Johannes, du bist spät dran", sagte Moritz und reichte ihm einen halb angebissenen Croissant. „Danke, Bruder. Frühstück für Nachzügler, das schätze ich." Johannes ließ sich in den Sessel plumpsen und nahm einen Schluck aus seiner Thermoskanne. „Okay, ich bin auf dem Laufenden – alle haben eine seltsame SMS bekommen, David hat jetzt eine mit dem Wort ‚Schlüssel' bekommen, und ihr guckt alle, als hättet ihr gerade erfahren, dass die Klausur von nächste Woche auf morgen vorverlegt wurde." „Ungefähr so fühlt es sich auch an", murmelte David und sah erneut auf sein Handy. Johannes runzelte die Stirn. „Also gut. Ein Wort. ‚Schlüssel'. Vielleicht ist es einfach nur ein Zufall. Oder vielleicht ein dämlicher Streich." „Vielleicht", sagte Sina leise und spielte nervös mit ihrem Kugelschreiber. „Aber warum David? Warum nur er diesmal?" Johannes zuckte mit den Schultern. „Vielleicht, weil er der Coolste von uns ist? Oder weil er die meisten Follower hat?" David hob eine Augenbraue. „Johannes, wenn ich in einem mysteriösen Thriller der Hauptcharakter bin, kündige ich sofort meinen Influencer-Job." Ein kurzes Lachen ging durch die Gruppe, aber es war gezwungen. Die Atmosphäre blieb angespannt. Die Gruppe analysiert – oder versucht es zumindest „Okay, hören wir auf mit den Scherzen", sagte Hannah schließlich und stellte die leere Kaffeekanne in die Spüle. „Hat irgendjemand von euch eine Theorie, die halbwegs Sinn ergibt?" „Vielleicht ist es ein Phishing-Angriff?" schlug Patrick vor und rückte seine Brille zurecht. „Ich meine, ich arbeite mit digitalen Verträgen, und es gibt ständig Betrugsversuche. Vielleicht sollte David den Link oder die Nachricht einfach löschen." „Da ist kein Link", sagte David trocken und hielt das Handy hoch. „Nur ein Wort. ‚Schlüssel'. Kein Anhang, kein Link, nichts." „Vielleicht sollten wir mal alle SMS-Nachrichten nebeneinander legen", schlug Sina vor. „Gibt es irgendwelche weitere Muster? Das Wort Nachbarn haben wir bereits entdeckt, folgen noch Zahlenfolgen, Buchstaben, irgendetwas?" Die Gruppe zog ihre Handys hervor, und die kryptischen Nachrichten leuchteten auf den Displays. Sie legten sie nebeneinander auf den Wohnzimmertisch und starrten darauf, als würden sie ein uraltes Rätsel betrachten. „Das sieht aus wie... ein Passwort, " murmelte Johannes nachdenklich. „Oder ein Code, " ergänzte Sina. Moritz tippte mit dem Finger auf sein Handy. „Aber wenn es ein Code ist, was sollen wir damit tun? Wo soll man das eingeben?" „Vielleicht ist es ein Spiel?" schlug Mustafa vor. „So eine Art Alternate Reality Game? Vielleicht gibt es irgendwo Hinweise." „Ein ARG?" David zog die Augenbrauen hoch. „Das würde erklären, warum wir alle das bekommen haben. Vielleicht sind wir Teil von... irgendetwas. Aber wer steckt dahinter?" Ein Moment der Erkenntnis – und eine neue Nachricht. Bevor jemand antworten konnte, vibrierte wieder ein Handy. Diesmal war es Johannes'. Die Gruppe hielt den Atem an, während er auf das Display schaute. Seine Augen verengten sich. „Was steht da?" fragte Hannah mit belegter Stimme. Johannes hob das Handy und las langsam vor: „ÖFFNE ES." Niemand sagte ein Wort. Sina presste die Hand vor den Mund, David starrte auf die Tischplatte, Patrick nahm seine Brille ab und rieb sich die Augen. „Das... das fühlt sich nicht mehr wie ein Zufall an, " flüsterte Sina schließlich. „Vielleicht... sollten wir aufhören, " sagte Patrick zögernd. „Vielleicht sollten wir die Nummern einfach alle blockieren und das vergessen." „Und was, wenn wir das nicht können?" sagte Hannah leise. „Was, wenn... wir es öffnen müssen?" Johannes' Finger schwebten über dem Display. „Leute, ich... ich weiß nicht, ob ich das will." „Tu's nicht", sagte David Schnell. „Noch nicht. Lass uns erst mal darüber nachdenken." Eine bedrückende Stille lag über der Gruppe, während sie einander ansahen. Die Leichtigkeit und der Humor vom Morgen waren vollständig verflogen. Draußen wurde der Himmel dunkler, obwohl es noch früher Nachmittag war. Etwas lauerte in den Nachrichten. Und sie waren mitten hineingeraten.

Hannahs Lachen klang dünn und zerbrechlich, wie ein Glas, das jeden Moment zerspringen könnte. Ihre Augen huschten von Gesicht zu Gesicht, und für einen kurzen Moment fühlte es sich an, als ob sie alle gleichzeitig dasselbe dachten, es aber niemand aussprechen wollte. „Warum ausgerechnet jetzt?", meinte Patrick und rückte seine Brille zurecht. „Das Timing ist irgendwie merkwürdig." Als ob jemand genau wüsste, dass wir gerade hier sitzen und darüber reden." „Okay, stopp mal kurz", unterbrach Mustafa und hob die Hände, als würde er einen Streit schlichten. „Das hier wird mir gerade zu viel. Vielleicht ist es wirklich nur ein Zufall, vielleicht sitzen irgendwo ein paar Kids und machen sich einen Spaß daraus, Leute mit random Nachrichten zu verwirren." „Aber warum wir? Warum gerade jetzt?" fragte Sina und ihre Stimme zitterte leicht. „Das fühlt sich nicht an wie ein Zufall, Mustafa." Johannes ließ sein Handy sinken. „Vielleicht... vielleicht ist es das auch nicht. Aber vielleicht drehen wir uns auch einfach nur im Kreis. Wir haben keine Antworten, und jedes Mal, wenn wir darüber reden, fühlt es sich mehr an, als würde jemand direkt über unsere Schulter schauen." David verschränkte die Arme vor der Brust und lehnte sich zurück. „Das ist der Punkt, oder? Dieses Gefühl. Als würde uns jemand beobachten. Vielleicht ist das genau das Ziel dieser Nachrichten. Dass wir uns beobachtet fühlen. Dass wir anfangen, uns Fragen zu stellen, die wir nicht beantworten können." Einen Moment lang herrschte Stille. Nur das leise Summen des Kühlschranks war zu hören. Hannah rieb sich die Schläfen und sagte leise: „Gestern war noch alles normal. Am Morgen war ich glücklich auf meinem Balkon. Urlaub. Entspannung. Und jetzt... das hier." Patrick sah sie an und versuchte zu lächeln. „Hey, vielleicht sollten wir einfach eine Pause machen. Atmen. Darüber nachdenken, aber nicht jetzt. Vielleicht haben wir alle zu viel Kaffee getrunken und zu wenig geschlafen." Moritz hob seine Thermoskanne. „Ich stimme Patrick zu. Weniger Koffein, mehr Sauerstoff. Vielleicht sollten wir einfach alle kurz rausgehen, uns die Beine vertreten und in einer Stunde wieder zusammensitzen. Kla-

rer Kopf und so." „Ja, vielleicht… vielleicht ist das eine gute Idee, " murmelte Hannah und zwang sich zu einem Nicken. Die Gruppe löste sich langsam auf. Johannes, Mustafa und Moritz gingen gemeinsam nach unten in ihre WG. Sina verabschiedete sich mit einem kleinen, unsicheren Lächeln und zog sich in ihre Wohnung zurück. Patrick und David blieben noch kurz, bevor auch sie nach draußen verschwanden. Hannah blieb allein in ihrer Küche zurück. Der Raum fühlte sich plötzlich viel größer und kälter an, als noch vor ein paar Minuten. Sie ging zum Fenster und sah hinaus auf die ruhige Straße. Die Sonne brach durch die Wolken, aber das Licht hatte etwas Kaltes, etwas Unwirkliches. Ihr Handy vibrierte. Ein einzelner Ton, kaum hörbar. Sie griff danach, mit zitternden Fingern. Eine neue Nachricht.
Eine Nummer, die sie nicht kannte.

Was Hannah in diesem Moment nicht wusste, war, dass in einer dunklen Ecke des Hauses ein vergilbtes Tagebuch verborgen lag – ein stummer Zeuge längst vergangener Schrecken, zerfleddert, vergessen und doch voller unauslöschlicher Wahrheit. Tief zwischen den Brettern verborgen, warteten Worte aus Angst, Wut und Qual darauf, wiederentdeckt zu werden. Ein Buch, in dem das Grauen selbst niedergeschrieben wurde, Zeile für Zeile, Tinte vermischt mit Tränen. Es ruht dort, im Verborgenen, bis der Tag kommt, an dem das Kind, dem einst die Unschuld geraubt und dessen Seele zerschmettert wurde, es findet. Doch vielleicht wäre es besser, es bliebe für immer verloren. Denn die Rache, die zwischen seinen Seiten schlummert, gehört nur jenen, die in der Dunkelheit ums Überleben kämpften. Eine Rache, so tief und unversöhnlich, dass sie selbst die Finsternis zu verschlingen droht.

Tagebucheintrag – Melanie, 9 Jahre alt
Ich will nicht hinsehen. Ich will nicht hören.
Aber ich kann nicht weg. Finn klammert sich
an meine Hand, so fest, dass es wehtut. Leo
kauert neben mir, sein Atem geht schnell, stoß-

weise. Wir sind im Keller. Es ist kalt. Feucht. Es riecht nach Metall und Angst. Ich will weinen, aber ich darf nicht. Das Monster schlägt zu. Wieder und wieder. Die Männer schreien, aber ihre Stimmen klingen seltsam, als ob sie nicht mehr ganz da wären. Ihre Körper zucken, brechen, sinken in sich zusammen. Blut überall. An den Wänden, auf dem Boden, auf der Haut des Monsters. Es tropft. Klebt. Ich kann es riechen. Warm, süßlich, ekelhaft. Ich presse meine Hände auf die Ohren, doch es nützt nichts. Das Geräusch dringt durch jede Ritze meines Körpers - das dumpfe Aufprallen der Schläge, das Splittern von Knochen. Ich sehe, wie sich das Leben aus den Augen der Männer stiehlt. Erst ist da Panik, dann Schmerz, dann ... nichts mehr. Finn wimmert. Leo zittert. Ich halte den Atem an. Vielleicht sieht es uns nicht. Vielleicht vergisst es uns. Aber das Monster dreht den Kopf. Langsam. Seine dunklen Augen bohren sich in meine. Mein Herz rast. Ich will rennen. Will schreien. Doch meine Beine gehorchen mir nicht. Es lächelt. Und ich weiß: Wir sind als Nächste dran.

***

Hannah griff nach ihrem Handy und las.
„DU WEIßT, WO DU NACHSCHAUEN MUSST." Hannahs Herzschlag beschleunigte sich. Ihre Kehle wurde trocken. Sie stellte das Handy langsam auf den Küchentisch, als wäre es ein tickendes Paket. „Nein", flüsterte sie zu sich selbst. „Nicht jetzt. Nicht in

meinem Urlaub." Doch der Gedanke ließ sie nicht los. Du weißt, wo du suchen musst. Wo sollte sie suchen? Und... nach was? Draußen klapperte jemand mit einem Fahrradschloss. Ein Hund bellte in der Ferne. Das Leben ging weiter. Doch für Hannah hatte es sich in diesem Moment angehalten.

Der Beobachter

In der Dunkelheit seines vorübergehenden Verstecks saß der Mann regungslos vor seinem Bildschirm. Nur das fahle Licht der Monitore tauchte sein Gesicht in ein krankhaftes Blau. Die Vorhänge waren zugezogen, und der Geruch von kaltem Kaffee hing schwer in der Luft. Sein Blick wanderte von den flackernden Überwachungsbildern zu seinem Handy, das leise auf dem Tisch vibrierte. Auf dem Monitor waren die vertrauten Gesichter zu sehen. Hannah, Patrick, David, Sina, die drei Jungs aus der WG – Mustafa, Moritz und Johannes. Sie alle in kleinen, verpixelten Ausschnitten, eingefangen durch verschiedene Perspektiven. Es war fast schon ein Theaterstück, das sich vor seinen Augen abspielte. Und er war der Regisseur. Seine Augen huschten über die Bildschirme. Hannah stand noch in ihrer Küche, das Handy auf dem Tisch, der Blick leer. Patrick saß an seinem Schreibtisch in der zweiten Etage und starrte auf seinen Monitor. Sina lief nervös durch ihre Wohnung, die Hände in die Hüften gestemmt. Die WG-Jungs saßen gemeinsam auf ihrer abgewetzten Couch und diskutierten lebhaft. Der Mann sog die Luft durch die Zähne ein und stieß ein leises Lachen aus. „Schön. Alles läuft nach Plan." Er lehnte sich zurück, das alte Holz des Stuhls knarrte bedrohlich unter seinem Gewicht. Auf dem kleinen Tisch neben ihm lag ein zerknitterter Grundriss des gegenüberliegenden Hauses, gespickt mit roten Markierungen und Pfeilen. Hier ein Name, dort eine Notiz. Hannah – leicht zu lesen. Emotional. Wird brechen. Patrick – rational, aber misstrauisch. Beobachten. David – eitel. Lenkbar über sein Ego. Sina – ängstlich. Zerbrechlich. Mustafa, Moritz, Johannes – Schwarmverhalten. Leicht zu stören. Er legte seine knochigen Finger an die Schläfen und schloss kurz die Augen. Die Gedanken rasten, tanzten umher wie Motten im Licht einer kaputten Lampe. „Es beginnt." Sein Herzschlag verlangsamte sich, ein kaltes, ruhiges Ge-

fühl breitete sich in seiner Brust aus. Langsam griff er nach einer
halb vollen Kaffeetasse, die bereits abgestanden und kalt war. Er
trank einen großen Schluck, das bittere Aroma kratzte in seiner
Kehle. „Und jetzt, meine kleinen Spielfiguren, " murmelte er, wäh-
rend er einen weiteren Befehl in das Kontrollsystem eintippte,
„jetzt schauen wir mal, wie gut ihr unter Druck funktioniert." Ein
Klick. Eine weitere Nachricht wurde abgeschickt. Diesmal an alle
gleichzeitig. Seine Lippen verzogen sich zu einem widerlichen
Grinsen. Von draußen hörte man leise Schritte auf dem Gehweg.
Ein Fahrrad rollte vorbei. In der Ferne heulte eine Sirene. Doch im
Inneren dieser verdunkelten Wohnung saß der Mann still, seine
Augen fixiert auf die flimmernden Monitore vor ihm, während
sich seine Figuren auf dem Spielfeld zu bewegen begannen. Er
lachte leise, ein Geräusch, das wie ein kalter Windhauch durch den
Raum schnitt. „Ich werde euch in den Wahnsinn treiben", flüsterte
er, seine Stimme rau und brüchig, doch voller unheilvollem Ge-
nuss. „Ich werde euch leiden lassen. Ihr werdet Angst haben... so
wie ich es in diesem Haus hatte." Seine Augen glitzerten fiebrig,
als sich seine Lippen zu einem schiefen Grinsen verzogen. „Ja,
schaut nur auf eure Handys. Betrachtet die Nachrichten, entziffert
die Zeichen. Das hier... das ist erst der Anfang." Ein Schauer lief
durch die Stille, während sein Gesicht sich zu einer grotesken
Maske verzerrte – eine Mischung aus Freude und Schmerz, Wahnsinn und abgrundtiefer Verzweiflung. Das Spiel hatte gerade erst
begonnen.

***

Hannah stand noch immer in ihrer Küche, ihr Blick starrte auf das
Handy, das wie ein kleiner, schwarzer Fremdkörper auf dem Tisch
lag. Die Worte der letzten Nachricht hallten in ihrem Kopf wider:
„DU WEISST, WO DU SUCHEN MUSST." Die Luft fühlte sich
plötzlich stickig an. Sie rieb sich über die Arme, obwohl ihr nicht
kalt war. „Das... das ergibt alles keinen Sinn", murmelte sie leise
zu sich selbst, bevor sie das Handy resolut vom Tisch nahm und es
in ihre Handtasche warf. Nicht jetzt. Nicht in meinem Urlaub.
Draußen auf der Straße hörte sie Stimmen. Bekannte Stimmen.
Moritz und Mustafa diskutierten lautstark über irgendein medizini-
sches Thema, Johannes lief ein paar Schritte hinter ihnen, die

Hände in den Taschen seiner Jeans vergraben. „Hey, wartet mal!" rief Hannah, als sie die Tür ihres Wohnhauses öffnete und ihnen nachlief. Die Jungs blieben stehen, drehten sich um und warteten auf sie. „Hannah!", sagte Mustafa und breitete die Arme aus, als würde er sie umarmen wollen. „Wir haben beschlossen, dass wir uns nicht verrückt machen lassen. Kaffee, frische Luft und – zumindest bei mir – eine große Portion Verdrängung.",Ich bin dabei", antwortete Hannah und zwang sich zu einem Lächeln. Zusammen schlenderten sie die ruhige Straße entlang, vorbei an alten Kastanienbäumen und kleinen Cafés, die ihre Stühle und Tische auf den Gehweg gestellt hatten. Vor einem kleinen Blumenladen blieb Johannes stehen. „Wartet kurz, ich hol meiner Mutter noch einen Strauß, sie hat heute Geburtstag." „Klar", sagte Mustafa und winkte ab. „Wir warten hier." In diesem Moment hörten sie schnelle Schritte hinter sich.

Patrick kam mit seiner Umhängetasche und einem etwas zerstreuten Gesichtsausdruck um die Ecke gelaufen. „Hey, ihr seid ja auch hier!" sagte er außer Atem. „Mir war irgendwie… ich weiß nicht. Ich wollte nicht allein in meiner Wohnung sitzen." „Willkommen im Club", sagte Mustafa trocken. „Die, Wir-tun-so-als-ob-alles-normal-ist'-Gruppe wächst und gedeiht." Patrick lachte kurz, aber sein Blick war ernst. „Habt ihr… habt ihr auch gerade wieder eine Nachricht bekommen?" Hannah schluckte und die Jungs sahen sich gegenseitig an. Keiner sagte etwas, aber das Schweigen sprach Bände. „Na großartig", sagte Patrick und fuhr sich durch die Haare. „Also gut, was machen wir jetzt? Ignorieren? Polizei rufen? Oder… keine Ahnung, ein Gruppenseminar zur digitalen Selbstverteidigung besuchen?" In diesem Moment tauchte Sina aus einer Seitengasse auf. Ihre großen Augen waren leicht gerötet, und sie wirkte fahrig. „Ihr seid ja alle hier… Gott sei Dank. Ich dachte schon, ich werde verrückt." „Du hast auch eine bekommen, oder?" fragte Hannah. Sina nickte langsam und hielt ihr Handy hoch. Auf dem Display war die Nachricht noch geöffnet:

„DU WEISST, WO DU SUCHEN MUSST." Die Worte sahen auf jedem Bildschirm gleich aus. Als hätte jemand sie sorgfältig kopiert und eingefügt, ein digitaler Flüsterton, der durch ihre Köpfe rauschte. Ein eisiger Windzug fegte plötzlich durch die Straße, und alle rückten unbewusst etwas näher zusammen. David tauchte nun ebenfalls auf. Mit einer Sonnenbrille auf der Nase und seinem Handy in der Hand. Er wirkte betont lässig, doch seine Finger zitterten leicht, als er versuchte, seine Hände in den Taschen seiner Jeans zu verstecken. „Okay, Leute, das ist offiziell verrückt. Ich weiß nicht, was das ist oder wer das ist, aber... es fühlt sich falsch an." Johannes kam mit einem kleinen Blumenstrauß in der Hand zurück und starrte in die kleine Gruppe, die nun schweigend auf dem Gehweg stand. „Habe ich was verpasst?" fragte er und schaute in die Runde. Mustafa hob die Hände und sah seine Freunde nacheinander an. „Okay, das war's. Genug gespenstische Stimmung. Ich schlage vor, wir gehen irgendwo hin, wo es warm ist, wo man uns nicht beobachten kann—" „Und wo wir sicher sind?" ergänzte Sina leise. Niemand sagte etwas, aber jeder wusste, was sie meinte. Patrick hob den Blick und schaute zurück zu ihrem Wohnhaus, dessen Fassadenfenster in der Morgensonne glänzten. „Lasst uns zurückgehen", sagte er mit fester Stimme. „Zu mir. Meine Wohnung ist groß genug. Und vielleicht... vielleicht können wir gemeinsam überlegen, was wir tun sollen." Langsam setzte sich die Gruppe in Bewegung. Jeder Schritt hallte auf dem Kopfsteinpflaster wider, als würde die Straße selbst ihren Rhythmus nachahmen. Doch niemand bemerkte das schwache Glühen eines kleinen roten Lichtpunkts, der aus einem Fenster gegenüber auf sie gerichtet war. Der Beobachter sah alles. Und das Spiel ging weiter. Patricks Wohnung war ordentlich, modern eingerichtet und wirkte überraschend gemütlich für jemanden, der den Großteil seiner Zeit zwischen Aktenordnern und Excel-Tabellen verbrachte. Die Gruppe hatte sich im Wohnzimmer verteilt: Mustafa und Moritz saßen auf dem grauen Sofa, Sina lehnte mit verschränkten Armen an der Fensterbank, Johannes saß im Sessel und Hannah hatte sich einen Platz auf dem Teppich gesucht. Patrick stand an der Küchenzeile und verteilte Wasserflaschen, während David lässig auf der Armlehne des Sofas hockte, sein Handy wie ein Zepter in der Hand. „Okay", begann Patrick und strich sich durch die Haare. „Wir haben alle diese Nachrichten bekommen. Sie sind anonym, sie ergeben keinen Sinn und... sie machen uns Angst. Ich denke, das können wir offen zugeben." Die anderen nickten stumm. „Al-

so", fuhr Patrick fort, „hat jemand eine Idee? Irgendeine Theorie?"
David, der bis eben auf seinem Handy herumgetippt hatte, sprang
plötzlich auf. „Leute, ich hab's!" rief er und hob triumphierend das
Handy in die Höhe. „Warum machen wir uns überhaupt verrückt?
Ich meine, hallo? Social Media! Das ist mein Ding, das ist mein
Terrain!" Einige schauten ihn fragend an, andere seufzten leise.
„David..." begann Sina, aber David hob abwehrend die Hand.
„Nein, hört mich an! Ich habe mittlerweile 30.000 Follower. Drei-
ßigtausend! Das sind so viele Menschen, die meine Reels gucken,
meine Storys liken und mir manchmal auch... unaufgefordert Lie-
beserklärungen schicken, aber das ist ein anderes Thema." Ein
kurzer Moment der Stille. David grinste stolz, sein Brustkorb hob
sich leicht, als hätte er sich gerade selbst eine Medaille verliehen.
Hannah konnte nicht anders, sie lächelte kurz, bevor sie sich wieder fing. „Okay, David. Und was willst du mit deinen 30.000 Fans
machen? Eine Tanz-Challenge zu mysteriösen SMS starten? Ein
kurzes Kichern ging durch die Gruppe, doch David blieb ernst.
„Nein. Ich mache ein kleines Reel. Nichts Großes, versteht mich
nicht falsch. Ich werde nicht von uns erzählen oder davon, dass wir
hier sitzen und uns den Kopf zerbrechen. Nein, ich werde einfach
nur fragen, ob jemand von meinen Follower auch schon mal solche
Nachrichten bekommen hat. Vielleicht hat ja jemand eine Erklärung oder – noch besser – es gibt eine Verbindung, die wir nicht
sehen können." Patrick verschränkte die Arme vor der Brust. „Hm.
Eigentlich... ist das keine dumme Idee." „Danke!", sagte David
und deutete mit beiden Händen auf Patrick, als hätte dieser ihn gerade zum Ritter geschlagen. „Aber was, wenn das genau das ist,
was diese Person—oder wer auch immer dahintersteckt—will?"
fragte Sina leise. Stille breitete sich aus. „Vielleicht ist das ja Teil
des Spiels", murmelte Johannes, der bis jetzt kaum etwas gesagt
hatte. Moritz kratzte sich am Kopf. „Oder vielleicht... ist es genau
das Richtige. Ich meine, im Moment tappen wir völlig im Dunkeln. David hat eine Reichweite, die keiner von uns hat. Warum
nicht nutzen?" „Genau!" rief David und klatschte in die Hände.
„Danke, Moritz. Endlich erkennt jemand mein Genie!" „Okay,
okay", sagte Patrick und hob die Hände. „David, mach dein Reel.
Aber halte es vage, keine persönlichen Details, keine Hinweise auf

uns oder das Haus. Verstanden?" David salutierte übertrieben. „Aye aye, Captain Vertragsmanagement!" Ein kurzes Lachen ging durch die Gruppe, doch die Anspannung blieb spürbar. David setzte sich auf das Sofa, zog sein Handy hervor und begann, sich in Position zu bringen. „Okay Leute, gebt mir eine Sekunde. Das Licht hier ist schrecklich. Patrick, hast du einen Ringlicht-Ständer irgendwo? Nein? Amateur." „David...", mahnte Hannah. „Okay, okay! Ich fang an." Er hielt das Handy vor sich und setzte sein typisches Influencer-Gesicht auf: ein gekonntes Lächeln, ein leicht schräg geneigter Kopf, die perfekte Mischung aus Charme und Nahbarkeit. „Hey Leute! Ich hoffe, ihr hattet einen großartigen Tag bisher. Ich wollte euch mal etwas fragen – ist vielleicht ein bisschen komisch, aber hey, wir sind hier alle zusammen, oder? Habt ihr in letzter Zeit merkwürdige SMS bekommen? So richtig seltsame Nachrichten, ohne Sinn, ohne Zusammenhang? Falls ja, schreibt mir gerne eine DM oder kommentiert unten. Vielleicht ergibt das Ganze ja irgendwie Sinn. Danke, ihr seid die Besten – bis später!" Er beendete das Video und grinste triumphierend in die Runde. „Und... senden!" Er tippte auf den Bildschirm und lehnte sich entspannt zurück. „Jetzt warten wir ab, was das Internet dazu sagt." Die Gruppe saß still im Wohnzimmer, während das fahle Licht des späten Nachmittags durch die Fenster fiel. Keiner sagte es laut, aber jeder dachte es: Was, wenn das wirklich Teil des Spiels ist? Draußen, irgendwo in der Ferne, heulte eine Sirene auf. Und in einer dunklen Wohnung auf der anderen Straßenseite begann ein Mann zu lächeln.

Das Netz war ausgeworfen.

Die Minuten nach Davids Post schleppten sich zäh dahin. Die Gruppe hatte sich in Patricks Wohnzimmer verteilt, jeder auf seine Weise beschäftigt, um die Zeit zu überbrücken. Sina saß mit angezogenen Beinen auf dem Sofa und scrollte durch ihre eigene Nachrichten-App, als könnte sie zwischen den Zeilen etwas entdecken, das sie zuvor übersehen hatte. Mustafa und Johannes waren in ein leises Gespräch über irgendeine Prüfung versunken, aber ihre Stimmen klangen angespannt, als würden sie nur reden, um das Schweigen zu füllen. Hannah lehnte am Fenster und sah nach draußen. Der Himmel über Berlin färbte sich langsam in ein warmes Orange, die Sonne schob sich müde hinter den Dächern der Altbauten hervor. Doch so schön der Anblick auch war – ein beklemmendes Gefühl ließ sich nicht abschütteln. David saß auf der Sessellehne, sein Handy vor sich wie eine heilige Reliquie. Er aktualisierte die Seite seiner Social-Media-App im Sekundentakt. „Okay, Leute. Die ersten Kommentare trudeln ein." Alle Köpfe drehten sich zu ihm. „Na los, David, lies vor", sagte Patrick und setzte sich an den Rand des Sofas. David räusperte sich, sein sonst so selbstbewusstes Auftreten hatte einen kleinen Riss bekommen. „Also… die meisten Kommentare sind natürlich Scherze. Ihr wisst schon: ‚David, bist du jetzt auch ein Mystery-YouTuber?' oder ‚Hast du deinen eigenen Escape Room eröffnet?' Aber ein paar sind… anders." „Wie anders?" fragte Sina mit angespannter Stimme. David sah auf sein Handy und begann vorzulesen. „‚Hey, ich hab letzte Woche auch so eine Nachricht bekommen. Total seltsame Zeichen und Worte, als hätte jemand auf der Tastatur eingeschlafen.'" Moritz zog die Augenbrauen hoch. „Und weiter?" David scrollte weiter. „‚Meine Schwester hat sowas auch mal bekommen. Zwei Tage später stand ihr Auto aufgebrochen auf einem Parkplatz. Zufall?'" Hannah verschränkte die Arme. „Das klingt ja schon fast wie eine urbane Legende." „Moment mal", sagte David und hob eine Hand. „Hier ist noch was: ‚Ich dachte, ich wäre der Einzige. Bekomme seit drei Tagen solche Nachrichten. Die letzte war heute Morgen. Da stand: DU WEISST, WO DU SUCHEN MUSST. '" Stille. „Das ist exakt die gleiche Nachricht wie unsere", sagte Johannes leise. „Antwort ihm", drängte Sina. David nickte und begann zu tippen. „Hab ich gemacht. Ich habe gefragt, ob er noch mehr Infos hat oder ob ihm sonst noch was aufgefallen ist." „Und was jetzt?" fragte Mustafa. „Jetzt… warten wir", murmelte David und legte das Handy vorsichtig auf den Couchtisch, als könnte es jederzeit explodieren. Das Licht im Wohnzimmer wurde schwächer, und Patrick knipste die Stehlampe an. Gelbes Licht flutete den Raum und ließ die Schatten an den Wänden tanzen. „Weißt du, was mir auffällt?" sagte Hannah und brach die Stille. „Wir verhalten uns gerade wie in einem verdammten Horrorfilm. Eine Gruppe von Leuten, mysteriöse Nachrichten, und was machen wir? Sitzen zusammen und starren auf ein Handy."

Mustafa hob eine Augenbraue. „Okay, ich sag's ungern, aber sie hat Recht." „Leute, bleibt locker", sagte Patrick und hob beschwichtigend die Hände. „Wir tun, was wir können. David hat seine Follower aktiviert, und vielleicht bekommen wir ja tatsächlich Antworten. Wir müssen einfach nur..." Da vibrierte Davids Handy. Laut. Auf dem Bildschirm leuchtete eine neue Direktnachricht auf. „Oh, das ging schnell", murmelte David und griff danach. Er öffnete die Nachricht. Sein Gesichtsausdruck gefror, und seine Hände begannen leicht zu zittern. „Was ist los?" fragte Hannah besorgt. David sah auf und hielt das Handy hoch, sodass jeder die Nachricht sehen konnte.

„ES WIRD ZEIT. KOMMT RUNTER. JETZT." Das Wohnzimmer war totenstill. Draußen bellte irgendwo ein Hund, aber niemand achtete darauf. „Runter... wohin runter?" fragte Sina tonlos. „Vielleicht... meinen die den Keller?" mutmaßte Johannes. Patrick sah die anderen der Reihe nach an. „Das ist doch absurd. Wer schreibt sowas? Warum?" „Und was, wenn es ernst ist?" sagte Mustafa leise. Hannah spürte, wie ihr Magen sich zusammenzog. Sie hasste diese Ungewissheit, dieses Gefühl, dass jemand anderes die Kontrolle hatte – jemand, den sie nicht sehen konnten. „Okay", sagte David schließlich und stand auf. „Egal, was das ist – wir können nicht einfach hier sitzen und so tun, als wäre nichts passiert. Ich werde in den Keller gehen." „Nicht alleine", sagte Hannah sofort. „Wir gehen zusammen", fügte Patrick hinzu. „Alleine geht keiner von uns da runter", bestätigte Sina und zog ihre Jacke enger um sich. Die Gruppe stand langsam auf, einer nach dem anderen. Das Licht der Stehlampe flackerte kurz, als hätte sie mitbekommen, was gerade entschieden wurde. Patrick griff nach seiner Taschenlampe aus einer Schublade, während David das Handy fest in der Hand hielt. „Okay", sagte Hannah und atmete tief durch. „Lasst uns gehen. Zusammen." Die Gruppe verließ das Wohnzimmer und machte sich schweigend auf den Weg zur Kellertreppe. Draußen, irgendwo in der Dunkelheit, blickten Augen von einem Bildschirm auf das Geschehen. Ein Finger schwebte über einer weiteren Taste. Der nächste Zug war vorbereitet. Die Kellertür quietschte leise, als Patrick sie aufstieß. Eine kühle, feuchte Luft schlug der Gruppe entgegen, begleitet von einem schwachen, modrigen Geruch. Das Licht im Treppenhaus reichte nur bis zur dritten Stufe, danach verschluckte die Dunkelheit alles. Patrick schaltete seine Taschenlampe ein, der Lichtkegel schnitt einen engen Pfad durch die Schwärze. Die Gruppe drängte sich dicht beieinander auf der schmalen Treppe, niemand wollte der Letzte sein – niemand wollte alleine zurückbleiben. „Okay, atmen, Leute", sagte Patrick und versuchte, seine Stimme fest klingen zu lassen. „Es ist nur ein Keller. Nichts Besonderes." „Jaja, nur ein Keller", murmelte Moritz. „In Horrorfilmen beginnt hier die erste Todessequenz." „Nicht hilfreich, Moritz", zischte Sina und klammerte sich an das Geländer. Hannah warf einen kurzen Blick zurück nach oben. Das Licht aus dem Treppenhaus wirkte wie ein rettender Anker, der sich bei jedem Schritt weiter entfernte. David ging direkt hinter Patrick, sein Handy in der Hand, die Taschenlampe-Funktion aktiviert. „Falls jemand eine Ratte sieht, sagt bitte nichts. Ich will's nicht wissen." Johannes schloss die Gruppe ab, seine Augen scannten nervös die Dunkelheit hinter ihnen. Am Fuß der Treppe angekommen, fanden sie sich in einem schmalen Flur wieder. Mehrere schwere Kellertüren reihten sich aneinander, jede davon mit einer Nummer versehen. Die Luft war noch kühler hier unten, und irgendwo tropfte Wasser auf Beton. „Okay, was jetzt?" fragte Mustafa, seine Stimme zitterte leicht. Patrick drehte sich zu den anderen um. „Hat irgendjemand eine Ahnung, was wir hier unten überhaupt suchen?" „Vielleicht… vielleicht gibt es einen Hinweis", sagte Hannah leise. „Irgendetwas, das uns weiterbringt." David hob sein Handy und sah auf den Bildschirm. „Die Nachricht sagte nur: ‚Kommt runter. Jetzt.' Aber nichts darüber, wohin genau." „Vielleicht… hören wir uns einfach mal um", schlug Johannes vor. „Hören? Hier unten?" fragte Sina ungläubig. Doch in diesem Moment – als hätten die Schatten zugehört – drang ein leises Geräusch an ihre Ohren. Ein rhythmisches Klopfen. Dumpf, hohl. Klopf. Klopf. Klopf. „Oh nein", murmelte Moritz. „Nein, nein, nein. Das war nicht der Wind." Patrick hob seine Taschenlampe und schwenkte sie in die Richtung, aus der das Geräusch kam. Das Klopfen verstummte abrupt. „Hört ihr das?" flüsterte David. „Es hat aufgehört." Die Gruppe hielt den Atem an. Alles war still. Zu still. Dann begann es wieder. Langsamer. Lauter. KLOPF.

KLOPF. KLOPF. „Das kommt von... dort hinten", sagte Patrick
und deutete mit der Taschenlampe auf die letzte Kellertür am Ende
des Flurs. Die Tür war alt, das Holz gesplittert, und ein kleines
Fensterchen aus Milchglas war in die obere Hälfte eingelassen.
Hinter dem Glas war nur Dunkelheit zu sehen. „Okay, genug",
sagte Sina plötzlich und hob die Hände. „Vielleicht ist das ein blöder Streich. Vielleicht sitzt da ein Hausmeister und lacht sich gerade kaputt über uns. Aber ich... ich will das nicht wissen." „Wir
sind schon so weit gekommen", sagte Hannah und sah ihre Freunde nacheinander an. „Gehen wir es zu Ende. Zusammen." Patrick
nickte und ging langsam auf die Tür zu. Seine Schritte hallten leise
auf dem Betonboden wider. Die anderen folgten ihm in einer eng
zusammengepressten Gruppe. Als sie vor der Tür standen, musterte Patrick das Schloss. „Es ist nicht abgeschlossen", sagte er mit
gedämpfter Stimme. „Sollten wir das wirklich tun?" fragte Johannes. David atmete tief durch. „Zu spät, um umzudrehen, oder?"
Patrick legte eine Hand auf den kalten Türgriff. Seine Finger zitterten leicht. Dann drückte er langsam nach unten. Knack. Die Tür
öffnete sich einen Spaltbreit, und ein kalter Hauch schlug ihnen
entgegen. Es roch nach altem Metall, Staub und etwas anderem –
etwas Unbekanntem. Patrick schob die Tür weiter auf, und der
Lichtstrahl seiner Taschenlampe fiel in den Raum. Der Kellerraum
war klein, fast karg. Ein Tisch stand in der Mitte, darauf lag ein
aufgeklappter Laptop. Daneben stapelten sich handgeschriebene
Notizen und Zettel, die über den Tisch und den Boden verteilt waren. An den Wänden hingen Fotos – verpixelte Aufnahmen von
Straßen, Fenstern und... von ihnen. Von Hannah. Von David. Von
Patrick. Von allen. „Was zur Hölle..." murmelte David. Hannah
trat näher an den Tisch heran und hob einen der Zettel auf. Darauf
standen Zahlenreihen und kryptische Buchstabenfolgen. „Das...
das sind die Nachrichten, die wir bekommen haben", flüsterte sie.
Plötzlich begann der Laptop zu summen, und der Bildschirm erwachte zum Leben. Eine dunkle Oberfläche erschien, dann flackerte ein Cursor in der oberen Ecke. Ein Wort tauchte auf dem Bildschirm auf: „SPIELT MIT." Ein lauter Knall dröhnte aus der Dunkelheit hinter ihnen. Die Gruppe fuhr herum, die Taschenlampe
wackelte wild und warf tanzende Schatten an die Wände. „Wir

müssen hier raus!" rief Sina panisch. „Los, zurück zur Treppe!"
schrie Patrick. Die Gruppe stürmte aus dem Raum, zurück in den
schmalen Flur. Doch irgendwo in der Dunkelheit war ein weiteres
Geräusch zu hören. Ein leises, langsames Klopfen, das sich von
der Tür entfernte. Klopf. Klopf. Klopf. Hannah sah noch einmal
zurück. Im Licht des Laptop-Bildschirms schien es, als hätte sich
der Cursor erneut bewegt. Ein letzter Satz erschien auf dem Bildschirm.

„DAS SPIEL HAT GERADE ERST BEGONNEN." Die Gruppe
stolperte beinahe in die Erdgeschosswohnung der WG, die Tür fiel
hinter ihnen ins Schloss. Mustafa drehte sofort den Schlüssel im
Schloss um und presste die Stirn gegen die Tür. „Okay, okay…
wir sind in Sicherheit… zumindest hoffe ich das", murmelte er und
atmete schwer aus. Die WG-Wohnung war ein chaotisches, aber
gemütliches Durcheinander von Lehrbüchern, Kaffeetassen und
halb aufgeklappten Laptops. Moritz ließ sich auf die Couch fallen,
Johannes blieb an der Wand stehen, während Sina und Hannah
dicht beieinander auf zwei Küchenstühlen Platz nahmen. Patrick
und David standen noch in der Tür zum Wohnzimmer, ihre Gesichter gezeichnet von Anspannung. „Was… war das gerade?"
fragte David, seine Stimme bebte leicht. „Ich weiß es nicht", antwortete Patrick. Er rieb sich mit der Hand über das Gesicht und
fuhr dann abrupt zu Hannah herum. „Du arbeitest doch in der Psychiatrie, Hannah. Gibt es… ich meine… kennst du Fälle, in denen
gestörte Menschen sowas machen? Irgendwelche SMS verschi-
cken, Leute beobachten, solche… Spiele spielen?" Hannah erstarrte. Ihre Augen fixierten Patrick und für einen Moment herrschte
absolute Stille im Raum. „Was zur Hölle ist das für eine Frage,
Patrick?" Ihre Stimme war leise, aber scharf wie ein Messer.
„Denkst du wirklich, psychisch kranke Menschen sitzen in ir-
gendwelchen Kellern und planen so etwas? Hast du überhaupt eine
Ahnung, mit welchen Menschen ich arbeite?" „Hannah, so hab ich
das nicht gemeint, ich…" „Doch, genauso hast du es gemeint!"
fuhr sie dazwischen. „Psychische Erkrankungen bedeuten nicht,
dass jemand zu solchen perfiden, abartigen Dingen fähig ist! Das
sind Menschen, die Hilfe brauchen, keine Film-Bösewichte!"
„Aber…" begann Moritz zögernd, „was könnte einen Menschen

dazu bringen, sowas zu tun? Ich meine, irgendjemand hat diese Fotos gemacht. Irgendjemand hat die SMS geschickt. Und Hannah… du arbeitest doch in einer Einrichtung. Du kennst doch bestimmt…" „Das ist keine Einrichtung", unterbrach Hannah scharf. „Das ist eine Klinik! Eine Klinik für Menschen, die krank sind und die behandelt werden! Sie sind keine Monster, keine Täter, keine Marionettenspieler, die in Kellern sitzen und uns beobachten!" Die Worte hallten noch im Raum nach, und alle starrten Hannah an. Ihr Brustkorb hob und senkte sich hektisch, ihre Hände zitterten leicht. Die Stille wurde schließlich von Mustafa durchbrochen, der sich von der Tür abstieß und mit erhobenen Händen auf die Gruppe zuging. „Okay, Leute, Leute, kommt schon! Wir haben da unten eine verdammte Horrorfilm-Szene erlebt, und jetzt zerfleischen wir uns auch noch gegenseitig? Das ist ja fast so, als würden wir genau das tun, was der da draußen will. Vielleicht versteckt er sich jetzt in irgendeinem Busch und kichert sich ins Fäustchen, weil wir uns hier gegenseitig an die Gurgel gehen." Ein kurzes, müdes Lächeln huschte über Hannahs Gesicht. Mustafa zwinkerte ihr zu. „Danke, Mustafa", murmelte sie. „Immer zur Stelle, wenn's brenzlig wird, meine Freunde", sagte Mustafa und salutierte gespielt. Die Gruppe atmete langsam durch, und die Atmosphäre entspannte sich etwas. „Okay", begann Patrick, diesmal ruhiger, „wir müssen jetzt einen klaren Kopf bewahren. Es bringt nichts, uns gegenseitig anzufahren. Fakt ist. Da unten im Keller ist etwas passiert. Und es war kein Zufall. Jemand hat uns beobachtet, jemand hat uns gezielt Nachrichten geschickt, und jemand spielt hier ein Spiel mit uns." „Der Laptop… und die Fotos", sagte Sina leise. „Das war krank. Wer macht sowas?" „Vielleicht jemand, der uns alle kennt", sagte David langsam. „Oder zumindest genug über uns weiß, um diese SMS gezielt zu schicken." „Vielleicht sollten wir die Polizei rufen", schlug Johannes vor. „Und was sagen wir denen?" fragte Moritz trocken. „Hallo, ja, wir haben komische SMS bekommen und einen gruseligen Laptop im Keller gefunden." „ Das klingt nicht gerade nach einem Notfall." „Aber was ist, wenn das alles kein Spiel ist?" sagte Hannah und sah in die Runde. „Was, wenn das hier gefährlich wird?" Die Gruppe schwieg. Jeder schien in Gedanken versunken. „Vielleicht sollten wir uns aufteilen", schlug

Sina zögernd vor. „Jeder geht in seine Wohnung, verriegelt die Türen, und…" „Nein!" unterbrach Mustafa sie. „Leute, ganz ehrlich, das ist das Dümmste, was wir tun können. Haben wir alle schon mal einen Horrorfilm gesehen? Sich aufteilen ist der Anfang vom Ende." Ein kurzes, nervöses Lachen ging durch die Runde. „Er hat recht", stimmte David zu. „Wir bleiben zusammen. Zumindest bis wir einen Plan haben." Patrick nickte. „Gut. Also bleiben wir hier. Aber… wir müssen irgendetwas tun. Wir können nicht einfach nur warten." „Vielleicht… vielleicht sollten wir noch einmal in den Keller gehen", sagte Hannah leise. Alle sahen sie entsetzt an. „Nicht jetzt sofort", fügte sie schnell hinzu. „Aber irgendwann. Wir haben etwas übersehen, das weiß ich. Da war noch mehr… irgendwas, das wir nicht gefunden haben." „Aber nicht heute", sagte Johannes entschieden. „Nein, nicht heute", bestätigte Hannah. „Heute Nacht bleiben wir hier. Zusammen." Die Gruppe nickte zustimmend. Draußen war es inzwischen dunkel geworden, und der schwache Lichtschein der Straßenlaternen fiel durch die Vorhänge. Der Raum wurde still, nur das leise Summen des Kühlschranks war zu hören. In der Dunkelheit der Straße, verborgen hinter einem Vorhang, beobachtete jemand das Haus. Ein schwaches, rotes Licht flackerte auf dem Display seines Handys. Seine Finger huschten über die Tastatur, während ein leichtes Grinsen über sein Gesicht huschte. Er tippte: „Na gut, jetzt wird's spannend." und drückte auf Senden. Die Gruppe hatte sich in der WG eingerichtet, jeder mit einem Getränk in der Hand und halbwegs in Decken gehüllt. Das Licht war gedimmt, die Vorhänge zugezogen, und der Fernseher lief leise im Hintergrund – ein Versuch, die unheimliche Stille zu vertreiben. David saß mit gekreuzten Beinen auf dem Boden, sein Handy in der Hand, und scrollte konzentriert durch die Kommentare unter seinem Video. „Okay, Leute, hört mal her", sagte er plötzlich, ohne aufzusehen. „Das Video geht ziemlich ab. Über 2.000 Aufrufe in nicht mal zwei Stunden. Die Kommentare explodieren. Die meisten sind natürlich Müll – Leute, die 'Fake' schreiben, oder die ihre eigenen Gruselgeschichten erzählen. Aber…" Er stoppte kurz und biss sich auf die Lippe. „Ein Kommentar fällt auf. Ein User hat vorhin etwas geschrieben, das mir seltsam vorkam. Und jetzt hat er Patrick eine private Nachricht geschickt." Alle Köpfe drehten sich zu Patrick, der gerade einen Schluck aus seiner Tasse nahm und dabei so abrupt innehielt, dass etwas Tee auf sein T-Shirt spritzte. „Mir? Warum mir?" „Keine Ahnung", sagte David und schob sein Handy zu Patrick hinüber. „Lies selbst." Patrick nahm das Handy und las die Nachricht laut vor: „Es geht nicht um die SMS. Ihr müsst tiefer Graben. Jemand beobachtet euch schon lange. Ihr seid Teil von etwas Größerem. Passt auf euch auf. Besonders DU, Patrick." Die Luft schien aus dem Raum zu entweichen. Alle starrten Patrick an, dessen Gesichtsausdruck irgendwo zwischen Verwirrung und Furcht lag. „Warum... ich?" fragte Patrick leise. „Vielleicht, weil du..." begann Sina, hielt aber inne. „Weil du am meisten weißt? Weil du dich mit Verträgen und Bürokratie auskennst? Oder einfach... weil jemand will, dass wir anfangen, uns gegenseitig zu verdächtigen?", spekulierte Hannah. „Das ist ja wie in einem schlechten Thriller", murmelte Johannes. „Was sollen wir jetzt tun? Antworten?" fragte Mustafa. David zuckte die Schultern. „Vielleicht. Aber vorsichtig. Keine persönlichen Infos." Patrick sah David unsicher an, dann gab er das Handy zurück. „Antworten wir morgen. Ich kann jetzt nicht darüber nachdenken." Die Gruppe verfiel in Schweigen. Jeder hing seinen eigenen Gedanken nach, und das mulmige Gefühl kroch erneut in ihre Köpfe.

***

In seiner kleinen, liebevoll eingerichteten Wohnung in der ersten Etage lag Herr Möller reglos auf dem Boden. Seine alte Schallplatte von den Beatles lief noch auf dem Plattenspieler, die Nadel kratzte unaufhörlich über das letzte Stück Vinyl. Das Licht seiner Stehlampe warf einen warmen Schein auf das alte Holzparkett, doch der Raum war erfüllt von einer bedrückenden Stille. Sein Handy lag nur wenige Zentimeter von seiner Hand entfernt. Der Bildschirm leuchtete schwach, eine Nachricht war noch zu sehen: „Manchmal reicht ein Blick in den Abgrund. Und manchmal schaut der Abgrund zurück. Du hast es gelesen, Herr Möller. Du hast es verstanden. Aber es war zu viel, oder?" Seine Augen waren geöffnet, starrten reglos an die Decke. Ein einzelner Tropfen Schweiß lief seine Schläfe hinunter. Draußen im Schutz der Dunkelheit, bewegte sich ein Schatten. Ein leises, mechanisches Kli-

cken erklang, gefolgt von einem Lichtblitz von einem Kamerage-
rät. Ein weiteres Foto wurde gemacht.

***

Die Gruppe saß immer noch zusammen, als Mustafa plötzlich auf-
stand. „Leute, ich halt das nicht mehr aus. Irgendwas stimmt nicht.
Dieses ganze Ding fühlt sich an wie ein schlechter Albtraum."
„Wir sollten schlafen", sagte Hannah leise. „Vielleicht sieht morgen alles klarer aus." „Schlafen? Ernsthaft?" fragte Moritz und
lachte nervös. „Wie soll man nach all dem bitte schlafen?" David
hob den Kopf und schaute in die Runde. „Ich… ich geh mal kurz
auf die Terrasse. Frische Luft schnappen." „Nicht allein", sagte
Hannah sofort. „Geh nicht allein." David sah sie an und nickte
langsam. „Okay, wer kommt mit?" Sina nickte David zu. Ich
komme mit. Sina folgte David auf die winzige Terrasse der WG.
Sie war kaum mehr als ein schmaler Streifen Beton, eingezwängt
zwischen einem alten Gittergeländer und ein paar Topfpflanzen,
die eher halbherzig gepflegt wirkten. Trotzdem spendete sie etwas
Luft und einen Hauch von Freiheit in dieser angespannten Situation. David stützte sich auf das Geländer und starrte in die Nacht
hinaus. Die Straßenlaternen warfen trübes, gelbliches Licht auf das
Kopfsteinpflaster, während vereinzelt Schatten von vorbeifahrenden Autos über die Fassaden tanzten. „Zu ruhig", murmelte Sina
und zog ihren dünnen Cardigan enger um sich. „Für einen Samstagabend in Berlin… das fühlt sich falsch an." David nickte, sein
Blick schweifte über die dunklen Fenster der gegenüberliegenden
Häuserfront. Gerade als er sich wieder zu Sina drehen wollte, hielt
er inne. „Siehst du das auch?" flüsterte er. Sina folgte seinem
Blick. Auf der anderen Straßenseite, im Schein einer Straßenlaterne, stand eine Gestalt. Eine Person, die einen dunklen Hoodie trug,
die Kapuze tief ins Gesicht gezogen. Ihr Gesicht war nicht zu erkennen, nur der Umriss eines Körpers, der fast bewegungslos dastand. Dann hob die Gestalt langsam die Hand. Ein Gruß. Oder
war es eine stille Botschaft? „David… das ist nicht normal", sagte
Sina leise und griff unbewusst nach Davids Arm. Die Gestalt blieb
noch einen Moment stehen, bevor sie sich schließlich umdrehte
und mit langsamen, gemächlichen Schritten die Straße hinunter-
ging. Die Richtung war klar: Sie steuerte direkt auf den Weg zum

Bahnhof zu. David und Sina sahen ihr nach, bis sie in der Dunkelheit verschwand. „Das... das war nicht einfach nur ein Typ, der spazieren geht, oder?" flüsterte Sina, ihre Stimme bebte leicht. David schüttelte den Kopf. „Nein. Definitiv nicht. Die beiden traten zurück ins Wohnzimmer, wo die andere zusammengedrängt auf der Couch und den Sesseln saßen. Mustafa hatte sich auf den Boden gesetzt und spielte nervös mit einer leeren Chips Tüte. „Okay, was war das jetzt?" fragte Patrick sofort, als David und Sina wieder hereinkamen. David rieb sich über das Gesicht und setzte sich auf die Armlehne eines Sessels. „Da war jemand. Auf der anderen Straßenseite. Ein Typ mit Kapuze. Er hat... uns gegrüßt. Einfach so. Und dann ist er zum Bahnhof gegangen." „Was soll das heißen – er hat euch gegrüßt? Wer macht denn sowas?" fragte Johannes und runzelte die Stirn. „Jemand, der genau weiß, dass wir hier sind", antwortete Sina und setzte sich langsam auf die Couch. „Vielleicht... vielleicht war das ja nur ein Zufall? Ein Passant, der einfach seltsam drauf war?" schlug Moritz vor, doch seine Stimme klang unsicher. „Macht euch nichts vor", sagte Hannah ernst. „Das war kein Zufall. Diese SMS, das Keller-Ding, jetzt dieser Typ... das hängt alles zusammen. Und es wird immer merkwürdiger." „Und was jetzt?" fragte Patrick. „Sollen wir zur Polizei gehen? Sollen wir uns hier verbarrikadieren? Oder einfach so tun, als wäre nichts?" „Die Polizei würde uns kaum ernst nehmen", murmelte Johannes. „Was sollen wir denen sagen? ‚Hey, ein Typ mit Kapuze hat uns gegrüßt'? In Sinas Unterbewusstsein regte sich der Gedanke, dass im Keller genug Beweismaterial für die Polizei liegt, doch im Stress war er für sie nicht greifbar. Mustafa hob die Hände. „Okay, Leute, beruhigen wir uns mal. Niemand hat uns angegriffen, niemand hat uns bedroht. Vielleicht ist es wirklich irgendein verdammter Zufall oder ein Troll. Lass uns nicht durchdrehen." Ein kurzes Schweigen breitete sich aus. Die Anspannung lag wie ein dicker Nebel in der Luft. Dann vibrierte Davids Handy. Er sah auf das Display und sein Gesichtsausdruck wurde steinhart. „Was steht drin?" fragte Hannah leise. David hob das Handy, damit alle es sehen konnten. Auf dem Bildschirm war eine neue Nachricht von einer anonymen Nummer: „Ihr seht müde aus. Solltet ihr nicht schlafen gehen? Morgen wird ein langer Tag." Ein Schauer lief durch die Runde. Keiner sagte ein Wort. Von draußen war plötzlich ein leises, kaum wahrnehmbares Geräusch zu hören. Ein Knacken. Vielleicht ein Zweig, der unter einem Schuh zerbrach. Moritz flüsterte: „Hat das noch jemand gehört?" Alle nickten stumm. Draußen, direkt vor der WG, bewegte sich etwas im Schatten. Draußen knackte etwas. Ein leises Geräusch, kaum wahrnehmbar, aber genug, dass alle Köpfe reflexartig in Richtung des kleinen Fensters zuckten. Patrick stellte die Tasse ab und stand langsam auf. „Okay… wir bleiben zusammen. Niemand geht alleine irgendwohin. Was auch immer hier passiert – wir halten zusammen." Mustafa hob die Hände und versuchte zu grinsen, doch sein Lächeln wirkte gezwungen. „Teamwork macht den Traum wahr, oder wie war das?" Keiner lachte. Keiner bewegte sich. Die Nacht lag schwer über ihnen, und das Gefühl, beobachtet zu werden, ließ sich nicht mehr abschütteln. Die Gruppe erstarrte, als das dumpfe Geräusch erneut zu hören war. Schritte hallten durch das Treppenhaus, begleitet von gedämpften Stimmen, die sich anfühlten, als würden sie direkt durch die Wände dringen. Wortlos erhob sich die Gruppe von ihren Plätzen. Selbst Mustafa, der sonst immer einen Spruch auf den Lippen hatte, war still. Langsam bewegten sie sich zur Tür der WG und lauschten. „Er ist nicht bei Bewusstsein." Die Worte ließen allen das Blut in den Adern gefrieren. Wer war nicht bei Bewusstsein? Was war hier los? Johannes fasste sich ein Herz und öffnete vorsichtig die Tür. Das grelle Licht des Treppenhauses fiel in die dunkle WG-Wohnung. Vor ihnen standen Rettungssanitäter in grellorangen Westen, ihre Tragen und medizinischen Geräte verteilt auf dem Boden. Zwei Polizisten standen daneben, ihre Gesichter ernst und kontrolliert. Einer der Polizisten bemerkte die Gruppe sofort und trat einen Schritt näher. „Wer sind Sie? Was machen Sie hier?" fragte er mit fester Stimme. Patrick räusperte sich und antwortete mit leicht zitternder Stimme: „Wir wohnen hier. „ Die anderen nickten hastig, ihre Blicke huschten zwischen den Sanitätern und den Polizisten hin und her. Der Polizist entspannte sich ein wenig, aber seine Stimme blieb bestimmt. „Es gab einen anonymen Notruf. Jemand hat uns gemeldet, dass ein älterer Herr – Herr Möller – bewusstlos in seiner Wohnung liegt." „Herr Möller?", wiederholte Hannah entsetzt. „Aber… er lebt, oder?"

Ein Sanitäter drehte sich zu ihnen um und nickte knapp. „Ja, er lebt. Wir vermuten einen Herzinfarkt. Wir bringen ihn jetzt ins Krankenhaus." Die Gruppe atmete erleichtert auf, aber das flaue Gefühl in ihren Mägen blieb. „Und... wissen Sie, wer den Notruf abgesetzt hat?" fragte David vorsichtig. Der Polizist schüttelte den Kopf. „Nein. Der Anruf war anonym, die Stimme kaum zu verstehen. Aber ohne diesen Anruf hätte es vielleicht niemand bemerkt, bis es zu spät gewesen wäre." Die Worte hingen schwer in der Luft. Wer hatte den Notruf abgesetzt? Hatte das etwas mit den mysteriösen SMS zu tun? Und warum ausgerechnet Herr Möller? Mustafa fuhr sich durch die Haare und murmelte: „Das wird immer verrückter." Der Polizist sah die Gruppe noch einmal ernst an. „Wenn Ihnen etwas auffällt – egal wie unbedeutend es scheint – melden Sie sich sofort bei uns." Die Gruppe nickte stumm, während die Sanitäter Herrn Möller vorsichtig auf die Trage legten und die Treppe hinuntertrugen. Der Polizist verabschiedete sich knapp und folgte den Rettungskräften. Die Tür fiel ins Schloss, und ein unnatürliches Schweigen breitete sich aus. „Das war kein Zufall", sagte Hannah leise, ihre Hände zitterten leicht. Patrick sah sie an. „Jemand beobachtet uns. Jemand... spielt mit uns." Moritz versuchte, etwas Beruhigendes zu sagen, öffnete den Mund, schloss ihn aber wieder. David sank zurück auf das Sofa, starrte auf sein Handy und flüsterte: „Wir müssen herausfinden, wer das ist. Und zwar schnell." Niemand widersprach. Denn allen war klar: Die Schatten, die über ihrem Haus lagen, waren dichter und bedrohlicher geworden. Und irgendjemand zog die Fäden in diesem düsteren Spiel. Sina erhob plötzlich ihre Stimme, laut und fest, mit einem Nachdruck, der alle zum Schweigen brachte. „Nein! Schluss jetzt. Es reicht! Es ist Zeit, der Polizei alles zu erzählen. Diese SMS, die Schatten, dieses Gefühl beobachtet zu werden – und jetzt Herr Möller? Das kann kein Zufall mehr sein!" Ihre Stimme bebte leicht, aber ihre Entschlossenheit war unübersehbar. Sie zeigte mit ihrem Finger ausdrucksstark in Richtung der Polizisten, die gerade dabei waren, in ihren Streifenwagen zu steigen. „Da draußen stehen die einzigen Menschen, die vielleicht etwas tun können. Wir gehen da jetzt hin, und zwar sofort!" Hannah nickte zustimmend. „Sina hat recht. Wenn wir das jetzt nicht melden, könnte es zu spät sein." Ohne ein weiteres Wort rannten sie los. Die Gruppe hastete aus der Tür des Altbaus hinaus auf die Straße. Der nächtliche Wind trug den fernen Klang eines vorbeifahrenden Zuges heran, während die Polizisten schon beinahe ihre Autotüren geschlossen hatten. „Warten Sie!" rief Patrick und hob die Arme, um ihre Aufmerksamkeit zu bekommen. „Bitte, warten Sie!" Einer der Polizisten drehte sich mit gerunzelter Stirn zu ihnen um. „Was ist los? Was gibt es noch?" David trat nach vorn, das Handy immer noch fest in der Hand, und begann zu reden – schnell, aber klar und deutlich: „Hören Sie, es ist nicht nur Herr Möller. Es passiert hier etwas… Seltsames. Wir alle haben seltsame SMS bekommen, Nachrichten, die keinen Sinn ergeben. Und es ist nicht nur eine. Sie kamen unspezifisch, aber zur gleichen Zeit. Und jetzt das mit Herrn Möller? Das kann kein Zufall sein!" Der Polizist tauschte einen schnellen Blick mit seinem Kollegen und musterte die Gruppe. „Was für Nachrichten genau? Können Sie uns die zeigen?" David hielt sein Handy hoch, öffnete die letzte SMS und reichte es dem Polizisten. Die wirren Zeichen und Zahlen waren noch immer auf dem Display zu sehen. Der Polizist runzelte die Stirn, während sein Kollege ein paar Notizen in ein kleines Heft kritzelte. „Haben Sie sonst noch etwas beobachtet? Irgendwelche fremden Personen, verdächtige Geräusche, Schatten?" fragte der zweite Polizist ruhig. Hannah trat nach vorn. „Ja. Eine Gestalt. Mit einer Kapuze. Er stand auf der anderen Straßenseite, hat uns gegrüßt und ist dann Richtung Bahnhof gegangen." Der erste Polizist nahm einen tiefen Atemzug. „Okay… das klingt ernst. Wir werden das überprüfen. Aber Sie sollten alle in Ihrer Wohnung bleiben und die Tür abschließen. Und bitte, keine Alleingänge. Wenn noch etwas passiert oder Sie noch eine Nachricht bekommen, rufen Sie uns sofort an. Haben wir uns verstanden?" Die Gruppe nickte einstimmig. Der Polizist gab David sein Handy zurück, nickte knapp und stieg in den Streifenwagen. Langsam rollte das Fahrzeug davon, und das flackernde Blaulicht ließ die Fassade des Altbaus für einen Moment in kühlen Reflexionen aufleuchten. Die Gruppe stand still auf der Straße, umgeben von der Kälte der Nacht und der lähmenden Erkenntnis, dass sie vielleicht tiefer in etwas hineingeraten waren, als sie jemals ahnen konnten. „Wir sollten zurück in die WG", sagte Mustafa leise, seine sonst so lockere Stimme ernst und ungewohnt ruhig. Ohne ein weiteres Wort drehte sich die Gruppe um und ging zurück ins Haus, jeder Schritt von dem mulmigen Gefühl begleitet, dass der wahre Albtraum gerade erst begonnen hatte. In der WG angekommen ließ sich die Gruppe erschöpft auf die Couch und Stühle fallen. Die Luft war schwer, und jeder hing seinen eigenen Gedanken nach. Sina lief nervös hin und her, ihre Arme verschränkt, ihre Lippen fest aufeinandergepresst. Plötzlich blieb sie stehen und schlug sich mit der flachen Hand gegen die Stirn. „Verdammt! Warum haben wir den Polizisten nicht den Keller gezeigt? Scheiße, wieso haben wir das vergessen?" Stille breitete sich aus. Niemand sagte etwas. Mustafa schaute zu Boden, David starrte auf sein Handy, als könnte es ihm eine Antwort liefern, und Patrick rieb sich die Schläfen. Johannes saß einfach nur da, die Hände ineinander verschränkt, sein Blick leer auf einen Punkt vor sich gerichtet. Hannah hob zaghaft die Stimme. „Wir… wir waren einfach überfordert. Erst Herr Möller, dann die Polizisten, die SMS, diese verdammte Kapuzenfigur… es war einfach zu viel." Sina fuhr sich durch die Haare. „Ja, aber jetzt sitzen wir hier. Und der Keller… da unten stimmt etwas nicht. Wir haben es alle gespürt." „Was, wenn da unten noch jemand ist?" murmelte Patrick leise, fast mehr zu sich selbst als zu den anderen. David sah auf und brach das Schweigen. „Okay… wir können uns jetzt hier verrückt machen, oder wir schlafen ein paar Stunden, warten auf Tageslicht und gehen morgen früh zusammen runter. Mit Taschenlampen, mit offenen Augen und zusammen. Kein Alleingang, klar?" Die Gruppe nickte zögerlich. Mustafa versuchte ein Lächeln, das aber mehr wie ein müder Versuch aussah. „David hat recht. Außerdem… vielleicht war da auch einfach nichts. Vielleicht… vielleicht war es nur unsere Fantasie." Aber niemand glaubte wirklich an diese Worte. Hannah erhob sich langsam und ging zum Fenster. Draußen war alles still. Zu still. Die Lichter der Straßenlaternen warfen lange Schatten auf den Asphalt. Irgendwo in der Ferne war ein leises Dröhnen eines vorbeifahrenden Zuges zu hören. „Wir schlafen jetzt alle im Wohnzimmer", sagte sie entschlossen. „Keine Diskussion. Niemand bleibt allein." Die anderen nickten. Sie rollten Matratzen aus, breiteten Decken auf dem Boden aus und schoben die Couchkissen zusammen. Es fühlte sich an wie eine merkwürdige Pyjama-Party, aber niemandem war nach Lachen zumute. Während die Gruppe sich für die Nacht einrichtete, saß Sina noch eine Weile am Fenster und schaute hinaus in die Dunkelheit. Sie hatte das Gefühl, dass irgendetwas da draußen lauerte. Etwas, das darauf wartete, dass sie wieder einen Fehler machten. Und tief in ihrem Inneren wusste sie: Der Keller würde keine Antworten bringen, die sie hören wollten.

***

Die Gestalt saß still im Schatten, nur das schmale Glimmen seiner Zigarette durchdrang die Dunkelheit. Von hier aus konnte er direkt in das Fenster der WG blicken, sehen, wie sich die Lichter löschten und die Gruppe sich auf den improvisierten Schlafplätzen niederließ. Ein zufriedenes Grinsen zog sich über sein Gesicht, die Lippen gespannt, die Zähne leicht sichtbar. Doch die Sache mit dem alten Mann störte ihn. Das war nicht Teil des Plans gewesen. „Verdammter Zufall… oder nicht?" murmelte er leise zu sich selbst und ließ die Zigarette achtlos auf den Boden fallen. Er hatte den Polizeifunk abgehört, jedes Wort, jede Anweisung, jede Nuance in den Stimmen. Fähigkeiten, die er sich über Jahre angeeignet hatte, still, geduldig, methodisch. Sie dienten einem höheren Zweck – seinem Zweck. Die Wohnung, in der er sich verbarrikadiert hatte, war ein glücklicher Zufall gewesen. Oder besser gesagt: eine schwache Kette, die er leicht hatte zerreißen können. Die alte Frau hatte es ihm viel zu einfach gemacht. Er hatte den Brief auf ihrer Fensterbank gelesen – drei Wochen Reha. Drei Wochen Einsamkeit. Perfekt. „Wer zum Teufel hat die Bullen gerufen?" zischte er und kniff die Augen zu schmalen Schlitzen. Sein Blick huschte rastlos durch die Dunkelheit, suchte nach Antworten, die sich ihm entzogen. Diese Frage bohrte sich in seinen Kopf, fraß sich durch seine mühsam aufrechterhaltene Fassade aus Kontrolle. Hatte der alte Mann es tatsächlich geschafft, selbst die Polizei zu rufen? Verdammter Narr! Er hätte ihn sofort ausschalten sollen. Aber irgendetwas hatte ihn zurückgehalten. Ein Zögern, ein Moment der Schwäche. Doch das würde er nicht noch einmal zulassen. Dieser Hausbewohner musste sterben. Er saß im Sessel, die Gardinen fest zugezogen, das einzige Licht kam vom flimmernden

Bildschirm seines Laptops. Auf mehreren Fenstern waren Live-Übertragungen zu sehen – unscharfe Kameraperspektiven, die Flure, Türen und Eingänge des Altbaus zeigten. Seine Finger trommelten nervös auf der Armlehne, immer schneller, bis er plötzlich innehielt und die Hand zur Faust ballte. „Konzentrier dich… konzentrier dich…", murmelte er, die Stimme kaum hörbar, während seine Augen starr auf den Bildschirm gerichtet blieben. Plötzlich drehte er den Kopf zur Seite und sah auf den leeren Stuhl neben ihm. Sein Blick wurde glasig, seine Stirn legte sich in Falten. „Was glotzt du so? Hast du nicht genug Chaos angerichtet heute?" Ein kurzes, heiseres Lachen entwich ihm, dann schüttelte er abrupt den Kopf. „Nein… nein, du hast recht. Alles läuft nach Plan. Alles… läuft… nach Plan." Er atmete tief durch, setzte sich kerzengerade hin und strich sich mit fahrigen Bewegungen die Haare aus dem Gesicht. Die Anspannung wich aus seinen Schultern, ein kühles Lächeln kehrte zurück auf seine Lippen. „Sie werden schon bald verstehen. Alle. Der Mannlehnte sich zurück, faltete die Hände im Schoß und starrte wieder auf den Bildschirm. Doch seine Finger zitterten leicht, und ein leises Flüstern entwich seinen Lippen – als würde er mit jemandem reden, der nicht da war. Plötzlich durchzuckte es Michael wie ein Blitz. Es musste Leo gewesen sein – er war derjenige, der die Polizei alarmiert hatte!

***

Tagebuch von Melanie – 9 Jahre alt
Ich weiß nicht mehr, welcher Tag heute ist. Die Zeit fühlt sich seltsam an, als würde sie verschwimmen. Es ist dunkel hier unten, kalt und feucht, und der Geruch von Blut klebt in der Luft, als wäre er ein Teil von uns geworden. Unsere Wunden brennen, manche sind tief, andere nur Kratzer, aber es tut nicht mehr richtig weh. Vielleicht, weil nichts mehr so weh tut wie das, was wir hier sehen müssen. Leo

verändert sich. Ich spüre es, jedes Mal, wenn ich ihn ansehe. Seine Augen sind nicht mehr die eines Jungen. Sie sind kalt, fast leer, aber darunter brodelt etwas. Wut. Hass. Ich kenne ihn, ich weiß, dass er nicht aufgibt - aber manchmal macht er mir Angst. Manchmal sehe ich ihn an und erkenne ihn nicht mehr. Nur für einen kurzen Moment, dann ist er wieder Leo. Aber für wie lange noch? Finn klammert sich an uns, so wie ich an ihm festhalte. Wir sind das Einzige, was wir noch haben. Niemand wird uns retten, das haben wir begriffen. Niemand wird hier runterkommen und uns nach Hause bringen. Unser Zuhause gibt es nicht mehr. Es gibt nur noch diesen Keller, die Dunkelheit und das, was darin lauert. Heute haben wir es beschlossen. Wir haben einen Pakt geschlossen. Einen Schwur. Finn, Leo und ich. Wir werden uns rächen. Nicht nur für uns, sondern auch für die Männer, die hier wie Tiere gefangen gehalten werden. Sie schreien nicht mehr. Manche sind zu schwach, manche haben längst aufgegeben. Ihre Augen sind leer. Ich werde nie vergessen, wie einer von ihnen mich angesehen hat - als würde er wissen, dass er nie wieder das Tageslicht sehen wird. Aber wir werden überleben. Und wir werden sie rächen. Die Bestien, die das getan haben, dürfen nicht entkommen. Sie verdienen keine Gnade. Wir werden sie töten, und ich spüre, dass es das Einzige ist, was noch zählt.

Das Licht in uns ist erloschen. Früher haben wir gelacht, gespielt, an gute Dinge geglaubt. Das ist vorbei. Es gibt nur noch Dunkelheit. Und in dieser Dunkelheit gibt es keinen Platz mehr für Angst. Bald ist es soweit. Wir warten nur auf den richtigen Moment. Das Blut wird fließen, aber es wird nicht unser Blut sein. Und wenn es vorbei ist, wenn wir endlich frei sind - dann wird nichts mehr so sein wie vorher. Aber das ist es ohnehin schon lange nicht mehr.

***

Moritz blickte auf sein Handy und sagte entschlossen: „Okay, wir waren vor zwei Stunden im Keller. Lasst uns noch einmal nachsehen. Vielleicht hat Hannah recht, und wir haben tatsächlich etwas übersehen." Sina starrte ihn entgeistert an. „Willst du mich veräppeln? Hast du den Verstand verloren?" Moritz schüttelte den Kopf. „Nein, ich meine es ernst. Ich will wissen, warum diese Fotos von uns auf dem Tisch lagen. Wir müssen es herausfinden." Eine hitzige Diskussion entbrannte zwischen den allen. Die Stimmen wurden lauter, die Stimmung immer angespannter, bis schließlich eine Entscheidung fiel. Mit gemischten Gefühlen und klopfenden Herzen machten sich Moritz, Johannes, Mustafa, Patrick, Hannah und Sina gemeinsam auf den Weg zurück in den Keller. Der Weg in den Keller war von einer unheimlichen Stille begleitet. Die Luft wurde kühler, und das flackernde Licht der nackten Glühbirnen an der Decke ließ ihre Schatten grotesk an den Wänden tanzen. Mustafa führte die Gruppe an, ein stumpfes Brotmesser in seiner Hand, das er wie einen Dolch vor sich hielt. Hinter ihm folgte Hannah, gefolgt von Moritz, Sina, Patrick, Johannes und David, der sein Buttermesser demonstrativ zurückgelassen hatte. „Echt jetzt, Leute? Das hier fühlt sich an wie eine schlechte Szene aus einem Horrorfilm", murmelte David und sah sich nervös um. „Na komm, David", sagte Mustafa grinsend, „mit deinem scharfen Verstand wirst du uns retten. Und Moritz kann ja mit seinem Buttermesser kunstvoll Schnittchen für den Angreifer zubereiten." Ein kurzes, erleichtertes Lachen ging durch die Gruppe, aber die Anspannung blieb spürbar. Als sie den Keller erreichten, standen sie gemeinsam vor der Tür, hinter der sie zuvor die verstörenden Dinge gesehen hatten. Mustafa drückte die Klinke herunter, und die Tür schwang mit einem leisen Knarren auf. Die Gruppe trat ein – und blieb abrupt stehen. Der Raum war leer. Nichts war mehr zu sehen. Keine Kabel, keine seltsamen Kisten, keine Spuren von etwas Ungewöhnlichem. Nur Staub, Spinnweben und ein paar alte, verrostete Regale. „Das… das kann doch nicht sein", flüsterte Sina ungläubig. „Was…?", sagte Patrick und rieb sich die Stirn. Hannah ging ein paar Schritte vor, sah sich um und schüttelte den Kopf. „Es sieht aus, als wäre hier nie etwas gewesen." Moritz schob sein Brotmesser in die Tasche und atmete schwer aus. „Vielleicht…" „Nein!", unterbrach David laut und zeigte auf den Boden. „Da! Seht ihr das? Frische Schleifspuren. Irgendwas wurde hier weggezogen. Das hier ist kein Zufall." Die Gruppe blickte schweigend auf den Boden. Tatsächlich, feine Linien im Staub deuteten darauf hin, dass etwas Schweres bewegt worden war. „Also gut", sagte Mustafa und ließ seinen Blick durch den Raum schweifen. „Entweder wir haben es mit einem verdammt schnellen Aufräumtrupp zu tun… oder hier stimmt wirklich etwas nicht." Ein leises Geräusch hallte durch den Keller – ein metallisches Klirren, weit entfernt, vielleicht von einem anderen Kellerabteil. Alle erstarrten. „Okay", flüsterte Hannah. „Ich glaube, wir haben genug gesehen. Lasst uns zurück nach oben gehen." Niemand widersprach. Langsam, Schritt für Schritt, verließen sie den Keller und schlossen die Tür hinter sich. Mustafa drehte den Schlüssel um und steckte ihn ein. Falls hier jemand zurückkommt… wird er nicht einfach so reinkommen", murmelte er. Doch während sie die Treppen zurück in die WG hinaufstiegen, konnte niemand das Gefühl abschütteln, dass jemand – oder etwas – sie beobachtete. Moritz stand am Fenster, sein Blick starrte ins Leere, während er mit der Fingerspitze langsam über die kalte Fensterscheibe fuhr. Die Atmosphäre im Raum war schwer, niemand sprach ein Wort. Schließlich drehte er sich langsam um, seine Stimme ruhig, aber fest: „Okay. Hört mir jetzt mal genau zu." Alle sahen auf, die Anspannung in der Luft war spürbar. Sebastian ließ seine Hände sinken, mit denen er gerade noch nervös durch seine zerzausten Haare gefahren war. „Moritz, wir haben alles durchgekaut. Was willst du noch hören?" Hannah nickte zustimmend. „Wir sitzen seit Stunden hier und starren auf diese dämlichen Nachrichten. Was könnte uns jetzt noch einfallen?" Aber Moritz ließ sich nicht beirren. „Nein, wartet. Lasst mich das jetzt einfach aussprechen. Warum... warum haben wir eigentlich nie ernsthaft darüber nachgedacht, was diese Zahlen bedeuten? Was, wenn das kein Zufall ist? Was, wenn das... ein Code ist? Ein verschlüsseltes Muster, das jemand absichtlich geschickt hat?" Die Gruppe schwieg. Mustafa hob die Hände. „Ja, Moritz. Das war unser allererster Gedanke. Und? Was sollen wir machen? Sollen wir jetzt Google fragen, wie man ‚geheimnisvolle SMS entschlüsselt'? Vielleicht spuckt es uns direkt die Lösung aus." „Nein, verdammt!", fuhr Moritz dazwischen. „Es geht mir nicht darum, was WIR können. Sondern darum, wer das kann. Wer von uns kennt jemanden, der sich damit auskennt? Jemand, der sowas knacken könnte." Ein kurzes Schweigen. Dann sagte Moritz leise, aber bestimmt: „Mario." Mustafa zog fragend die Augenbrauen hoch. „Mario? Du meinst Mario aus dem Rockhaus? Der Typ, der aussieht, als hätte er sich in einem Serverraum verlaufen und nie wieder herausgefunden?" „Ja, genau der", sagte Moritz und kam näher zum Tisch. „Mario studiert Informatik. Der ist ein Freak, aber der ist verdammt gut in sowas. Ihr wisst, was ich meine. Hannah hob die Hand. „Moment mal. Moritz, du glaubst doch nicht ernsthaft, dass Mario jetzt aufspringt und uns hilft, irgendwelche kryptischen Nachrichten zu knacken." Moritz atmete tief durch und sah Mustafa an. „Mustafa, du hast den besten Draht zu ihm. Ruf ihn an. Bitte." Mustafa zögerte, steckte dann aber seufzend die Hände in seine Taschen und zog sein Handy heraus. „Okay, okay. Aber wenn der mir wieder einen Vortrag über ‚digitale Sicherheit in der modernen Welt' hält, darfst DU das nächste Mal anrufen." Während Mustafa die Nummer eintippte, zog Sina die Knie an die Brust und starrte auf die Tischplatte. Patrick schien in Gedanken versunken, und Hannah massierte sich die Schläfen. Das Freizeichen ertönte. Einmal. Zweimal. Dreimal. „Mario? Hey, hier ist Mustafa. Ja, genau, Mustafa aus dem Rockhaus. Hör mal, wir haben hier ein Problem. Einen Code. Zahlen, Buchstaben, keine Ahnung, was es ist. Glaubst du, du könntest dir das anschauen?" Ein undeutliches Murmeln war aus dem Lautsprecher zu hören. Mustafa nickte und sah die Gruppe an. „Er sagt, wir sollen ihm die Nachrichten schicken. Er schaut sich das an." Ein spürbares Aufatmen ging durch die Gruppe. Für einen Moment fühlte es sich an, als hätten sie einen Schritt in die richtige Richtung gemacht. Doch Moritz blieb stehen, sein Blick wanderte noch einmal zum Fenster hinaus. „Ich hoffe, das führt uns irgendwohin…", murmelte er leise, fast zu sich selbst. Niemand antwortete. Alle saßen still und warteten.

***

Irgendwo in der Ferne heulte eine Sirene auf. Und draußen schien etwas – oder jemand – auf ihren nächsten Schritt zu warten. Die andere Straßenseite lag in Schatten gehüllt. Er saß zusammengesunken auf einem abgenutzten Stuhl. Die einzige Lichtquelle war das fahle Leuchten des Computerbildschirms, der schemenhafte Silhouetten von Fenstern und Bewegungen auf die kahle Wand warf. Seine Hände krallten sich in seine Haare, die Kapuze seines Pullovers hing tief in sein Gesicht. Kopfschmerzen. Diese verdammten, höllischen Kopfschmerzen. Wie ein Bohrer, der sich langsam und erbarmungslos in seinen Schädel fraß. Er presste die Zähne zusammen, knirschte so stark, dass es schmerzte. Nicht schon wieder. Nicht jetzt. Der Raum veränderte sich – oder zumindest fühlte es sich so an. Die Wände schienen näher zu kommen, der Boden unter seinen Füßen vibrierte leicht. Ein leises Summen, irgendwo zwischen Realität und Wahn. Und dann – die Stimme. „Du Versager… Was hast du getan? Das war nicht der Plan!" Er zuckte zusammen, sein Blick zuckte panisch von einer Ecke des Raumes zur anderen. Da war niemand. Aber die Stimme war hier. Sie war immer hier. Immer dann, wenn er am wenigsten damit rechnete. „Halt den Mund! Halt. Den. Mund!", zischte er leise, beinahe flehend. Doch die Stimme ignorierte ihn. Sie lachte, dieses widerliche, schneidende Lachen, das durch seine Knochen vibrierte und ihm Übelkeit verursachte. „Du bist schwach. Immer schon gewesen. Was glaubst du eigentlich, wer hier die Kontrolle hat?" Er presste seine Hände noch fester gegen seine Schläfen, sein Körper zitterte. Der Raum drehte sich. Die Luft fühlte sich schwer an, als würde sie gegen ihn drücken. „Aufhören…", flüsterte er mit bebender Stimme. „Hör einfach auf…"Es war seine Stimme, die sich wie ein Schatten in den Tiefen seines Verstandes verankert hatte und ihm ins Bewusstsein schrie. Stille. Für einen Moment war da nichts als sein eigener schwerer Atem. Doch dann flammte die Wut auf. Eine heiße, brodelnde Welle, die in seinem Bauch begann und sich rasend schnell nach oben fraß. Er sprang auf, stieß den Stuhl um und ließ seinen Kopf mit voller Wucht auf die Tischkante krachen. Ein dumpfer Aufschlag, gefolgt von einem stechenden Schmerz. Das Summen hörte auf. Die Stimme verstummte. Nur sein eigener, schwerer Atem blieb zurück. Das Blut pochte in seinen Ohren, seine Stirn fühlte sich warm und feucht an. Langsam richtete er sich auf, seine Brust hob und senkte sich hektisch. Seine Hände zitterten noch immer leicht, als er sie über sein Gesicht zog. „Er ist weg…", murmelte er, kaum hörbar. Er spähte durch den Spalt zwischen den Vorhängen nach draußen. Das gegenüberliegende Haus, die kleinen Terrassen, die Fenster, hinter denen sich seine „Spielfiguren" bewegten. Sein Herzschlag verlangsamte sich. Alles war wieder ruhig. Der Raum hatte wieder klare Konturen.

***

In der WG herrschte eine beklemmende Stille. Trotz der Ereignisse der letzten Tage hatten alle für ein paar Stunden in einen unruhigen, aber dringend benötigten Schlaf gefunden. Doch selbst in der Dunkelheit der geschlossenen Augen schienen die Schatten der vergangenen Ereignisse zu lauern, bereit, sie in ihren Träumen einzuholen. Hannah saß zusammengesunken auf dem Sofa, die Knie angezogen, während Mustafa unruhig im Raum auf und ab lief. Sina starrte ins Leere, ihre Hände umklammerten eine dampfende Tasse Tee, die sie noch nicht einmal angerührt hatte. Moritz stand am Fenster, sein Blick wanderte nach draußen in den Morgen, wo das klare Tageslicht die Straße und den Asphalt in sanften, goldenen Tönen erstrahlen ließ.,. „Warum fühlt es sich an, als wären wir in einem verdammten Thriller gefangen?", murmelte Patrick und lehnte sich gegen die Küchenzeile. David saß am Tisch, sein Handy vor sich. Die Kommentare unter seinem Video kamen im Sekundentakt rein. Aber jetzt war es anders. Weniger Witze, weniger Spott. Die Leute schrieben ernsthafte Nachrichten, fragten, ob alles okay sei, ob sie helfen könnten. Manche berichteten sogar von ähnlichen SMS, von Zahlenfolgen und seltsamen Nachrichten mitten in der Nacht. „Mario meldet sich nicht...", sagte Mustafa plötzlich und hielt sein Handy hoch. „Ich habe ihm geschrieben und angerufen, aber nichts." „Vielleicht hält er gerade ein Nickerchen oder ist auf andere Weise abgelenkt.?", warf Sina zaghaft ein. „." Mustafa ließ das Handy sinken und biss sich auf die Lippe. Moritz drehte sich vom Fenster weg. „Mario ist garantiert wach. Der Typ ist ständig online und kommentiert irgendwelche Tech-Foren. Okay, wir können nicht einfach hier rumsitzen. Irgendwas geht hier vor sich, und wir haben zu viele Puzzleteile und kein Gesamtbild." Hannah hob den Kopf und schaute Moritz direkt an. „Willst du wirklich, dass wir jetzt noch einmal losziehen? Noch einmal runter in diesen Keller? Noch einmal raus, in der irgendwo jemand... jemand..." Sie stockte, ihre Stimme versagte. „...jemand uns vielleicht beobachtet?", beendete Moritz ihren Satz leise. Patrick hob eine Hand, als wollte er beschwichtigen. „Wartet mal. Vielleicht sollten wir einfach zusammenbleiben. Die Tür verriegeln, die Handys ausmachen und... keine Ahnung... einfach bis morgen warten. Morgen sieht die Welt anders aus. Vielleicht meldet sich Mario ja dann." „Ja, vielleicht", murmelte Sina, aber niemand klang überzeugt. David stand auf und hielt sein Handy hoch. „Leute, ich will ehrlich sein: Da draußen passiert gerade was. Mein Video... es erreicht Leute. Manche haben ähnliche Dinge erlebt, andere behaupten, dass es nur ein Spiel ist. Aber eine Nachricht, die ich vorhin bekommen habe..." Alle Augen richteten sich auf ihn. „Da hat jemand geschrieben: Ihr dürft nicht aufhören. Wenn ihr es ignoriert, wird es schlimmer." Ein Kloß bildete sich in Hannahs Kehle. „Das... das ist doch kein Zufall mehr." „Nein, ist es nicht", sagte Moritz bestimmt. „Und deshalb müssen wir etwas tun. Warten wird uns nicht helfen." Die Gruppe sah sich an, ihre Gesichter angespannt, müde, aber entschlossen. „Wir gehen zu Mario", sagte Mustafa plötzlich. „Ich kenne seine Adresse. Es ist nicht weit von hier. Vielleicht sitzt er ja einfach nur an seinem PC und hat vergessen, aufs Handy zu schauen." „Und wenn nicht?", fragte Sina leise. „Dann haben wir es wenigstens versucht“, antwortete Mustafa und griff nach seiner Jacke. Einer nach dem anderen standen sie auf. Keiner wollte zurückbleiben. Keiner wollte allein sein. Als sie die WG verließen und die kühle Morgenluft sie einhüllte, fiel Moritz' Blick erneut auf das Fenster gegenüber. Er hatte das Gefühl, dass dort etwas – oder jemand – war. Ein Schatten. Ein Gefühl. Aber als er genauer hinschaute, war da nichts. Patrick drehte den Zündschlüssel, und der Motor sprang knurrend an, als würde er selbst gegen den Start protestieren. „Alle bereit?“ fragte er ruhig und warf einen Blick in den Rückspiegel, wo die anderen schweigend saßen. Niemand machte eine Bemerkung, keiner lachte – die Anspannung war fast greifbar. Hannah saß eingequetscht zwischen Mustafa und dem Mitteltunnel, ihre Arme eng an den Körper gepresst. Sina hatte sich auf Johannes' Schoß gesetzt, ihre Beine umständlich an der Seite verstaut. David hatte sich auf den Rücksitz gedrängt, ein Knie irgendwo zwischen Mustafas Rücken und Johannes' Schulter. Es war eng, aber niemand beschwerte sich. „Dann los.“ Patrick trat aufs Gaspedal, und das Auto setzte sich ruckartig in Bewegung. Die Straßen glitten still an ihnen vorbei, die Stadt langsam erwachend. Es war früh am Tag, die Sonne stand tief und warf lange Schatten auf den Asphalt, während Patrick in die nächste Straße einbog. „Friedrichshain ist nicht weit“, sagte er leise, fast mehr zu sich selbst als zu den anderen. Die Stille war bleiern, unterbrochen nur vom leisen Brummen des Motors und dem gelegentlichen Klirren, wenn das Auto über ein Schlagloch holperte. Sina blickte aus dem Fenster, ihre Augen schienen irgendwo in der Ferne hängen zu bleiben. „Dieser Ort… er hat sich verändert. Oder ich habe mich verändert. Ich weiß es nicht.“ Ihre Stimme klang nachdenklich, fast melancholisch, und niemand widersprach ihr. „Wir sind bald da,“ murmelte Patrick, als er in die Voigtstraße einbog. Die Fassaden der Altbauten warfen lange Schatten, die Straße lag in einer unheimlichen Ruhe da. Kein Lachen, kein Geschrei, nur das Summen der Stadt in der Ferne. Mit einem letzten Ruck brachte Patrick den Wagen zum Stehen. „Wir sind da,“ sagte er leise. Die Türen öffneten sich, und einer nach dem anderen stiegen sie aus. Die kühle Luft traf sie wie ein Schlag, und für einen Moment standen sie einfach da, blickten zum Wohnhaus hinauf, das vor ihnen aufragte. Keiner sprach, keiner bewegte sich. Die Anspannung kroch zurück, legte sich auf ihre Schultern wie ein unsichtbarer Mantel. Patrick atmete tief durch und sah zu den anderen. „Bereit?" Johannes nickte knapp. „Lass es uns hinter uns bringen." Langsam setzten sie sich in Bewegung, ihre Schritte hallten auf dem Gehweg wider, während das Haus immer näher kam. „Aus einem der oberen Fenster dröhnte dumpfer Techno, der sich über die Nachbarschaft legte. Die wummernden Bässe mischten sich mit den alltäglichen Geräuschen des Viertels – klapperndes Geschirr, gedämpfte Gespräche, das Rumpeln eines vorbeifahrenden Wagens – und schienen das Treiben für einen Moment zu übertönen. „So …", sagte Johannes. und kratzte sich am Kopf. „Irgendwie hat das gerade noch mehr nach Abenteuer angefühlt." „Ja", murmelte Hannah und zog ihre Jacke enger um sich. „Jetzt fühlt es sich nur noch… falsch an." Patrick schloss das Auto ab und drehte sich zu den anderen um. „Na los. Mario wartet bestimmt schon sehnsüchtig darauf, uns seine neuesten IT-Tricks zu zeigen… oder uns mit irgendeiner absurden Tech-Verschwörungstheorie zu texten." „Vielleicht hat er einfach nur vergessen, aufs Handy zu schauen", sagte Sina leise. „Vielleicht", wiederholte David, aber in seiner Stimme lag kein echter Glaube daran. Schweigend traten sie zur Haustür und drückten auf Marios Klingel. Mario öffnete die Tür mit einem breiten Grinsen und einer Aura von jemandem, der definitiv schon ein paar Bier zu viel getrunken hatte. „Ah, Mustafa! Jungs, Mädels! Was für eine Überraschung!" Er rieb sich verschlafen die Augen und stieß dann einen kleinen Rülpser aus. „Sorry, ich… wollte zurückrufen. Echt jetzt." Im Hintergrund dröhnte laute Musik aus einem Bluetooth-Lautsprecher, irgendein basslastiger Elektrosong, der definitiv nicht dazu beitrug, die Seriosität der Situation zu unterstreichen. „Mario! Kommst du jetzt wieder oder was?" Eine Frauenstimme hallte aus dem dunklen Raum hinter ihm. Kurz darauf tauchte eine junge Frau halb hinter der Tür auf, nur mit einem großen Hemd bekleidet – wahrscheinlich seines. In ihrer Hand eine halbleere Bierflasche, in ihrem Gesicht ein ungeduldiges Grinsen. „Oh, hey", sagte sie lässig und prostete der Gruppe zu. „Seid ihr Freunde von Mario? Süß." „Äh… ja", murmelte Johannes und wandte schnell den Blick ab, während Mustafa die Augen verdrehte. Mario drehte sich halb zu ihr um und rief: „Bin gleich bei dir, Süße! " Dann wandte er sich grinsend wieder an die Gruppe und flüsterte: „Ey, Leute, ich hab sie gestern erst kennengelernt. Wahnsinn, oder? Eine echte Zehn von Zehn. Läuft bei mir!" Sina schnaubte genervt und verschränkte die Arme vor der Brust. „Mario, wir sind nicht hier, um dein romantisches Wochenend-Highlight zu bewundern." Johannes trat einen Schritt nach vorn, seine Stimme war ernst. „Mario, hör zu. Das ist wichtig. Was hast du herausgefunden?" Das Grinsen auf Marios Gesicht verblasste leicht, und er rieb sich mit einer Hand durch die wuscheligen Haare. „Okay, okay. Kommt rein. Aber leise – ich will nicht, dass sie denkt, ich bin irgendein Nerd, der Codes für meine Freunde knackt." „Das denkt sie doch sowieso schon", murmelte Hannah trocken, während sie an Mario vorbei ins Wohnzimmer traten. Der Raum war chaotisch, überall lagen Kabel, ein paar zerknüllte Pizzakartons und leere Energy-Drink-Dosen. In der Mitte des Raums stand ein riesiger Monitor, auf dem kryptische Zahlenfolgen und Diagramme zu sehen waren. „Okay", sagte Mario und ließ sich in einen Gaming-Stuhl fallen. „Eure SMS… das war kein Zufall. Das war ein verdammt gut versteckter Code. " Die Gruppe starrte ihn schweigend an, während im Hintergrund die Musik dumpf weiterlief und die Frau im Schlafzimmer leise etwas vor sich hin summte. „Mario…" begann Patrick ruhig. „Sag uns, was du weißt." Mario drehte sich langsam zum Monitor und starrte auf die blinkenden Zahlen. „Na schön… " Mario zog die Maus zu sich, klickte auf ein paar Fenster und brachte eine Reihe von Zahlen und Zeichen auf den Bildschirm. Die Gruppe versammelte sich um den Monitor, der einzige Lichtschein im ansonsten düsteren Raum. Der dumpfe Bass der Musik aus dem Schlafzimmer vibrierte durch den Boden. „Okay, passt auf", fuhr Mario fort und zog sein Handy aus der Tasche. „Die meisten dieser Codes basieren auf sogenannten Verschlüsselungsalgorithmen. Das klingt kompliziert, ist aber im Kern ziemlich logisch. Stell dir vor, du schreibst einen normalen Satz – zum Beispiel: ‚Treffen um Mitternacht'. Dieses Programm nimmt den Satz und verwandelt ihn in ein Chaos aus Zahlen, Buchstaben und Sonderzeichen. Aber der Trick ist: Es tut das nach einer festen Regel. Eine Art Schlüssel." Er öffnete eine App auf seinem Handy und zeigte sie der Gruppe. Auf dem Bildschirm war ein Eingabefeld zu sehen, darüber der Schriftzug Cipher Decoder. „Hier könnte man jetzt die Zahlen- und Zeichenfolge eingeben. Wenn man den richtigen Schlüssel kennt, wird der Code wieder zurück in Klartext umgewandelt. Das bedeutet, der Absender hat entweder eine eigene Verschlüsselungsroutine benutzt oder er hat auf ein Standardtool zurückgegriffen, das online frei verfügbar ist." Patrick hob die Hand. „Aber wie finden wir den Schlüssel raus? Ich meine, ohne den stehen wir doch komplett auf dem Schlauch." Mario nickte. „Das ist der Punkt. Meistens versteckt der Absender einen Hinweis auf den Schlüssel irgendwo in der Nachricht selbst. Ein einzelnes Wort, eine Zahlenkombination, vielleicht sogar die Reihenfolge der Buchstaben. In unserem Fall…" Er zeigte erneut auf den Bildschirm. „…ist das auffällige Wort ‚Nachb' schon mal ein guter Startpunkt. Dass "Nachb" für "Nachbar" steht, liegt auf der Hand. Das könnte entweder der Schlüssel selbst sein oder zumindest ein Hinweis darauf, wie wir den Code knacken können." Hannah runzelte die Stirn. „Aber wenn das so einfach ist – warum verschlüsselt man dann überhaupt Nachrichten?" Mario zuckte mit den Schultern. „Manchmal geht es nicht um absolute Sicherheit, sondern darum, Zeit zu gewinnen. Wer sowas schickt, will meistens sicherstellen, dass nicht jeder x-beliebige Empfänger den Inhalt sofort versteht. Und es erzeugt natürlich auch… na ja, Spannung." Sein Blick glitt durch die Runde, während alle still über seine Erklärung nachdachten.

Mario saß mit zusammengekniffenen Augen vor seinem Handy, die kryptischen Zeichen und Zahlenreihen spiegelten sich im bläulichen Licht auf seinem Gesicht.

„Okay, Leute, ich glaube, ich hab's", murmelte er und seine Finger flogen über das Display. „Das hier ist kein besonders komplexer Code, eher etwas, das jemand benutzt hat, der genug Ahnung hat, um euch zu verwirren, aber nicht genug, um es wirklich wasserdicht zu machen." Er öffnete ein Entschlüsselungstool auf seinem Handy und kopierte die seltsame Zeichenfolge hinein: 39kslN@!lpNachb0##skdls?//q8p9_.

„Das hier funktioniert wahrscheinlich nach einem einfachen Substitutionscode. Das bedeutet, dass bestimmte Zeichen durch andere ersetzt wurden oder dass das Ganze einer festen Regel folgt. Oft sind solche Codes so programmiert, dass bestimmte Buchstaben an bestimmten Positionen Hinweise geben. Und das Schlüsselwort – das offensichtliche ‚Nachbar' – scheint hier der Ausgangspunkt zu sein." Mit ein paar schnellen Eingaben in die Software ließ er das Programm die Buchstaben und Zahlen nach bekannten Mustern analysieren. Die Sekunden zogen sich in die Länge, während die Ladeanzeige lief. Schließlich piepte das Handy und ein Ergebnis erschien auf dem Bildschirm. „Da haben wir es!" Mario drehte das Handy zur Gruppe. „Der Code war tatsächlich auf Basis eines Vigenère-Algorithmus verschlüsselt – nicht besonders schwer, wenn man das Schlüsselwort kennt. Und ‚Nachbar' war der Schlüssel. Daraus ergibt sich…" Er deutete auf eine Reihe von Zahlen, die nun auf dem Display klar und lesbar erschienen 52.5200° N, 13.4050° E Hannah blinzelte. „Sind das… Koordinaten?" Mario nickte ernst. „Ja. Das sind geografische Koordinaten. Und zwar ziemlich exakt für einen bestimmten Ort hier in Berlin." Patrick zog sein Handy hervor und tippte die Zahlen schnell in eine Karten-App. Ein kleiner roter Pin erschien auf dem Bildschirm. Alle beugten sich darüber. „Das ist… ein alter Lagerhauskomplex am Rande der Stadt", sagte Patrick langsam. „Was zur Hölle sollen wir da finden?" „Das", sagte Mario und klappte sein Handy zu, „werdet ihr wohl nur erfahren, wenn ihr hingeht. Stille legte sich über die Gruppe. Draußen erhob sich der Morgen mit leisen, tastenden Geräuschen, die wie flüchtige Schatten durch die Straßen glitten und den Tag ankündigten.

***

Michael klatschte leise in die Hände, ein kaltes, zufriedenes Lächeln spielte auf seinen Lippen. Die 300 Euro – eine kleine Investition für das, was er sich davon erhoffte. Der Junkie, den er in dieser schmutzigen Bahnhofshalle angesprochen hatte, war sofort angesprungen wie ein ausgehungerter Hund, der einen Brocken Fleisch vorgeworfen bekommt. Geld – eine Menge Geld, jedenfalls für jemanden wie Alexander. Michael hatte die Gruppe beobachtet, versteckt hinter einem dichten Gebüsch, während sie wie aufgescheuchte Hühner zu dieser klapprigen Rostlaube von einem Auto geeilt waren. Die Worte „Code" und „Koordinaten" hatten ihn durch die Blätter hindurch erreicht. Endlich. Endlich hatten diese selbsternannten Hobbydetektive ihre halbwegs funktionierenden Gehirnzellen aktiviert. Jetzt war Alex an der Reihe. Ein bemitleidenswertes Würstchen mit zittrigen Händen und einer glasigen Leere in den Augen – aber er besaß ein Handy. Zu Michaels Überraschung war der Kerl tatsächlich in der Lage, halbwegs klare Anweisungen zu befolgen. Das Ziel: eine Adresse in Friedrichshain. Michael lehnte sich im gestohlenen Wagen zurück, seine Finger trommelten ungeduldig auf das Lenkrad. Wochenlange Recherche, endlose Stunden des Beobachtens und Lauschens hatten ihn hierhergebracht. Friedrichshain – eine nette Gegend. Ganz anders als das pulsierende Chaos von früher. Er erinnerte sich an seine Notizen über Sina. Sie mied diesen Bezirk, und das hatte ihn stutzig gemacht. Was hatte sie hierher getrieben? Was störte sie so an diesem scheinbar perfekten Ort? Der Gedanke ließ seine Wut wie schleichendes Gift in ihm aufsteigen. Seine Kiefer mahlten, die Fingerknöchel traten weiß hervor. Das Spiel hatte begonnen, und Michael war nicht bereit zu verlieren. Nicht jetzt. Nicht hier. Alex war schneller an dem angegebenen Ort angekommen, als Michael erwartet hatte. Die Sonne warf blasse Lichtflecken auf den Asphalt, und das sanfte Brummen des Motors unterstrich die trügerische Stille dieser Nachbarschaft.. Michael saß in dem „geborgten" Auto, seine Finger lagen locker auf dem Lenkrad, während ein hämisches Grinsen seine Lippen verzog. Was für ein Spiel. Was für ein Spaß. Seine Spielfiguren bewegten sich genau nach seinen Regeln – und sie hatten keine Ahnung. Er musste nicht lange warten. Alex schlich bereits zum Hauseingang, seine Bewegungen hastig, seine Schultern zuckten nervös bei jedem Geräusch. Michael sah zu, wie der Junkie im Schatten eines Baumes verschwand, die knarrende Haustür leise ins Schloss fiel. Minuten später vibrierte Michaels Handy. Eine SMS – Alex hatte den Namen von der Tür abgelesen und geschickt. Ein Name, der Michael alles sagte. Sein abgebrochenes Informatik-Studium zahlte sich jetzt aus. Er war nie ein Genie gewesen, nicht einmal besonders gut, aber er wusste genug. Genug, um in den tiefen, düsteren Kanälen des Internets zu fischen und genug, um zu wissen, wie man Spuren hinterlässt, die andere niemals entdecken würden. Mario. Der Möchtegern Experte. Ein paar Klicks, ein paar geschickt gesetzte Suchbefehle und schon hatte Michael alles, was er wissen musste. Soziale Medien, Universitätsdatenbanken, alte Foreneinträge – das Netz war ein undichtes Gefängnis, und Mario hatte seine Fäden überall hängen lassen. Ein fehlendes Passwort hier, eine unverschlüsselte E-Mail dort, und schon wusste Michael, wo Mario der Informatik studiert, und vor allem, dass er nicht mehr war als ein halbguter Codeknacker, der sich mit gefährlichem Halbwissen in dunkle Geheimnisse wagte. Michael lehnte sich zurück, das fahle Licht des Handydisplays spiegelte sich in seinen Augen. Seine Zähne blitzten in einem breiten Grinsen auf. „Na, Mario, du kleiner Streber", murmelte er leise. „Mal sehen, was du noch so auf Lager hast." Sein Blick wanderte zurück zum Haus, seine Geduld wuchs. Alex war oben. Jetzt musste er nur noch abwarten. Stück für Stück zog sich die Schlinge um diese jämmerliche Truppe enger. Und Michael hielt das andere Ende des Seils fest in seiner Hand. Das Handy vibrierte in Michaels Hand. Eine neue Nachricht von Alex: „Alter, eine halbnackte Frau hat mir tatsächlich die Tür geöffnet, als ich geklopft habe!!!" Michael stieß einen unkontrollierten, kehligen Schrei aus, der irgendwo zwischen Wut und Unglauben lag. Seine Finger krallten sich um das Lenkrad, seine Knöchel traten weiß hervor. Dieser verdammte Junkie! Er sollte nur lauschen, beobachten – kein unnötiges Risiko eingehen. Doch noch bevor Michael seine Wut an der Armlehne des Sitzes auslassen konnte, folgte eine zweite Nachricht: „Hab gesagt, ich hätte mich an der Tür geirrt. Bin gegangen. Aber hab noch gehört, wie ein Typ gesagt hat, dass die Koordinaten sie zu einem Lagerhauskomplex führen. Bin schnell abgehauen." Michael lehnte sich langsam zurück, seine Atmung wurde ruhiger. Alex hatte es also nicht völlig vermasselt. Im Gegenteil – die Information war Gold wert. Ein Lagerhauskomplex. Ein Ort, an dem Geheimnisse verborgen liegen könnten, die mehr als nur ein paar kryptische Zeichen erklären würden. Er hob den Blick und sah, wie Alex aus dem Haus schlich, die Kapuze tief ins Gesicht gezogen, die Schultern eingezogen wie ein geprügelter Hund. Michael beobachtete

ihn reglos, bis Alex verschwand. Alexander. Der Name des Junkies kroch langsam durch seinen Kopf wie eine widerliche Melo-
die, und mit ihm kamen die Schreie zurück – markerschütternd
und unerträglich. Vor seinem inneren Auge blitzten Bilder auf.
Gesichter, getränkt in Blut, die vom Leid erzählten. Sein Zorn
stieg auf, heiß und unaufhaltsam. Dieser wertlose Junkie würde für
die Stimmen in seinem Kopf bezahlen. Er sollte zu einem Spiel-
stein werden, ein Werkzeug in seinem Plan. Es war nicht nur Abscheu, die er für Alexander empfand – der Mann war ein Echo, ein
lebender Schatten all derer, die ihn in seiner persönlichen Hölle
eingesperrt hatten. Jedes Lachen, jeder Atemzug dieser Schuldigen
hallte in den Mauern des Hauses nach, das nichts anderes als ein
Ort des Schreckens gewesen war. Sie alle hatten Schuld auf sich
geladen. Sie alle würden zur Rechenschaft gezogen werden. Und
niemand würde diesem Schicksal entkommen. Er ließ den Motor
an, das tiefe Brummen erfüllte die Stille wie ein dunkles Versprechen. Seine Lippen kräuselten sich zu einem unheilvollen Lächeln,
als seine Finger über das Lenkrad trommelten. „Gut gemacht,
Alex. Besser, als ich dir zugetraut hätte." Mit einem Ruck legte er
den Gang ein und fuhr los. Die Vorstellung, wie diese ahnungslose
Gruppe in ihr Verderben lief, ließ ein kehliges Lachen aus seiner
Kehle dringen. Der Jäger hatte seine Beute im Blick – und die
Beute gehörte ihm. Der Motor brummte gleichmäßig, während
Michael durch die schattige Boxhagener Straße fuhr. Alex zog
nervös an den losen Fäden seiner kaputten Jacke, seine eingefallenen Wangen zuckten bei jedem kleinen Geräusch. Der beißende
Geruch von kaltem Schweiß und abgestandenem Rauch kroch Michael in die Nase, und angewidert riss er das Fenster einen Spalt
weit herunter. „Du stinkst", fauchte er und warf Alex einen ver-
ächtlichen Blick zu. „Mach das Fenster auf, bevor ich kotzen
muss." Alex nickte hektisch, seine zittrigen Finger suchten nach
dem Fensterheber und ließen es ruckelnd nach unten gleiten. Die
kühle Luft strömte herein und vertrieb ein wenig von dem erbärm-
lichen Gestank. Michael biss die Zähne zusammen, seine Knöchel
traten weiß hervor, als er das Lenkrad umklammerte. Nur noch eine Aufgabe. Danach konnte Alex in seine verdreckte Ecke zurückkehren, sich die Adern vollpumpen und die Welt vergessen. „Hör

zu, Alex", sagte Michael mit eisiger Ruhe, seine Stimme scharf wie ein Skalpell. „Hinter dir liegt die Maske. Sobald ich dich absetze, gehst du rein. In die Halle. Du wartest, bis diese Trottel auftauchen, und dann lässt du das Gas raus. Hast du das kapiert?" Alex nickte eifrig, seine Augen flackerten nervös im Halbdunkel. „Ja, ja, ich hab's verstanden, Mann! Gas, warten, Bescheid geben. Alles klar." Michael drehte seinen Kopf langsam zu ihm, seine Augen zwei kalte, graue Löcher in einem Gesicht, das vor Anspannung kaum noch menschlich wirkte. „Du versaust das nicht, Alex. Verstanden? Kein Spielraum für Fehler. Kein Mitleid. Kein Zögern." Ein klägliches „Okay" krächzte aus Alex' trockenem Hals, und Michael wandte sich wieder der Straße zu. Er bremste abrupt, das Auto kam mit quietschenden Reifen vor einem verlassenen Lagerhaus zum Stehen. „Raus jetzt." Alex stolperte aus dem Auto, schnappte sich die Maske vom Rücksitz und huschte mit geducktem Kopf in Richtung der dunklen Halle. Michael lehnte sich zurück und beobachtete, wie die schmächtige Gestalt in den Schatten verschwand. Seine Gedanken drifteten ab, und ein kaltes Lächeln legte sich auf seine Lippen. Brennen werdet ihr. Elendig verbrennen, genau wie das Monster, das einst in Patricks Wohnung hauste. Er schloss die Augen, lehnte seinen Kopf gegen die Kopfstütze und wartete. Der nächtliche Wind strich leise über die Autokarosserie, während irgendwo in der Dunkelheit der Lagerhalle ein Junkie lauerte, bereit, den letzten Befehl auszuführen. Das grelle Sonnenlicht fiel in flimmernden Streifen durch die verschmierte Windschutzscheibe des gestohlenen Wagens und ließ den Staub und die Kratzer darauf deutlich sichtbar werden. Michael saß still, die Hände locker auf dem Lenkrad, die Augen starr auf den leeren Beifahrersitz gerichtet, wo Alex noch vor wenigen Minuten gesessen hatte. Ein dumpfer Druck breitete sich in seiner Brust aus, schwer und unangenehm, wie ein kalter Stein, der seine Lungen zusammendrückte. Sein Blick verlor sich auf dem grauen Sitzpolster. Was für ein erbärmlicher, verlorener Junge. Das Gesicht des Junkies flackerte vor seinem inneren Auge auf. Hohlwangig, verzweifelt, ein Echo von etwas, das einmal Hoffnung gewesen sein könnte. Wie war sein Leben verlaufen? Wer hatte ihn fallen lassen? War da niemand, der ihn aufgefangen hatte? Michael spürte,

wie sich seine Schultern verkrampften, seine Finger krallten sich
ins Lenkrad. „Hör auf", zischte er heiser und drehte den Kopf abrupt zum Fenster. Die Kälte des Glases brannte auf seiner Stirn.
„Falsch. Falsch. Falsch!" Er schlug sich mit der flachen Hand gegen die Stirn, einmal, zweimal. Ein tiefes Knurren drang aus seiner
Kehle, während sein Atem schneller ging. Keine Schwäche. Keine
Fragen. Keine verdammte Empathie. Mit einem rauen Geräusch
stieß er sich vom Fenster weg und startete den Motor. Doch seine
Hände zitterten auf dem Lenkrad, seine Gedanken rasten und prallten gegeneinander wie Glasscherben in einem geschlossenen
Raum. Michael fuhr ein paar Straßen weiter und lenkte das Auto
schließlich auf einen verlassenen Parkplatz. Er lehnte sich zurück,
legte den Kopf gegen die Kopfstütze und schloss die Augen. Der
Wind ließ die Zweige eines nahen Baumes gegen das Dach kratzen, ein leises, krächzendes Geräusch, das wie ein geisterhaftes
Flüstern klang. Sein letzter Gedanke, bevor der Schlaf ihn erbarmungslos nach unten zog: Der Junkie wird sich melden. Er wird
mir schreiben, wenn dieses Pack in der Halle ist. Der Motor tickte
leise nach, und irgendwo in der Dunkelheit verschluckte die Stille
seine zerrissenen Gedanken.

***

Der Vormittag war warm, die Sonne stand hoch am strahlend
blauen Himmel, und eine leichte Brise strich durch die Straßen.
Dennoch lag eine unbestimmte Spannung in der Luft, als würde
etwas Unvorhersehbares nahen. Die Gruppe drängte sich in Patricks Auto, jeder versuchte, auf dem begrenzten Platz irgendwie
bequem zu sitzen. Die Stimmung war gedämpft, niemand machte
Witze über die beengten Sitzverhältnisse. Mustafa saß dieses Mal
vorne neben Patrick, während die anderen sich auf die Rückbank
und in den Kofferraum zwängten. „Das fühlt sich falsch an",
murmelte Sina und starrte aus dem Fenster. „Wie in einem
schlechten Horrorfilm. Gruppe junger Leute fährt an einen verlassenen Ort und… na ja, ihr wisst schon." „Danke für das Kopf Kino", brummte Johannes und zog seine Jacke enger um sich. Patrick
fuhr schweigend. Der Scheibenwischer quietschte in monotonem
Rhythmus über die nasse Windschutzscheibe. „Wir sollten uns
vorher absprechen", sagte Moritz schließlich. „Keiner geht allein

irgendwohin. Und wenn wir etwas sehen, was uns komisch vorkommt, drehen wir sofort um." „Genau", stimmte Hannah zu. „Wir gehen dahin, schauen uns um, und wenn es zu heikel wird, rufen wir die Polizei. Basta." Mustafa sah zu Patrick rüber. „Alles klar, Kapitän? Du hast uns noch nicht gesagt, wie du das findest." Patrick presste die Lippen zusammen und atmete tief durch. „Ich weiß nicht, Mann. Aber wenn wir jetzt umkehren, lassen wir uns von dieser Sache kontrollieren. Vielleicht finden wir dort Antworten. Vielleicht ist es auch eine verdammte Falle. Aber wir können nicht einfach nichts tun." Das Auto bog auf eine holprige Nebenstraße ein, die tiefer in das verlassene Industriegebiet von Rummelsburg führte. Alte Lagerhallen, zerbrochene Fenster, rostige Zäune. Alles sah aus, als hätte die Zeit diesen Ort längst vergessen. Patrick hielt das Auto an. „Ab hier geht's zu Fuß weiter." Die Gruppe stieg aus, und sofort umfing sie eine unnatürliche Stille. Keine Vögel, keine Menschen, nur der entfernte Klang von Wassertropfen, die irgendwo auf Metall prasselten. „Okay", sagte David leise und zog seine Jacke enger. „Wo genau sollen wir hin?" Moritz zog sein Handy heraus und zeigte die Karte mit den Koordinaten. „Dort drüben. Zwischen den beiden Lagerhäusern." Die Gruppe ging langsam voran, die Schritte hallten auf dem nassen Asphalt. Mustafa lief vorneweg, hinter ihm Patrick und Johannes. Hannah, Sina, Moritz und David bildeten die Nachhut. „Wartet mal", flüsterte Sina plötzlich und blieb stehen. „Hört ihr das?" Alle hielten inne. Ein leises Geräusch drang an ihre Ohren – wie ein leises Summen oder Brummen, das aus Richtung der Koordinaten kam. „Das klingt nach… einem Generator?", murmelte Hannah. „Oder nach etwas, das wir nicht hören sollten", ergänzte David düster. Mustafa drehte sich um und grinste schwach. „Na kommt, jetzt sind wir schon so weit. Keiner dreht um, klar?" Sie gingen weiter, bis sie schließlich an eine rostige Seitentür gelangten, die halb offenstand. Ein schwacher Lichtschein fiel aus dem Inneren auf den Boden. „Das sieht einladend aus", sagte Johannes trocken. Patrick zog die Tür etwas weiter auf, sie quietschte unangenehm laut. Dahinter lag ein langer, schmaler Gang, der von schwachem Neonlicht beleuchtet wurde. „Ich geh zuerst", sagte Mustafa und trat ein. Einer nach dem anderen folgte ihm, bis die ganze Gruppe im Inneren des Gebäudes stand. Es roch nach altem Metall, Öl und feuchtem Beton. „Seht mal da", flüsterte Moritz und zeigte auf einen Raum am Ende des Ganges. Durch ein kleines Fenster in der Tür konnte man ein flackerndes Licht sehen. „Das sieht aus wie… ein Büro?", fragte Sina. „Vielleicht finden wir dort Antworten", sagte Patrick und setzte sich in Bewegung. Doch noch bevor sie die Tür erreichten, hörten sie hinter sich das Echo von Schritten. Langsam, schwer, bestimmt. „Da ist jemand!", zischte Hannah. Patrick hob die Hand. „Ruhig bleiben. Vielleicht ist es nur…" Doch in diesem Moment ging das Licht aus. Absolute Dunkelheit umhüllte die Gruppe, und für einen Moment war nichts zu hören außer dem panischen Atem der Freunde. Dann erklang eine Stimme aus der Dunkelheit, kühl und ruhig: „Ihr hättet nicht hierherkommen sollen." Das Licht flackerte wieder auf – und vor ihnen stand eine Gestalt mit Kapuze, die Hände tief in den Taschen vergraben. Das Gesicht war verborgen, aber die Körperhaltung wirkte seltsam entspannt, fast gelassen. „Was… was wollen Sie von uns?", fragte Patrick mit bebender Stimme. Die Gestalt neigte leicht den Kopf, als würde sie lächeln. Dann sagte sie nur ein Wort: „Lauft." Und die Lichter gingen erneut aus. Ein kalter Schauer lief der Gruppe über den Rücken. Niemand bewegte sich. Es war stockdunkel, das einzige Geräusch war das hektische Atmen von Sina, die versuchte, ihre Panik unter Kontrolle zu bringen. Ein dumpfes Geräusch ertönte irgendwo hinter ihnen – als wäre etwas Schweres umgefallen oder eine Tür zugeschlagen worden. „Scheiße, wir müssen hier raus!", zischte Johannes. „Moment!", flüsterte Hannah. „Wir können nicht einfach blind losrennen. Wo ist der Ausgang? Wo ist die Tür?" David zog sein Handy hervor und aktivierte die Taschenlampe. Der schmale Lichtstrahl schnitt durch die Dunkelheit, beleuchtete nur einen kleinen Teil des Ganges. „Bleibt zusammen", sagte Mustafa mit ernster Stimme. „Und bewegt euch langsam." Patrick führte die Gruppe zurück in die Richtung, aus der sie gekommen waren. Die Schritte hallten dumpf von den feuchten Wänden wider, und das Gefühl von Enge und Bedrohung wurde mit jedem Schritt stärker. Plötzlich leuchtete Davids Taschenlampe auf etwas am Boden. Ein frischer Abdruck – ein Schuhabdruck im Staub. Und daneben… etwas Rotes.

„Ist das… Blut?", fragte Sina mit zitternder Stimme. „Nicht stehen bleiben!", drängte Patrick. „Komm weiter!" Sie erreichten die rostige Seitentür, durch die sie hereingekommen waren. Doch sie war nun fest verschlossen. „Nein, nein, nein!", murmelte Johannes panisch und rüttelte an der Tür. „Das ist nicht euer Ernst!" „Leise!", zischte Hannah und drehte sich um. In der Dunkelheit war ein leises Summen zu hören, und irgendwo hinter ihnen flackerte ein weiteres Licht auf. „Da hinten! Da ist noch ein Ausgang!", rief Moritz und deutete auf eine zweite Tür am Ende eines schmalen Nebengangs. Ohne nachzudenken rannten sie los. Ihre Schritte hallten wie Donnerschläge durch die Stille. Mustafa erreichte die Tür als Erster und riss sie auf. Dahinter lag ein weitläufiger, verlassener Lagerraum mit hohen Regalen und zerbrochenen Kisten. „Rein, schnell!", rief er, und die anderen stürmten hinterher. Patrick schlug die Tür hinter sich zu und verriegelte sie mit einem rostigen Riegel. Sie standen keuchend im Halbdunkel des Lagerraums, nur erhellt durch Davids Taschenlampe. „Okay…", japste Johannes. „Was zur Hölle war das? Wer war das?" „Das war geplant", sagte Moritz mit gepresster Stimme. „Und was jetzt?", fragte Sina und sah sich hektisch um. David richtete seine Taschenlampe nach oben und beleuchtete eine alte Stahltreppe, die nach oben führte. „Da! Vielleicht führt das zu einem Dach oder einem Ausgang." „Gut, lasst uns gehen", sagte Patrick bestimmt. Einer nach dem anderen stiegen sie die Treppe hoch, die bei jedem Schritt gefährlich knarrte. Oben angekommen fanden sie eine weitere Tür – diesmal eine schwere Metalltür, die nach draußen zu führen schien. Mustafa schob sie vorsichtig auf. Ein Schwall frischer Luft empfing sie, als sie die Tür öffneten. Sie standen auf einer kleinen Plattform hinter dem Gebäude, mit Blick auf die leere Straße und die stillen Häuser in der Ferne. „Okay", flüsterte Patrick. „Wir rennen. Nicht umdrehen, nicht anhalten. Verstanden?" Alle nickten stumm. „Los!" Sie stürmten die Metalltreppe hinunter und rannten über das feuchte Gras Richtung Straße. Niemand drehte sich um, niemand sprach ein Wort. Das einzige, was zu hören war, war das schnelle Stampfen ihrer Schuhe und das Rauschen des Windes. Erst als sie die Hauptstraße erreichten, blieben sie stehen. Atemlos, schweigend, mit weit aufgerissenen Augen.

„Was… war… das gerade?", stieß Sina schließlich hervor. „Wir sind in eine Falle geraten", flüsterte Moritz mit zitternder Stimme. David hob zitternd sein Handy und öffnete seine Kamera-App. „Ich hab… ich hab ein paar Fotos gemacht. Vielleicht… vielleicht sehen wir darauf etwas." Hannah sah die Gruppe an, ihre Stimme bebte leicht: „Wir können nicht zurück. Nicht in unsere Wohnungen. Nicht, solange wir nicht wissen, wer das war und was hier gespielt wird." Patrick nickte langsam. „Wir gehen alle zu mir. Meine Wohnung sollte sicher sein – zumindest hoffe ich das. Ich lasse mich von keinem Irren vertreiben." Langsam setzten sie sich in Bewegung. Die Stadt wirkte still und abweisend, als würde sie ihre Atemzüge in sich aufnehmen und für immer festhalten.

***

Die kalten Neonröhren warfen ein grelles, flackerndes Licht auf den Betonboden der verlassenen Halle. Leo stand schwer atmend da, seine Hände zitterten leicht, während er auf den abgemagerten Mann hinunterblickte, der reglos am Boden lag. Blut sickerte in einer dünnen Linie von dessen Stirn und hinterließ dunkle Flecken auf dem staubigen Boden. „Was zum Teufel…", murmelte Leo und rieb sich die Schläfen. Sein Blick wanderte zur Maske, die ein paar Schritte entfernt lag, und dann zu den rostigen Gasflaschen in der Ecke. Ihm wurde übel. Er hatte das Notizbuch durchgeblättert, während er im Auto saß, und die Worte darin… sie waren wie Messer in seinen Verstand gefahren. Brennen. Angst. Schreie. Ein kranker Plan, einer, der viel zu detailliert und viel zu real war. Leo hockte sich hin und griff vorsichtig unter die Arme des schmächtigen Mannes. Der Körper fühlte sich seltsam leicht an, kaum mehr als ein Sack Knochen und Haut. Der Kerl braucht ein Krankenhaus. Dringend. Mit jedem Zentimeter, den er ihn zum Auto schleifte, nagte eine einzige Frage an ihm: Was wäre passiert, wenn ich die Notizen nicht gelesen hätte? Was, wenn ich einfach nur… weitergemacht hätte? Ein Zittern lief durch seine Schultern. Die Vorstellung, was hätte geschehen können, zog ein kaltes Band um seine Brust. Unsichtbare Flammen, schreiende Menschen, verkohlte Körper. Ein Schauder packte ihn. Mit letzter Kraft hievte Leo den Mann auf den Beifahrersitz und schnallte ihn an. Seine Hände krampften sich um das Lenkrad, seine Stirn lehnte schwer dagegen. Ein Moment lang war da nur Stille – und der schwache, rasselnde Atem des bewusstlosen Mannes neben ihm. „Das hätte nicht passieren dürfen", flüsterte Leo heiser. Ein Teil von ihm – ein kleiner, scharfer Splitter – wollte nicht wahrhaben, was hier beinahe geschehen war. Er fühlte sich, als würde sich etwas Dunkles in ihm rühren, etwas, das nur darauf wartete, wieder die Kontrolle zu übernehmen. Leo startete den Motor. Er musste diesen Mann hier rausbringen, bevor noch etwas… Schlimmeres passierte.

***

Michael saß stocksteif hinter dem Lenkrad, seine Finger umklammerten das Leder so fest, dass die Knöchel weiß hervortraten. Sein Atem ging stoßweise, jeder Zug brannte in seiner Brust. Er hatte geschlafen. Inmitten seines eigenen Plans, mitten im entscheidenden Moment. Der Junkie hatte nicht geschrieben, nicht angerufen, nicht einmal geatmet, verdammt nochmal – zumindest kam es Michael so vor. Als er die Lagerhalle erreicht hatte, war da… nichts. Keine Bewegung, keine Geräusche, nur kalter Beton und der schwache Geruch von abgestandener Luft. Sein Plan – perfekt ausgetüftelt, ein Meisterwerk aus Wut und Kontrolle – verpuffte in der Dunkelheit. Nun saß er in seiner geborgten kleinen Wohnung und starrte aus dem Fenster. Draußen parkte Patricks Auto. Michaels Lippen verzogen sich zu einem schiefen Grinsen, doch seine Augen blieben leer. Was war passiert? Warum waren sie nicht in der Halle? Sein Zorn kochte hoch, heiß und lähmend zugleich. Doch er durfte jetzt nicht nachgeben. Plan B. Mit einem Ruck zog er sein Handy hervor, seine Daumen flogen über das Display. „Morgen. 20 Uhr. Altes Verwaltungsgebäude." Er starrte auf die Worte, spürte, wie ein dunkles Lächeln seine Mundwinkel nach oben zog. „Dann werde ich es allein zu Ende bringen. Ohne diesen kläglichen, zittrigen Junkie. Ohne fremde Hilfe. Nur ich – und sie." Er drückte auf „Senden", legte das Handy langsam beiseite und lehnte sich zurück. Seine Brust hob und senkte sich schwer, während die Dunkelheit des Zimmers ihn langsam zu verschlingen schien. Michael saß in der Stille der kleinen Wohnung, das fahle Licht der Straßenlaterne warf Schatten auf seine angespannten Züge. Seine Augen waren weit geöffnet, starrten ins Nichts, doch vor ihm flackerten unsichtbare Flammen – orange, gierig und alles verzehrend. Er konnte den Rauch riechen, das Knistern hören. Das Feuer. Seine Hände zitterten leicht, als er sie in seinen Schoß presste. Hannah. Ihr Gesicht erschien vor seinem inneren Auge, eingerahmt von lodernden Flammen, die Schatten auf ihre sanften Züge warfen. Vor Wochen hatte er sie gesehen – eine stille, sanfte Schönheit. Doch Schönheit war keine Entschuldigung. Ihr Fehler? Sie lebte in diesem verfluchten Haus. Ein Haus, das wie ein offenes Maul war, bereit, alles zu verschlingen, was sich darin bewegte. Der Hass, der in ihm brannte, hatte sich an diesem Ort festgekrallt, hatte Wurzeln geschlagen, tief und unbarmherzig. Und Hannah – sie war jetzt ein Teil davon. Ein Teil dieser verdorbenen, elenden Welt, die er in Flammen aufgehen sehen wollte. „Sie wird leiden…" murmelte er kaum hörbar, seine Stimme ein raues, kaltes Flüstern. „Sie alle werden leiden." Seine Finger krallten sich in den Stoff seiner Hose, während seine Atmung schneller wurde. Die Bilder in seinem Kopf verschwammen, tanzten zwischen Flammen und Gesichtern, die aufschrien, bevor sie in der Dunkelheit versanken. Seine Brust hob und senkte sich unruhig. Diese Wut, diese nagende Erinnerung, sie fraßen an ihm wie Ratten an einem Kadaver. Und dann war da noch… Leo. Dieses verweichlichte, zögerliche Stück Dreck. Wer sonst hätte verhindert, dass seine sorgfältig aufgestellten Figuren in einem Inferno endeten? „Du schwaches, mitleidiges Miststück…" murmelte Michael in die Dunkelheit, seine Stimme zerschnitten von Zorn und etwas anderem – etwas Brüchigem, kaum Greifbarem. Sein Blick zuckte zur Fensterscheibe, wo sein eigenes Spiegelbild im schwachen Licht zurückstarrte. Ein Hauch von Verwirrung huschte über sein Gesicht, als würde er nicht ganz erkennen können, wer da wirklich vor ihm saß. Leo… Das Wort schlich sich in seine Gedanken wie ein giftiges Flüstern. Er ballte die Hände zu Fäusten und schloss für einen Moment die Augen. Bilder blitzten vor ihm auf – Hände, die zögerten, ein Körper, der sich gegen seinen eigenen Willen wehrte. Nicht jetzt. Nicht hier. Mit einem Ruck riss er die Augen auf und atmete tief durch, als könnte er den Nebel in seinem Kopf vertreiben. „Morgen…" murmelte er, seine Stimme wieder fest und kalt. „Morgen wird es enden. Für immer." Er griff nach dem

Handy, ließ seinen Daumen über das Display kreisen, als wollte er sich vergewissern, dass die Nachricht wirklich rausgegangen war. Seine Lippen zuckten zu einem angedeuteten Lächeln – dunkel, leer. Dann lehnte er sich zurück, ließ den Kopf gegen die Wand sinken und starrte an die Decke.

Irgendwo in den Schatten schien sich etwas zu bewegen, etwas, das tief in ihm lauerte und darauf wartete, die Kontrolle zu übernehmen. Aber nicht heute Nacht. Noch nicht.

***

Der Tag lag träge über der Stadt, als würde eine unsichtbare Schwere in der Luft hängen. In Patricks Wohnung herrschte eine seltsame Mischung aus Anspannung und Erschöpfung. Niemand sprach ein Wort. Während Davids Handybildschirm in der hellen Vormittagssonne kaum auffiel, richteten sich dennoch alle Blicke darauf. Mustafa drehte nervös sein Buttermesser in der Hand, als wäre es ein Talisman gegen die Dunkelheit. „Morgen, zwanzig Uhr", murmelte Patrick und las die Nachricht erneut vor. Seine Stimme zitterte leicht, obwohl er sich bemühte, ruhig zu klingen. „Das alte Verwaltungsgebäude am Hafen." „Stille. Niemand sagte etwas. Moritz saß in der Ecke, das Gesicht halb im Schatten verborgen. „Ich werde hingehen", sagte er schließlich leise. „Ich lasse mich nicht mehr von dieser Angst kontrollieren. Wer kommt mit?" David hob zögerlich die Hand. „Ich komme mit. Aber ich nehme meine Kamera mit. Wenn das hier unser letztes Abenteuer wird, dann wenigstens mit Beweisvideo." „Hört auf mit diesem Mist!" Mustafa schlug mit der flachen Hand auf den Tisch. „Keiner von uns stirbt. Verstanden? Keiner. Wenn wir da hingehen, dann zusammen. Und wir kommen auch zusammen zurück." Die Worte hingen schwer in der Luft. Sina atmete tief durch und nickte. „Okay. Morgen also. Zwanzig Uhr." „Leute", sagte Johannes mit belegter Stimme und sah in die Runde. „Wir haben heute etwas in der Halle gesehen. Da war Blut auf dem Boden... und diese Gestalt..." Er hielt inne, als würde ihm erst jetzt klar, was sie dort erlebt hatten. „Sie hat uns angesehen und gesagt, wir sollen laufen. Einfach laufen." Stille legte sich über die Gruppe. Sina presste die Lippen zusammen, ihre Knie noch fester an die Brust gezogen. Hannahs Blick war starr, ihre Hände zitterten leicht, während Mo-

ritz mit gesenktem Kopf auf den Boden starrte. „Das war keine
Warnung", fügte Johannes leise hinzu. „Das war eine Drohung."
David trat einen Schritt nach vorne, seine Stimme fest, aber leise:
„Wenn wir jetzt nicht hingehen, werden wir niemals erfahren, wer
uns bedroht und warum. Ja, es ist gefährlich, aber wir sind zu siebt
– wir können aufeinander aufpassen." Sein Blick wanderte von einem Gesicht zum nächsten, suchte nach Zustimmung, nach Stärke.
Einer nach dem anderen nickte zögernd, doch in den Augen jedes
Einzelnen lag der gleiche Schatten: Zweifel. War das wirklich die
richtige Entscheidung? Oder liefen sie geradewegs in eine Falle,
aus der es kein Zurück gab? Das Licht in Patricks Wohnung war
grell und unbarmherzig. Der Kaffeeduft hing schwer in der Luft,
während jeder seine Tasse umklammerte, als wäre sie das letzte
bisschen Halt in dieser verdrehten Realität. Patrick schlug mit der
flachen Hand auf den Tisch. „In Ordnung. Heute bleibt niemand
allein. Wir bleiben zusammen, hier, wo wir uns gegenseitig im
Blick haben." Hannah sah sich in der Runde um und nickte zustimmend. Die anderen folgten ihrem Beispiel, stumm, aber entschlossen. Patrick stellte die letzte Tasse auf den Tisch und seufzte. „Frisch aufgebrüht. Ich schätze, wir brauchen das alle. Der Tag
zog sich in die Länge. Es war ein sonniger Nachmittag, aber das
änderte wenig an der Stimmung. Im Café saßen sie nebeneinander,
jeder in Gedanken versunken, ohne viel zu reden. Die Stunden
vergingen langsamer als üblich. Später gingen sie zu Patricks
Wohnung. Auch hier war es hell, durch die Fenster strömte das
Sonnenlicht, doch es fühlte sich fehl am Platz an. Sie saßen wieder
zusammen, schweigend. Keiner hatte viel zu sagen, und das
Schweigen blieb unangetastet. Der Tag neigte sich dem Ende zu,
aber er hinterließ nicht viel Eindruck. Die Sonne verschwand, aber
es fühlte sich nicht wie ein wirklicher Abschluss an. Die Nacht lag
schwer über ihnen, doch von Ruhe konnte keine Rede sein. Jeder
lag wach, die Gedanken ein endloser Film voller Schatten und
flüsternder Stimmen. Selbst die Dunkelheit schien zu atmen, und
jedes Knarren ließ ihre Herzen schneller schlagen. Schlaf war ein
ferner Wunsch, der in dieser Nacht niemanden erreichte.   Der
Morgen brach an, und der Duft von frischem Kaffee zog durch die
Räume. Patrick hatte die Maschine angeworfen, während die ande-

ren nach und nach ins Wohnzimmer schlurften. Müde Gesichter, leise Gespräche – alle versammelten sich, als würden sie auf etwas Unausweichliches warten. David saß mit gebeugtem Kopf über seinem Handy, die Augen gerötet von zu wenig Schlaf und zu viel Bildschirmzeit. Seine Finger huschten über das Display, dann hielt er inne und zischte: „Guckt mal! Eine Nachricht von diesem verdammten User." Alle Köpfe drehten sich zu ihm. David las mit angespannter Stimme vor: „Fahrt nach Neukölln und geht in das Vivantes. Sprecht mit eurem Nachbarn." Die Stille war ohrenbetäubend. Hannah legte ihre Stirn in ihre Hände und murmelte: „Herr Möller... Mensch, Herr Möller. Wir haben ihn einfach vergessen." Sie hob ihren Kopf, und ihre müden Augen glänzten verdächtig. „Was sind wir nur für Menschen? Der arme Mann liegt im Krankenhaus, und wir haben nicht einmal daran gedacht, nach ihm zu sehen." Johannes, der bisher still in der Ecke gesessen hatte, stand auf und legte ihr sanft die Hand auf die Schulter. „Hannah, hör auf. Du bist kein schlechter Mensch, keiner von uns ist das. Wir sind müde, überfordert... aber jetzt können wir es richtig machen." Mustafa rührte in seinem Kaffee, seine Bewegungen langsam und nachdenklich. „Aber warum Herr Möller? Was hat er mit all dem zu tun? Wieso schickt uns dieser verdammte Typ zu ihm?" Sina hob den Kopf, ihre Stimme zögerlich: „Vielleicht... vielleicht hat er etwas gesehen? Oder gehört? Vielleicht weiß er mehr, als wir denken." Patrick nickte. „Egal, was es ist – jemand will, dass wir mit ihm reden. Und ganz ehrlich, ich will es auch wissen. Ich will endlich Antworten." David steckte sein Handy in die Tasche und stand auf. „Na schön, dann lasst uns nicht weiter rumstehen und Kaffee trinken. Neukölln, Vivantes. Lasst uns zu Herrn Möller fahren." Hannah sah zu Moritz, der mit verschränkten Armen am Fenster stand und schweigend hinausblickte. „Moritz, was denkst du?" Er drehte sich langsam um, seine Stirn in Falten gelegt. „Ich denke, dass dieser Tag nicht gut enden wird. Aber... wir haben keine andere Wahl." Ein stilles Einverständnis ging durch die Gruppe. Sie tranken die letzten Schlucke Kaffee, zogen ihre Jacken an und machten sich bereit, erneut ins Unbekannte aufzubrechen. Draußen war es noch immer grau, und die Welt schien still zu stehen, als die Tür hinter ihnen ins Schloss fiel. Das Vivantes

Klinikum Neukölln lag vor ihnen, kalt und abweisend wie eine graue Festung. Die großen Fenster reflektierten das trübe Tageslicht, während die Gruppe zögernd vor dem Eingang stehen blieb. Der Wind trug den Geruch von Krankenhausdesinfektionsmittel und feuchtem Asphalt heran. „Also... gehen wir rein?" fragte Sina leise, ihre Arme fest um sich geschlungen. David nickte, sein Blick fest. „Wir müssen. Egal, was uns da drin erwartet." Sie betraten die Eingangshalle, in der geschäftiges Treiben herrschte. Krankenpfleger schoben Betten durch die Gänge, Telefone klingelten, und irgendwo weinte ein Kind. Alles war hektisch, alles war laut – und trotzdem fühlte es sich an, als würde die Zeit für sie langsamer laufen. Patrick sprach die Frau an der Rezeption an, eine müde wirkende Dame mittleren Alters. „Entschuldigung, wir möchten zu Herrn Möller. Er wurde gestern eingeliefert, vermutlich wegen eines Herzinfarkts." Die Frau musterte die Gruppe kurz über den Rand ihrer Brille, dann tippte sie etwas in den Computer. „Herr Möller, Station 5B, Zimmer 512. Aber nur zwei von Ihnen dürfen hoch. Die anderen müssen hier warten." Ein kurzer Blickwechsel zwischen allen. Schließlich entschieden sich Hannah und Patrick dafür, zu Herrn Möller zu gehen, während die anderen unten blieben. Zimmer 512 war still. Das einzige Geräusch war das leise Piepen des Herzmonitors. Herr Möller lag in seinem Bett, blass, erschöpft und angeschlossen an mehrere Schläuche. Seine Augen waren geschlossen, doch als die beiden eintraten, öffnete er sie langsam. „Oh... ihr seid es", murmelte er mit brüchiger Stimme. Hannah trat näher ans Bett, ein warmes Lächeln auf den Lippen. „Herr Möller, wie fühlen Sie sich? Er hustete kurz und zuckte dann mit den Schultern. „Wie ein alter Mann mit einem Herzinfarkt. Was macht ihr hier? Warum... warum seid ihr gekommen?" Patrick sah ihn eindringlich an. „Herr Möller, haben Sie irgendetwas gesehen oder gehört? Irgendetwas, das uns helfen könnte zu verstehen, was hier vor sich geht?" Der alte Mann schloss kurz die Augen und atmete schwer. „Es... es war jemand in meiner Wohnung. Ein Schatten. Ich konnte ihn nicht sehen, aber ich wusste, dass er da war. Er hat etwas gesucht. Irgendetwas Wichtiges." Hannah runzelte die Stirn. „Und dann? Was ist passiert?" Herr Möller schaute sie an, seine Augen glasig. „Dann kam... die Nach-

richt. Die SMS. Kurz bevor ich umfiel. Es war, als ob… als ob jemand wollte, dass ich sie lese. Ein Code. Aber ich habe ihn nicht
verstanden." Patrick zog sein Handy hervor und zeigte Herrn Möller das Zahlenrätsel. „War es das hier?" Der alte Mann nickte
schwach. „Genau das. Aber… ich weiß nicht, was es bedeutet."
Hannah und Patrick tauschten einen besorgten Blick aus. „Haben
Sie gesehen, wer es war? Irgendein Detail, irgendetwas?" fragte
Patrick erneut. Herr Möller schüttelte langsam den Kopf. „Nur…
eine Silhouette. Ein Mann vielleicht. Groß. Eine Kapuze. Aber…
das Licht war schlecht. Ich konnte nicht mehr erkennen." Er
schloss die Augen wieder, und seine Atmung wurde ruhiger. „Wir
sollten ihn nicht weiter belasten", flüsterte Hannah und zog Patrick
sanft am Arm. Patrick nickte, und beide verließen das Zimmer leise. "Was Hannah und Patrick nicht ahnten, war, dass Herr Möller
noch eine zweite Nachricht erhalten hatte. Er hatte beschlossen, sie
für sich zu behalten. Seine Nachbarn mussten nichts davon erfahren, denn diese Botschaft war nicht für andere bestimmt. Die Worte, kurz und rätselhaft, trugen einen seltsamen Nachhall in sich. Sie
waren von einer Art, die keinen Platz für Mitwisser ließ – es war
eine Sache zwischen ihm und dem Jungen, und nur sie beide sollten davon wissen." Im Erdgeschoss warteten die anderen bereits
unruhig. Mustafa kaute nervös an einem Kaugummi, Sina tigerte
auf und ab, und David starrte auf sein Handy. „Und? Was hat er
gesagt?" fragte Moritz sofort, als Hannah und Patrick zurückkehr-
ten. „Nicht viel", antwortete Patrick mit gedämpfter Stimme.
„Aber er hat den Code bekommen. Die gleiche Nachricht wie wir.
Und er hat jemanden in seiner Wohnung gesehen – einen Mann
mit einer Kapuze." „Das Phantom", murmelte Sina. Stille breitete
sich aus. Irgendjemand spielt hier mit uns – und ich habe das Gefühl, dass uns die Zeit davonläuft." Alle nickten. Die Gruppe stand
noch immer im Eingangsbereich des Krankenhauses, während die
Kälte der offenen Türen an ihnen vorbeizog. Hannahs Stimme
durchbrach die Stille, ihr Tonfall war klar und angespannt: „Moment mal. Der User hat geschrieben, wir sollen nach Neukölln fahren und mit unserem Nachbarn reden. Das bedeutet doch, dass er
wusste, dass Herr Möller eine SMS bekommen hat. Und nicht nur
das – er wusste auch, dass dieser Irre in seiner Wohnung war. Wo-

her wusste er das? Woher kennt er überhaupt Herr Möller? Das ergibt keinen Sinn." Sina runzelte die Stirn. „Vielleicht... vielleicht hat er das einfach geraten? Oder... vielleicht beobachtet er uns tatsächlich. Vielleicht hat er gesehen, wie die Polizei Herrn Möller abgeholt hat." Hannah schüttelte den Kopf. „Nein, das passt nicht zusammen. Er wusste es vorher. Bevor die Polizei kam. Bevor wir es überhaupt wussten. Dieser User spielt nicht mit uns – er weiß mehr. Viel mehr. Die Frage ist: Warum hilft er uns? Will er uns überhaupt helfen? Oder benutzt er uns nur, um irgendetwas zu erreichen, das wir noch nicht verstehen?" David schaute auf sein Handy und las die Nachricht erneut. „Fahrt nach Neukölln und geht in das Vivantes, sprecht mit eurem Nachbarn." „Vielleicht...", begann Johannes langsam, „vielleicht will er uns tatsächlich helfen. Vielleicht steckt hinter dem Ganzen etwas, das größer ist als wir denken. Vielleicht ist Herr Möller wichtiger, als wir glauben." Hannah biss sich auf die Lippe. „Oder dieser User spielt ein Spiel mit uns, bei dem wir die Regeln nicht kennen. Aber warum Herr Möller? Warum ausgerechnet er? Was hat er gesehen, was hat er erfahren? Und was wusste dieser Psycho, dass es so wichtig war, seine Wohnung zu durchsuchen?" Die Gruppe schwieg einen Moment, während die Schwere ihrer Gedanken auf ihnen lastete. „Wir haben nicht mehr viel Zeit", sagte Moritz schließlich und schaute auf die Uhr. „Es ist fast 15 Uhr. Um 20 Uhr sollen wir an diesem Treffpunkt sein. Bis dahin brauchen wir Antworten." Patrick nickte knapp. „Okay. Planänderung. Ich fahre nach Hause und hole alles, was wir brauchen könnten – Laptops, Notizen, was auch immer. Der Rest von euch geht in die Bäckerei Britz. Dort sitzen wir nicht allein und sind auch nicht auf dem Präsentierteller. Das letzte, was wir jetzt gebrauchen können, ist noch mehr Aufmerksamkeit." Sina zog eine Augenbraue hoch. „Britz? Ernsthaft? Diese Bäckerei, in der die Bedienung jeden mit Blicken tötet, wenn man länger als zehn Sekunden braucht, um ein Brötchen auszuwählen?" Mustafa grinste schief. „Genau die. Aber sie hat eine gute Lage, große Fenster und, was am wichtigsten ist: öffentliches WLAN." „Öffentlichkeit schützt", fügte Hannah hinzu und schaute kurz zu Patrick. „Pass auf dich auf, okay? Wenn irgendwas ist, ruf uns sofort an." Patrick hob zwei Finger zum Gruß.

„Alles klar. Ich hole die Sachen und bin dann gleich bei euch. Bäckerei Britz war genauso, wie Sina es beschrieben hatte: altmodi-
sche Dekorationen, grimmige Blicke von der Frau hinter der Theke und ein Duft, der irgendwo zwischen frisch gebackenem Brot
und kaltem Kaffee lag. Die Gruppe nahm den großen Tisch in der
Ecke, direkt am Fenster und Mustafa zog sofort seinen Laptop aus
dem Rucksack und David hatte sein Handy bereits wieder in der
Hand. Sina starrte nachdenklich auf ihren dampfenden Cappuccino, während Johannes unruhig auf seinem Stuhl hin und her
rutschte. „Okay", sagte Moritz und verschränkte die Arme vor der
Brust. „Lasst uns alles zusammentragen, was wir haben. Jede noch
so kleine Information. Es muss irgendeinen Hinweis geben, den
wir bisher übersehen haben." Hannah lehnte sich zurück und sah
aus dem Fenster. „Das Problem ist, dass wir nicht wissen, wem wir
trauen können. Weder diesem User noch irgendjemand anderem.
Aber eine Sache ist klar: Herr Möller ist wichtig. Irgendetwas weiß
er. Oder er hat etwas gesehen. Vielleicht erinnert er sich nicht mal
daran. Aber er ist der Schlüssel zu etwas – ich spüre es." Zwanzig
Minuten waren inzwischen vergangen und Patrick hat sich mit
seinem Laptop und seinen Notizen zu ihnen gesellt. David hob den
Kopf. „Das heißt also, wir müssen nochmal zu ihm. So schnell wie
möglich." Moritz nickte. „Genau. Und bis dahin müssen wir herausfinden, wer dieser User ist und warum er uns diese Hinweise
gibt." Die Gruppe vertiefte sich in ihre Diskussion, während draußen die Sonne langsam tiefer sank und der Tag einem weiteren un-
gewissen Abend wich. Die Zeit tickte. Und irgendwo da draußen,
vielleicht nur wenige Meter entfernt, beobachtete jemand jede ihrer Bewegungen. Moritz sah David ernst an. „Schreib diesem User
eine persönliche Nachricht. Sag ihm, dass wir ihn treffen wollen.
Wenn er ablehnt, droh ihm. Droh ihm, dass du über deinen Ac-
count alles offenlegst – jedes Detail. Sein Name, seine Hinweise,
alles. Die sozialen Medien vergessen nie." Moritz' Stimme bebte
leicht, aber seine Entschlossenheit war klar. „Natürlich bleibt es
nur eine Drohung, aber wir müssen das jetzt selbst in die Hand
nehmen." Er schlug mit der flachen Hand auf den Tisch, was alle
zusammenzucken ließ. Mustafa, der sonst immer einen lockeren
Spruch auf den Lippen hatte, saß still in seinem Stuhl und starrte

auf die Tischplatte. „Und ich werde jetzt an der Uni und im Krankenhaus anrufen", fuhr Moritz fort. „Wir müssen Bescheid geben, dass wir in den nächsten Tagen nicht kommen können. Es sieht nicht so aus, als würde das hier bald enden." Patrick stand wortlos auf. „Okay, ich ruf dann mal bei der Arbeit an", murmelte er und zog sein Handy aus der Tasche. Sina lehnte sich zurück, ihre Arme verschränkt, ihre Miene angespannt, aber sie sagte nichts. Johannes, der die angespannte Stimmung spürte, versuchte sie mit einem ironischen Kommentar aufzulockern. „Na, wenigstens brauchen wir keine Ausreden für ein verlängertes Wochenende." Doch niemand lachte. Sina schnaubte nur leise, ihre Augen fixierten den Boden. Hannah blieb neben David sitzen, ihre Hand lag beruhigend auf seiner Schulter. Sie hatte Urlaub und musste nichts regeln, doch ihre Augen waren müde und dunkel vor Sorge. David nahm sein Handy, seine Finger zitterten leicht, als er mit dem User zu schreiben begann. Die Stille im Raum wurde nur vom gelegentlichen Klingeln eines Telefons unterbrochen. Die Atmosphäre war geladen, jeder in seinen eigenen Gedanken gefangen, jeder mit der gleichen unausgesprochenen Frage: Was, wenn der User nicht antwortet? Was, wenn sie zu spät kommen? „Da!", rief David plötzlich und das Handy wackelte in seiner zitternden Hand. „Er hat geantwortet." Alle Köpfe drehten sich ruckartig zu ihm. Die Luft im Raum war so still, dass man das leise Summen des Kaffeeautomaten hören konnte. Niemand sagte etwas, niemand wagte es, zu atmen. Es war, als hätte die Welt für einen kurzen Moment angehalten. „Was schreibt er?", fragte Hannah leise, ihre Stimme klang dünn und brüchig. David schluckte und sah auf den Bildschirm. „Es ist... als hätte er nur darauf gewartet, dass ich schreibe. Die Nachricht kam keine zehn Sekunden nach meiner letzten." „Lies vor!", forderte Moritz, der sich mit beiden Händen auf den Tisch stützte. David räusperte sich und begann zu lesen: „Ihr seid nicht das Ziel. Nicht wirklich. Das Phantom... nennen wir ihn so, hat andere Pläne. Größere. Aber er hat entschieden, dass ihr Teil davon seid. Warum? Das weiß nur er selbst. Es gibt einen Hass, tief und brennend, den nur er versteht. Aber ihr habt noch eine Chance, einen kleinen Vorteil. Recherchiert. Euer Haus hat eine dunkle Vergangenheit. Nutzt das. Ich kann nicht mehr sagen.

Nicht jetzt." Stille. Absolute Stille. „Er… er nennt ihn auch ‚Das Phantom'", murmelte Sina und lehnte sich schwer gegen die Küchenzeile. „Was zur Hölle ist hier los?" Mustafa fuhr sich über das Gesicht und flüsterte: „Das klingt, als würde dieser Typ… dieser User… er klingt fast, als wäre er auf unserer Seite." „Oder er tut nur so", warf Patrick ein und ging unruhig im Raum auf und ab. „Vielleicht lenkt er uns ab. Vielleicht führt er uns irgendwohin, wo wir nicht hinwollen." „Nein", sagte David entschieden. „Nein, das fühlt sich anders an. Es klingt… ehrlich. Es klingt, als hätte er Angst vor diesem Phantom. Als würde er uns wirklich helfen wollen." Hannah saß noch immer neben David und starrte auf das Handy. „Er hat gesagt, unser Haus hat eine dunkle Vergangenheit. Das… das können wir überprüfen." „Ja", bestätigte Moritz und zog sein eigenes Handy aus der Tasche. „Wir müssen alles finden. Alte Artikel, Dokumentationen, was auch immer. Irgendjemand muss etwas über dieses Haus wissen." Johannes hob seine Hände und versuchte, die angespannte Stimmung etwas zu lockern. „Na großartig, dann spielen wir jetzt also Detektive? Vielleicht ziehe ich mir gleich noch einen Trenchcoat an und rauche Pfeife." Ein kurzes, nervöses Lachen ging durch die Gruppe, aber es verklang sofort wieder. „Wir haben keine Zeit zu verlieren", sagte Patrick ernst. „Das Treffen ist um 20 Uhr, und bis dahin müssen wir wissen, was hier vor sich geht. Wenn wir da hingehen, sollten wir zumindest ein bisschen vorbereitet sein." „Und was machen wir jetzt konkret?", fragte Sina. Moritz sah sich in der Runde um. „David, du bleibst dran an diesem User. Schreib ihm, wenn nötig. Vielleicht verrät er uns noch mehr. Patrick, Johannes – sucht im Internet alles, was ihr finden könnt. Zeitungsarchive, Foren, alte Bilder. Sina und Hannah, ihr nehmt die Nachbarn. Fragt sie aus, subtil. Vielleicht hat jemand etwas bemerkt oder weiß mehr." Mustafa hob eine Hand. „Und ich? Soll ich Kaffee kochen?" „Du bleibst bei David und Hannah", sagte Moritz entschieden. „Du bist gut darin, Situationen zu deeskalieren, wenn jemand durchdreht. Und glaub mir, es wird jemand durchdrehen, wenn wir Antworten bekommen." Ein Nicken ging durch die Gruppe. Für einen kurzen Moment schien es, als wären sie tatsächlich ein Team, als hätten sie Kontrolle über die Situation – so zerbrechlich dieser Gedanke

auch war. Die Gruppe beschloss, das Gespräch in Patricks Wohnung fortzusetzen. Die anderen Gäste im Café warfen bereits
merkwürdige Blicke herüber, offensichtlich fühlten sie sich von
der Lautstärke und der angespannten Stimmung gestört. Ohne ein
weiteres Wort zahlten sie ihre Rechnung und machten sich auf den
Weg zu Patricks Wohnung, wo sie sich im Wohnzimmer nieder-
ließen. David hielt sein Handy fest in der Hand, seine Finger
schwebten über der Tastatur, während die anderen ihn erwartungs-
voll ansahen. „Okay", sagte David schließlich und brach die Stille.
Seine Stimme klang angespannt. „Er hat geantwortet. Das ging
verdammt schnell… zu schnell." „Lies vor", forderte Johannes und
lehnte sich nach vorne, seine Ellenbogen auf die Knie gestützt.
David räusperte sich und las laut vor: „Recherchiert. Euer Haus hat
eine dunkle Vergangenheit. Findet heraus, was dort passiert ist. Es
wird euch helfen zu verstehen, warum ihr involviert seid. " Stille
breitete sich aus. Niemand sagte etwas. Dann sprang Sina plötzlich
auf. „Scheiß auf den Treffpunkt!", rief sie und ihre Stimme bebte
vor Wut. „Wir gehen um 20 Uhr nicht hin. Ich lasse mich von diesem Phantom nicht wie eine verdammte Marionette manövrieren."
Hannah sah sie ernst an. „Und was, wenn wir es dann nur schlimmer machen?" „Scheiß auf schlimmer!", entgegnete Sina und ballte die Fäuste. „Wir sollten diesem Irren keine Anweisungen befolgen. Jetzt sind wir am Zug! Es reicht." Die Anspannung lag
schwer im Raum. Niemand wusste, was er sagen sollte. Dann
sprach Moritz mit ruhiger Stimme: „Sina hat nicht Unrecht. Aber
egal, ob wir hingehen oder nicht – wir müssen etwas wissen. Wenn
dieses Haus der Schlüssel ist, müssen wir alles darüber herausfinden. Und zwar jetzt. Wir haben keine Zeit zu verlieren." David
schaute auf seine Uhr. „Es sind nur noch fünf Stunden bis 20 Uhr
Mustafa ließ sich auf das Sofa sinken, rieb sich das Gesicht mit
beiden Händen und teilte die Aufgabe erneut auf. „Dann sollten
wir die Zeit sinnvoll nutzen. Hannah und ich kümmern uns online
um alles, was wir finden können. Stadtarchiv fällt flach, die haben
jetzt sowieso zu." Johannes nickte. „Patrick und ich kümmern uns
um alte Foren und Artikel. Vielleicht gibt es da was. Moritz, du
bleibst hier und koordinierst alles." Sina verschränkte die Arme.
„Gut. Aber eines sage ich euch: Wenn wir dahin gehen, dann nur

vorbereitet. Und wenn wir nicht genug Infos finden, bleibt diese verdammte Tür für uns geschlossen." Niemand widersprach ihr. Die Atmosphäre war angespannt, aber auch von einem Funken Entschlossenheit durchzogen. Sie hatten keine Wahl – die Uhr tickte, und das nächste Kapitel ihrer Geschichte wartete nicht auf sie. Die Gruppe verteilte sich in Patricks Wohnung. Jeder hatte einen Laptop, ein Handy oder einen Notizblock vor sich. Die Fenster waren geschlossen, die Vorhänge zugezogen – es fühlte sich an wie ein improvisiertes Hauptquartier in einem schlechten Krimi. Hannah saß mit Mustafa auf dem Sofa, beide starrten auf einen Laptop, während Johannes und Patrick am Esstisch gegenüber hockten, ihre Gesichter von den Bildschirmen beleuchtet. Moritz lief unruhig durch den Raum, sein Handy fest in der Hand, während Sina mit verschränkten Armen am Fenster stand und auf die Straße hinunterblickte. „Okay", begann Hannah und tippte hektisch etwas ein. „Ich finde hier alte Berichte über das Haus. Aber die meisten Artikel sind eher vage. Es gab wohl mal einen Brand vor vielen Jahren, aber die Details sind... merkwürdig schwammig." „Ein Brand?" Mustafa hob die Augenbrauen. „Das klingt schon mal verdächtig genug. Irgendwelche Opfer? Eine Ursache?" Hannah schüttelte den Kopf. „Nichts Konkretes. Nur Andeutungen. Es war angeblich ein Unfall. Aber irgendwas stimmt hier nicht." Patrick hob plötzlich den Kopf. „Leute, ich hab hier was. Es gab damals einen Bewohner... ein gewisser Wilhelm Krause. Der Name taucht in mehreren Artikeln auf. Anscheinend war er..." Patrick runzelte die Stirn und las weiter. „...ein zurückgezogen lebender Mann, der selten das Haus verlassen hat. Ein paar Zeugen berichteten, dass er, ungewöhnliche Geräusche aus einer der Wohnungen wahrgenommen hat „Ungewöhnliche Geräusche?", wiederholte Johannes und zog eine Augenbraue hoch. „Das klingt nach einem verdammt schlechten Horrorfilm." Moritz blieb stehen und schaute zu Patrick. „Was ist mit dem Typen passiert? Hat er das Feuer überlebt?" Patrick scrollte weiter. „Ja, das hat er. Doch kurz nach dem Feuer ist er an einem Herzinfarkt gestorben. Man geht davon aus, dass der Schock durch das Feuer den Infarkt ausgelöst oder zumindest begünstigt hat." Sina drehte sich vom Fenster weg. „Das ergibt keinen Sinn. Ein Brand, seltsame Geräusche, keine klare Ursache… und jetzt sind wir hier mittendrin und sollen irgendwelche Antworten finden?" Moritz seufzte. „Es ergibt vielleicht gerade keinen Sinn, aber wir müssen weitermachen. Jedes Detail zählt." David, der die ganze Zeit still gewesen war und auf sein Handy gestarrt hatte, hob plötzlich den Kopf. „Er hat wieder geschrieben." Die Luft im Raum wurde noch schwerer. Alle Augen richteten sich auf David. „Ihr seid auf dem richtigen Weg. Aber Zeit ist euer größter Feind. Lasst euch nicht ablenken. Und… vertraut niemandem. Leo" Ein kalter Schauer lief allen über den Rücken. „Was zur Hölle bedeutet das?", murmelte Johannes. „Vertraut niemandem?", wiederholte Sina leise und sah in die Runde. „Das klingt, als würde er uns auseinanderbringen wollen." „Oder als wüsste er etwas, das wir nicht wissen", ergänzte Hannah mit belegter Stimme. Die Sekunden schienen sich zu dehnen, während jeder mit seinen eigenen Gedanken kämpfte. Schließlich stand Moritz auf und klatschte in die Hände. „Okay, genug. Keine Panik. Keine Paranoia. Wir ziehen das durch. Noch drei Stunden bis 20 Uhr. Wir konzentrieren uns auf die Fakten und nur auf die Fakten. Alles andere lassen wir außen vor." Patrick hob die Hand. „Und was, wenn wir keine Antworten finden bis dahin?" Moritz sah ihn ernst an. „Dann gehen wir trotzdem. Aber vorbereitet." Die Gruppe nickte stumm. Niemand sprach aus, was sie alle dachten. Sie waren auf dem besten Weg, sich in etwas hineinzubewegen, das größer war als sie – und die Zeit lief ihnen davon. Sina saß still auf der Armlehne des Sofas, ihre Arme verschränkt, der Blick starr auf den Boden gerichtet. Einen Moment lang sagte niemand etwas. Nur das leise Surren der Laptops und das gelegentliche Tippen auf den Tastaturen erfüllten den Raum. Dann hob sie plötzlich den Kopf, ihre Stimme zitterte vor angestauter Wut und Frustration. „Bin ich die Einzige, die sich immer wieder fragt, warum dieser Typ… dieser User, verdammt noch mal, weiß, was wir machen?" Sie sah in die Runde, ihre Augen funkelten. „ Ihr seid auf dem richtigen Weg ? Woher weiß er das? Beobachtet er uns? Sind hier Kameras versteckt, die zeigen, was wir im Netz finden, was wir sagen, was wir planen?" Die anderen starrten sie an. Niemand antwortete. „Dieses Phantom will uns etwas antun, das wissen wir alle. Aber dieser User… Leo, oder wie auch immer er sich nennt, er hält sich vage. Er wirkt, als wolle er uns helfen – auf seine verdrehte Art. Aber warum? Warum lässt er uns zappeln, warum gibt er uns nur so viel, dass wir gerade so weitermachen können? Und verdammt, wie zur Hölle wissen beide, Phantom und dieser User, was wir hier tun? David schaute auf sein Handy, als würde er eine Antwort auf dem Bildschirm suchen. Hannah biss sich auf die Unterlippe und sah zu Sina, aber sagte nichts. „Ernsthaft!", fuhr Sina fort und schlug mit der Faust auf die Sofalehne. ‚,Ihr seid auf dem richtigen Weg. ' Was soll das bedeuten? Beobachtet er uns? Sitzt er irgendwo und sieht jede unserer verdammten Google-Suchen? Jede Nachricht, die wir schreiben? Jedes verdammte Wort, das wir sagen?" Die Stille im Raum war drückend. Niemand wusste, was er sagen sollte. Schließlich war es Moritz, der das Wort ergriff. Seine Stimme war ruhig, aber bestimmt. „Wir wissen es nicht, Sina. Und genau das ist das Problem. Wir können jetzt paranoid werden, jede Steckdose auseinandernehmen und die Tapeten von den Wänden reißen, oder…" Er machte eine Pause und sah nacheinander jedem in die Augen. „…oder wir akzeptieren, dass wir beobachtet werden könnten. Dass wir vielleicht Teil eines verdammt kranken Spiels sind. Aber das ändert nichts daran, dass wir weitermachen müssen. Denn wenn wir jetzt stehen bleiben, wenn wir jetzt zweifeln, dann haben wir schon verloren." Sina atmete schwer und ließ sich zurück ins Sofa sinken. Ihre Wut war noch nicht verflogen, aber ihre Schultern sanken ein Stück tiefer. „Moritz hat recht", sagte Hannah leise. „Wir haben keine andere Wahl. Wir müssen weitermachen." Patrick hob langsam die Hand. „Und… vielleicht sollten wir doch mal die Steckdosen überprüfen. Nur so zur Sicherheit." Ein kurzes, trockenes Lachen von Mustafa lockerte für einen Moment die Spannung, bevor die Gruppe sich wieder auf ihre Bildschirme konzentrierte. Doch Sinas Worte hallten noch nach – wie ein Echo in einem Raum, der plötzlich viel zu klein schien.

***

Der Raum war dunkel, es roch nach kaltem Rauch und altem Holz, eine Mischung, die sich in jede Ritze der kleinen Wohnung gefressen hatte. Er saß auf einem klapprigen Stuhl vor einem schiefen Tisch und sein Blick war starr auf die gegenüberliegende Hausfassade gerichtet. Das Haus, in dem er einmal gelebt hatte. Das Haus, das für ihn die Hölle war. Ein Ort, den er eigentlich für immer vergessen wollte, aber der sich in sein Gedächtnis gebrannt hatte wie ein glühendes Eisen. Seine Hände verkrampften sich um die Kante des Tisches, und seine Lippen bewegten sich lautlos. Minuten verstrichen, vielleicht auch Stunden – Zeit hatte hier drinnen keine Bedeutung. Dann plötzlich veränderte sich seine Haltung. Sein Nacken versteifte sich, seine Schultern zogen sich hoch, und seine Atmung wurde flacher. Ein schiefes Grinsen zog sich über sein Gesicht, eines, das nicht zu den traurigen, müden Augen passte. „Na, ihr kleinen Ratten…" murmelte er und kicherte leise vor sich hin. Seine Stimme hatte einen neuen Klang, schärfer, spitzer – und voller Spott. „Ihr dachtet wirklich, ihr könntet mir entkommen? Ihr seid ja süß." Er stand auf und ging zum Fenster, drückte die Stirn gegen die kalte Scheibe. Seine Augen fixierten die Straße, den Eingang des Hauses, das er nicht loslassen konnte. „Ich hab euch gesehen… jede einzelne Bewegung. Eure gehetzten Blicke, eure müden Gesichter." Er kicherte erneut, diesmal ein wenig lauter. „Ihr fühlt euch verfolgt, nicht wahr? Ihr seid nervös, panisch. Ach, wie ich es genieße." Er drehte sich vom Fenster weg und begann, im Raum auf und ab zu laufen. Seine Schritte waren hektisch, seine Hände gestikulierten in der Luft, als würde er mit unsichtbaren Figuren sprechen. „Sie laufen, sie verstecken sich, sie spielen mein Spiel. Und sie wissen nicht mal, dass ich direkt hinter ihnen stehe." Sein Blick wurde glasig, für einen Moment schien er weit weg zu sein. Dann schüttelte er den Kopf, als wolle er einen Gedanken abschütteln, der sich in seinen Verstand geschlichen hatte. „Das Vivantes… ja, ja, das Krankenhaus." Ein krummes Lächeln zog sich über seine Lippen. „Der alte Herr Möller… denkt wohl, er könnte ein paar Geheimnisse mit ins Grab nehmen. Aber nicht mit mir. Nicht solange ich hier bin." Er drehte sich abrupt um und ging zur Tür. Ein Ruck ging durch seinen Körper, als ob ihn plötzlich ein kalter Windstoß erwischt hätte. Seine Finger zitterten, und sein Atem ging stoßweise. Doch das Lächeln blieb. „Ich habe euch bis zur Bäckerei verfolgt…", sagte er leise, fast genüsslich. „Hab gesehen, wie ihr da saßt. All eure kleinen, angespannten Gesichter. So viel Angst… und doch so viel Hoffnung. Ihr armen Narren." Er griff nach einer abgenutzten Jacke, die über einem Stuhl hing, zog sie über und schob seine Hände tief in die Taschen. „Es wird Zeit, dass ihr versteht, wer hier wirklich die Fäden zieht." Dann ging er zur Tür, öffnete sie langsam und verschwand im düsteren Flur des alten Gebäudes. Die Schritte verhallten, und die Wohnung fiel zurück in ihre beklemmende Stille. Nur der Geruch von kaltem Rauch und altem Holz blieb zurück – und das Gefühl, dass jemand oder etwas immer noch im Raum war und zusah. Der kalte Wind pfiff durch die schmalen Gassen und zerrte an seinem Mantel, während er vor dem Haus stand. Seine Hände steckten tief in den Taschen, sein Blick war auf das Gebäude gerichtet, das einst sein Zuhause gewesen war – für eine viel zu lange und doch viel zu kurze Zeit. Die Straßenlaternen warfen ein fahles Licht auf die Fassade, die nun so ruhig und unscheinbar wirkte. Niemand würde ahnen, was hier einmal passiert war. Leo schloss die Augen und atmete tief durch. Vor seinem inneren Auge flackerten Bilder auf. Sein Onkel. Rauch. Flammen. Panische Schreie, die in seinen Ohren widerhallten. Und dann… Stille. Sein Onkel ist in der Wohnung verbrannt. Das war eines der wenigen Details, die noch klar in seinem Kopf existierten. Aber alles andere… verschwommen, zerstückelt, wie schlecht zusammengeklebte Fotoschnipsel. Er erinnerte sich nur daran, dass er draußen stand, vor einer Kuhle im Boden. Vor sich den verkohlten Leichnam seines Onkels. Wie er dorthin gekommen war, wie er seinen Onkel aus der Wohnung getragen hatte, wusste er nicht. Erst in diesem Moment, vor dieser Kuhle, waren die Erinnerungen zurückgekommen – oder besser gesagt, sie hatten sich wie ein reißender Strom über ihn ergossen. „Dissoziative Identitätsstörung", hatten die Ärzte in der Klinik gesagt. Ein Begriff, der so technisch und so falsch klang für das, was in seinem Kopf passierte. Als ob man das Chaos in seiner Seele in zwei klinische Worte verpacken könnte. „War ich es?", flüsterte Leo und starrte weiter auf das Haus. „War ich es, der ihn dort hineingeworfen hat?" War es Michael gewesen? Seine Psychiaterin hatte immer wieder von Michael gesprochen. Michael war derjenige, der Dinge tat, die Leo nicht tun konnte – oder nicht tun wollte. Michael war derjenige, der keine Grenzen kannte, der die Regeln brach. „Michael ist kein guter Junge, Leo. Du musst aufpassen, dass er nicht übernimmt." Aber hatte Michael damals übernommen? Hatte er den Onkel getragen, den leblosen Körper, hatte er ihn dort hineingeworfen und zugesehen, wie die Flammen das letzte bisschen Menschlichkeit aus der Hülle fraßen? Leo rieb sich über die Schläfen, als könne er die Gedanken damit aus seinem Kopf wischen. Der Brand lag genau zwanzig Jahre zurück. Zwanzig Jahre voller Fragen, auf die er keine Antwort hatte. „Zwanzig Jahre…" murmelte er und sah zum Himmel hinauf. Er spürte den Druck in seiner Brust, ein Kloß in seinem Hals, der jede Bewegung, jedes Atmen schwer machte. Sein Onkel war tot. Und er war frei. Aber warum zum Teufel war er dann wieder hier? Warum stand er in dieser Straße, vor diesem Haus? Warum hauste er in einer Wohnung, die offenbar einer alten Frau gehört hatte, deren Geruch noch in jeder Ecke klebte – nach Lavendel und abgestandener Luft? Warum fühlte es sich an, als hätte er hier eine Aufgabe, die er noch nicht verstand? Er sah wieder zum Fenster seiner kleinen Wohnung, die direkt gegenüber lag. Dort, wo die anderen vorhin noch gesessen hatten. Dort, wo sie ihre nächsten Schritte planten, um Antworten auf Fragen zu finden, die besser nicht zu lange unbeantwortet blieben. Leo spürte, wie sich etwas in seiner Brust zusammenzog. Eine Welle aus Schuld und Angst stieg in ihm auf. „Was mache ich hier?" Seine Finger krampften sich in die Taschen seines Mantels. Er wusste, dass Michael irgendwo in seinem Kopf lauerte, bereit, das Steuer zu übernehmen. Er durfte ihn nicht reinlassen. Nicht jetzt. Nicht heute. Ein letzter Blick auf das Haus, dann drehte sich Leo langsam um und ging die Straße hinunter. Seine Schritte hallten auf dem nassen Asphalt wider. Er wusste, dass er keine Antworten finden würde, solange er nicht bereit war, die richtigen Fragen zu stellen. Und die richtigen Fragen taten weh. Leo ging zurück in die Wohnung, die mit ihren verblassten Blümchentapeten und der spärlichen Einrichtung den Charme längst vergangener Zeiten ausstrahlte. Er ließ sich auf die abgenutzte Matratze in der Ecke sinken, die wie ein Fremdkörper in der Wohnung einer alten Frau wirkte. Sein Handy lag schwer in seiner Hand, das Display flimmerte leicht. Eine Nachricht von David war eingegangen. „Leo, was willst du von uns? Wer bist du? Und was hat es mit diesem Phantom auf sich?" Leo starrte auf die Worte, die sich wie ein Schlag in seine Brust anfühlten. Sie vertrauten ihm nicht. Natürlich nicht. Warum sollten sie auch? Er war ein Fremder, ein unsichtbarer Schatten, der ihnen kryptische Nachrichten schickte. Seine Finger zitterten, als er über die Tastatur fuhr. Er durfte keine Zeit verlieren. Diese Leute waren in Gefahr – und sie wussten es nicht einmal. „Ihr müsst ihn stoppen. Ihr müsst Michael stoppen." Er stockte. Sein Blick wurde leer, und für einen Moment hörte er nur seinen eigenen Atem, das Rauschen in seinen Ohren. „Ich weiß nicht, was er vorhat. Aber es wird schlimm. Der Brand... mein Onkel... die Schläge..." Er spürte, wie seine Finger langsamer wurden. Sein Kopf begann zu pochen, ein scharfer Schmerz breitete sich hinter seinen Augen aus, als würde ein Schraubenzieher durch sein Gehirn gebohrt. Seine Sicht verschwamm, und ein Würgereiz stieg in seiner Kehle auf. „Nein... nein... nicht jetzt..." murmelte er verzweifelt und biss sich auf die Unterlippe, bis er Blut schmeckte. Sein Daumen schwebte über dem Senden-Button. Irgendwo in diesem Chaos, in diesem tosenden Meer aus Erinnerungen und Stimmen, fand er noch genug Kraft, um zu drücken. Die Nachricht wurde gesendet. Dann sackte er nach vorne, seine Stirn landete schwer auf seinen Knien. Der Schmerz ebbte nicht ab, sondern wurde nur dumpfer, gleichmäßiger – wie ein konstantes Klopfen von innen. Als Leo seine Augen wieder öffnete, waren sie anders. Härter. Kälter. Ein schiefes, fast amüsiertes Grinsen zog sich über seine Lippen. „Ach, Leo...", sagte er leise zu sich selbst und ließ seinen Kopf langsam zur Seite kippen. „Immer so melodramatisch. Aber keine Sorge, ich kümmere mich um alles." Michael war wieder da. Und Leo war verschwunden.

***

Die Wohnung war erfüllt von dem leisen Tippen auf Tastaturen, gelegentlichem Seufzen und dem Klicken von Mäusen. Die Gruppe saß verstreut im Wohnzimmer – Sina und Johannes auf dem Boden, ihre Laptops auf den Knien, Hannah zusammengerollt auf der Couch mit ihrem Tablet, während Patrick neben Mustafa am Esstisch saß und durch endlose PDF-Dokumente scrollte. Die Uhr zeigte 16:45. Die Zeit lief ihnen davon. David saß etwas abseits, sein Handy in der Hand, die Stirn gerunzelt. Er starrte auf den

Bildschirm, als würde er versuchen, die Worte darauf zu durch-
dringen. Eine neue Nachricht war eingetroffen. Von Leo. Ohne ein
Wort stand er plötzlich auf. Der Stuhl kratzte laut über den Boden,
und alle Köpfe schossen zu ihm herum. „Was ist?", fragte Johannes alarmiert. „Hast du was gefunden?" David hob seine Hand und
zeigte das Display. „Leo hat geantwortet." Stille. Die Zeit schien
für einen Moment stillzustehen. Niemand rührte sich, niemand
sagte etwas. Dann räusperte sich David und begann zu lesen: „Ihr
müsst ihn stoppen. Ihr müsst Michael stoppen. Ich weiß nicht, was
er vorhat. Aber es wird schlimm. Der Brand... mein Onkel... die
Schläge..." Seine Stimme brach leicht am Ende des Satzes. Die
Worte hingen schwer im Raum, wie dunkler Nebel, der jede Hoffnung erstickte. „Was zur Hölle...", murmelte Sina und schüttelte
den Kopf. „Michael? Wer zum Teufel ist Michael?" „Der Brand?
Sein Onkel? Das klingt, als hätte dieser Typ echt Probleme", sagte
Patrick vorsichtig. „Moment mal", unterbrach Mustafa und lehnte
sich nach vorne. „Er sagt, wir sollen ihn stoppen. Das heißt, er ist
nicht alleine. Dieser Michael... ist das das Phantom?" Hannah
schlang die Arme um ihre Knie und sah starr auf den Boden.
„Aber warum warnt er uns dann? Wenn sie zusammenarbeiten
würden, würde er uns doch nicht solche Hinweise geben..." Johannes fuhr sich mit der Hand durch die Haare und sah zu David.
„Hast du geantwortet?" David schüttelte den Kopf. „Nein, die
Nachricht kam gerade erst rein. Aber Leute... hört mal. Da draußen ist jemand, der offenbar mit sich selbst kämpft. Dieser Leo
scheint uns helfen zu wollen, aber..." „...aber der andere nicht",
ergänzte Hannah leise. Es folgte ein Moment des Schweigens, in
dem jeder in seinen Gedanken gefangen war. Patrick brach das
Schweigen. „Eins steht fest. Egal, wer dieser Leo ist und was mit
diesem Michael los ist – wir haben keine Zeit mehr, uns in Mut-
maßungen zu verlieren. Wir müssen das verdammte Puzzle zusammensetzen, und zwar schnell." David nickte. „Ich schreibe ihm
zurück. Vielleicht kann er uns mehr sagen. Aber wir müssen uns
vorbereiten. Wenn dieser Michael gefährlich ist... dann sollten wir
damit rechnen, dass das heute Abend kein gewöhnliches Treffen
wird." Mustafa lehnte sich zurück und verschränkte die Arme.
„Dann brauchen wir einen Plan. Und zwar jetzt." Die Gruppe nick-

te einstimmig. Das Ticken der Uhr wurde lauter, zumindest in ihren Köpfen. Die Zeit schien sich wie ein unsichtbarer Strick um ihre Kehlen zu legen, fester mit jeder vergehenden Minute. David saß wieder auf seinem Platz und starrte auf sein Handy. Seine Finger schwebten über der Tastatur, als würde er die richtigen Worte suchen, um Leo zu erreichen. „Leo, bitte, wir brauchen mehr Informationen. Wer ist Michael? Was plant er? Und warum haben wir etwas damit zu tun? Bitte, antworte schnell." Er schickte die Nachricht ab und legte das Handy mit zittrigen Fingern vor sich auf den Tisch. Das Display leuchtete, aber blieb still. Kein „schreibt gerade...", keine Antwort. Nur Schweigen. „Okay", sagte Patrick und klatschte in die Hände, was alle zusammenzucken ließ. „Wir können nicht nur herumsitzen und warten, bis Leo uns einen weiteren kryptischen Hinweis schickt. Wir müssen handeln." „Aber wo fangen wir an?", fragte Sina frustriert und schob ihren Laptop von sich weg. „Dieses ganze Internet ist voll von Informationen, aber nichts davon ergibt einen Sinn!" „Das Haus", sagte Hannah leise. Alle schauten sie an. „Leo hat gesagt, unser Haus hat eine dunkle Vergangenheit. Vielleicht sollten wir genau da ansetzen. Was, wenn wir uns nicht nur online umsehen, sondern jemanden fragen, der sich wirklich auskennt? Vielleicht einen Historiker oder jemanden aus der Nachbarschaft, der schon ewig hier lebt." Mustafa nickte. „Gar nicht so dumm. Vielleicht gibt es jemanden, der weiß, was vor zwanzig Jahren hier passiert ist. Leo hat den Brand erwähnt... vielleicht war das hier, in diesem Viertel." „„Wir teilen uns auf", schlug Johannes vor. „Ein Teil geht ins Stadtarchiv, ein anderer redet mit Nachbarn. Der Rest bleibt hier und wartet auf Leo." „Und wer macht was?", fragte Patrick. „Ich gehe ins Archiv", sagte Hannah. „Ich bin gut im Wühlen nach Geschichten." „Ich komme mit", ergänzte Mustafa. „Auch wenn das Archiv sonntags zu ist, kenne ich jemanden, der uns reinlassen kann. Ein ehemaliger Kommilitone arbeitet dort als Sicherheitskraft. Ich schicke ihm eine Nachricht." „Patrick und ich bleiben hier", sagte Johannes. „Falls Leo antwortet, reagieren wir sofort. " Sina stellte fest, dass die Aufgaben scheinbar nach dem Zufallsprinzip neu verteilt wurden. Angesichts der angespannten Lage hätte sie vielleicht besorgt sein sollen – stattdessen konnte sie sich ein amüsiertes Grinsen nicht verkneifen. David hob die Hand. „Ich bleibe auch hier. Vielleicht antwortet Leo mir eher. " Die Gruppe nickte. Es war nicht perfekt, aber ein Plan. Hannah schnappte sich ihre Tasche, Mustafa zog seine Jacke an. „Passt auf euch auf", sagte Johannes ernst. Hannah und Mustafa verschwanden durch die Tür, Sina folgte kurz danach. Patrick zog die Vorhänge beiseite und blickte hinaus. David starrte auf sein Handy. Noch immer keine Nachricht. Draußen senkte sich die Dämmerung über die Straßen, während die Zeit unaufhaltsam weiterlief.

***

Michael saß auf dem abgenutzten Sofa der alten Frau, die schwachen Federn drückten unangenehm in seinen Rücken. Das Handy in seiner Hand leuchtete kalt auf und spiegelte sein verzerrtes Gesicht wider. Seine Lippen zuckten zu einem höhnischen Grinsen. Natürlich hatte er bemerkt, dass irgendjemand – irgendetwas – während seiner Abwesenheit auf dieses lächerliche Video von David geantwortet hatte. Dieses Video, das jetzt wie ein Lauffeuer durch die sozialen Medien fegte. David, der selbstverliebte Influencer, der glaubte, die Welt würde auf seine großspurigen Worte hören. Michael ließ seinen Daumen langsam über den Bildschirm gleiten und las die Kommentare unter dem Video. „Fake!", „Die Illuminaten stecken dahinter!", „Klassischer PR-Stunt!" – Die selbsternannten Verschwörungstheoretiker hatten natürlich wieder Hochkonjunktur. Es war ein einziges Schauspiel und Michael genoss jede Sekunde davon. Leo. Der Name erschien in seinem Kopf wie ein Flackern. War es dieser Leo, von dem seine Psychiaterin immer gesprochen hatte? Leo, der „Gute", der Freundliche, der Vernünftige. Der Teil, der angeblich immer wieder die Kontrolle übernahm, während er, Michael, irgendwo in einer dunklen Ecke seines eigenen Kopfes schlafen musste. „Schwachsinn", zischte Michael und schüttelte den Kopf. Es gab keinen Leo. Es hatte nie einen Leo gegeben. Das war nur ein Trick dieser Ärzte, dieser ach so schlauen Therapeuten, die glaubten, ihn durchschauen zu können. Sie wollten ihn schwach machen, ihn teilen, ihn kontrollieren. Aber sie verstanden nichts. Er war Michael. Und nur Michael. Immer gewesen. Immer sein. Doch trotzdem... da war diese Nachricht. Eine Nachricht, die offensichtlich nicht von ihm selbst stammte. Was auch immer das war. Er klickte auf das Chatfenster und las die Worte, die „Leo" an David geschickt hatte: „Ihr müsst ihn stoppen, ihr müsst Michael stoppen, ich weiß nicht, was er vorhat. Der Brand, mein Onkel, die Schläge…" Michael lachte laut auf, ein trockenes, bösartiges Lachen, das in der kleinen Wohnung widerhallte. „Dramaqueen", murmelte er. Sein Finger schwebte über der Tastatur. Ein Gedanke breitete sich in ihm aus, wie kaltes Gift, das langsam durch seine Adern floss. Sie sollten ihn kennenlernen. Sie sollten seine Anwesenheit spüren. Nicht durch einen schüchternen, verängstigten Leo, sondern durch ihn – Michael. Langsam begann er zu tippen: „Guten Abend, David. Ich bin Michael. Es freut mich, dass ihr so fleißig recherchiert. Aber glaubt mir – ihr kratzt gerade einmal an der Oberfläche. Macht weiter, wenn ihr wollt. Aber seid vorsichtig… manche Wahrheiten sind tödlich." Er sah sich die Worte an und lächelte zufrieden. Es war nicht viel, aber es reichte aus, um Zweifel zu säen. Um Angst zu schüren. Sein Daumen schwebte über dem Senden-Button. „Na los, David. Zeig mir, was du drauf hast", murmelte er und drückte mit einem genüsslichen Grinsen auf „Senden". Das Handy fiel neben ihm auf das Sofa, und Michael ließ seinen Kopf nach hinten sinken. Seine Augen waren auf das Fenster gerichtet, auf das Haus seiner Vergangenheit. „Jetzt beginnt das Spiel erst richtig." Seine Hände ruhten auf seinen Knien, während seine Augen starr auf das Handy gerichtet blieben, das neben ihm lag. Er konnte beinahe hören, wie die Nachricht durch den digitalen Äther zischte und Davids Gesicht vor Schreck erbleichte, als er sie las. „Guten Abend, David…" Er wiederholte die Worte leise und zog die Silben lang, wie ein Kind, das ein neues Spielzeug ausprobierte. Draußen dämmerte es bereits, das Licht der Straßenlaternen fiel in Streifen durch die schmutzigen Vorhänge. Michael lehnte sich zurück und schloss kurz die Augen. In seinem Kopf flackerten Bilder auf – David mit seinen albernen, perfekt gestylten Haaren; Johannes, der sich für den Fels in der Brandung hielt; Hannah… Hannah. Sein Kiefer spannte sich an, seine Fingernägel gruben sich in die zerlöcherte Jeans, die er trug. Warum? Warum hat sie es nicht gesehen? Warum hat sie ihn nie angesehen? Sein Herz hämmerte, die Wut kochte in ihm hoch, und für einen Moment schien er die Kontrolle zu verlieren. Doch dann – ein tiefes Einatmen. Er öffnete die Augen wieder, langsam, und ein gefährliches Lächeln schlich sich auf sein Gesicht. „Ihr habt keine Ahnung, was euch erwartet", flüsterte er.

***

Die Gruppe saß wie versteinert im Wohnzimmer, die Nachricht von Michael lag schwer in der Luft. Niemand sagte etwas, bis David das Handy langsam auf den Tisch legte und tief durchatmete. „Das war eindeutig keine Warnung mehr", sagte er leise. „Das war eine Drohung." Hannah schaute in die Runde. „Wir können jetzt nicht einfach hier sitzen und warten, dass noch so eine Nachricht kommt. Wir müssen handeln." „Genau", stimmte Moritz zu und richtete sich auf. „Wir haben keine Zeit mehr. Sina, du gehst raus und befragst die Nachbarn in den umliegenden Gebäuden. Vielleicht erinnert sich jemand an etwas, vielleicht gibt es Gerüchte über die Vergangenheit des Hauses." Sina nickte knapp, doch bevor sie etwas sagen konnte, meldete sich Johannes zu Wort. „Ich komme mit. Zwei Leute kriegen mehr raus als einer allein, und außerdem…" Er zögerte kurz. „Naja, sicher ist sicher." Sina zuckte die Schultern. „Okay, meinetwegen." „Gut", fuhr Moritz fort. „Hannah und Mustafa, ihr geht ins Stadtarchiv. Es muss doch irgendwo Unterlagen zu diesem Haus geben – Baupläne, Eigentümerverzeichnisse, irgendwas." Hannah stand bereits auf und nahm ihre Tasche. Mustafa folgte ihr wortlos, seine Miene war ernst. „Patrick und ich bleiben hier", sagte David bestimmt. „Falls dieser Michael oder Leo – oder wer auch immer – wieder schreibt, müssen wir sofort reagieren können. Außerdem haben wir hier noch das Internet. Vielleicht finden wir online noch etwas Brauchbares." Patrick nickte zustimmend und klopfte David auf die Schulter. „Und jemand muss ja auch die Stellung halten." „Gut", sagte Moritz abschließend und schaute in die Runde. „Wir haben jetzt noch…" Er sah auf die Uhr. „Weniger als drei Stunden bis 20 Uhr. Das ist nicht viel Zeit. Seid vorsichtig, alle miteinander. Niemand geht alleine irgendwo hin, und wenn irgendwas Komisches passiert – ruft sofort an. Ein kollektives Nicken ging durch die Gruppe. Jeder wusste, dass der nächste Schritt entscheidend war. Ohne weitere Worte zogen sie los, jeder mit seiner eigenen Mission, je-

der mit einem drückenden Gefühl in der Brust. Sie hatten keine
Ahnung, was sie finden würden – nur, dass sie jetzt handeln mussten. Hannah saß am Steuer von Patricks klapprigem Auto, das mit
jedem Schlagloch ein protestierendes Geräusch von sich gab. Mustafa saß auf dem Beifahrersitz, einen Stadtplan auf dem Handy offen, während er sich mit der anderen Hand an der Tür festklam-
merte. Mustafa drehte sich zu Hannah, während das Auto an einer
roten Ampel hielt und wedelte mit seinem Handy. „Na, das nenn
ich Timing", sagte Mustafa und grinste. „Mein ehemaliger Kommilitone wartet schon an der Tür, und die Archivarin ist auch da.
Besser hätte es nicht laufen können." „Also Mustafa, bitte sag mir
nicht, dass wir einfach irgendwelche staubigen Keller durchstö-
bern und auf ein Wunder hoffen", fragte Hannah und warf ihm einen kurzen Seitenblick zu. Mustafa grinste schief. „Keine Sorge,
Hannah. Wenn du alte Dokumente suchst, gibt es in Berlin nur einen Ort, der wirklich Sinn macht: das Landesarchiv Berlin. Da
gibt's alles – Baupläne, Grundbuchauszüge, alte Eigentümerlisten.
Wenn das Haus ein dunkles Geheimnis hat, dann finden wir es
dort." „Landesarchiv also", wiederholte Hannah und bog mit einem energischen Ruck nach rechts ab. „Hätte ich mir denken können. Einmal quer durch die Stadt, großartig." „Hey, immerhin fahren wir nicht nach Hogwarts, sondern an einen echten Ort mit echten Antworten", versuchte Mustafa sie aufzumuntern. „Hoffentlich
haben die da auch echte Kaffeeautomaten", murmelte Hannah und
zog die Augenbrauen zusammen, als das Auto über ein weiteres
Schlagloch rumpelte. „Patrick wird mich umbringen, wenn ich
seine Rostlaube komplett auseinandernehme." Mustafa zog ein
ernstes Gesicht und sagte trocken: „Keine Sorge, Hannah. Patrick
liebt dieses Auto mehr als seine Ex-Freundin, aber hey – die war
wenigstens zuverlässig." Beide brachen in ein kurzes, trockenes
Lachen aus, das die angespannte Atmosphäre für einen Moment
auflockerte. Landesarchiv Berlin – Ein Meer aus Akten. Das Gebäude des Landesarchivs lag unscheinbar in einem Industriegebiet,
ein grauer Klotz aus Beton und Fenstern, der so gar nicht den
Charme von historischen Geheimnissen versprühte. Mustafa und
Hannah stiegen aus und blickten sich um. „Wow", sagte Hannah
trocken. „Das sieht ja mal richtig nach Abenteuer aus. Indiana Jo-

nes trifft Bürokratie." Mustafa grinste. „Willkommen im Herzen
der deutschen Archiv-Seele." Drinnen empfing sie eine sachliche,
fast sterile Atmosphäre. Lange Regale voller Aktenordner, der Geruch von altem Papier und ein paar wenige Menschen, die schweigend über Dokumenten saßen. Am Empfang begrüßte sie eine ältere Dame mit strengem Dutt und einer Brille, die jeden Blick in ein
Verhör zu verwandeln schien. „Guten Tag. Wie kann ich Ihnen
helfen?" fragte sie in einem Ton, der keinen Widerspruch duldete.
Mustafa übernahm das Reden. „Wir benötigen Zugang zu alten
Bauplänen und Eigentümerverzeichnissen eines Hauses in Treptow-Baumschulenweg. Es geht um... ähm... historische Recherchen." Die Frau musterte ihn kurz, nickte dann knapp und deutete
auf eine Reihe von Computern am Rand des Raumes. „Schrank 7
bis 12, Aktenzeichen nach Straße sortiert. Wenn Sie digitale Kopien benötigen, melden Sie sich." „Vielen Dank", sagte Hannah
höflich und zog Mustafa am Arm in Richtung der Computer. Die
nächsten Stunden verbrachten die beiden zwischen staubigen Aktenordnern, flackernden Bildschirmen und handschriftlichen Notizen. Mustafa hatte ein erstaunliches Talent dafür, relevante Informationen zu finden, während Hannah sich durch alte Grundrisse
und Eigentümerlisten wühlte. „Hier, Mustafa, guck mal!" rief sie
leise und hielt ein vergilbtes Dokument hoch. „Das Haus hatte vor
knapp 20 Jahren einen anderen Besitzer. Ein gewisser... Hermann
Grunert. Und da – das Gebäude wurde nach einem Brand komplett
renoviert." Mustafa kniff die Augen zusammen. „Brand? Moment
mal... Das könnte wichtig sein. Vielleicht steht in den Feuerwehr-
berichten oder in den Polizeiakten mehr dazu." Hannah lehnte sich
zurück und massierte ihre Stirn. „Ein Brand, ein Besitzerwechsel,
ein neues Dachgeschoss... Das klingt, als hätte da jemand was ver-
tuschen wollen." Mustafa blätterte durch weitere Akten. „Hier
steht nichts über Verletzte oder Todesopfer. Nur von ‚bedeuten-
dem Sachschaden'. Komisch, oder? „Ja, sehr komisch", murmelte
Hannah und klappte die Akte zu. „Okay, wir haben hier genug gefunden. Lass uns alles kopieren und zurück zu den anderen fahren.
Vielleicht ergibt das zusammen mit dem, was sie rausfinden, ein
klareres Bild." Mustafa nickte und stand auf. „Weißt du, Hannah... irgendwie fühlt sich das hier gerade an wie eine richtig

schlechte Folge von Aktenzeichen XY ungelöst." „Nur, dass wir die sind, die am Ende draufgehen, wenn wir nicht aufpassen", erwiderte Hannah trocken und zwang sich zu einem Lächeln. Mit einer Mappe voller Dokumente und Kopien verließen sie das Archiv. Draußen dämmerte es bereits, und die Straßenlaternen warfen lange Schatten auf den Betonboden. Die Zeit lief gegen sie. Der Motor von Patricks alter Rostlaube brummte monoton, während die Stadtlichter der Berliner Nacht an den Fenstern vorbeizogen. Mustafa saß auf dem Beifahrersitz, die kopierten Dokumente auf seinem Schoß verteilt, und blätterte hektisch durch die Seiten. „Also, der Brand...", begann Mustafa und runzelte die Stirn, „...ist definitiv im ersten Stockwerk ausgebrochen. Das steht hier schwarz auf weiß. Es heißt, das Feuer hat sich schnell nach oben gefressen, aber die schlimmsten Schäden waren unten." Hannah schaute kurz von der Straße zu Mustafa herüber und dann wieder konzentriert nach vorne. „Moment mal. Patricks Wohnung liegt doch in der zweiten Etage... und seine Wohnung ist die einzige im ganzen Haus, die keinen Stuck hat. Alles sieht aus wie... wie frisch aus dem Baumarkt. Das ergibt doch keinen Sinn." Mustafa blätterte weiter. „Warte, warte... hier steht noch etwas. ‚Das Feuer hat die Wohnung im ersten Stock vollkommen zerstört. Die Renovierungsmaßnahmen umfassten auch die Decke zur zweiten Etage...'" Hannah zog die Augenbrauen hoch. „Das würde erklären, warum Patricks Wohnung so anders aussieht. Sie wurde komplett renoviert. Aber Herr Möllers Wohnung – die hat noch den alten Stuck, genau wie unsere. Das bedeutet..." Mustafa sah sie an und beendete den Gedanken: „Das bedeutet, das Feuer könnte in der Wohnung ausgebrochen sein, in der Patrick jetzt lebt." Ein kalter Schauer lief Hannah über den Rücken. „Und niemand hat das jemals erwähnt? Weder der Vermieter noch sonst irgendjemand? Das ist doch nicht normal." „Vielleicht wollte man das nicht erwähnen", sagte Mustafa leise. „Vielleicht sollte niemand wissen, was damals wirklich passiert ist." Hannah biss sich auf die Unterlippe und beschleunigte leicht, als sie über eine grüne Ampel fuhr. „Sieh noch mal nach, Mustafa. Vielleicht gibt es einen Hinweis darauf, wie das Feuer entstanden ist. War es ein Unfall? War es Brandstiftung? Oder... war es etwas anderes?" Mustafa blätterte

fieberhaft weiter, während das Auto über die nassen Straßen glitt.
„Hier steht nur, dass die genaue Ursache des Feuers nie geklärt
wurde. ‚Verdacht auf Brandstiftung konnte nicht bestätigt werden.
Technischer Defekt wurde ebenfalls ausgeschlossen." Hannahs
Hände umklammerten das Lenkrad fester. „Also wissen sie es bis
heute nicht. Oder sie wollten es nicht wissen." Mustafa seufzte und
ließ die Dokumente kurz sinken. „Hannah, das fühlt sich an wie
ein riesiges Puzzle, bei dem jemand die Hälfte der Teile verschwinden lassen hat. Und jedes Mal, wenn wir ein neues Teil finden, wird das Bild nur noch unheimlicher." Hannah nickte stumm.
Die Scheinwerfer eines entgegenkommenden Autos blitzten auf,
und für einen Moment schien die Straße heller. „Wir müssen die
anderen informieren, sobald wir ankommen. Vielleicht hat Sina
etwas von den Nachbarn erfahren oder David und Patrick haben
online noch etwas ausgegraben", sagte Hannah schließlich. „Ja…",
murmelte Mustafa und starrte nachdenklich aus dem Fenster.
„Aber eins steht fest: Dieses Haus trägt ein Geheimnis in sich. Stille erfüllte das Auto, nur das Geräusch der nassen Reifen auf dem
Asphalt war zu hören. In der Ferne leuchteten die Lichter von
Treptow-Baumschulenweg, und beiden war klar – was auch immer
sie noch herausfinden würden, die Wahrheit war näher, als ihnen
lieb war. Sina und Johannes standen vor der massiven Eingangstür
des Nachbargebäudes. Es war größer als ihr eigenes Wohnhaus,
die Fenster wirkten alt, aber gepflegt, und ein schwerer Kronleuch-
ter war durch die hohen Glasfenster im Treppenhaus zu erkennen.
Johannes schob seine Hände tief in die Taschen seiner Jacke und
warf einen Seitenblick zu Sina. „Na dann, Miss Marple. Bereit für
unseren großen Auftritt?" sagte er mit einem schiefen Grinsen. Sina hob eine Augenbraue und klopfte mit den Fingerknöcheln
zweimal gegen die Tür. „Sherlock, bitte. Miss Marple ist alt und
trägt Strickjacken. Ich bin jung und stylish." Ein leises Klicken erklang, und die Tür wurde automatisch entriegelt. Sie traten ein und
sahen sich um. Das Treppenhaus war beeindruckend – hohe Decken, kunstvolle Stuckverzierungen und breite Marmorstufen.
Doch die Kälte, die hier herrschte, war fast greifbar. „Okay, Plan?"
fragte Johannes und sah zu den Briefkästen. „Wir gehen von oben
nach unten. Fünfter Stock und dann Etage für Etage runter. Ich

hoffe, jemand öffnet uns die Tür und lässt sich auf ein Gespräch ein", sagte Sina entschlossen. „Und wenn nicht?" fragte Johannes trocken. „Dann probieren wir's mit Charme. Und wenn das nicht funktioniert... gibt's Plan B: dumme Fragen stellen, die niemand beantworten will." Johannes lachte leise und folgte Sina die Treppen nach oben. Fünfter Stock. Die erste Wohnungstür, an der sie klingelten, blieb stumm. Die zweite öffnete sich einen Spalt, und ein älterer Mann mit wirrem Haar und mürrischem Blick sah sie an. „Was wollt ihr?" fragte er misstrauisch. „Guten Abend, wir wohnen im Nachbarhaus und... äh... wir machen so eine Art Nachbarschaftsprojekt", begann Sina etwas improvisiert. „Es geht um die Geschichte der Gebäude hier. Wissen Sie vielleicht etwas über den Brand vor zwanzig Jahren?" Der alte Mann starrte sie an, als hätte sie gerade ein Gedicht in Altgriechisch vorgetragen. „Brand? Was für ein Brand?" „Na ja, das Feuer damals. In unserem Haus. Vielleicht haben Sie damals etwas mitbekommen?" warf Johannes ein und lächelte so charmant, wie es ihm möglich war. Der Mann schnaufte, murmelte etwas Unverständliches und schloss die Tür. „Okay... das lief ja super", flüsterte Johannes und drehte sich zu Sina. „Der Typ war wie ein menschlicher Rollladen. Runter und zu", murmelte Sina und zuckte mit den Schultern. „Weiter geht's." Vierter Stock. Eine Frau mittleren Alters öffnete die Tür, ein Glas Rotwein in der Hand und ein verschwommener Ausdruck im Gesicht. „Ach, Nachbarn aus dem anderen Haus. Wie... nett." „Ja, hi. Ich bin Sina und das ist Johannes. Wir wollten nur kurz fragen, ob Sie sich an den Brand von vor zwanzig Jahren erinnern. Es war ziemlich heftig und—" „Brand? Ach, ja. Das war eine schlimme Sache. Warten Sie mal... war das nicht... oh Gott, ich krieg's nicht mehr zusammen." Die Frau nahm einen Schluck Wein und lehnte sich gegen den Türrahmen. „Wissen Sie vielleicht noch, wer damals in der betroffenen Wohnung gelebt hat? Oder ob es vorher... ich weiß nicht... Streitigkeiten gab oder ungewöhnliche Dinge passiert sind?" fragte Johannes. Die Frau zuckte mit den Schultern. „Ich erinnere mich nur, dass danach lange niemand in der Wohnung war. Und dann kam irgendwann... ach, keine Ahnung. Es war alles so... still. Zu still." „Still?" fragte Sina nach. „Ja, still. Als würde das Haus danach nicht mehr rich-

tig... leben. Ach, ich rede wirres Zeugs. Gute Nacht." Die Tür
schloss sich mit einem leisen Klicken. „Okay, das war... seltsam",
murmelte Sina. „Still. Das klingt wie der Anfang von einem Horrorfilm", sagte Johannes und schüttelte den Kopf. Dritter Stock.
Diesmal öffnete eine freundliche ältere Dame die Tür. Ihr Blick
war sanft, aber ihre Augen wirkten wachsam. „Guten Abend, die
jungen Leute. Was führt euch zu mir?" Sina lächelte. „Guten
Abend. Wir wollten fragen, ob Sie sich an den Brand vor zwanzig
Jahren erinnern? In unserem Nachbarhaus?" Die Frau nickte langsam. „Ja... das war eine schreckliche Nacht. Ich erinnere mich
noch an den Rauch und die Sirenen. Alle Fenster waren schwarz
vor Ruß." „Wissen Sie, wer damals in der Wohnung gewohnt hat,
wo das Feuer ausgebrochen ist?" fragte Johannes vorsichtig. Die
Frau schüttelte den Kopf. „Es war ein Mann. Ein... schwieriger
Mensch, glaube ich. Sehr verschlossen. Manche sagten, er hätte
Probleme gehabt. Andere sagten, er war ein Monster." Sina und
Johannes sahen sich an. „Ein Monster? Warum?" fragte Sina leise.
„Das weiß ich nicht, Kindchen. Aber ich habe immer das Gefühl
gehabt, dass in dieser Wohnung etwas Dunkles war. Etwas, das
nicht hätte dort sein dürfen." Stille. „Danke für Ihre Zeit", sagte
Johannes sanft. Als sie sich abwandten und die Treppen hinunter-
gingen, sagte Sina leise: „Etwas Dunkles... das klingt, als hätte sie
einen Horrorfilm kommentiert." Johannes schob die Hände in die
Taschen. „Vielleicht ist es das auch. Und wir stecken mittendrin."
Die beiden verließen das Gebäude, während das Gefühl, beobachtet zu werden, sie begleitete. Die kühle Abendluft wehte durch die
Straßen, und Sina zog ihre Jacke enger um sich. Das Gespräch mit
der alten Dame hing noch schwer in der Luft, doch der Moment, in
dem sie das Gebäude hinter sich gelassen hatten, fühlte sich an wie
ein kurzes Durchatmen. „Sag mal...", begann Sina zögerlich und
schaute Johannes von der Seite an. „Weißt du eigentlich, ob David
diese Influencer-Sache so richtig durchzieht? Also... kann er davon leben?" Johannes hob überrascht die Augenbrauen. „Inmitten
eines Psycho-Krimis, und du machst dir Gedanken über Davids
Einkommen? Respekt." Sina verdrehte die Augen. „Ach, komm
schon! Das ist mir einfach so rausgerutscht. Aber jetzt, wo wir
schon dabei sind...?" Johannes schmunzelte und steckte die Hände

tief in die Taschen seiner Jacke. „Na ja, David ist… wie soll ich's sagen… die fleischgewordene Proteinshake-Werbung. Vor seiner Influencer-Karriere war er Elektromechaniker. Ja, richtig gehört – Kabel, Schrauben, Funkenflug. Aber vor etwa einem Jahr hat er seinen Schraubenzieher gegen Proteinriegel und Ringlicht eingetauscht." Sina kicherte. „Und jetzt trägt er statt Blaumann knallenge Sportleggins und erzählt uns, welche Geschmackssorte von ‚Power-Muskel-Ultra-Deluxe-Drink' heute sein Bizeps zum Leuchten bringt?" Johannes lachte laut. „Ungefähr so. Aber hey, der Typ macht das echt geschickt. Er streut die Werbung in seine Videos so ein, dass man fast denkt, er glaubt selbst dran. ‚Hey Leute, ich hab gerade diesen neuen Drink probiert – der schmeckt wie flüssiges Gold und lässt eure Bauchmuskeln singen! '" Sina lachte mit und schüttelte den Kopf. „Oh Gott, und das funktioniert?" „Oh ja. Glaub mir, er verdient damit genug, um nicht mehr als Angestellter zu malochen. Der Typ kriegt regelmäßig Werbedeals für Fitnesskram, Klamotten und irgendwelche ominösen Vitaminpräparate, die angeblich deinen Stoffwechsel beschleunigen und gleichzeitig deinen IQ verdoppeln." „Und das nur, weil er gut aussieht und witzig ist?" fragte Sina und zog skeptisch eine Augenbraue hoch. Johannes zwinkerte ihr zu. „Ganz genau. Humor ist Davids Superkraft. Stell dir vor: Ein muskulöser Typ, der Witze über Brokkoli macht und gleichzeitig Klimmzüge am Türrahmen macht. Die Leute lieben sowas!" Sina schüttelte den Kopf und grinste. „Na ja, wenn alles hier vorbei ist, lass ich mir von David Tipps geben. Vielleicht werde ich auch Influencerin. ‚Hallo Leute, Sina hier, und heute zeige ich euch, wie man unauffällig Nachbarn ausfragt, ohne verrückt zu wirken. '" Johannes breitete die Arme aus. „Boom! Viraler Hit. Ich abonniere sofort deinen Kanal." Für einen kurzen Moment hatten sie vergessen, warum sie überhaupt hier draußen standen. Doch dann fiel der Schatten der Realität wieder über sie, und ihre Gesichter wurden ernster. „Komm", sagte Sina schließlich und stieß Johannes leicht mit dem Ellbogen an. „Lass uns zurückgehen. Die anderen warten bestimmt schon auf uns." Johannes nickte und setzte sich in Bewegung. „Wenigstens wissen wir jetzt: Wenn alles schiefgeht, kann David uns mit gesponserten Proteinshakes und Detox-Tees durch die Apokalypse bringen." Ein letztes Lachen entwich ihnen, bevor sie schweigend die Straße hinuntergingen, zurück zu Patricks Wohnung – zurück in die Dunkelheit, die noch so viele Fragen bereithielt. Die Gruppe hatte sich wieder im Wohnzimmer versammelt. Die Stimmung war schwer, doch Johannes und Sina begannen sofort zu erzählen. Johannes stand mit verschränkten Armen an der Wand, während Sina es sich mit angezogenen Beinen auf dem Sofa bequem gemacht hatte. „Also", begann Johannes und warf einen kurzen Blick zu Sina, die mit einem müden Nicken signalisierte, dass er ruhig anfangen sollte. „Die Nachbarn waren... sagen wir mal, mäßig begeistert, uns ihre Lebensgeschichte zu erzählen. Die meisten haben uns abgewimmelt oder nur Halbsätze gestammelt. Aber –" Sina hob den Zeigefinger und grinste leicht. „Eine ältere Dame im dritten Stock hatte eine lose Zunge. Ihr Sohn arbeitet bei der Feuerwehr, und sie hat uns erzählt, dass der Brand damals wohl ziemlich heftig war. Vor allem im ersten Stockwerk."

„Heftig?" fragte David, der sich auf die Armlehne des Sessels gesetzt hatte. „Ja", fuhr Johannes fort. „Die Feuerwehr musste die oberen Etagen komplett räumen, es gab wohl Panik. Aber... hier kommt das Komische: Niemand weiß, wie genau das Feuer ausgebrochen ist. Es gab nie eine offizielle Erklärung." Patrick runzelte die Stirn. „Das klingt doch schon verdächtig genug. Aber war's das? Oder habt ihr noch mehr rausgefunden?" Johannes tauschte einen Blick mit Sina, und seine Miene wurde ernster. „Die alte Dame hat noch etwas gesagt. Es ging um einen Mann, der damals in unserem Haus gewohnt hat. Er war... eigenartig. Still, zurückgezogen, aber manchmal – so sagte sie – wurde er laut. Sehr laut. Die Nachbarn haben ihn gemieden." Sina übernahm: „Einige haben ihn sogar ein Monster genannt. Die Frau hat es nicht direkt gesagt, aber es klang so, als hätte dieser Typ irgendwas zu verbergen gehabt. Und jetzt kommt der Teil, bei dem es wirklich unheimlich wird..." David hob die Augenbrauen. „Na los, Sina, spann uns nicht auf die Folter." Sina schüttelte leicht den Kopf, als ob sie es selbst kaum glauben konnte. „Die Dame sagte, dass er kurz vor dem Brand plötzlich verschwunden ist. Einfach so. Weg. Niemand hat ihn je wiedergesehen." Ein kurzer Moment der Stille legte sich über die Gruppe. Jeder schien das Gehörte zu verarbeiten. Patrick lehnte sich zurück und rieb sich über das Gesicht. „Okay... das wird immer bizarrer. Ein verschwundener Typ, ein mysteriöser Brand, und jetzt leben wir alle in diesem verdammten Haus." In diesem Moment ging die Tür auf, und Hannah und Mustafa traten ein, beide mit Akten und Notizen beladen. „Okay, Leute", sagte Mustafa und ließ sich auf einen freien Stuhl fallen. „Ihr glaubt nicht, was wir gefunden haben." Hannah stellte die Unterlagen auf dem Tisch ab und sah in die Runde. „Aber bevor wir anfangen... warum guckt ihr alle so, als hättet ihr einen Geist gesehen?" David seufzte und deutete auf Johannes und Sina. „Setzt euch erst mal. Wir haben hier eine kleine Geistergeschichte, die ihr hören solltet." Die Gruppe versammelte sich enger um den Tisch. Die Anspannung im Raum war fast greifbar. Patrick saß still da, seine Arme verschränkt, sein Blick starr auf die Unterlagen gerichtet. Schließlich hob er den Kopf und sagte leise: „Wie in meiner Wohnung? Wie kann es sein, dass das Feuer ausgerechnet dort ausgebrochen ist, wo ich jetzt wohne? Und wieso... wieso hat uns niemand vor unserem Einzug davon erzählt?" David lachte kurz auf, trocken und ohne Humor. „Na ja, potenziellen Mietern erzählt man halt nur Positives." Ein kurzes, bitteres Schweigen. Dann beugte sich Mustafa über die Akten und sagte: „Na gut, Leute. Dann lasst uns mal Licht in dieses verdammte Dunkel bringen." Die Gruppe saß wie erstarrt um den Tisch herum. Die Unterlagen lagen verstreut, Kaffeetassen standen halbvoll herum, und die Uhr tickte leise im Hintergrund. Patrick fuhr sich durch die Haare und ließ seinen Kopf auf seine Hand sinken. „Wir müssen herausfinden, wer genau vor dir in deiner Wohnung gelebt hat, Patrick", sagte Hannah leise, aber bestimmt. Patrick hob den Kopf und schaute sie mit müden Augen an. „Na toll... warum ausgerechnet in meiner Wohnung? Warum nicht bei euch, bei David, bei Sina... nein, natürlich bei mir. Als hätte ich nicht schon genug mit dieser ganzen Scheiße zu kämpfen." Moritz lehnte sich lässig an die Wand und hob die Hände. „Na komm, Patrick. Vielleicht hat ja jemand vor dir ein geheimes Goldversteck hinter der Küchenzeile gehabt." Sein Grinsen war breit, aber niemand lachte. Nicht einmal Patrick. „Nicht hilfreich, Moritz", murmelte David, ohne den Blick von den Akten vor sich zu heben. Sina schnaubte leise und verschränkte die Arme vor der Brust. „Echt jetzt, Moritz. Du hast die Fähigkeit, in den unpassendsten Momenten die dümmsten Witze zu reißen." Moritz hob die Schultern.n„Irgendjemand muss hier ja die Stimmung retten." Hannah räusperte sich und blickte ernst in die Runde. „Vielleicht… vielleicht sollten wir nochmal mit Herrn Möller reden." Alle Köpfe drehten sich zu ihr. „Herr Möller?", fragte Mustafa skeptisch. „Der alte Kauz, der euch kaum in die Augen schauen konnte? Was soll der uns denn noch erzählen?" Hannah ließ sich nicht beirren. „Er hat uns nicht alles gesagt, das weiß ich. Er hat uns angeschaut, als wollte er mehr sagen, aber er hat sich dagegen entschieden. Er lebt auf der gleichen Etage wie Patrick. Und vor zwanzig Jahren hat er auch schon dort gewohnt. Wenn irgendjemand etwas weiß, dann ist er es." Ein kurzes Schweigen trat ein. Die Idee stand plötzlich wie ein Elefant im Raum. „Sie hat recht", sagte Johannes schließlich. „Er könnte der Schlüssel sein. Aber… wir sollten uns darauf vorbereiten, dass er nicht reden will. Oder dass er uns vielleicht sogar belügt." Patrick seufzte schwer und lehnte sich in seinem Sessel zurück. „Na super. Also wieder zurück ins Krankenhaus. Ich hoffe, Herr Möller ist heute gesprächiger als beim letzten Mal." Moritz hob einen Finger und zog eine Augenbraue hoch. „„Und hoffentlich verschont er uns diesmal mit seiner Beatles-Musik, bevor er überhaupt ein Wort sagt." Ein leichtes Schmunzeln ging durch die Runde, aber die Anspannung blieb bestehen. Hannah sah in die Gesichter ihrer Freunde und sagte schließlich: „Dann sollten wir uns beeilen. Herr Möller wartet sicher nicht ewig auf uns." Die Gruppe nickte stumm. Das nächste Ziel war klar: Herr Möller. Johannes schaute auf die Uhr an Patricks Wohnzimmerwand und riss die Augen auf. „Leute, die Uhr tickt. Das schaffen wir doch niemals!" Sina sprang auf, klatschte in die Hände und sagte energisch: „Nicht reden, machen – und das schnell!" Keiner widersprach. Innerhalb von Sekunden schnappten sie ihre Jacken, Handys und Schlüssel und quetschten sich erneut in Patricks viel zu kleines Auto. David steuerte, während Johannes auf dem Beifahrersitz saß und die anderen auf der Rückbank irgendwie versuchten, nicht übereinander zu stolpern. Die Stimmung während der Fahrt war gedrückt, aber Johannes konnte es nicht lassen, die Spannung mit einem seiner typischen Sprüche zu lockern. „Falls jemand noch ein letztes Gebet sprechen will – jetzt wäre ein guter Zeitpunkt. Und nein, ‚Lieber Gott, lass die Parkplatzsuche nicht länger als fünf Minuten dauern' zählt nicht." Mustafa verdrehte die Augen. „Johannes, ernsthaft? Wenn wir jetzt einen Unfall bauen, ist das Letzte, was ich gehört habe, dein blöder Spruch." „Dann stirbst du wenigstens mit einem Lächeln auf den Lippen", konterte Johannes trocken. Sina schnaubte amüsiert und Hannah schüttelte nur den Kopf. Trotz des flüchtigen Humors lastete die Schwere ihrer Mission auf allen. Am Krankenhaus angekommen, dem Neuköllner Vivantes, stiegen sie aus dem Auto und eilten durch die kalten Gänge der Klinik. Der sterile Geruch von Desinfektionsmittel und das entfernte Piepen von Monitoren umfingen sie. An der Rezeption stand eine müde Krankenschwester, die auf einen Stapel Unterlagen starrte. „Besuchszeit ist vorbei", sagte sie knapp, als Hannah an den Tresen trat. „Bitte...", begann Hannah ruhig und mit einem warmen Lächeln. „Wir wissen, dass die Zeit vorbei ist, aber es ist wirklich wichtig. Herr Möller... es geht um etwas sehr Ernstes. Es dauert auch nicht lange, versprochen." Die Krankenschwester sah Hannah skeptisch an. „Sie wissen, dass ich dafür Ärger bekommen könnte?" „Ich bin selbst Krankenschwester", fuhr Hannah fort. „Ich weiß, wie viel Stress Ihr Job mit sich bringt und wie oft Patientenbesuche die Abläufe stören. Aber das hier... das hier ist anders. Bitte." Ein Moment der Stille. Die Krankenschwester seufzte tief und nickte schließlich. „Okay. Aber nur fünf Minuten. Und keinen Ärger machen, verstanden?" Die Gruppe nickte hastig und eilte den Flur entlang. Die Schritte hallten auf dem Linoleum, während sie die Tür zu Herrn Möllers Zimmer erreichten. Hannah drückte vorsichtig die Klinke herunter, und die Tür schwang lautlos auf. Das Zimmer war leer. Das Bett war frisch gemacht, die Bettdecke ordentlich gefaltet, kein persönlicher Gegenstand weit und breit. „Wo... wo ist er?", fragte Sina leise und trat einen Schritt in den Raum hinein. Patrick sah sich hektisch um. „Vielleicht ist er nur kurz draußen? Oder... oder vielleicht wurde er verlegt?" David, der hinter ihnen stand, schüttelte den Kopf. „Nein. Das sieht hier nicht nach ‚kurz draußen' aus. Das Bett ist frisch bezogen. Er ist weg." Stille breitete sich aus. Der leise Piep Ton eines Monitors drang aus einem ande-

ren Zimmer zu ihnen herüber. „Was zur Hölle geht hier vor sich?“,
murmelte Johannes und ließ seinen Blick durch das leere Zimmer
schweifen. Hannah biss sich auf die Unterlippe. „Das… das ergibt
keinen Sinn.“ Sina trat zurück in den Flur und sah sich um. „Wir
müssen jemanden fragen. Irgendjemand muss wissen, was mit ihm
passiert ist.“ Moritz, der bisher still gewesen war, kratzte sich am
Hinterkopf. „Vielleicht… vielleicht wollte er nicht gefunden werden?“ Die Gruppe schaute sich gegenseitig an. Eine Welle der
Hilflosigkeit durchlief sie. „Verdammt“, flüsterte Patrick. „Wir
sind schon wieder einen Schritt zu spät.“ Sina eilte mit schnellen
Schritten zurück zur Rezeption, wo die Krankenschwester noch
immer an ihrem Platz saß und sich müde über die Stirn rieb. „Entschuldigung, aber… Herr Möller ist nicht in seinem Zimmer“,
platzte Sina heraus, ihre Stimme leicht hektisch. „Das Bett ist
frisch gemacht, seine Sachen sind weg. Wissen Sie, wo er ist?“
Die Krankenschwester runzelte die Stirn und griff reflexartig zum
Telefon. „Moment, das… das kann nicht sein. Einen Moment bitte.“ Sie tippte eine Nummer ein, hielt den Hörer ans Ohr und wartete. Die Gruppe versammelte sich inzwischen schweigend vor
Herrn Möllers Zimmer. Der Flur war gespenstisch still, nur ab und
zu huschte eine andere Schwester oder ein Pfleger vorbei. Die Minuten schlichen dahin, während sie alle versuchten, ihre Gedanken
zu ordnen. Endlich erschien Sina wieder, diesmal in Begleitung
der Krankenschwester, die das Telefon immer noch in der Hand
hielt. Die Stimme eines Mannes drang leise durch den Hörer, während die Schwester nickte und immer wieder „Ja, verstehe“ und
„Danke“ murmelte. Dann legte sie auf und sah die Gruppe mit einem Gesichtsausdruck an, der irgendwo zwischen Ratlosigkeit und
Bedauern lag. „Der zuständige Arzt hat mir gerade gesagt, dass
Herr Möller heute Nachmittag von seiner Nichte abgeholt wurde.
Angeblich hat er sich gegen ärztlichen Rat selbst entlassen.“ „Seine Nichte?“, wiederholte Hannah ungläubig und verschränkte die
Arme vor der Brust. „Moment mal. Seine Nichte wohnt in Hanno-
ver. Das hat er uns selbst erzählt! Ist der alte Mann jetzt etwa auf
dem Weg nach Hannover?“ Die Krankenschwester hob die Schul-
tern. „Das kann ich Ihnen nicht sagen. Ich war heute noch nicht im
Dienst, ich habe davon nichts mitbekommen.“ Sina schnaubte leise

und stieß die Luft aus. „Das ergibt doch keinen Sinn. Warum sollte er jetzt nach Hannover fahren? Und warum gerade heute?" Patrick fuhr sich durch die Haare. „Vielleicht... vielleicht wurde er gar nicht von seiner Nichte abgeholt? Vielleicht war es jemand anderes?" David hob die Hand, als wollte er die aufkeimende Panik unterbrechen. „Eins nach dem anderen, Leute. Wenn er wirklich auf dem Weg nach Hannover ist, haben wir jetzt ein großes Problem. Wenn nicht... dann haben wir ein noch größeres Problem." Moritz verschränkte die Arme. „Also fassen wir zusammen: Ein älterer Herr mit gesundheitlichen Problemen lässt sich heute, an genau diesem Tag, von jemandem aus der Klinik abholen, angeblich von seiner Nichte, und verschwindet spurlos. Ist das Zufall? Nein, das ist kein verdammter Zufall!" Die Gruppe schwieg. Die Krankenschwester schien unwohl in ihrer Haut zu sein und blickte immer wieder über ihre Schulter, als hätte sie Angst, Ärger zu bekommen. „Okay", sagte Hannah schließlich und zog ihre Jacke enger um sich. „Wir können hier nichts mehr tun. Aber wir müssen unbedingt herausfinden, ob Herr Möller wirklich nach Hannover gefahren ist oder ob das hier ein verdammt gut geplanter Abgang war." Johannes nickte zustimmend. „Wir sollten zurückfahren und versuchen, über seine Nichte etwas herauszufinden. Vielleicht können wir sie kontaktieren." Sina wirkte nachdenklich. „Oder wir schauen uns noch mal genauer an, was wir über das Haus und die damaligen Mieter wissen. Irgendwo gibt es eine Verbindung. Und Herr Möller ist der Schlüssel." Die Krankenschwester räusperte sich leise. „Es tut mir leid, dass ich Ihnen nicht mehr helfen kann. Bitte... passen Sie auf sich auf." Die Gruppe nickte ihr dankend zu und machte sich auf den Weg zurück zum Ausgang. Die kalte Luft schlug ihnen entgegen, als sie durch die automatischen Türen traten. Draußen am Auto blieb Hannah kurz stehen und sah in die dunkle Nacht. „Irgendetwas stimmt hier nicht. Überhaupt nicht." David öffnete die Fahrertür und schaute in die Runde. „Dann lasst uns Antworten finden, bevor es jemand anderes tut." Mit einem leisen Klicken öffneten sich die Autotüren, und die Gruppe stieg schweigend ein. Die Fahrt zurück nach Treptow würde voller Fragen sein – Fragen, auf die sie dringend Antworten brauchten. Sie saßen wieder in Patricks Wohnung. Der Couchtisch war vollgestellt mit leeren Kaffeetassen, Notizen und Smartphones, auf denen immer wieder dieselben kryptischen Nachrichten aufleuchteten. Der Raum war still – zu still. Jeder hing seinen Gedanken nach, und die Müdigkeit der letzten Tage lag schwer auf ihren Schultern. Sina brach das Schweigen. „Also, Leute… mal ehrlich. Wir haben inzwischen genug, um zur Polizei zu gehen, oder? Was spricht denn eigentlich noch dagegen? Die waren doch schon mal hier wegen Herrn Möller. Und was haben wir gemacht? Wir haben einfach weitergespielt, als wären wir die verdammten Drei Fragezeichen. Aber jetzt reicht's doch. Oder nicht?" Moritz hob die Hände, als wollte er eine Explosion verhindern. „Stopp, Sina. Denk mal nach. Was genau haben wir? Wir waren in dieser gottverdammten Halle, weil uns eine SMS dorthin gelockt hat. Und dann? Irgendein Typ – oder was auch immer das war – hat uns zugerufen, wir sollen laufen. Also sind wir gelaufen. Das war's. Was sollen wir der Polizei sagen? Dass uns ein Geist mit einem Handy bedroht hat?" Mustafa schüttelte den Kopf. „Und glaubst du wirklich, die nehmen uns ernst? Die sehen ein paar junge Erwachsene, die zu viel Zeit haben und sich in irgendeinen Horrortrip verrannt haben. Wenn überhaupt, schicken die uns mit einem Flyer für Gruppentherapie nach Hause." Sina stemmte die Hände in die Hüften. „Aber wir wissen doch inzwischen, dass vor zwanzig Jahren in diesem Haus ein Feuer ausgebrochen ist! Das ist kein Zufall, Leute! Das muss doch irgendeine Bedeutung haben!" David, der schweigend auf seinem Handy herumgetippt hatte, hob nun den Kopf. „Ja, schön und gut. Aber was soll das beweisen? Dass jemand nach zwanzig Jahren plötzlich anfängt, Nachrichten zu schicken und uns in leere Lagerhallen jagt? Das reicht nicht. Nicht für einen Haftbefehl, nicht mal für eine Ermittlung. Das klingt wie ein verdammt schlechter Film." Stille breitete sich aus. Nur das leise Ticken der Wohnzimmeruhr war zu hören. Dann räusperte sich Johannes und sah nacheinander jedem in die Augen. „Wenn wir jetzt zur Polizei gehen, geben wir alles aus der Hand. Alles, was wir wissen, was wir erfahren haben – es wird von anderen bewertet, von Leuten, die vielleicht nicht sehen, was wir sehen. Vielleicht nehmen sie uns ernst. Vielleicht nicht. Aber wenn wir weitermachen, wenn wir das hier selbst zu

Ende bringen, dann haben wir Gewissheit. Egal, wie es ausgeht."
Ein tiefes Schweigen folgte seiner Rede. Sina ließ sich seufzend in
den Sessel zurückfallen und zog die Beine an die Brust. „Na
schön", murmelte sie schließlich. „Dann also weiter. Aber wenn
irgendwas schiefgeht – Johannes, dann redest du mit den Bullen."
Patrick schnaubte trocken und ein schwaches Grinsen huschte über
sein Gesicht. „Na, das wird ein Gespräch, das ich gern mithören
würde." Ein kurzes, müdes Lachen ging durch die Runde, doch es
starb schnell wieder ab. Die Entscheidung war gefallen. Kein
Rückzug. Kein Aufgeben. Nur noch ein paar Stunden bis zum
nächsten Schritt.

***

Leo starrte auf das Notizbuch, das offen vor ihm lag. Die Seiten
waren vollgekritzelt mit wirren Buchstaben, Pfeilen und kleinen
Zeichnungen – alles in Michaels krakeliger Handschrift. Es war
akribisch dokumentiert: Die Gruppe war im Krankenhaus gewesen, um Herrn Möller zu sehen. Auf den Aufnahmen hatte Michael
sie beobachtet, ihre hektischen Bewegungen, ihre nervösen Blicke.
Er konnte ihre Lippenbewegungen sehen, aber nicht hören, was sie
sagten. Leo fuhr sich durch die Haare. „Herr Möller… natürlich
geht es um Herr Möller." Er mochte den alten Mann auch nicht, er
hasste ihn. Aber verletzen, oder töten? Nein, das würde er nicht
tun. Oder doch? Aber was hatte Michael getan? Sein Blick fiel auf
eine fettgeschriebene Zeile im Notizbuch: „Er wurde von seiner
Nichte abgeholt." Dahinter ein großes, lachendes Smiley-Gesicht,
das wie ein höhnisches Grinsen auf ihn herabsah. Leo spürte, wie
sich ein Kloß in seinem Hals bildete. Das war Michaels Handschrift, ganz eindeutig. Aber was bedeutete das? Herr Möller war
weg. Einfach so. „Verdammt, Michael… was hast du getan?" flüsterte Leo heiser. Er spürte, dass ihm die Zeit davonlief. Was auch
immer hier vor sich ging – er musste handeln, und zwar schnell.
Sein Blick glitt über das Notizbuch. Michaels Besessenheit ging
weiter, tiefer. Handynummern waren dort notiert, sorgfältig abge-
schrieben. Davids Nummer war gleich ganz oben. Leo schluckte
schwer. Sein Herz hämmerte in seiner Brust, und seine Hände zitterten leicht, als er nach dem Handy griff. Er musste handeln, bevor Michael es wieder übernahm, bevor er erneut „verschwand".

Mit einem tiefen Atemzug gab er Davids Nummer ein. „Zeit zu handeln." David saß still auf Patricks Couch. Seine Arme lagen auf den Knien, sein Handy ruhte in seiner Hand, während die anderen wild durcheinander diskutierten. Die Stimmen überlagerten sich: Sina sprach hektisch, Johannes warf einen sarkastischen Kommentar ein, und Hannah versuchte, die Kontrolle über das Gespräch zurückzugewinnen. Patrick saß wortlos daneben, den Blick ins Leere gerichtet. Dann klingelte Davids Handy. Das schrille Geräusch schnitt durch die angespannte Luft wie ein Messer. Sofort verstummten alle. Fünf Köpfe drehten sich synchron zu David, der mit weit aufgerissenen Augen auf das Display starrte. „Jetzt bleibt doch mal ruhig!", sagte Hannah, die Hände beschwichtigend erhoben. „Es ist doch nur ein Anruf!" Doch sie verstummte, als sie Davids Gesichtsausdruck sah. Er war bleich geworden, seine Lippen leicht geöffnet, und seine Hand zitterte, als er das Handy ans Ohr hob. „Anonyme Nummer…", murmelte er kaum hörbar. Ohne auf eine Reaktion der anderen zu warten, nahm er den Anruf entgegen. **„Hier ist Leo."** Davids Kehle schnürte sich zusammen. Die Stimme am anderen Ende war brüchig, hektisch, und trotzdem klang sie… echt. „Ihr dürft auf keinen Fall um 20 Uhr zum Treffpunkt gehen", fuhr Leo fort. „Ich ahne, was Michael vorhat. Er will euch brennen sehen." David biss sich auf die Unterlippe. In seinem Kopf rauschte es. Die Worte „brennen sehen" hallten in seinem Schädel wider. „Wartet, bis ich mich nochmals melde", fuhr Leo fort. „Ich werde herausfinden, wo Herr Möller ist. Aber…" Die Stimme zögerte, wurde leiser. „Das heißt, wenn ich noch in der Lage dazu bin." Ein kurzes, schweres Schweigen legte sich über die Verbindung. Dann sprach Leo erneut, seine Stimme jetzt fester, fast dringlich: „Bleibt in eurer Wohnung. In der hinteren Ecke, hinter der Pflanze, ist eine Kamera. Und eine weitere an der Lampe. Entfernt sie. SOFORT." Bevor David noch etwas sagen konnte, ertönte das monotone Piepen der aufgelegten Verbindung. Langsam ließ er das Handy sinken. Seine Hände waren eiskalt, und sein Herz raste so laut, dass es ihm in den Ohren dröhnte. „Was… was hat er gesagt?", fragte Patrick mit dünner Stimme. David sah in die Runde. Fünf erwartungsvolle, ängstliche Gesichter starrten ihn an. „Leo hat gesagt…", Davids Stimme brach kurz.

„…wir dürfen nicht zum Treffpunkt gehen. Michael will uns… brennen sehen." Ein kalter Schauer lief durch die Gruppe. Niemand sagte etwas. Dann fuhr David mit zitternder Stimme fort: „Und hier in der Wohnung… hier sind Kameras. Hinter der Pflanze. An der Lampe." Ohne weitere Worte sprangen Sina und Johannes auf, während Patrick sich ungläubig umsah. Hannah blieb wie versteinert stehen, ihre Hände zu Fäusten geballt. Das Gefühl, beobachtet zu werden, breitete sich wie eine klebrige Schicht auf ihrer Haut aus.

***

Leo spürte eine Erleichterung, die wie eine warme Welle durch seinen zitternden Körper schwappte. Für einen kurzen Moment fühlte er sich frei – frei von dem Schatten, der sonst immer auf ihm lastete, frei von der dunklen Stimme in seinem Kopf. Er griff hastig nach seinem Handy. Seine Finger zitterten, aber er zwang sich zur Ruhe, tippte hektisch auf dem Bildschirm herum. „David, Sina, Hannah, Patrick, Johannes…" Er schrieb ihre Namen aus, als wolle er sicherstellen, dass die Nachricht jeden Einzelnen von ihnen erreicht. „Hört mir zu. Schnell. Solange ich noch kann. Ich habe vergessen, euch etwas zu sagen. Etwas Wichtiges. Verdammt, wie konnte ich das vergessen?" Er atmete tief durch, seine Finger schwebten über der Tastatur. „Folgt den Codes und Anweisungen nicht, die er euch sendet. Michael – er spielt mit euch. Er manipuliert. Bitte… glaubt nichts, was von mir kommt, wenn es nicht **direkt** von mir kommt. Bitte…" Sein Daumen schwebte über dem „Senden"-Button. Er zögerte einen Sekundenbruchteil, dann drückte er. Die Nachricht war raus. Leo ließ das Handy auf seinen Schoß fallen und starrte einen Moment auf das flackernde Licht des Bildschirms. Seine Brust hob und senkte sich schwer, seine Augen brannten vor Anstrengung. Dann fühlte er es. Ein kaltes, schleifendes Gefühl kroch durch seinen Geist. Seine Schultern sackten nach unten, seine Atmung verlangsamte sich, und seine Hände glitten kraftlos von seinen Knien. Sein Blick wurde leer, seine Augen starr. Ein leises, fast unhörbares Lächeln zog sich über seine Lippen. „Ach Leo…", murmelte Michael leise und kratzig. Seine Finger schlossen sich langsam um das Handy. „Du bist wirklich ein schlechter Gastgeber." Seine Augen funkelten kalt, während er den Kopf leicht zur Seite neigte. Michael war wieder da.

***

David starrte fassungslos auf sein Handy. Die anderen hielten ihre eigenen Bildschirme wie fremde, leuchtende Objekte in den Händen, als könnten sie nicht begreifen, was sie da gerade lasen. Die SMS von Leo war wie ein eisiger Stich ins Herz – kurz, verzweifelt und volle Warnung. David brach als Erster die Stille: „Leos Stimme... sie war jung, sie war ängstlich. Scheiße, Leute... was geht hier vor?" Seine Stimme zitterte leicht, während seine Augen ruhelos zwischen den anderen hin und her huschten. Patrick fuhr sich durchs Haar und murmelte: „Herr Möller... wo lebt seine Nichte? Wie heißt seine Nichte? Wir müssen sie kontaktieren." Er sah auf, seine Augen brannten vor Anspannung. „Vielleicht weiß sie etwas, vielleicht können wir..." Hannah hob die Hand und unterbrach ihn sanft. „Patrick, wir kommen so nicht weiter. Wir müssen in seine Wohnung. Herr Möllers Wohnung. Dort müssen wir nach Hinweisen suchen – vielleicht finden wir Unterlagen, Briefe oder irgendwas, das uns weiterhilft. Seine Nichte, seine Vergangenheit... irgendetwas, das uns sagt, wo er jetzt ist." Mustafa nickte zustimmend. „Das ist es. Aber, Leute, wartet mal... Wie kommen wir da überhaupt rein? Die Wohnungstür wird abgeschlossen sein. Und selbst wenn nicht – das Krankenhaus weiß ja noch nicht einmal richtig, wo Herr Möller ist. Vielleicht wird die Polizei bald involviert. Da können wir nicht einfach einbrechen." Stille breitete sich für einen Moment aus, bis Sina schnaubte: „Ach Mustafa, wir sind doch eh schon in irgendeinem Albtraum."

***

Michael spürte, wie die Wut in ihm aufstieg, heiß und brennend, ein brodelnder Vulkan kurz vor dem Ausbruch. Er riss sein Handy hoch und starrte auf den Bildschirm, seine Finger zitterten vor unterdrückter Aggression. Die SMS, diese verdammte SMS – „Folgt den Codes und Anweisungen nicht". Seine eigene Hand hatte die Nachricht geschrieben, seine Finger hatten die Tasten gedrückt, aber er erinnerte sich nicht daran. Mit einem animalischen Schrei schleuderte er das Handy gegen die Wand, wo es mit einem dumpfen Knall zersplitterte und in Einzelteile zu Boden fiel. Sein Atem

ging stoßweise, seine Brust hob und senkte sich wie bei einem
Tier, das in die Enge getrieben wurde. „Leo... immer wieder dieser verdammte Leo!" zischte Michael durch zusammengebissene
Zähne. In der Klinik hatten sie es gesagt. Sie hatten von „swit-
chen" gesprochen, als würden sie von einem Lichtschalter reden,
der einfach umgelegt werden konnte. „Leo ist die primäre Persönlichkeit, Michael. Er ist stärker als du, auch wenn du das nicht akzeptieren willst." „Lügen!" brüllte er in die Stille der Wohnung
hinein, seine Stimme hallte von den kahlen Wänden wider. „Sie
lügen alle! Leo ist schwach, erbärmlich! Ein Feigling! Er kriecht in
die dunkelsten Ecken meines Kopfes, wenn es ernst wird, und
dann will er mir sagen, was ich zu tun habe?!" Michael schnappte
nach Luft und taumelte zurück. Die Erinnerungen waren bruch-
stückhaft, verzerrt, als würde jemand in seinem Kopf mit einer rostigen Klinge herumstochern. Er erinnerte sich an Flüstern in der
Klinik, an Blicke, die sich schnell abwandten, an Pfleger, die sich
über ihn unterhielten, wenn sie dachten, er schlafe. „Trauma...
Kindheit... dissoziative Identitätsstörung... Leo übernimmt..."
Seine Hände gruben sich in seine Haare, und er kniff die Augen
zusammen. „Nein... Nein... Nein..." murmelte er. Er zwang sich
aufzublicken. Das kaputte Handy lag in Trümmern vor ihm. Die
SMS... sie war echt. Leo hatte sie geschickt. Irgendwo tief in seinem Inneren saß dieser andere Teil von ihm – und sabotierte seinen Plan. „Aber nicht mehr," sagte Michael mit eiskalter Stimme.
Seine Lippen verzogen sich zu einem dünnen, gefährlichen Lächeln. „Du hast es kaputt gemacht, Leo. Aber ich kann es wieder
richten." Er griff nach einem Ersatzhandy, das er immer in der
Schublade bereithielt. Sein Blick fiel auf die Notizen auf dem
Tisch, die Telefonnummern, die Adressen, die Zeitangaben. Alles
fein säuberlich dokumentiert – von ihm, von Michael. „Sie werden
es bereuen..." flüsterte er, während seine Finger flink über das
Display glitten. „Alle werden es bereuen." Michael starrte auf das
Ersatzhandy in seiner Hand, seine Augen funkelten kalt und be-
rechnend. Die Welt um ihn herum schien stillzustehen, während er
die nächsten Schritte in seinem Kopf plante. Leo hat mir einen
Strich durch die Rechnung gemacht, aber ich werde das Ruder
wieder an mich reißen, dachte er. Seine Finger tippten präzise über

das Display. Ein neues Ziel, ein neuer Plan. Er öffnete eine der Kamera-Apps, die ihm einen Überblick über die verschiedenen Wohnungen boten. „Zwei meiner Kameras habt ihr also gefunden." Michaels Stimme war leise, fast sanft, aber in jedem Wort lag ein gefährliches Flimmern. „Aber die dritte … die dritte habt ihr übersehen, ihr jämmerlichen Versager." Patricks Wohnzimmer erschien auf dem Bildschirm. Er sah, wie die Gruppe zusammengedrängt auf der Couch saß, ihre Gesichter von Anspannung gezeichnet. David hielt sein Handy noch in der Hand, die SMS von Leo leuchtete auf dem Display. „Ihr denkt, ihr seid schlauer als ich…" murmelte Michael und grinste schief. „Aber das Spiel hat gerade erst begonnen." Er wechselte zur Kamera im Flur – ein perfekter Winkel, um die Wohnungstür im Blick zu haben. Niemand konnte hinein- oder hinausgehen, ohne dass er es sah. Dann öffnete er eine Notiz-App und begann eine neue Nachricht zu tippen: „Ihr wollt wissen, wo Herr Möller ist? Vielleicht solltet ihr besser aufpassen, wem ihr vertraut… Zeit ist euer größter Feind. Tick… Tack…" Er fügte ein lachendes Emoji hinzu und sendete die Nachricht an Davids Nummer.

***

Davids Handy vibrierte erneut, und das Geräusch ließ die ohnehin angespannte Stimmung noch weiter eskalieren. Alle Köpfe schnellten zu ihm herum. „Schon wieder?" murmelte David und hob das Handy vor sein Gesicht. Seine Augen wurden groß, als er die Nachricht las. „Was steht da?" fragte Sina mit zittriger Stimme. David las laut vor: "Hannah, du wirst es bereuen, in dieses Haus gezogen zu sein. Auch dich kann ich nicht verschonen. Ich habe euch beobachtet, wie glücklich ihr zusammenlebt – Wohnung an Wohnung an Wohnung. Ihr habt das Böse eingesaugt, denn das Böse lebt unter euch. Nachbarn seid ihr, Freunde seid ihr, und Herr Möller ist Teil dieser ekelhaften Gemeinschaft. Somit seid ihr meine Spielfiguren. Das Haus hat euch verseucht, und eine Seuche muss vernichtet werden." Die Gruppe saß starr in Patricks Wohnzimmer, die Nachricht auf ihren Displays leuchtete wie ein böses Omen. Jeder hatte sie erhalten, jeder las dieselben bedrohlichen Worte. Ein Kloß steckte in Davids Hals, während Hannahs Hände zitterten. „Jetzt reicht's!", schrie Moritz plötzlich und sprang auf.

Ohne auf eine Reaktion der anderen zu warten, stürmte er zur Tür hinaus und lief wütend zu Herr Möllers Wohnung. Mit voller Wucht trat er gegen die Tür – ein dumpfer Schlag und ein schmerzverzerrtes Gesicht blieben zurück. Sina folgte ihm, ihre Wut loderte genauso hell wie Moritz' Zorn. „Scheiß drauf!" Sie rannte mit Anlauf gegen die Tür, aber sie blieb fest verschlossen. Dann kamen die anderen. Patrick, Hannah, David und Mustafa – einer nach dem anderen trat gegen die Tür. Niemand sprach ein Wort, niemand hielt inne. Das einzige Geräusch war das dumpfe Poltern ihrer Tritte und der gemeinsame Atem, schwer und voller Wut. Schließlich gab das alte Holz nach, die Tür sprang aus den Angeln und krachte mit einem ohrenbetäubenden Knall nach innen. Stille. Vor ihnen lag Herr Möllers dunkle, staubige Wohnung – und die Gruppe stand atemlos im Türrahmen, als ob sie die Schwelle zu einem Abgrund überschritten hätten. Patrick lief als Erster in die Wohnung. Auf den ersten Blick wirkte sie gemütlich, fast schon heimelig – eine kleine, gepflegte Welt inmitten des Chaos, das sie umgab. Doch der Schein trügt, sagte Patrick laut vor sich hin und riss eine Schublade der kleinen Kommode im Wohnzimmer auf. Alte Zeitungen, ein paar verknitterte Notizzettel und ein verstaubter Schlüsselbund. Nichts von Bedeutung. Die anderen folgten seinem Beispiel und begannen hektisch, die Wohnung zu durchsuchen. Bücher wurden aus Regalen gezogen, Kisten geöffnet, und jedes noch so kleine Stück Papier wurde umgedreht und begutachtet. Die Luft war erfüllt von raschelndem Papier und flüsternden Stimmen. Es fühlte sich wie eine Ewigkeit an, bis Moritz plötzlich rief: „Hier! Ich habe was!" Alle Köpfe drehten sich zu ihm, und Moritz hielt einen kleinen Stapel Briefe und Postkarten in die Höhe. „Melanie Krause steht hier drauf. Das ist seine Nichte!" Das ist sie", bestätigte Hannah mit einem schnellen Blick auf die Umschläge. „Sie wohnt tatsächlich in Hannover, das passt zusammen." Patrick schnaufte und rieb sich die Stirn. „Na toll. Eine Adresse, super hilfreich. Was sollen wir denn jetzt machen? Nach Hannover fahren? Das dauert Stunden!" Sina ließ ein trockenes Lachen hören. „Wir müssen nicht nach Hannover, Leute." Alle sahen sie fragend an. „Ich habe ihre Telefonnummer. Neben dem Telefon lag Herr Möllers Adressbuch – ein richtig altes

Ding, aber die Nummer steht drin." Stille breitete sich für einen Moment im Raum aus. Dann zog David sein Handy hervor. „Dann rufen wir sie jetzt an." Sina nickte und hielt das Adressbuch hoch, während David die Nummer eintippte. Das Zimmer schien enger zu werden, während das Freizeichen aus dem Lautsprecher des Handys erklang. Eine Frauenstimme nahm das Gespräch an. „Krause, hallo?" David räusperte sich und kam sofort auf den Punkt, ohne ins Detail zu gehen. „Hallo, Frau Krause. Mein Name ist David, ich bin Nachbar von Ihrem Onkel, Herr Möller. Wir haben versucht, ihn im Krankenhaus zu besuchen, aber uns wurde gesagt, dass er sich selbst entlassen hat. Nach einem Herzinfarkt. Ich bin angehender Arzt, und das kommt mir... seltsam vor." Am anderen Ende der Leitung herrschte für einen Moment Stille, bevor David leise fragte: „Alles in Ordnung?" Melanie schluchzte, aber sie antwortete schließlich: „Du bist also ein Nachbar... Mein Onkel hat mir von seinen netten Nachbarn erzählt, oft erzählt." Sie atmete zitternd ein. „Ja, ich habe ihn abgeholt, und ich bin mit seinem Arztbrief und den medizinischen Unterlagen in ein Krankenhaus in Hannover gefahren." Die Verbindung knisterte leise, und für einen Moment sagte niemand etwas. Dann fuhr Melanie mit brüchiger Stimme fort: „Mein Onkel hat Angst. Nur aus diesem Grund war ich damit einverstanden, ihn abzuholen. Er hat einfach Angst." David lauschte still, während die anderen im Raum gebannt zuhörten. „Mein Onkel hat damals einen großen Fehler gemacht. Er war mit Klaus, unserem Nachbarn, sehr gut befreundet. Ich war oft bei meinem Onkel. Ich habe mitbekommen, dass Klaus oft sehr betrunken war. Er war ebenso – ein merkwürdiger Mann. Aber mein Onkel und er verband eine tiefe Freundschaft, sie kannten sich noch aus der Schule." Melanies Stimme wurde leiser, beinahe ein Flüstern: „Dann hat Klaus seinen Neffen bei sich aufgenommen. Die Eltern von Leo sind bei einem Verkehrsunfall ums Leben gekommen. Nun... kurz gesagt: Der Onkel war nicht gut zu Leo. Und Leo war doch so ein lieber Junge." Ein Schluchzen durchbrach ihre Worte, doch sie zwang sich weiterzusprechen. „Mein Onkel hat weggesehen, selbst als Leo blaue Flecken hatte. Es war nicht gut von ihm, und ich habe es ihm lange übel genommen. Ich weiß nur, dass Leo nach dem Feuer anders geworden ist.

Er wurde krank… und ich glaube, er ist verrückt und gefährlich."
Sie atmete tief ein, ihre Stimme klang nun etwas fester: „Ich erzähle das nur, weil mein Onkel mir gesagt hat, dass ihr alle seltsame
Nachrichten bekommen habt. Er vermutet, dass sie von Leo sind.
Mein Onkel sagte mir, dass Leo in seiner Wohnung stand, direkt
vor ihm, als er zusammengebrochen ist und den Herzinfarkt hatte.
Mein Onkel glaubt, dass Leo sich rächen will – für irgendetwas,
das damals vorgefallen ist." Melanie hielt kurz inne, ihre Stimme
zitterte erneut: „Ich habe meinem Onkel gesagt, dass er mit euch
reden muss. Dass er euch die Wahrheit sagen muss. Aber er zieht
sich wieder aus der Verantwortung. Genau wie damals. Er läuft
davon. Und jetzt tut er es schon wieder." David schluckte und
fragte leise: „In welchem Krankenhaus liegt er in Hannover?"
Doch Melanie antwortete nicht sofort. Ein leises Klicken war zu
hören, gefolgt von einer langen Pause. Dann sagte sie knapp und
erschöpft: „Mehr werde ich nicht sagen." Die Leitung knackte erneut, und das Gespräch endete abrupt. Melanie hatte aufgelegt.
Das Schweigen in Patricks Wohnung war beinahe greifbar, während jeder versuchte, die Worte zu verarbeiten. Patrick starrte auf
das Handy in Davids Hand, als könnte es ihm noch eine Antwort
geben. „Das war… viel", murmelte er schließlich. Sina ließ sich
langsam auf den Sessel sinken und fuhr sich mit beiden Händen
durchs Gesicht. „Also wissen wir jetzt zumindest, dass Herr Möller noch lebt – und dass Leo vermutlich hinter allem steckt."
„Wenn Melanie die Wahrheit gesagt hat", fügte Moritz hinzu und
verschränkte die Arme vor der Brust. „Aber nehmen wir mal an,
sie stimmt: Leo war also in seiner Wohnung, als Herr Möller den
Herzinfarkt hatte? Und jetzt schickt er uns diese Nachrichten?"
David nickte langsam. „Melanie hat es gesagt: Er will sich rächen.
Aber wofür genau?" Hannah stand am Fenster, ihre Arme um sich
geschlungen, während sie auf die dunkle Straße hinausstarrte. „Ich
will nicht einfach nur rumsitzen. Wenn Herr Möller uns nicht helfen kann, dann müssen wir uns anders helfen." „Was schlägst du
vor?" fragte Mustafa und sah sie aufmerksam an. Hannah drehte
sich um, ihre Stimme fest: „Wir fahren nach Hannover. Direkt zu
Herr Möller ins Krankenhaus. Wenn er uns nicht alles am Telefon
sagen wollte, müssen wir es eben persönlich aus ihm herausbe-

kommen." „Das ist verdammt weit weg, Hannah", warf Patrick ein. „Und wenn Michael uns währenddessen beobachtet? Wenn er hier irgendetwas... vorbereitet?" Sina hob die Hand und unterbrach die Diskussion. „Wir können nicht alle fahren. Das wäre zu riskant. Ein Teil bleibt hier und hält die Stellung, während der andere nach Hannover fährt." „Wer fährt?", fragte David leise. Einen Moment lang sahen sie sich gegenseitig an, niemand wollte die Entscheidung treffen. Schließlich hob Mustafa die Hand. „Ich fahre. Ich bin gut im Autofahren, und ich halte sowas durch. Hannah, du hast die Idee gehabt – du kommst mit." Hannah nickte sofort. „Einverstanden." „Dann bleiben Patrick, David, Sina, Johannes und ich hier", sagte Moritz. „Wir versuchen so lange, etwas mehr über Leo herauszufinden – und was auch immer er hier vorhat. David seufzte und rieb sich die Stirn. „Okay, Leute. Dann sollten Hannah und Mustafa sich schnell fertig machen. Ihr habt eine lange Fahrt vor euch." Hannah und Mustafa begannen, ein paar Dinge zusammenzupacken. Wasser, Snacks, Handyladekabel. Sina drückte Hannah einen kleinen Erste-Hilfe-Kasten in die Hand. „Passt auf euch auf", sagte Sina ernst und legte Hannah eine Hand auf die Schulter. „Und ihr passt hier auf euch auf", erwiderte Hannah mit einem gezwungenen Lächeln. Wenige Minuten später hörten die vier Zurückgebliebenen das Brummen von Patricks altem Wagen, als er sich in die Nacht hinausbewegte. In der Wohnung blieb die Atmosphäre schwer. David schaute auf sein Handy, das er immer noch fest in der Hand hielt. „Ich hab so ein verdammt schlechtes Gefühl bei all dem." „Wir alle", murmelte Patrick. Das Knarren eines Holzbodens aus dem Flur ließ die Gruppe erstarren. Jeder sah zur Tür. Doch niemand sagte ein Wort.

***

Mustafa und Hannah saßen im Auto, das Navi zeigte die Route zurück nach Berlin an. Die Nacht lag schwer über der Autobahn, und die Scheinwerfer der entgegenkommenden Autos warfen gespenstische Lichtflecken auf ihre Gesichter. Hannah trommelte nervös mit den Fingern auf das Armaturenbrett. „Wie sollen wir jetzt herausfinden, in welchem Krankenhaus Herr Möller liegt? Wir haben keine genauen Informationen. Hannover ist nicht gerade ein Dorf." Mustafa grinste leicht, ohne den Blick von der Straße zu nehmen.

„Mach dir keine Sorgen, Hannah. Ich weiß, wie wir ihn finden."
„Ach ja? Wie denn? Willst du jedes Krankenhaus einzeln abklappern?" „Nicht nötig." Mustafa schaltete den Blinker und wechselte die Spur. „Ein Vorteil, wenn man Medizinstudent ist: Man lernt, wie Verwaltung und Patientenaufnahme in Krankenhäusern funktionieren. Vor allem, wenn es um etwas Diskretes geht, wie einen Patienten nach einem Herzinfarkt." Hannah sah ihn gespannt an. „Okay, jetzt mach's nicht so spannend. Was hast du vor?" „Ganz einfach." Mustafa schmunzelte und zeigte auf sein Handy, das an der Mittelkonsole befestigt war. „Wir rufen einfach als angebliche Familienangehörige in den größten Kliniken an. Aber nicht direkt auf der Patientenstation – zu auffällig. Wir lassen uns mit der Verwaltung verbinden, geben uns als Melanie Krause aus und behaupten, es gäbe dringende familiäre Angelegenheiten." Hannah hob eine Augenbraue. „Du willst ernsthaft in der Verwaltung der Kliniken anrufen und als Melanie sprechen? Klingt nach einem großartigen Plan." Mustafa schüttelte lachend den Kopf. „Natürlich nicht ich. Du machst das. Du bist empathisch, hast die perfekte Stimme dafür. Außerdem arbeitest du selbst als Krankenschwester, du weißt genau, wie man sich ausdrücken muss." Hannah ließ sich in den Sitz fallen und starrte nachdenklich aus dem Fenster. „Und wenn das nicht funktioniert?" Mustafa zuckte mit den Schultern. „Dann haben wir immer noch die Möglichkeit, direkt in die Kliniken zu gehen. Aber glaub mir, die Verwaltung ist ein guter Ansatzpunkt. Dort läuft alles zusammen." Hannah nickte langsam. „Okay, ich vertraue dir. Aber wenn das schiefgeht, Mustafa, wirst du die ganzen Kliniken ablaufen müssen." Mustafa lachte leise. „Deal." Einige Minuten später hielten sie an einer Raststätte. Hannah nahm Mustafas Handy, suchte nach den größten Krankenhäusern in Hannover und begann zu telefonieren. „Guten Abend, mein Name ist Melanie Krause. Mein Onkel, Herr Möller, wurde kürzlich nach einem Herzinfarkt eingeliefert. Ich versuche dringend, ihn zu erreichen. Es ist ein familiärer Notfall…" Hannahs Stimme klang warm, ehrlich und leicht zitternd – perfekt für die Situation. Mustafa beobachtete sie still und nickte ihr immer wieder aufmunternd zu. Nach drei Anrufen hatten sie endlich Erfolg. Eine müde klingende Mitarbeiterin der Verwaltung gab die entscheidende In-

formation preis: „Herr Möller liegt im St.-Marien-Krankenhaus, Station 3B. Aber… es ist Besuchszeit vorbei." Hannah bedankte sich und legte auf. Sie schaute Mustafa triumphierend an. „Da haben wir's. St.-Marien-Krankenhaus." Mustafa startete den Motor. „Dann los. Vielleicht finden wir dort endlich Antworten." Während sie zurück auf die Autobahn fuhren, breitete sich eine schwere Stille im Wagen aus. Beide wussten: Was auch immer sie im Krankenhaus erwartete, es würde sie der Wahrheit näher bringen – und vielleicht auch dem Abgrund.

***

Leo saß in der kalten, feuchten Ecke des Kellers, den er so gut kannte. Die Wände rochen nach Moder und altem Beton, ein vertrauter, aber bedrückender Geruch, der ihn an all die Nächte erinnerte, in denen er hier eingesperrt war– vor den brüllenden Stimmen, vor den schweren Schritten seines Onkels, vor der schmerzhaften Dunkelheit, die manchmal schlimmer war als die Schläge. Seine Hände zitterten. Kalter Schweiß lief ihm über die Stirn, und sein Herz raste so sehr, dass er dachte, es würde gleich zerspringen. Leo wusste, dass die Zeit gegen ihn arbeitete. Michael lauerte irgendwo in den dunklen Ecken seines Bewusstseins, lauerte darauf, ihn zu verschlingen, die Kontrolle zu übernehmen und alles zu zerstören. Die Gruppe. Hannah. Mustafa. Patrick. David. Alle. Er wollte zu ihnen. Wollte ihnen alles erzählen. Alles erklären. Doch die Frage bohrte sich wie ein glühender Nagel in seinen Kopf: Würden sie ihm glauben? Würden sie ihn sehen – den echten Leo – und nicht nur das Monster, das Michael geschaffen hatte? „Atmen, Leo… atmen", murmelte er zu sich selbst und schloss die Augen. Er hörte die Stimme seiner Psychologin in seinem Kopf. „Atme tief ein, Leo. Finde den Punkt in dir, der ruhig ist. Der Punkt, der sicher ist. Verankere dich dort." Er zwang sich, tief Luft zu holen. Die eisige Kellerluft brannte in seiner Kehle, aber sie fühlte sich echt an. Greifbar. Er begann, die Übungen zu machen, die er so oft mit ihr trainiert hatte. Entspannung. Kontrolle. Gedanken loslassen. Doch seine Hände zitterten noch immer. Der Schatten von Michael war noch da, lauernd, wachsam. Leo öffnete seine Faust und sah auf die kleinen, weißen Tabletten, die in seiner schweißnassen Handfläche klebten. Lorazepam. Ein Rezept, das er bei seinem letzten Termin in der Klinik bekommen hatte. Ein schwacher Schutzschild gegen das Chaos in seinem Kopf. Es würde ihn nicht heilen, nicht einmal dauerhaft beruhigen – aber vielleicht verschaffte es ihm genug Zeit, genug Klarheit, um zur Gruppe zu kommen. „Du schaffst das… du schaffst das, Leo", flüsterte er und legte eine Tablette auf seine Zunge. Sie schmeckte bitter, fast metallisch. Mit einem zittrigen Schluck würgte er sie hinunter. Er saß noch einige Minuten regungslos da, während sich die Chemie langsam durch seinen Körper fraß und seine Nerven dämpften. Das Zittern ließ ein wenig nach. Seine Gedanken wurden langsamer, klarer. Michael war immer noch da – aber leiser. Ein Flüstern im Hintergrund, statt eines brüllenden Monsters. Leo öffnete die Augen. Seine Atmung war ruhiger, seine Hände stabiler. „Es ist Zeit", murmelte er und stand langsam auf. Sein Blick fiel auf das kleine Kellerfenster, durch das ein schwacher Lichtschein fiel. Oben, irgendwo in diesem Haus, wartete die Gruppe. Warteten Menschen, die vielleicht – nur vielleicht – in der Lage waren, ihm zu helfen. Er musste es schaffen. Er musste ihnen die Wahrheit sagen. Und er durfte nicht zulassen, dass Michael erneut die Kontrolle übernahm. Mit einem tiefen Atemzug machte er den ersten Schritt aus der Dunkelheit.

***

Tagebuch von Melanie – 9 Jahre alt
Wir sind frei. Zumindest sagen die Erwachsenen das. Aber was heißt schon frei? Die Schreie sind immer noch in unseren Köpfen, selbst wenn alles still ist. Manchmal höre ich sie, wenn ich nachts die Augen schließe - dieses verzweifelte, erstickte Wimmern, das nie aufhört. Das Feuer, das wir entfacht haben, lodert immer noch in unserem Geist. Es hat uns verändert. Es brennt tief in uns, frisst sich durch alles, was wir einmal waren.

Mama und Papa beobachten mich ständig. Ihre Blicke sind weich, aber ihre Augen sprechen eine andere Sprache. Sie glauben unserer Lüge, weil sie glauben *wollen*, dass es die Wahrheit ist. Aber ich weiß, dass sie etwas ahnen. Sie wissen, dass etwas passiert ist - nur nicht was. Oder trauen sie sich nicht, es zu hinterfragen? Vielleicht fürchten sie sich davor, die Antwort zu kennen. Alles ist anders. Ich bin anders. Finn ist anders. Aber Leo ... Leo ist nicht mehr bei uns. Fremde haben ihn mitgenommen. Sie sagten, es sei besser so. Dass er Hilfe braucht. Hilfe? Wofür? Sie verstehen nichts. Keiner versteht es. Wir haben getan, was getan werden musste. Und jetzt ist er fort. Wir wissen nicht, wo er ist. Aber wir werden es herausfinden. Wir werden ihn zurückholen. Egal was es kostet.

***

Mustafas Hände krallten sich um das Lenkrad, die Knöchel weiß vor Anspannung. Der Motor brummte unter ihnen, und die dunkle Straße zog sich endlos vor dem Scheinwerferlicht entlang. Er war schnell gefahren – zu schnell vielleicht – aber jede Minute fühlte sich an, als würde sie ihnen zwischen den Fingern zerrinnen. „Hannah…" Er sah kurz zu ihr rüber, seine Stimme leise, aber drängend. „Es ist Nacht, wir haben noch eine ganze Weile vor uns. Wir müssen einen Weg finden, ihn ans Telefon zu bekommen. Ich hab das Gefühl, dass uns die Zeit davonrennt." Hannah saß angespannt auf ihrem Sitz, ihr Blick fest auf das Handy in ihrer Hand geheftet. Ihre Finger zitterten leicht, aber ihre Entschlossenheit war unerschütterlich. „Weißt du was, Moritz? Ich hab jetzt kein Bock mehr auf Ausreden und Weggewimmel." Sie entsperrte ihr Handy mit einer entschlossenen Bewegung. „Ich rufe Melanie jetzt an.

Und wenn sie nicht rangeht, dann rufe ich nochmal an. Und nochmal. Und nochmal. Ob ich sie wecke oder nicht, ist mir scheiß-egal." Mustafa schmunzelte trocken. „Das klingt nicht gerade nach einer subtilen Taktik." „Subtilität bringt uns nicht weiter, Mustafa!" Hannahs Stimme war scharf, aber nicht wütend – nur frustriert. „Sie hat uns einiges erzählt, ja. Aber nicht alles. Und das spüre ich. Es war zu glatt, zu bereitwillig. Niemand öffnet sich so schnell über so etwas Schmerzhaftes. Klar, ihr Onkel hat ihr von uns erzählt, aber…" Sie hielt inne und starrte auf das leuchtende Display ihres Handys. „Kein Mensch redet so offen mit Fremden über die dunkelsten Kapitel seiner Familie. Es war, als wollte sie etwas loswerden – aber nicht alles." Moritz presste die Lippen zusammen und nickte knapp. „Vielleicht wollte sie uns gerade genug sagen, damit wir Ruhe geben. Damit wir nicht tiefer graben." „Genau das denke ich auch", sagte Hannah leise, ihre Augen funkelten im Licht des Displays. „Aber ich will jetzt den Rest der Geschichte hören. Alles. Ohne Lücken, ohne Halbwahrheiten." Sie drückte auf Wahlwiederholung. Das Freizeichen ertönte. Einmal. Zweimal. Dreimal. Keine Antwort. Hannahs Kiefer mahlte. „Komm schon, Melanie… geh ran!" Mustafas Blick wechselte immer wieder zwischen der dunklen Straße und Hannahs Gesicht, das von bläulichem Licht angestrahlt wurde. Die Atmosphäre im Auto war zum Zerreißen gespannt, als ob die Luft selbst den Atem anhielt. Nach dem fünften Klingeln klickte es. Eine verschlafene, aber angespannte Stimme drang aus dem Lautsprecher: „Ja? Hallo?" Hannah atmete erleichtert aus, ihre Stimme fest und eindringlich. „Melanie, hier ist Hannah. Hör zu, wir haben nicht viel Zeit, und ich werde nicht lange um den heißen Brei reden. Du weißt mehr, als du uns erzählt hast. Ich glaube dir, dass du Angst hast, und ich glaube dir, dass die Vergangenheit weh tut, aber wenn wir nicht alles wissen, können wir nichts tun. Bitte. Wir brauchen die ganze Wahrheit. Sonst wird noch mehr passieren… und ich glaube nicht, dass wir das verhindern können, wenn wir nicht alles wissen." Am anderen Ende der Leitung herrschte Stille. Nur das leise Rauschen der Verbindung war zu hören. „Melanie?" fragte Hannah sanfter. Ein Schluchzen war zu hören. Dann ein Zittern in der Stimme der Frau: „Ihr… ihr seid schon zu tief drin. Ihr müsst da raus. Ihr müsst einfach nur raus." Hannahs Herz schlug schneller. „Melanie, das können wir nicht. Nicht jetzt. Nicht mehr. Bitte… erzähl uns alles." Die Leitung blieb kurz still, bevor Melanies leise Stimme wieder erklang: „Okay… hört zu." Mustafa trat das Gaspedal ein wenig tiefer durch. Die Nacht um sie herum schien noch dunkler zu werden, während Melanies brüchige Stimme begann, die letzten Geheimnisse zu offenbaren. „Mein Onkel kam eines Tages zu uns nach Hause und sprach mit meinem Vater – seinem Bruder." Melanies Stimme zitterte, und im Hintergrund war das leise Rauschen der Telefonverbindung zu hören. „Ich war erst neun Jahre alt, ebenso alt wie Leo… eigentlich heißt er Leonard Reimann. Ich erinnere mich so gut daran, als wäre es gestern gewesen. Er saß völlig aufgelöst und weinend im Wohnzimmer. Es war das erste und letzte Mal, dass ich meinen Onkel so gesehen habe." Mustafa und Hannah saßen still im Auto. Nur der Motor brummte leise, während die Straße an ihnen vorbeizog. „Ich hab damals an der Tür gelauscht. Es war nicht richtig, aber… ich war ein Kind. Und ich wollte wissen, was los war. Mein Onkel erzählte meinem Vater von Klaus – seinem Freund. Eine Freundschaft, die er eigentlich nicht wollte, aber die aus irgendeinem Grund über all die Jahre bestehen geblieben war. Sie kannten sich seit ihrer Schulzeit, und obwohl mein Onkel oft gesagt hatte, dass Klaus ihm unheimlich war, hielt er an dieser Verbindung fest. Warum, das werde ich wohl nie verstehen." Melanies Stimme brach kurz, und Hannah schloss die Augen, um die Tränen zurückzuhalten, die in ihr hochkamen. „An diesem Abend… mein Onkel sagte, dass er mit Klaus in einer Bar gewesen war. Sie hatten getrunken – viel zu viel. Und dann hat Klaus meinem Onkel irgendetwas untergeschoben. Drogen. Mein Onkel war zu betrunken, um Nein zu sagen. Zu schwach, um sich zu wehren. Danach… gingen sie zurück in Klaus' Wohnung." Melanie holte tief Luft. Ihre Stimme war nur noch ein Flüstern: „Und dann ist es passiert." Stille. Eine schmerzhafte, zähe Stille legte sich über das Auto. Hannahs Hände zitterten, und Mustafa starrte stur auf die Straße, als könnte er die Welt um sich herum ignorieren. „Alle im Haus… alle Nachbarn wussten, dass Klaus seinen Neffen schlug. Dass er Leo Dinge antat, die kein Kind ertragen sollte. Aber keiner hat etwas gesagt. Keiner hat etwas getan. Sie haben es alle gewusst und weggesehen. Aus Bequemlichkeit, aus Feigheit – ich weiß es nicht. Aber genau da… genau da begann der Hass. Der Hass, den Leo auf dieses Haus hat. Auf jeden Stein, jede Wand, jeden Bewohner." Melanie schluchzte leise, und ihre Stimme war kaum noch zu hören. „Selbst wenn ihr erst sehr viel später in das Haus eingezogen seid, spielt das für Leo keine Rolle. Alle, die zuvor dort gewohnt haben, sind irgendwann ausgezogen. Vielleicht, weil sie es nicht mehr ertragen konnten, vielleicht aus Reue. Aber der Schmerz, der Zorn – das blieb alles in diesen Wänden zurück. Und Leo… Leo ist das Echo davon." Hannah wischte sich eine Träne von der Wange und presste das Handy dichter ans Ohr. „Melanie… was ist danach passiert? Was geschah nach dieser Nacht?" Doch Melanie schwieg. Das leise Rauschen der Leitung war das einzige, was zu hören war. „Melanie? Bist du noch da?" fragte Hannah verzweifelt. „Ich… ich kann nicht mehr reden. Es tut mir leid." Ein Klicken – die Leitung war tot. Hannah ließ das Handy sinken und starrte mit glasigen Augen aus dem Fenster. Mustafa räusperte sich leise, seine Stimme klang rau, als er sprach: „Hannah… was zur Hölle machen wir jetzt?" Hannah schloss die Augen und atmete tief durch. „Wir fahren weiter. Egal, was kommt. Egal, was wir noch herausfinden. Wir fahren weiter." Das Auto rauschte durch die Nacht, die Dunkelheit schien dichter zu werden, und über allem hing das unausweichliche Gefühl, dass die Wahrheit schwerer und dunkler war, als sie es sich jemals hätten vorstellen können. Hannah drückte wütend auf die Wahlwiederholung. „Sie muss reden, Mustafa. Sie kann uns jetzt nicht einfach hängen lassen. Nicht, wenn all das passiert!" Das Freizeichen ertönte – einmal, zweimal, dreimal. Dann nahm Melanie ab. „Melanie, bitte. Hör zu. Wir sind in Gefahr. Leo hat es offensichtlich auf uns abgesehen. Und dein Onkel? Er verschwindet einfach, sagt uns kein Wort, warnt uns nicht, lässt uns allein. Bitte… bitte lass uns nicht auch noch im Stich." Stille. Nur Melanies leises Atmen war zu hören. „Melanie? Bitte…" Hannahs Stimme brach. Dann – ein tiefes, zittriges Einatmen auf der anderen Seite. „Gut… ich werde es euch sagen." Hannah hielt das Handy fest umklammert, Mustafa schielte kurz zu ihr herüber, seine Hände krampften sich ums Lenkrad. „An diesem Abend…", begann Melanie mit brüchiger Stimme, „…saß mein Onkel auf der Couch in Klaus' Wohnung. Er war völlig betrunken und benebelt von den Drogen, die Klaus ihm gegeben hatte. Er war kaum noch bei Bewusstsein, sagte er. Alles war verschwommen, und er konnte kaum klar denken." Melanie schluckte hörbar. „Dann begann es. Klaus zerrte Leo aus seinem Zimmer. Einfach so. Einfach, weil es ihm Spaß machte. Er schlug zu. Immer und immer wieder. Leo rannte zur Tür, wollte fliehen, wollte raus. Aber dann…" Ihre Stimme zitterte. „Dann sagte Klaus zu meinem Onkel: ‚Halt ihn auf. Halte die Tür zu.' Mein Onkel… er konnte nicht denken. Er war zu benebelt, zu schwach, zu… feige. Er tat, was Klaus sagte. Er hielt die Tür zu." Hannahs Atem stockte. Mustafa biss die Zähne zusammen, seine Kiefermuskeln zuckten. „Leo war also nicht nur Klaus ausgeliefert, sondern auch meinem Onkel. Und dann… dann sagte Klaus zu meinem Onkel, er solle in die Küche gehen. ‚Du willst das nicht sehen, mein Freund', hatte er gesagt. Mein Onkel ging. Er ging einfach. Er saß in der Küche und hörte… alles." Melanie schluchzte leise, versuchte, weiterzusprechen. „Er hörte die Schläge. Er hörte Leos Schreie. Immer wieder. Stundenlang. Mein Onkel sagte mir später, dass Klaus… gelacht hat. Gelacht, während er ein Kind quälte. Ein neun Jahre alter Junge, der einfach nur raus wollte. Einfach nur weg." Hannah wischte sich stumm eine Träne von der Wange. „Leo durfte danach wochenlang die Wohnung nicht verlassen. Seine Verletzungen waren zu stark, zu sichtbar. Klaus sperrte ihn ein, und mein Onkel… tat nichts. Er hörte die Schreie, genauso wie die Nachbarn sie hörten. Aber keiner hat etwas gesagt. Keiner hat etwas getan." Das Auto war still. Nur das gleichmäßige Brummen des Motors füllte den Raum zwischen ihnen. „Vier Monate später", fuhr Melanie stockend fort, „brach in Klaus' Wohnung ein Feuer aus. Mein Onkel ist sich sicher, dass es Leo war, der es gelegt hat. Und wisst ihr was? Ich bin es auch. Klaus' Leiche wurde nie gefunden, aber das Haus… das Haus war voller Rauch und Asche und… Schweigen." Mustafa flüsterte: „Und Leo?" „Leo kam in eine Pflegefamilie. Aber es war nie genug. Er war zerbrochen. Immer wieder landete er in der Psychiatrie – erst in Kinderstationen, später in Erwachsenenkliniken. Immer wieder. Monateweise. Jahre Weise. Leo ist jetzt 29 Jahre alt. Genauso alt wie ich." Melanie zog zitternd die Nase hoch. „Mein Onkel hat Leos Weg immer verfolgt. Vielleicht aus Schuldgefühlen, vielleicht aus einem Rest von Menschlichkeit. Aber er hat nie etwas unternommen. Nie versucht, etwas wiedergutzumachen. Mein Onkel ist ein Feigling. Ein verdammter Feigling. Aber ich… ich liebe ihn trotzdem. Denn tief in seinem Inneren ist er kein schlechter Mensch. Er ist nur… schwach." Stille. „Melanie…", begann Hannah leise, „…weißt du, wo dein Onkel jetzt ist?" „Nein." Melanies Stimme war kaum mehr als ein Flüstern. „Aber ich weiß, dass Leo gefährlich ist. Und wenn er bei euch ist… dann lauft. Bitte, lauft." Das Gespräch endete abrupt. Ein leises Klicken, dann Stille. Hannah ließ das Handy sinken und starrte aus dem Fenster. Ihre Hände zitterten, und Tränen liefen ihr über die Wangen. Mustafa biss die Zähne zusammen. „Wir müssen Leo finden. Und wir müssen ihn aufhalten. Egal wie." Das Auto rauschte weiter durch die Nacht, während die Dunkelheit die Wahrheit umhüllte, die immer tiefer und unerträglicher wurde. „Hannah, um den alten Mann kümmern wir uns später. Wir müssen zurück zu den anderen. Wir wissen jetzt genug", sagte Mustafa bestimmt und drückte etwas fester aufs Gaspedal. Hannah nickte, doch ihr Blick war starr nach vorne gerichtet, ihre Gedanken kreisten um das, was Melanie erzählt hatte. Die Details, die Schreie, die Hilflosigkeit. Doch da war noch etwas anderes. Etwas, das sie nicht losließ. „Mustafa…", begann sie leise, ihre Stimme zitterte. „Ich glaube… ich kenne Leo. Leonard Reimann. Sein Name… wenn es der Leonard ist, den ich glaube zu kennen, dann aus dem Krankenhaus. Er lag oft auf der geschlossenen Station, wenn er eingeliefert wurde. Immer nur für kurze Zeit, meist in akuten Krisen. Sobald es ihm besser ging, wurde er entlassen. Für ein paar Monate vielleicht, und dann kam er wieder." Mustafa blickte sie kurz von der Seite an, seine Stirn war in Falten gelegt. „Ich erinnere mich an ihn, weil er so… auffällig war. Seine Augen, Mustafa… seine hell leuchtend blauen Augen. Die Art, wie sie einen ansahen. So durchdringend, so traurig, als ob die ganze Welt in ihnen untergehen würde. Und dann seine schwarzen Haare, die das Blau seiner Augen noch mehr hervorgehoben haben. Er war ein gutaussehender Mann… und viele meiner Kolleginnen… du ver-

stehst schon. Die jungen, unerfahrenen Kolleginnen, die noch nicht
wussten, wie man Abstand hält. Sie haben sich schnell in ihn ver-
guckt." Hannahs Stimme brach. Ihre Hände zitterten leicht, und sie
umklammerte das Handy fest in ihrem Schoß. „Aber Leo… er war
nicht wie die anderen. Sein Gesicht war so sanft, und doch war da
diese Traurigkeit, dieser Schmerz, den er nicht verstecken konnte.
Er sprach selten, aber wenn er es tat, dann mit einer solchen Ruhe,
dass es einem das Herz brach. Wenn ich damals gewusst hätte, was
er durchgemacht hat… wenn ich auch nur geahnt hätte, was hinter
diesen blauen Augen verborgen lag…" Eine Träne lief über Hannahs Wange, doch sie wischte sie hastig weg. „Ich hätte mehr für
ihn da sein müssen. Ich hätte mir mehr Zeit nehmen müssen. Aber
als Krankenschwester… ich habe so viele Patienten. So viele Menschen, die meine Hilfe brauchen. Und er war ja immer nur kurz da.
Ein paar Wochen, und dann… war er wieder weg." Mustafa
schluckte schwer. Seine Hände krampften sich fester um das Lenkrad. „Mustafa, er hat eine Dissoziative Identitätsstörung." Hannah… du meinst?" Hannah nickte stumm. „Das würde alles erklären", sagte Mustafa leise. „Michael… Michael ist Leo. Oder zumindest ein Teil von ihm." Ein schmerzhafter Kloß bildete sich in
Hannahs Kehle. „Mustafa… ich schwöre dir, wenn ich das früher
gewusst hätte… wenn ich geahnt hätte, was in ihm vorgeht… ich
hätte Himmel und Hölle in Bewegung gesetzt, um ihm zu helfen."
Mustafa blickte sie an, seine braunen Augen waren voller Mitgefühl. „Hannah… du darfst dir keine Vorwürfe machen. Niemand
hätte das ahnen können. Du hast getan, was du konntest. Du bist
Krankenschwester, kein Schutzengel." „Aber Mustafa…", flüsterte
Hannah, ihre Stimme brach endgültig, „…wenn ich versagt habe
und er uns jetzt alle dafür büßen lässt? Wenn all das… meine
Schuld ist?" „Nein", sagte Mustafa fest. „Das ist nicht deine
Schuld. Das hier… das ist das Ergebnis von Jahren voller
Schmerz, Vernachlässigung und Gewalt. Niemand von uns trägt
die Schuld daran, was Leo widerfahren ist. Aber jetzt… jetzt müs-
sen wir alles tun, um ihn zu stoppen. Bevor noch mehr passiert."
Hannah schluchzte leise, und Mustafa legte kurz seine Hand auf
ihre Schulter. Das Auto raste weiter durch die Nacht, und mit jeder

Minute, die verstrich, schien die Dunkelheit dichter zu werden. Beide wussten: Die Zeit lief gegen sie. Und Leo wartete bereits.

***

Melanie stand in ihrem Wohnzimmer, ihr Körper bebte. Die jungen Nachbarn ahnten nicht, dass sie mehr verschwieg, als sie je preisgeben würde. Das Wissen lastete wie eine unsichtbare Fessel auf ihr, drückte schwer auf ihre Schultern. Doch sie hielt es zurück – nicht aus Feigheit, sondern zu ihrem Schutz. Alles, was sie ihnen sagte, war nur ein sorgfältig gewählter Ausschnitt der Wahrheit. Gerade genug, um sie vorzubereiten, um ihnen eine Überlebenschance zu geben. Doch den dunkelsten Teil behielt sie für sich. Manche Wahrheiten waren zu schrecklich, um ausgesprochen zu werden. Manche Kämpfe mussten allein geführt werden – und dieser hier gehörte ihr.

***

Patrick presste sein Ohr fester gegen die Tür. „Da war doch jemand... ich schwöre es", flüsterte er angespannt. Moritz, der kurz zuvor vorsichtig die Tür einen Spalt geöffnet hatte, schüttelte den Kopf. „Da war niemand zu sehen, Patrick. Vielleicht war's nur der Wind... oder..." Er beendete den Satz nicht. Niemand wollte aussprechen, was sie alle dachten. Johannes hob die Stimme, leise, aber bestimmt: „Hört zu. Wir laufen jetzt alle so schnell wir können zu unserer WG. Wenn dann etwas passiert, dann sind es nur ein paar Schritte bis nach draußen. Hier in der Wohnung sind wir wie eingesperrt, wie in einer Falle. Wenn da draußen wirklich jemand ist, der uns etwas antun will, haben wir keine Chance." Sina zitterte. Ihre Hände umklammerten ihre Jacke, ihre Augen füllten sich mit Tränen. „Ich... ich weiß nicht, ob ich das schaffe. Ich habe solche Angst, Leute." Patrick ging zu ihr, legte seine Arme sanft um ihre Schultern und zog sie in eine kurze, aber feste Umarmung. „Sina... ich weiß. Ich habe auch Angst. Aber mittlerweile... sind wir so etwas wie eine Familie. Eine nachbarschaftliche Familie. Und eine Familie beschützt sich gegenseitig. Wir halten zusammen. Wir schaffen das." Sina blinzelte die Tränen weg und nickte schwach. „Ja... ja, du hast recht." Sie schenkte Patrick ein kleines, dankbares Lächeln. Moritz, der die Anspannung kaum noch aushielt, zog seine Augenbrauen hoch und grinste schief. „Na schön. Also, wenn wir jetzt schon wie in einem schlechten Horrorfilm sind, dann hoffe ich wenigstens, dass keiner von uns allein in den Keller geht. Und… Sina, du bist die, die am Ende überlebt, okay?" Sein ironischer Kommentar lockerte die Anspannung für einen kurzen Moment. Sina schnaubte und stieß Moritz leicht mit der Faust gegen die Schulter. Patrick lachte leise, und selbst Johannes verzog kurz die Mundwinkel. „Okay", sagte Johannes, „jetzt oder nie. Bereit?" Alle nickten. „Los jetzt!" David öffnete die Tür, und sie alle rannten los. Sina hielt Patricks Hand so fest, dass ihre Fingerknöchel weiß hervortraten. Moritz lief direkt hinter ihr, während David und Johannes vorne wegliefen. Ihre Schritte hallten durch das dunkle Treppenhaus, jede Bewegung klang lauter, als sie wirklich war. Die Tür zur WG kam in Sicht. Johannes riss sie auf, David zog Sina hinein, Patrick folgte knapp dahinter, und Moritz schlug die Tür zu. Mit zitternden Händen drehten sie die Schlüssel im Schloss. Für einen Moment war alles still. Nur ihr keuchender Atem war zu hören. David zog sein Handy aus der Tasche und tippte hastig eine Nachricht an Hannah. „Wir sind jetzt in der WG. Haben Geräusche gehört. Wisst ihr schon etwas?" Dann ließ er das Handy sinken und sah zu den anderen. „Wir haben's geschafft… aber wir müssen herausfinden, was hier los ist. Und vor allem… wo Leo ist." Draußen, irgendwo in der Dunkelheit, schien jemand zu lauern. Und das Schlimmste war: Sie wussten, dass die Zeit gegen sie arbeitete.

***

Hannahs Finger zitterten leicht, als sie Davids Nummer wählte. Das Summen des Freizeichens dröhnte in ihren Ohren, während das Auto mit gleichmäßigem Tempo durch die dunkle Nacht raste. Mustafa, mit angespanntem Blick auf die Straße gerichtet, sagte leise: „Sag es ihnen. Alles. Sie müssen es wissen." „David?", sagte Hannah, als er abhob. Ihre Stimme bebte, aber sie zwang sich zur Ruhe. „Mach bitte auf Lautsprecher. Das müssen alle hören." Im Hintergrund hörte sie das Murmeln der anderen – Patrick, Moritz, Johannes und Sina. Ein Klicken bestätigte, dass der Lautsprecher aktiviert war. „Okay", begann Hannah und atmete tief durch. „Hört mir jetzt bitte genau zu. Es ist wichtig, dass ihr alles versteht, bevor wir zurückkommen." Im Auto war nur noch das Brummen des Motors zu hören, und auf der anderen Seite des Telefons herrschte absolute Stille. „Leo und Michael sind zwei Persönlichkeiten, die in ein und demselben Körper existieren. Er leidet unter einer dissoziativen Identitätsstörung, einer komplexen psychischen Erkrankung, bei der verschiedene Identitäten oder Persönlichkeiten die Kontrolle übernehmen können. Leo… Leonard Reimann… ist die Hauptpersönlichkeit. Er ist der wahre Mensch hinter all dem. Aber Michael… Michael ist der Schmerz in ihm. Er kommt jedes Mal hervor, wenn Leo nicht mehr kann, wenn der Schmerz, die Schuld und die Dunkelheit zu groß werden. Michael ist nicht einfach nur eine andere Persönlichkeit – er ist all das, was Leo nicht ertragen kann, all das, was ihn zerbrochen hat." Hannahs Stimme brach fast, aber sie sprach weiter. „Als Leo noch ein Kind war, lebte er gegenüber dem Altbauhaus. Nach dem Tod seiner Eltern zog er zu seinem Onkel. Herr Möller hat weggesehen, als Klaus – sein Freund – Leo misshandelte. Klaus hat Leo geschlagen, eingesperrt, und noch viel schlimmer… Er hat ihn gebrochen. Und Herr Möller hat es zugelassen. Nicht, weil er grausam war, sondern weil er feige war und sich manipulieren ließ." Sie hörte, wie jemand auf der anderen Seite des Telefons schwer schluckte. Wahrscheinlich Sina oder Patrick. „Das Feuer, das damals in Klaus' Wohnung ausbrach… Klaus war ein Monster, aber niemand weiß, was in jener Nacht wirklich passiert ist. Ob Leo das Feuer gelegt hat, ob es ein Unfall war… es wurde nie aufgeklärt. Danach kam Leo in Pflegefamilien und in psychiatrische Kliniken. Jahrelang. Und immer, wenn es ihm etwas besser ging, kam er zurück in die Freiheit, nur um wieder zusammenzubrechen und wieder eingewiesen zu werden." Mustafa fuhr konzentriert weiter, während Hannah sprach. Sie spürte, dass ihr die Tränen in die Augen stiegen, aber sie blinzelte sie weg. „Ich habe Leo in meiner Zeit im Krankenhaus kennengelernt. Er war oft dort. Immer nur kurz, auf der offenen Station, weil er seine Krankheit verstecken konnte, wenn es darauf ankam. Er war charmant, gutaussehend, und hinter seinen blauen Augen lag so viel Schmerz, so viel… Dunkelheit." Sie machte eine Pause, um Atem zu holen. „Leo ist krank. Und Michael… Michael ist die Verkörperung all dessen, was Leo nicht verarbeiten konnte.

Wenn Michael die Kontrolle übernimmt, dann wird es gefährlich. Aber tief in seinem Inneren ist Leo noch da. Und er versucht, die Kontrolle zu behalten. Aber ich weiß nicht, wie lange er das noch schafft." Stille. Sekunden verstrichen, die sich wie Minuten anfühlten. Dann hörte Hannah Davids Stimme, leise und brüchig: „Also… alles, was passiert ist… die Nachrichten, die Angst, die Drohungen… das war alles Michael?" „Ja", sagte Hannah. „Aber irgendwo in ihm steckt noch Leo. Und ich glaube, dass er uns nicht wehtun will. Nicht wirklich." Moritz' Stimme ertönte. „Und was machen wir jetzt? Warten wir einfach ab, bis er vielleicht vor unserer Tür steht?" Hannah schloss kurz die Augen. „Nein. Wir fahren so schnell wie möglich zurück. Aber ihr müsst vorsichtig sein. Niemand geht allein irgendwohin. Niemand verlässt die WG, bis wir zurück sind." David antwortete knapp: „Verstanden." „Wir sind bald da", sagte Hannah, ihre Stimme fester. „Haltet durch." Das Gespräch endete. Hannah ließ das Handy sinken und starrte schweigend aus dem Fenster. Die Lichter der Stadt zogen an ihnen vorbei, während Mustafa das Lenkrad fester umklammerte. In der WG saßen Patrick, Moritz, Sina, Johannes und David in absoluter Stille beisammen. Nur das Ticken der Küchenuhr war zu hören. Jeder von ihnen wusste: Die Nacht war noch lange nicht vorbei. Und das Schlimmste stand ihnen vielleicht noch bevor.

***

Leo saß auf dem kalten Betonboden des Kellers, seine Knie angezogen, den Rücken gegen die feuchte Wand gepresst. Das Flackern der kleinen Glühbirne über ihm warf flüchtige Schatten auf sein bleiches Gesicht. Seine dunklen Haare klebten ihm an der Stirn, und seine blauen Augen – diese markanten, hell leuchtenden Augen – wirkten glasig, aber fokussiert. Er hörte noch immer das gedämpfte Geräusch der zuschlagenden WG-Tür über ihm. Sie waren da. Sie waren im Erdgeschoss. So nah und doch so unerreichbar. „Du schaffst das, Leo", flüsterte er sich selbst zu, seine zitternde Hand ballte sich zur Faust. „Das bin ich. Ich bin Leo. Nicht Michael. Ich bin Leo." Er schloss die Augen und atmete tief durch, konzentrierte sich auf die Übungen, die seine Psychiaterin ihm immer wieder beigebracht hatte. Schritt für Schritt ging er sie im Kopf durch. Die kontrollierte Atmung. Die Verankerung im Hier

und Jetzt. Das Erkennen der Umgebung, das Berühren von Ober-
flächen, das Spüren der kalten Wand im Rücken. „Ich bin hier",
murmelte er. „Ich bin jetzt hier." Langsam öffnete er die Hand, in
der noch immer die Packung Lorazepam lag. Ein letzter Rest
Hoffnung in Form von kleinen weißen Tabletten. Er steckte sie in
seine Tasche. Nicht jetzt. Nicht mehr. Er brauchte Klarheit, keine
Wattewolke in seinem Kopf. Langsam, fast stockend, stand er auf.
Seine Beine zitterten, als würde er nach einer Ewigkeit im Sitzen
das erste Mal wieder laufen. Schritt für Schritt bewegte er sich zur
Kellertreppe. Das alte Holz knarrte unter seinen Füßen, aber er ließ
sich nicht aufhalten. Die Treppe hinauf. Eine Stufe. Noch eine.
Das Licht wurde heller, je näher er der Tür kam. Er konnte Stimmen hören – leise, gedämpft, ängstlich, aber sie waren da. Die
Gruppe war da. Am Ende der Treppe blieb er stehen und sah auf
die massive WG-Tür. Ein dünner Lichtstreifen fiel durch den Türspalt und traf auf seine Füße. Seine Brust hob und senkte sich
schnell. „Das bin ich", sagte er noch einmal, und seine Stimme
klang rau und brüchig. Seine zitternde Hand hob sich, und er
klopfte. Einmal. Zweimal. Dreimal. Das Geräusch hallte durch den
stillen Flur, und für einen Moment schien die Welt den Atem an-
zuhalten. Leo schloss die Augen und wartete. Wartete darauf, dass
jemand öffnete. Wartete darauf, dass jemand ihm eine Chance gab.
Eine Chance, die Wahrheit zu erzählen, bevor es zu spät war. Die
Tür öffnete sich langsam, und David stand da, das Licht aus der
Wohnung fiel auf Leos blasses Gesicht. Seine markanten blauen
Augen schimmerten feucht, seine Schultern waren gesenkt, und
seine Hände zitterten leicht. Angst lag in seinem Blick, aber auch
eine erschöpfte Entschlossenheit – als hätte er einen inneren Krieg
gekämpft, den er kaum noch gewinnen konnte. David starrte ihn
an, wortlos, sein Blick suchend, fragend. Dann traten die anderen
hinter David hervor – Sina, Patrick, Moritz und Johannes. Sie bildeten eine stumme Mauer, ihre Gesichter ein Spiegel aus Misstrauen, Angst und Mitleid. Leo öffnete den Mund, wollte etwas sagen, aber seine Stimme blieb ihm im Hals stecken. Was soll ich
jetzt sagen? dachte er verzweifelt. Hallo, ich bin Leo. Und auch
Michael. Es tut mir leid, dass ich euch so viel Angst gemacht habe.
Sein Brustkorb hob und senkte sich hektisch, und seine Stimme

brach, als er endlich sprach: „Ich... ich bin Leo. Und ich bin auch Michael. Es... es ist vielleicht schwer zu vermitteln, aber ich habe eine gespaltene Persönlichkeit." Er schluckte schwer und fuhr mit einem zittrigen Atemzug fort: „Mir wurde von meiner Ärztin gesagt, dass er Michael heißt... diese andere Seite von mir. Ich kann ihn nicht lange in Schach halten, das weiß ich. Er ist... stark, wütend, unberechenbar." Mit fahrigen Händen griff er in seine Jackentasche und zog ein Paar Handschellen heraus. Sie wirkten schwer und kalt in seiner zitternden Handfläche, als er sie David entgegenstreckte. „Bitte... sobald ihr merkt, dass ich anders werde... sobald ihr seht, dass ich nicht mehr ich bin... werft mich zu Boden und legt mir diese Handschellen an. Bitte. Ich will niemandem mehr wehtun. Nicht euch. Nicht mir selbst." Seine Stimme brach am Ende, und die Tränen, die er so lange zurückgehalten hatte, liefen ihm still über die Wangen. Er ließ die Handschellen in Davids zögernde Hand fallen und senkte seinen Kopf. Die Gruppe schwieg. Das einzige Geräusch im Raum war das leise Schluchzen von Leo und das Klirren der Handschellen, als David sie fester umfasste. Dann trat Johannes vor, langsam und vorsichtig, wie jemand, der einen verletzten Vogel aufheben möchte. Er legte eine sanfte Hand auf Leos Schulter und drückte sie leicht. „Komm rein, Leo", sagte Johannes leise, fast flüsternd. „Komm erst mal rein." Leo hob seinen Kopf und sah Johannes an. Seine blauen Augen waren glasig, aber in ihnen lag ein Funken Hoffnung – ein zartes Licht inmitten der Dunkelheit. Johannes zog ihn sanft in die Wohnung, und die anderen traten zur Seite, um Platz zu machen. Die Tür schloss sich hinter ihnen, und die Gruppe stand zusammen, wie eingefroren in diesem Moment, in dem alles auf der Kippe zu stehen schien. Leo saß auf dem alten Sofa in der WG, die Hände fest ineinander verkrampft, sein Körper bebte leicht. Die anderen hatten sich um ihn herum versammelt – still, angespannt, jedes Wort aufnehmend, das Leo sagte. Seine blauen Augen schimmerten feucht, und seine Stimme war rau, als würde jedes Wort seinen Hals zerreißen. „Ihr müsst es wissen... ihr müsst es verstehen, bevor es zu spät ist," begann er leise, kaum mehr als ein Flüstern. „Michael... er ist voller Hass. Ein unbändiger, brennender Hass, der alles in ihm auffrisst. Er will euch wehtun, er will, dass ihr leidet – genauso, wie ich damals gelitten habe. Er sieht euch als die Menschen, die weggesehen haben, die meine Schreie ignoriert haben. Er kann nicht mehr unterscheiden, wer wirklich schuld ist und wer nicht." Leo senkte seinen Kopf, als würde er sich unter der Last seiner eigenen Worte ducken. „Ich erinnere mich kaum an das, was Michael plant. Aber ich habe seine Aufzeichnungen gefunden, seine Notizen. Sie sind voller Wut, voller Rachegedanken... und Herr Möller steht ganz oben auf seiner Liste. Wenn Michael ihn findet, wird er ihn töten. Er hat gehofft, dass Herr Möller an diesem Herzinfarkt stirbt. Aber das ist nicht passiert. Und jetzt... jetzt ist er in großer Gefahr." Ein Zittern lief durch Leos Körper, und seine Stimme brach fast, als er weitersprach: „Nach dem Tod meiner Eltern kam ich zu meinem Onkel Klaus. Ich war gerade mal neun Jahre alt, ein Kind. Und Klaus... er war ein Monster. Er hat mich ‚Ratte' genannt. Seine Ratte, mit der er machen konnte, was er wollte. Und das hat er. Er hat mich geschlagen, bis ich nicht mehr stehen konnte. Tag für Tag, Woche für Woche." Leos Hände gruben sich in seine Jeans, seine Fingernägel hinterließen helle Halbmonde auf seiner Haut. „Und Herr Möller... er war da. Er war in der Wohnung, hat meine Schreie gehört, hat gesehen, wie Klaus mich zugerichtet hat. Aber er hat nichts getan. Er war zu feige, zu betrunken, zu... bequem, um sich einzumischen. Er hat weggesehen. Einfach weggesehen." Ein ersticktes Schluchzen entkam Leo, und seine Stimme zitterte, als er weitersprach: „Irgendwann durfte ich die Wohnung nicht mehr verlassen. Meine Verletzungen waren zu schlimm, zu offensichtlich. Klaus hat mich eingesperrt wie ein Tier. Aber trotzdem... trotzdem haben die Nachbarn es gewusst. Sie haben es gehört. Sie haben es gesehen. Und einer nach dem anderen ist ausgezogen. Niemand hat etwas getan. Nur Herr Möller blieb. Er blieb und hat weiter weggesehen." Tränen liefen nun offen über Leos Gesicht, während seine Stimme kaum mehr als ein Röcheln war. „Michael... er kann das nicht vergessen. Er kann diesen Schmerz nicht loslassen. Für ihn seid ihr Teil dieser Geschichte. Für ihn seid ihr die Nachbarn, die geschwiegen haben, die nichts getan haben. Er kann nicht mehr unterscheiden. Für ihn seid ihr die Täter, nicht die Opfer. Und er wird nicht ruhen, bis er euch leiden sieht." Leo hob seinen Kopf,

sah David, Sina, Patrick, Johannes und Moritz an. Seine blauen
Augen waren ein Meer aus Schmerz und Reue. „Ich... ich will
nicht, dass euch etwas passiert. Nicht euch. Nicht noch mehr Menschen. Aber ich weiß nicht, wie lange ich Michael noch zurückhalten kann." Die Stille im Raum war erdrückend. Niemand bewegte
sich, niemand sprach. Nur Leos leises Schluchzen durchbrach die
lähmende Ruhe, während seine Schultern zitterten und die Last
seiner Vergangenheit ihn zu erdrücken schien. Leo saß zusammengesunken auf dem Sofa, seine Hände zitterten, während er versuchte, seine Gedanken zu ordnen. Moritz hatte sich zu Johannes
gesetzt, und beide starrten ihn an – nicht aus Angst, sondern aus
tiefem Mitleid. Die Schrecken seiner Worte hingen noch wie ein
unsichtbarer Nebel im Raum. Moritz schluckte schwer und sagte
leise: „Das war der Auslöser, oder? Dieses Trauma... es hat dich
verändert." Leo hob langsam seinen Kopf und nickte. Seine blauen
Augen wirkten noch blasser im schummrigen Licht der WG. „Ja...
das hat mir meine Ärztin auch gesagt. Damals, in der Klinik. Aber
ich konnte nie die ganze Wahrheit erzählen. Keine Namen, keine
Details. Ich habe niemandem gesagt, dass ich das Feuer gelegt habe. Dass ich zugesehen habe, wie mein Onkel im Rauch starb...
wie er verbrannte." Seine Stimme brach, und Tränen rollten stumm
über seine Wangen. „Ich hatte eine schützende Maske auf, aber die
Hitze, der Rauch... es war gefährlich für mich, in dieser Wohnung
zu bleiben. Trotzdem habe ich ihn rausgezogen. Selbst als er tot
war, wollte ich, dass er leidet. Dass er noch irgendwie bestraft
wird für all das, was er mir angetan hat." Die anderen hörten ihm
schweigend zu. Niemand wagte es, ein Wort zu sagen oder sich zu
rühren. „Genau in diesem Moment, als ich meinen Onkel aus der
Wohnung gezogen habe... da war Michael zum ersten Mal da. Es
war, als wäre ich weg... als hätte jemand anderes die Kontrolle
übernommen. Ich erinnere mich nicht daran, wie ich meinen Onkel
nach draußen gebracht habe. Ich erinnere mich nur an diese un-
bändige Wut, diesen brennenden Hass in mir." Leo schloss kurz
die Augen und atmete tief durch, bevor er weitersprach. „Im Innenhof stand immer eine alte Holzkarre. Sie war morsch und
schwer, aber sie hat gereicht. Michael... oder ich... ich habe meinen toten Onkel auf diese Karre geladen. Ich kann mich nicht da-

ran erinnern, wie ich die Kraft dafür hatte, aber ich muss sie gehabt haben. Anders hätte ich das nie geschafft." Er schüttelte langsam den Kopf, als würde er sich selbst nicht glauben können. „Ich habe ihn in den Wald gebracht. Ein kleines Stück außerhalb des Bezirks. Dort war ein altes, verlassenes Loch im Boden. Vielleicht von einem Tierbau, vielleicht von etwas anderem. Ich habe ihn hineingeworfen... und dann bin ich einfach gegangen. Ich weiß nicht mehr, wie ich zurück nach Hause gekommen bin. Ich weiß nur, dass ich danach tagelang kaum gesprochen habe. Wochenlang. Und irgendwann... irgendwann kam ich in die Klinik." Leos Stimme war kaum noch mehr als ein Flüstern. „Michael ist der Teil von mir, der damals übernommen hat. Der Teil, der den Hass, die Wut und die Verzweiflung nicht loslassen konnte. Der Teil, der immer noch in mir lebt. Aber ich... ich will das nicht mehr. Ich will, dass es aufhört." Stille legte sich über die Gruppe, so dicht und schwer wie ein bleierner Vorhang. Keiner wusste, was er sagen sollte. Die Luft war erfüllt von Schmerz, Angst und dem Schatten einer langen, düsteren Vergangenheit. Moritz wischte sich mit der Hand über das Gesicht, Johannes sah stumm zu Boden, und Sina hatte Tränen in den Augen. Patrick räusperte sich, aber kein Wort kam über seine Lippen. Sinas Stimme brach schließlich das Schweigen, sanft und vorsichtig: „Leo... du hast so viel durchgemacht. Aber du bist hier. Du bist zu uns gekommen, um uns zu warnen. Das bedeutet, dass du immer noch die Kontrolle hast. Dass Leo... der echte Leo... stärker ist als Michael." Leo sah sie an, seine Augen voller Traurigkeit, aber auch voller Hoffnung. „Ich hoffe, dass du recht hast, Sina. Ich hoffe es wirklich." Ein leises Schluchzen durchbrach die Stille, und für einen Moment war alles, was blieb, das leise Ticken der Küchenuhr und das ferne Heulen des Windes vor dem Fenster. Die Wohnungstür flog auf, und Mustafa und Hannah traten hastig ein. Beide wirkten erschöpft, die Anspannung der letzten Stunden stand ihnen ins Gesicht geschrieben. Hannah lief sofort zu Leo, der immer noch zitternd auf dem Sofa saß. Ohne zu zögern, fiel sie ihm um den Hals und hielt ihn fest. „Leo...", ihre Stimme bebte. „Hätte ich auch nur geahnt, dass dir so etwas Furchtbares passiert ist, ich hätte dir geholfen. Ich hätte Himmel und Hölle in Bewegung gesetzt. Bitte verzeih mir…" Leo sah Hannah mit seinen blassen, hellblauen Augen an, und ein sanftes Lächeln huschte über sein Gesicht. „Ich weiß, Hannah. Du hättest alles getan." Für einen Moment schien es, als würde er ihre Umarmung erwidern, als sei alles ruhig. Doch plötzlich zuckte er zusammen, seine Augen weiteten sich, und ein dunkler Schatten huschte über sein Gesicht. Er schubste Hannah von sich, seine Stimme brüchig, fast flehend: „Jetzt…" Seine Augen veränderten sich. Die blauen, klaren Augen, die noch ebenso voller Schmerz und Sanftheit waren, wurden kalt, starr und leer. Die Gruppe erkannte sofort, was geschah. Michael war da. „RUNTER MIT IHM!" schrie Moritz, und sie stürzten sich auf Leo – oder besser gesagt, auf Michael. David und Johannes rissen ihn zu Boden, während Patrick mit zitternden Händen die Handschellen hervorholte. Michael brüllte, ein animalischer Laut, der durch die Wohnung hallte und Sina zusammenzucken ließ. Seine Stimme war rau, voller Wut und Hass. „IHR MÜSST BRENNEN! ALLE! BRENNEN SOLLT IHR!" Sein ganzer Körper zuckte, er kämpfte gegen die Fesseln an, als hätte er übermenschliche Kräfte. Doch die Gruppe hielt ihn fest, und Patrick klickte die Handschellen um seine Handgelenke. David und Johannes packten ihn an den Schultern und zogen ihn in Richtung Badezimmer. „Rein mit ihm, los!" rief Johannes, während Michael weiter brüllte und tobte. Sina folgte ihnen mit einer Rolle Klebeband in der Hand. Mit hastigen Bewegungen band sie Michaels Beine zusammen, während er weiter fluchte, schrie und mit seinem Kopf gegen den Boden schlug. „Du wirst brennen! ALLE WERDET IHR BRENNEN!" David und Johannes schlossen die Badezimmertür, und für einen Moment herrschte absolute Stille. Nur Michaels wütende Schreie und das Klirren der Handschellen waren dumpf durch die Tür zu hören. Sina lehnte sich gegen die Wand, ihre Hände zitterten, ihre Augen waren glasig. „Was… was sollen wir jetzt tun?" fragte sie mit brüchiger Stimme. Mustafa sah in die Runde, sein Blick ernst und fokussiert. „Wir müssen jemanden rufen, der damit umgehen kann. Eine Fachkraft. Michael… oder Leo… braucht Hilfe. Ernsthafte Hilfe. Aber wir dürfen ihn nicht alleine lassen, bis Hilfe kommt." Hannah nickte und wischte sich eine Träne aus dem Gesicht. „Wir müssen zu-

sammenhalten. Es geht nicht nur um uns, es geht auch um Leo. Irgendwo da drin… kämpft er noch. Er hat den Mut gehabt, zu uns
zu kommen. Wir können ihn jetzt nicht im Stich lassen." David
sah auf sein Handy. „Ich rufe die Klinik an, in der Hannah gearbeitet hat. Sie müssen jemanden schicken, der weiß, wie man mit so
einer Situation umgeht." Patrick starrte auf die geschlossene Badezimmertür. „Was, wenn Michael… was, wenn er stärker wird?
Was, wenn Leo nicht zurückkommt?" Stille. Keiner hatte darauf
eine Antwort. Moritz holte tief Luft und sagte dann leise: „Dann
kämpfen wir für ihn. Genau wie er für uns gekämpft hat, als er
hierherkam." Draußen begann es zu regnen, die Tropfen prasselten
leise gegen das Fenster. Die Gruppe saß zusammen, die Schreie
aus dem Badezimmer wurden leiser, doch der Schatten von Angst
und Ungewissheit blieb.

***

Die WG war in gedämpftes Licht getaucht, die Atmosphäre
schwer und dennoch von einer merkwürdigen Stille durchzogen.
Gerade erst hatten Pfleger und zwei Ärzte Leo – oder besser gesagt
Michael – abgeholt. Hannah hatte ihre Kollegen aus der Klinik angerufen, ihre Stimme zitternd, aber bestimmt. Sie hatte alles erklärt, fast alles. Das Feuer hatte sie ausgelassen. Das war nicht ihre
Geschichte, und es war nicht ihre Wahrheit, die sie erzählen durfte.
Die Klinikteams hatten sofort reagiert. Leo war bekannt, nicht nur
als Patient, sondern auch als Mensch. Seine hellblauen Augen, sein
leises Lächeln und die unendliche Traurigkeit, die er mit sich trug,
waren vielen im Gedächtnis geblieben. Vorsichtig und doch bestimmt hatten sie ihn mitgenommen, gesichert, versorgt und versprochen, sich um ihn zu kümmern. Nun war die WG leer. Die
Stimmen der Ärzte und Pfleger waren verschwunden, das letzte
Echo ihrer Schritte verhallte im Treppenhaus. Zurück blieben Patrick, Moritz, Sina, Johannes, David, Mustafa und Hannah. Alle saßen verstreut im Wohnzimmer, schweigend, nachdenklich. Patrick
stand plötzlich auf, rieb sich mit beiden Händen das Gesicht und
sagte mit belegter Stimme: „Scheiße… bin ich erleichtert." Sein
Satz hing kurz in der Luft, bevor Sina ein leises, erschöpftes Lächeln zeigte. Die Anspannung fiel Stück für Stück von ihnen ab.
Johannes lehnte seinen Kopf gegen die Sofalehne und schloss die

Augen. Mustafa saß neben Hannah, die müde auf seine Schulter
sank. „Das war… einfach zu viel", murmelte David, während er
die Hände ineinander verschränkte und auf den Boden starrte. Die
Sekunden dehnten sich, und die Stille war fast erdrückend. Dann,
ganz plötzlich, meldete sich Moritz zu Wort. Mit einem schiefen
Grinsen und diesem bekannten ironischen Funkeln in seinen Augen sagte er: „Na ja, zumindest haben wir jetzt die spannendste
WG-Story der Stadt. 'Zwischen WG-Abend und Psychothriller –
das neue Netflix Original!'" Es dauerte einen Moment, dann
schnaubte Patrick durch die Nase, Sina kicherte, und selbst David
konnte sich ein Lächeln nicht verkneifen. Johannes schüttelte den
Kopf und murmelte: „Moritz, du bist echt unmöglich." „Aber ihr
liebt mich trotzdem", konterte Moritz und hob beide Hände in gespielter Unschuld. Das Lachen war nicht lang, aber es war echt. Es
durchbrach die Schwere des Moments, ließ für einen Augenblick
die Angst, die Verzweiflung und die schlaflosen Nächte in den
Hintergrund treten. Hannah hob den Kopf und sah in die Runde.
„Wir haben das zusammen durchgestanden. Egal, wie chaotisch
und schrecklich es war – wir haben es geschafft. Und Leo… Leo
bekommt jetzt die Hilfe, die er braucht." Mustafa nickte zustimmend. „Das Wichtigste ist, dass er in Sicherheit ist. Und dass niemandem von uns etwas passiert ist." Patrick hob ein imaginäres
Glas. „Auf Leo. Auf uns. Und auf… na ja, vielleicht ein bisschen
auch auf Moritz' unpassenden Humor." Ein leises Lächeln zog sich
über die Gesichter der Gruppe, und ein Gefühl von Zusammenhalt
breitete sich aus. Sie waren durch die Hölle gegangen, jeder auf
seine Art, aber sie waren noch da. Draußen zog der Regen vorbei,
und die ersten Sonnenstrahlen des Morgens drangen durch das
Fenster. Ein neuer Tag begann, und mit ihm die leise Hoffnung,
dass vielleicht – nur vielleicht – alles irgendwann wieder gut werden könnte.

***

Eine Woche war vergangen. Eine Woche voller Stille, Nachdenken
und dem Versuch, das Erlebte zu verarbeiten. Die Gruppe war enger zusammengerückt, nicht nur als Nachbarn, sondern als eine
echte Gemeinschaft, als Freunde. Die Gespräche waren tiefgründi-
ger, die Umarmungen häufiger und die Blicke verständnisvoller.

Jeder Einzelne trug seine Wunden, doch sie hielten sich gegenseitig fest. An diesem Morgen standen sie alle am Fenster oder im
Hausflur, beobachteten, wie Herr Möller seine letzten Habseligkei-
ten in alte Kartons packte. Seine Schritte waren langsam, seine
Schultern gebeugt. Neben ihm stand Melanie, ihre Haltung angespannt, ihr Blick beschämt zu Boden gerichtet. Patrick, Johannes,
Sina, Moritz, David, Mustafa und Hannah schauten schweigend
zu. Niemand sagte etwas, aber die Luft war erfüllt von unausgesprochenen Worten, von Fragen und Vorwürfen, die keiner laut
aussprechen wollte. Als Melanie die letzte Kiste in den Kofferraum des alten Wagens stellte, drehte sie sich zu der Gruppe um.
Ihr Blick war müde, ihre Stimme leise, aber bestimmt: „Mein Onkel ist ein Feigling. Er hat sich wieder einmal aus der Verantwortung gezogen. Und da Leo sich weigert, mit den Ärzten oder der
Polizei zu sprechen, konnte ihm nichts nachgewiesen werden." Sie
sah einen Moment in die Gesichter der Gruppe, voller Reue und
Traurigkeit, dann wandte sie sich ab und setzte sich auf den Beifahrersitz. Herr Möller stand noch einen Moment lang unschlüssig
neben dem Auto. Er sah zu Boden, vermied es, jemandem in die
Augen zu blicken. Dann öffnete er die Fahrertür und stieg ein. In
diesem Moment konnte Patrick nicht mehr an sich halten. Er lief
los, seine Schritte hallten auf dem Betonboden wider, bis er direkt
neben dem Auto stand. „Sie Feigling!" rief Patrick, seine Stimme
bebte vor Wut und Enttäuschung. „Haben Sie nicht einmal den
Mut, nach all den Jahren zur Polizei zu gehen? Zu sagen, was Sie
getan haben? Was hier im Haus alle getan haben? Alle haben weggesehen, während ein Kind gelitten hat. Ein verdammtes Kind!"
Herr Möller sah kurz zu Patrick auf, seine Augen waren trüb, voller Scham und Angst. Doch er sagte kein Wort. Kein einziges. Melanie saß starr auf dem Beifahrersitz, ihre Hände umklammerten
den Stoff ihres Mantels. Ohne ein weiteres Wort startete Herr Möller den Motor. Der Wagen rollte langsam aus der Einfahrt, bog um
die Ecke und verschwand schließlich aus dem Blickfeld. Patrick
blieb noch einen Moment stehen, seine Hände zu Fäusten geballt,
seine Brust hob und senkte sich schwer. Dann drehte er sich um
und ging langsam zurück zu den anderen. „Feigling…", murmelte
er leise, fast mehr zu sich selbst. Die Gruppe stand noch lange da,

schweigend, während der Wind sanft durch den Hausflur zog. Es fühlte sich an wie das Ende eines Kapitels, aber nicht wie das Ende der Geschichte. Sina stand mit verschränkten Armen da und sah in die Runde. „Wir werden für Leo da sein," sagte sie fest. „Wir lassen ihn nicht im Stich – nicht wie all die Leute, die hier einst gewohnt haben." Hannah nickte zustimmend. „Und wir werden dieses Haus wieder mit etwas Gutem füllen. Es hat genug Dunkelheit gesehen." „Amen, Schwester," murmelte Moritz trocken, was ihm ein leichtes Lächeln von Sina einbrachte. David, der bis dahin eher schweigend dagesessen hatte, hob plötzlich den Kopf und ein breites Grinsen breitete sich auf seinem Gesicht aus. „Und ich… ich habe die Mittel, das was passiert ist, in die Welt zu tragen." Alle starrten ihn an, als hätte er gerade verkündet, er könne fliegen. „Ähm… hast du uns was verschwiegen, David?" fragte Patrick skeptisch. David zog sein Handy aus der Tasche, drehte den Bildschirm zu ihnen und zeigte stolz auf sein Profil. „„Na, schon vergessen, dass ich ein Influencer bin? Wobei ich den Begriff Entertainer bevorzuge," sagte David mit einem schiefen Lächeln. „Die sozialen Medien haben heute eine unglaubliche Macht. Es gibt Menschen, die Verschwörungstheorien und absurden Unsinn verbreiten, und erstaunlicherweise gibt es immer welche, die darauf reinfallen. Selbst politische Kampagnen werden mittlerweile über Facebook und Co. geführt, weil die Reichweite gigantisch ist. Aber das hier", er machte eine Pause und sein Blick wurde ernst, „das ist anders. Leos Geschichte soll keine Ware sein, kein Klick-Köder. Ich will den Menschen zeigen, dass es da draußen Monster gibt – echte Monster." Hallo? Mittlerweile 40.000 Follower auf Insta, Leute! Plus TikTok! Und jetzt kommt's: Was haltet ihr davon, wenn wir einen Podcast starten? Auf Spotify, Apple Music… überall! Wir erzählen unsere Geschichte. Leos Geschichte. Eine reale Crime-Story, die die Menschen bewegt." Betretenes Schweigen. Selbst Moritz brachte keinen Spruch. „Okay, ihr guckt gerade, als hätte ich euch vorgeschlagen, mit Alpakas Karaoke zu singen. Aber hört mir zu! Wir lassen die Namen weg, wir schützen Leo. Alles anonym. Und nur, wenn er zustimmt. Aber Leute… wir könnten etwas verändern. Vielleicht schaffen wir es, dass Leo gehört und verstanden wird. Dass andere Menschen, die Ähnliches erlebt haben, sich nicht mehr so allein fühlen." Die Gruppe tauschte Blicke aus. Sina biss sich auf die Unterlippe, Hannah starrte nachdenklich auf den Boden und Patrick rieb sich den Nacken. Schließlich seufzte Johannes und brach die Stille: „Okay, David... das klingt verrückt. Aber irgendwie... auch verdammt gut." Moritz zuckte die Schultern. „Naja, wenn wir schon im Chaos leben, können wir es auch gleich vermarkten, oder?" Alle mussten lachen, sogar Hannah, die Tränen in den Augen hatte. „Aber ernsthaft," fuhr David fort, diesmal ruhiger. „Das alles nur, wenn Leo es möchte. Ohne seine Zustimmung geht gar nichts. Und wenn er es nicht will, dann lassen wir es." „Deal," sagte Hannah. Sina hob die Hand. „Und bitte... keine seltsamen Intros mit epischer Musik. Es soll echt bleiben." „Ach, komm schon," grinste Moritz. „Ein bisschen Dramaturgie muss sein." Die Gruppe lachte, und für einen Moment fühlte es sich leicht an. Nicht perfekt, nicht geheilt – aber leichter. Sie blieben noch eine Weile zusammen. Irgendwo in der Ferne bellte ein Hund, und ein Fenster im oberen Stockwerk quietschte leise im Wind. Das Haus, das so lange voller Dunkelheit und Geheimnisse gewesen war, fühlte sich ein kleines bisschen heller an. Vielleicht würde es noch lange dauern, bis alle Wunden geheilt waren. Aber sie hatten einander. Und das war ein verdammt guter Anfang. Niemand ahnte jedoch, dass dies kein endgültiger Abschluss war. Es war der Anfang eines schonungslosen Rachefeldzugs. Sie befanden sich mitten in einem Strudel, der alles gnadenlos mit sich zu reißen drohte...

249 Kilometer entfernt saß Melanie auf dem kalten Boden ihrer Wohnung, Tränen strömten über ihr Gesicht. Dieser alte Bastard. Er hatte seine Nachbarn schutzlos zurückgelassen, als alles zusammenbrach. Doch überrascht war sie nicht – ein Monster blieb ein Monster. Sie hatte ihn aus dem Krankenhaus geholt, nicht aus Mitgefühl, sondern weil sie ihn nicht aus den Augen lassen durfte. Er durfte nicht entkommen. Denn sie und die anderen hatten einen Schwur geleistet, einen Pakt, der bald erfüllt werden würde. Melanie lachte – ein hohles, schneidendes Lachen, das durch die leeren Räume hallte. Ihre Familie war nicht da, und sie lachte so lange, bis ihr die Tränen kamen. *

„Ein halbes Jahr später – Blut ruft nach Blut"
Mustafa und Johannes hatten ihre Schicht in der Charité hinter sich
gebracht und schlenderten Richtung Parkplatz. Dort wartete Mustafas ganzer Stolz: ein Ford Fiesta, der schon bessere Tage gesehen
hatte. Die Beule an der Fahrerseite war so markant, dass sie fast
wie ein persönliches Markenzeichen wirkte – oder wie Johannes
scherzhaft meinte, „das einzige Auto, das schon vor dem Einstei-
gen deine Aufmerksamkeit fordert." „Weißt du, Mustafa", begann
Johannes mit gespieltem Ernst, „ich verstehe ja, dass man Autos
mit Charakter mag. Aber dieses… Gefährt… ist nicht Charakter.
Das ist eine fahrende Midlife-Crisis." Mustafa grinste und klopfte
liebevoll auf das Dach seines Wagens, wobei ein kleines Stück
Lack herabbröselte. „Das ist nicht irgendein Auto, Johannes. Das ist
ein Überlebenskünstler. Ein Krieger der Straße. Außerdem –
Klimaanlage funktioniert. Also… wenn man das Fenster runter-
kurbelt." „Oh, ja, ich liebe es, wenn mir der Fahrtwind die Lungen
mit Abgasen füllt", murmelte Johannes trocken und setzte sich
seufzend auf den Beifahrersitz. Sie waren beide im praktischen
Jahr ihres Medizinstudiums – Mustafa im Wahlfach Neurologie,
Johannes in der Inneren Medizin und Moritz, der Dritte im Bunde,
sorgte in der Chirurgie regelmäßig für Chaos und unterhaltsame
Geschichten. „Weißt du, Johannes", fuhr Mustafa fort, während
der alte Fiesta röchelnd zum Leben erwachte, „wir beide retten das
Gehirn und die Organe. Aber Moritz… Moritz spielt lieber mit
seinen scharfen Messern. Ein wahrer Picasso am offenen Bauch-
raum." „Und ein echter Albtraum für das Pflegepersonal", ergänzte
Johannes lachend. Die beiden fuhren vom Parkplatz, begleitet von
einem scheppernden Geräusch, das niemand so genau zuordnen
konnte. „Hast du das gehört?" fragte Johannes. „Nein, das war…
der Bass", sagte Mustafa schnell und drehte das Radio lauter.
„Bass? Mustafa, das war der Auspuff, der um Hilfe ruft!" Das Gespräch driftete ab, während sie über ihre zweite Tertiale, ihre pein-
lichsten Momente im Krankenhaus und die seltsamsten Patien-
tenanekdoten lachten. Aber unter all dem Humor lag eine stille

Frage, die keiner von ihnen laut aussprach: Wie geht es Leo jetzt wirklich? Der alte Ford kämpfte sich durch den Berliner Feierabendverkehr, während die beiden Freunde noch nicht ahnten, dass die Schatten der Vergangenheit schon bald wieder über sie hereinbrechen würden… Johannes zog sein Handy aus der Tasche und hielt es hoch wie Excalibur, bereit, die Drachen der Ungewissheit zu besiegen – oder in diesem Fall, Hannah anzurufen. „Was machst du da?" fragte Mustafa, während er das Lenkrad seines alten Ford Fiesta mit einer Mischung aus Zuneigung und Verzweiflung umklammerte. „Ich rufe Hannah an." Johannes sah Mustafa ernst an, als hätte er gerade die beste Idee seines Lebens gehabt. Moritz, der ebenfalls gerade Feierabend hatte, schaffte es rechtzeitig zum Auto und machte es sich auf der Rückbank bequem, als gehöre ihm der Platz allein. verdrehte die Augen. „Alter, ernsthaft? Sie kommt doch sowieso in einer Stunde zur Party. Es ist ja nicht so, als hätten wir Leo nicht regelmäßig besucht. Sie wird uns bestimmt gleich eine komplett neue Bewertung seines psychischen Zustands durchgeben. ‚Leo hat heute brav seinen Haferbrei gegessen und hat nicht versucht, jemanden mit dem Löffel zu erstechen." Mustafa prustete los, während Johannes mit gespielter Empörung das Handy senkte. „Ihr seid solche Banausen! Es geht nicht nur um Leo, okay? Vielleicht… vielleicht wollte ich auch einfach…" „…Hannahs Stimme hören?" ergänzte Moritz mit einem süffisanten Grinsen. „Halt die Klappe", murmelte Johannes und stopfte sein Handy zurück in die Tasche. Mustafa sah in den Rückspiegel und grinste breit. „Komm schon, Johannes. Wir wissen doch alle, dass du rein zufällig jedes Mal anrufst, wenn sie gerade Feierabend hat. Zufälle gibt's, ne?" Johannes verschränkte die Arme und sah demonstrativ aus dem Fenster. „Wir müssen noch bei Edeka halten. Bier. Dringend." „Aye aye, Kapitän", sagte Mustafa und lenkte den Fiesta mit einem knirschenden Geräusch auf die nächste Ausfahrt. „Oh, hörst du das? Das war der Klang eines weiteren Teils, der gerade vom Auto abgefallen ist", kommentierte Moritz trocken. „Das war… ein Feature", konterte Mustafa sofort. „Das Auto ist eine Metapher für unser Leben. Abgenutzt, aber noch funktional." Die drei Jungs brachen in Gelächter aus, während der Fiesta tapfer Richtung Edeka röchelte. „Also gut", sagte

Johannes, als sie auf dem Parkplatz eintrudelten. „Ich nehme die Bierabteilung. Mustafa, du bist für Snacks zuständig. Moritz… du hältst den Einkaufswagen fest, damit du wenigstens irgendeinen Beitrag leistest." „Cool, ich bin also offiziell Einkaufswagen-Beauftragter", sagte Moritz und salutierte gespielt. Während sie in den Supermarkt stiefelten, hatte jeder von ihnen ein Lächeln auf den Lippen. Aber hinter all dem Humor und den lockeren Sprüchen lag noch immer ein Schatten – ein Schatten, der aussah wie ein blauer Ford Fiesta mit kaputtem Auspuff und der Name Leo trug. Gerade hatten sie die Einkaufstüten abgestellt und die Wohnungstür hinter sich geschlossen, da klingelte es auch schon an der Tür. Patrick stand vor der Tür, in der einen Hand eine XXL-Tüte Chips, in der anderen eine Flasche Wein, die er triumphierend in die Höhe hielt, als hätte er gerade einen Schatz geborgen. Mustafa runzelte die Stirn. „Echt jetzt, Wein? Wir haben Bier gekauft, Patrick. Bier! Das Getränk der Götter. Der Stoff, aus dem WG-Träume gemacht sind." Patrick grinste breit. „Man kann nicht immer nur Bier trinken, Mustafa. Wein ist… kultiviert." „Ja, und mein Fiesta ist ein Sportwagen," murmelte Mustafa und hob beschwichtigend die Hände. „Okay, okay, dann eben auch Wein." Keine fünf Minuten später trudelten Sina und David ein – natürlich Händchen haltend. Sina strahlte und David sah aus, als würde er jederzeit bereit sein, ihr die Sterne vom Himmel zu holen. Seit drei Monaten waren sie offiziell ein Paar, und obwohl Moritz regelmäßig darüber witzelte, dass sie ein bisschen zu sehr wie ein romantischer Netflix-Film wirkten, war klar: Die beiden gehörten zusammen. „Boah, Leute, wenn ich gewusst hätte, dass die Liebe hier so dick in der Luft liegt, hätte ich mir einen Duft Baum mit Herzchen um den Hals gehängt," sagte Moritz trocken. David schüttelte lachend den Kopf, während Sina Moritz einen spielerischen Klaps auf den Arm gab. „Pass auf, sonst kippe ich deinen Wein in den Blumentopf!" Moritz riss gespielt entsetzt die Augen auf. „Das wäre Verschwendung von Kultur, Sina!" Schließlich kam auch Hannah, leicht erschöpft, aber wie immer mit diesem ruhigen Lächeln im Gesicht. Sie ließ sich mit einem lauten Plumps auf die Couch fallen und stöhnte dramatisch. „Man, bin ich fertig. Es sind gefühlt die Hälfte meiner Kolleginnen krank. Und wie immer herrscht im Krankenhaus ein gigantischer Pflegenotstand. Echt, irgendwann rolle ich mir einfach eine Matratze zwischen die Krankenhausbetten und ziehe da ein." Moritz grinste und drückte ihr wortlos ein kühles Bier in die Hand. „Für die beste Krankenschwester, die diese Stadt je gesehen hat." Hannah nahm das Bier, hob es zum Dank leicht an und nahm einen großen Schluck. „Ah, das hat mir gefehlt." Johannes warf sich auf einen der Sessel und sah in die Runde. „Okay, Leute, heute kein Drama, kein Trauma, kein Stress. Nur gute Musik, gutes Essen und... okay, durchschnittlicher Wein." Patrick hob empört die Weinflasche. „Das nehme ich persönlich, Johannes!" „Ist mir egal, solange der Wein nicht nach Essig schmeckt," erwiderte Johannes und kicherte. Moritz erhob feierlich seine Bierflasche. „Auf die verrückteste WG, die dieses Haus je gesehen hat. Auf Freundschaft. Auf Leo... und auf all das, was wir zusammen durchgestanden haben." Einen Moment lang war es still in der Runde. Jeder von ihnen dachte an Leo, an das, was geschehen war, und an die Narben – sichtbare und unsichtbare – die jeder von ihnen trug. Dann stießen sie an, und das Klirren der Flaschen erfüllte den Raum. „Und jetzt," sagte Mustafa mit einem breiten Grinsen, „wer ist bereit für meine legendäre Playlist?" „Bitte nicht wieder 90er-Eurodance," flehte Johannes. „Oh doch, Freundchen. Vengaboys incoming!" Mustafa zog sein Handy hervor und tippte auf „Play". Und während die Musik den Raum erfüllte und das Lachen der Freunde laut wurde, spürten sie alle: Trotz allem, was passiert war, trotz allem, was noch vor ihnen lag – sie hatten einander. Und das war das Wichtigste. Die ausgelassene Stimmung in der WG wurde plötzlich von einer unsichtbaren Schwere durchbrochen, als Patrick zögernd die Stimme erhob. Er wirkte unsicher, fast so, als würde er etwas zerstören, wenn er jetzt sprach. Mustafa, dem selten etwas entging, schaute ihn direkt an. Patrick überlegte, ob er jetzt, wo die Stimmung so ausgelassen war, den anderen von dem neuen Mieter erzählen sollte. Mustafa, dem nichts entgeht, fragte: „Was los?" Patrick sagte: „Während ihr alle außer Haus wart, war ich im Homeoffice und naja... jemand hat heute ein paar Kisten in Herr Möllers alte Wohnung getragen. Scheint also wieder vermietet zu sein." „Hast du gesehen, wer das ist?", fragte Mustafa weiter. Patrick hob die Schultern. „Es wurden nur ein paar Sachen reingetragen. Wer auch immer, zieht dann wohl erst in den nächsten Tagen ein. Als ich mir von der Bäckerei Blume einen Bienenstich geholt habe, habe ich nur ein paar Jungs gesehen, die diese Kisten in die Wohnung trugen. Ich weiß also nicht, wie Herr Möllers Nachfolger aussieht." „Oder Nachfolgerin", verbesserte Sina. „Boah, lasst uns den Mieter doch nicht gleich verurteilen. Derjenige kann doch auch nichts dafür, dass er in die Wohnung eines Feiglings zieht", sagte Patrick und seufzte. „Ein Feigling, der zuguckt, wenn Kinder geschlagen werden", warf Johannes wütend in die Runde. David zog sein Handy aus der Tasche und sah stolz in die Runde. „Wenn wir schon beim Thema Möller sind… unser Podcast hat ziemlich viel Staub aufgewirbelt." Man konnte ihm ansehen, wie zufrieden er war, aber es war kein überheblicher Stolz – es war das Gefühl, wirklich etwas bewirkt zu haben. Die anderen nickten zustimmend. In den letzten sechs Monaten hatten sie als Gruppe mehr erreicht, als sie sich je erträumt hätten. Davids Follower Zahl war inzwischen auf 50.000 gestiegen – ein Erfolg, den er vor allem dem Podcast verdankte, den sie gemeinsam ins Leben gerufen hatten. Leo hatte zugestimmt, dass sie seine Geschichte erzählen durften. Nicht, um Mitleid zu erregen, sondern um aufzuklären, um Licht in die Dunkelheit zu bringen, die dieses Haus so lange umhüllt hatte. Es ging darum, Verantwortung einzufordern und den Menschen eine Stimme zu geben, die keine mehr hatten. Sie hatten keine Namen genannt, doch die Geschichte war kraftvoll genug, um auch ohne Details Wirkung zu entfalten. Einige ehemalige Nachbarn von damals hatten sich nach Jahren des Schweigens endlich bei der Polizei gemeldet. Auch wenn es zu spät war, um Klaus zur Rechenschaft zu ziehen, war es dennoch ein kleiner Sieg. Nur Herr Möller blieb stumm – feige wie eh und je. Kein Wort hatte er gesagt, keine Entschuldigung, keine Erklärung. Natürlich hatte die Polizei nach all den Jahren keine Handhabe mehr. Klaus war tot und die Gruppe hatte geschwiegen – niemals hatten sie erwähnt, dass Leo damals regungslos dabei zugesehen hatte, wie sein Onkel starb, und dass er die Leiche fortgebracht hatte. David lächelte leicht und hob sein Handy. „Ach ja, ich habe übrigens ein paar neue Investoren für meinen Influencer Job, an Land gezogen.

Und unser Podcast hat jetzt sogar zwei neue Sponsoren." Die Gruppe lächelte müde, aber zufrieden. In diesem Moment lag etwas Beruhigendes in der Luft – ein Gefühl von Abschluss und zugleich ein neuer Anfang. Er ließ den Blick durch die Runde schweifen, seine Freunde schwiegen einen Moment. „Wir haben etwas bewegt, Leute. Und das kann uns niemand mehr nehmen." Sina lächelte und nahm einen Schluck aus ihrer Bierflasche. „Ganz ehrlich, die ganzen Kommentare und das Feedback haben echt gezeigt, dass Leo mit seiner Krankheit nicht alleine ist. Ich hätte nie gedacht, dass unser Podcast so viele Leute dazu bringt, sich zu öffnen." Mustafa lehnte sich zurück und grinste breit. „Und dann war da noch dieser Mystery Fall aus Pankow… erinnert ihr euch? Ein angeblich verfluchtes Haus, geheimnisvolle Schatten in den Fenstern und ein mysteriöses Flüstern in der Nacht." Er hob dramatisch die Hände und imitierte eine schaurige Stimme. „Am Ende war's einfach nur irgendein gelangweilter Typ, der seine Nachbarn trollen wollte." Moritz lachte laut auf und hob sein Bier. „Ganz ehrlich, das war der beste Plot-Twist seit The Sixth Sense. Ich schwöre, der Typ hat mit seiner Geschichte mehr Klicks auf TikTok generiert als wir mit drei Folgen Podcast." Er zog eine Augenbraue hoch und sah Mustafa gespielt ernst an. „Aber hey, wenigstens haben wir gelernt, dass ein Kellerfenster und eine billige Nebelmaschine reichen, um halb Berlin in Panik zu versetzen." Hannah verdrehte die Augen, während sie die zweite Flasche Bier öffnete. „Männer und ihre True-Crime-Abenteuer. Ihr hättet euch doch am liebsten alle Detektivhüte aufgesetzt und eine Lupe gekauft." David schüttelte lachend den Kopf. „Und Moritz hätte uns dann wahrscheinlich noch auf eine Verschwörungstheorie gebracht, dass das verfluchte Haus eigentlich ein UFO-Landeplatz war." Moritz klopfte sich theatralisch auf die Brust. „Hey, nichts gegen UFO-Theorien. Irgendwo da draußen ist die Wahrheit!" Alle lachten und prosteten sich zu. Für einen Moment war die schwere Vergangenheit vergessen, und nur die Gegenwart zählte – mit Bier, Freunden und einer großen Portion schwarzem Humor.

***

Leo saß auf dem kalten Boden seines kleinen Zimmers, die Knie angezogen, den Brief in den Händen. Das Papier war leicht zerknittert, seine Finger zitterten ein wenig. Die junge Auszubildende, die ihm den Brief gebracht hatte, hatte ihn mit diesen glänzenden, fast verliebten Augen angesehen. „Du hast Post, Leo", hatte sie gesagt, als würde dieser Umschlag eine Brücke in eine andere Welt sein. Er hatte nur kurz genickt und die Tür geschlossen. Diese Aufmerksamkeit war ihm unangenehm. Was sahen sie nur in ihm? In dem Jungen, der nichts als Brüche in sich trug. Es war anstrengend. Der Umschlag war schlicht, kein Absender, keine Hinweise darauf, wer diesen Brief geschickt haben könnte. Doch die Handschrift, die feinen Linien der Buchstaben, hatten etwas Sanftes, fast Zärtliches. Eine Frau, vermutete er. Langsam glitten seine Augen über die Zeilen, die mit „Hallo Leonard" begannen. Ayla. So unterschrieb sie den Brief. Sie erzählte von sich, von ihrer eigenen Geschichte. Dass sie ebenfalls unter einer dissoziativen Störung litt, wenn auch nicht so schwer wie er. Seit fünfzehn Jahren lebte sie in Deutschland, doch ihre Familie akzeptierte ihre Krankheit nicht. Stattdessen lebte sie abgeschieden, allein in Berlin, in einem kleinen Apartment irgendwo in Pankow. Sie hatte den Podcast gehört. Jede Folge, jedes Wort. Und sie bedankte sich. Dafür, dass Leo den Mut gehabt hatte, seine Geschichte zu teilen. Dafür, dass er seine Narben sichtbar gemacht hatte, damit andere sich in ihnen wiederfinden konnten. Er hätte ihr Kraft gegeben, schrieb sie. Kraft, weiterzumachen. Kraft, nicht aufzugeben. Leo starrte auf die Zeilen. Kraft gegeben. Das Wort hallte in ihm wider, brannte fast in seiner Brust. Wenn sie wüsste… Wenn Ayla wüsste, was für ein Chaos in ihm tobte. Dass Michael, dieser Teil von ihm, der voller Hass und Wut war, Menschen hatte verletzen wollen. Menschen, die heute seine Freunde waren. Menschen wie David, Mustafa, Johannes, Moritz, Hannah und Sina. Sie hatten ihn gehalten, hatten ihn nicht aufgegeben, auch als er selbst schon lange nicht mehr an sich glaubte. Doch dieser Brief – diese Worte von Ayla – bewegten etwas in ihm. Es fühlte sich anders an. Nicht wie die aufgesetzten Worte eines Therapeuten oder die vorsichtigen Fragen eines Arztes. Es war ehrlich. Es war roh. Und sie hatte ihm ihre Adresse dagelassen. Pankow Sie wohnte also in Pankow. Leo blickte lange auf die letzte Zeile des Briefes. Eine Adresse, die wie eine Einladung klang. Eine Brücke in eine andere Welt. Langsam faltete er den Brief zusammen und hielt ihn fest an seine Brust. Vielleicht, nur vielleicht, war es Zeit, jemandem zu begegnen, der ein Stück von dem verstand, was in ihm war.

***

Es war ein typischer Freitagabend in der WG gewesen. Lautes Gelächter, Musik, leere Pizzakartons und halbvolle Bierflaschen zierten noch die Wohnzimmerlandschaft. Gegen 1 Uhr morgens war schließlich Ruhe eingekehrt. Einer nach dem anderen war in sein Zimmer oder seine Wohnung verschwunden. Die Studenten hatten sich auf ihre Zimmer zurückgezogen, müde, aber zufrieden. Das Wochenende lag vor ihnen – zwei Tage ohne Wecker, Vorlesungen oder Klinikalltag. Mustafa lag in seinem Bett, die Decke bis zum Kinn gezogen. Eigentlich schlief er nach einer durchzechten Nacht immer schnell ein, der Alkohol wirkte bei ihm wie ein sanftes Betäubungsmittel. Doch heute nicht. Etwas ließ ihn nicht zur Ruhe kommen. Ein Geräusch. Er runzelte die Stirn und richtete sich auf. Das leise Schaben und dumpfe Poltern aus dem Treppenhaus hatte etwas Unbehagliches. Ein Déjà-vu durchzuckte ihn. Mustafa kannte dieses Haus, mit all seinen Geräuschen, seinen dunklen Ecken und den Erinnerungen, die darin lauerten. Gute und schlechte. Die schlechten kamen nachts meist am deutlichsten zurück. Seufzend schob er die Decke von sich und schwang die Beine aus dem Bett. Mit nackten Füßen tappte er zur Tür, öffnete sie einen Spalt und lauschte. Eine männliche Stimme, jung und ungeduldig, hallte dumpf von den Wänden wider: „Ja, ich bin gleich in meiner Wohnung. Den Rest können wir morgen reintragen." Mustafa hörte schwere Schritte, ein mühsames Schnaufen. Offenbar schleppte der Neuankömmling etwas Schweres nach oben. Mustafa schloss die Augen und stieß leise Luft aus. Oh bitte, lass das nicht noch so einen Typen wie Möller sein…Er spürte, wie seine Hände zu Fäusten wurden, wie die alte Anspannung langsam in seine Schultern kroch. Mustafa kannte diesen Film. Ein merkwürdiger Nachbar, seltsame Geräusche im Treppenhaus, ein mulmiges Gefühl tief im Bauch. Er schüttelte den Kopf, als wollte er die aufkommenden Gedanken vertreiben. Vielleicht war es nur ein harmloser Typ. Jemand, der gerade eingezogen war, ein Student vielleicht, oder irgendein Nachtarbeiter, der erst spät in die Wohnung

kam. Aber das Gefühl in seiner Magengegend blieb. Es war kein
gutes Gefühl. Mustafa lehnte sich mit der Stirn gegen die kalte
Holztür und flüsterte kaum hörbar: „Nicht schon wieder..." Am
nächsten Morgen saß Mustafa überraschend früh in Ilses Bäckerei
Blume – einem Ort, der irgendwo zwischen gemütlichem Café und
nostalgischer Backstube hing. Der Duft von frischen Brötchen und
Kaffee hing in der Luft, während Mustafa mit einer Tasse schwarzen Kaffees am Fenster saß und die vorbeiziehenden Menschen
beobachtete. Wie Statisten in einem schlecht geskripteten Indie-
Film, dachte er und nahm einen Schluck. Er staunte noch immer
darüber, dass er keinen Kater hatte. Normalerweise fühlte er sich
nach solchen Nächten wie ein vertrockneter Schwamm, der in der
Sonne vergessen wurde. Aber heute? Nichts. Vielleicht war das ein
Zeichen, dass er langsam alt wurde – oder einfach ein Profi. Ein
leichtes Grinsen huschte über sein Gesicht. Die kleine Glocke über
der Eingangstür bimmelte und Sina trat ein. Ihre Haare waren unter einer beigen Mütze versteckt, und ihre Jogginghose schrie
förmlich: "Ich bin hier nur für Brötchen, sprich mich nicht an."
Doch als sie Mustafa entdeckte, zog sie die Augenbrauen hoch und
schlenderte grinsend zu ihm an den Tisch. „Na, Mustafa? Wurdest
du heute Morgen von einem Engel wachgeküsst oder warum sitzt
du schon so früh hier rum? Wartest du auf deine große Liebe oder
auf ein Croissant?" Mustafa zog die Augenbrauen hoch. „Wow,
Sina. So viel Sarkasmus vor zehn Uhr morgens? Du solltest das als
Superkraft anmelden." Sie lachte und ließ sich ihm gegenüber auf
den Stuhl plumpsen. „Eigentlich wollte ich ja nur Brötchen holen,
aber du sitzt hier wie der einsamste Hauptcharakter in einem fran-
zösischen Drama. Ich konnte einfach nicht weitergehen." „Tja, ich
bin eben der geheimnisvolle Typ", entgegnete Mustafa und stützte
das Kinn auf seine Hand. Sina rollte mit den Augen. „Geheimnis-
voll? Du hast gestern versucht, Johannes davon zu überzeugen,
dass du den perfekten Moonwalk kannst – auf einem Teppich."
Mustafa verzog das Gesicht. „Okay, fair. Das war kein Glanzmo-
ment. Aber hast du gesehen, wie Moritz versucht hat, die Macare-
na als modernen Ausdruckstanz zu verkaufen?" Sina lachte laut
auf und klatschte sich auf den Oberschenkel. „Oh Gott, ja! Ich
glaube, selbst der Teppich hatte Mitleid mit ihm." Sie grinsten sich

an, und für einen Moment fühlte sich alles leicht und unbeschwert an. Die Nacht, die Geräusche im Treppenhaus – alles war wie weggeblasen. „Also, was machst du hier so früh, Mustafa? Wartest du wirklich auf jemanden?" fragte Sina schließlich, während sie ihre Mütze zurechtrückte. Mustafa sah kurz aus dem Fenster, dann zu ihr. „Ach, keine Ahnung. Ich wollte einfach mal raus. Ein bisschen Ruhe vor der WG, bevor die nächste Eskalation in der Küche beginnt. Und du?" Sina zuckte mit den Schultern. „Wie gesagt – Brötchen. Aber ich bleib noch ein bisschen. Vielleicht gönn' ich mir auch so einen fancy Cappuccino mit Herzchen-Schaum. Immerhin haben wir Wochenende." „Na dann", Mustafa hob seine Kaffeetasse und zwinkerte ihr zu, „auf fancy Cappuccinos und ein friedliches Wochenende." Sina grinste und hob imaginär ihre unsichtbare Cappuccino-Tasse. „Cheers, Mustafa. Cheers." Sinas Handy vibrierte auf dem kleinen Café-Tisch, direkt neben einem halb aufgegessenen Croissant. Sie hob es hoch, las die Nachricht und grinste. „David", sagte sie und hielt Mustafa das Display hin. David: „Hey, kommst du? Ich warte sehnsüchtig – mein Kissen ersetzt dich nicht annähernd so gut. Und lass uns dann frühstücken, ich sterbe fast vor Hunger." Sina lachte und tippte schnell zurück „ Ich sitz' bei Ilse mit Mustafa, beweg doch lieber deinen süßen Popo hierher. Wir können auch hier frühstücken. „ Mustafa schüttelte amüsiert den Kopf. „Ich wette fünf Euro, dass er in exakt zehn Minuten hier reinkommt. Jogginghose, zerzauste Haare und diesen leicht übermüdeten Influencer-Vibe, den nur David so gut hinkriegt." Neun Minuten und fünfunddreißig Sekunden später öffnete sich die Tür der Bäckerei, und David trat ein. Sein Blick wanderte zu Sina und Mustafa, ein breites Grinsen erschien auf seinem Gesicht. Ohne zu zögern ließ er sich neben Sina auf den Stuhl sinken und bestellte einen doppelten Espresso sowie ein Schokobrötchen – die Prioritäten des Lebens mussten schließlich stimmen. „Und? Was treibt euch zwei so früh hierher?" Hatte Mustafa etwa einen existenzialistischen Moment mitten in der Nacht?" fragte David und schob sich ein Stück Schokobrötchen in den Mund. Mustafa verdrehte die Augen. „Erstens: Ja, vielleicht. Zweitens: Du bist viel zu wach für diese Uhrzeit. Drittens: Es gab Geräusche letzte Nacht. Im Treppenhaus." David hob die Augenbrauen und

stoppte mitten im Kauen. „Geräusche? Treppenhaus? Bitte sag
mir, es war kein neues Kapitel im ‚Gruselhaus Treptow'-Roman."
Mustafa lehnte sich zurück und verschränkte die Arme. „Na ja…
vielleicht ein kleines Kapitel. Da war jemand. Eine jüngere Stimme, klang nach einem Typen. Er hat irgendwas hochgetragen, äch-
zend bei jedem Schritt. Und dann sagte er etwas wie: ‚Ja Toni, ich
bin gleich in meiner Wohnung, den Rest können wir morgen reintragen.' Klingt nicht gerade nach einem Serienkiller, aber es hat
mich trotzdem wachgehalten." Sina zog die Augenbrauen zusammen. „Ein neuer Mieter also. Hm. Und du hast ihn nicht gesehen?"
Mustafa schüttelte den Kopf. „Nein. Aber ich hoffe wirklich, dass
es nicht wieder so ein Kandidat wie Möller ist. Ich hab genug
Drama für ein Leben erlebt." David nahm einen Schluck von seinem Espresso und legte das Schokobrötchen beiseite. „Na ja, wir
könnten ja einfach später mal höflich anklopfen und den neuen
Nachbarn willkommen heißen. Vielleicht bringt er uns ein Stück
Kuchen rüber oder… keine Ahnung, einen Proteindrink für mich."
Sina kicherte. „Ja klar, David. Weil fremde Männer im Treppenhaus zufällig Proteinshakes in der Hand haben." Mustafa grinste.
„Egal, was es ist – wenn es nach Proteinriegeln riecht, darf David
zuerst klopfen." Sie lachten, aber irgendwo in der lockeren Stimmung lag noch eine gewisse Neugier. Wer war der neue Nachbar?
Und was brachte er mit sich – außer Kartons und nächtlichen Geräuschen? Sina gab David einen flüchtigen Kuss auf die Wange
und grinste. „Wollen wir heute nicht mal wieder Leo besuchen?"
David nickte und schob den Rest seines Schokobrötchens in den
Mund. „Klar, Süße. Aber erst nachdem ich mein Video gedreht
habe." Sina verdrehte dramatisch die Augen. „Natürlich, wenn du
dein Video gemacht hast. Prioritäten, Herr Influencer." David hob
beschwichtigend die Hände. „Hey, Sina, komm schon! Mittlerweile hast du auch ein Profil auf Instagram." Sina stöhnte genervt auf
und ließ ihren Kopf nach hinten fallen. „Ja, aber nur, weil du mich
genötigt hast, da mit einzusteigen!" David grinste sie frech an.
„Und es klappt doch! Gib mir noch ein paar Monate und du
brauchst nie wieder in deinem schnöden Bürojob zu sitzen." Sina
lachte trocken. „Ach David, ich habe Glück, dass ich die Umschulung zur Büromanagerin gemacht habe. Mein Gehalt ist gut, mein

Job ist sicher, und ich mag, was ich tue." Sie hob eine Augenbraue und zeigte mit ihrem Croissant auf ihn. „Ich helfe euch gerne beim Podcast, bei deinen Videos und mache meinen Teil auf Instagram. Aber mein Job bleibt mir wichtig, okay?" David seufzte gespielt theatralisch und griff nach seiner Espressotasse. „Ach, Sina... du bist wirklich die einzige Frau auf dieser Plattform, die nicht von Gucci-Handtaschen und Strandfotos auf Bali träumt." Sina rollte mit den Augen. „Ach komm, David, sei doch mal ehrlich. Ohne mich wäre dein Podcast nur halb so gut. Du brauchst meine scharfsinnigen Fragen und meine unglaublich charmante Stimme!" David legte eine Hand ans Herz. „Du hast vollkommen recht, oh weise Herrscherin des Büromanagements und der Social-Media-Magie. Wie könnte ich nur ohne dich?" Der Schlagabtausch hätte wohl noch eine Weile weitergehen können, doch Mustafa hob grinsend beide Hände und lehnte sich entspannt zurück. „Okay, okay, Kinder. Beruhigt euch. Sina, du bist die Königin der Bürokratie und der Podcast-Stimme. David, du bist... na ja, David halt. Können wir uns darauf einigen?" Beide schauten Mustafa an, schüttelten gleichzeitig den Kopf und mussten dann doch lachen. „Deal", sagte Sina schließlich und stieß mit ihrer Kaffeetasse an Davids Espressotasse. David grinste zufrieden. „Okay, dann haben wir einen Plan: Erst mein Reel, dann Leo. Und Mustafa... du kannst dich ja um den neuen Nachbarn kümmern." Mustafa rieb sich müde die Augen. „Super. Genau das wollte ich – der Nachbarschafts-Scout von Baumschulenweg werden." Die drei lachten, und für einen Moment fühlte sich alles leicht und unbeschwert an. Doch irgendwo im Hintergrund schwebte noch immer die Frage nach dem neuen Mieter im Haus. Und was wohl Leo sagen würde, wenn sie ihn später besuchten. Als Mustafa mit vollem Magen, einem Brötchen und einem Croissant in der WG ankam, sah er Johannes und Moritz mit ihren dampfenden Kaffeetassen am Esstisch sitzen. Beide starrten müde in ihre Tassen, als könnten sie darin die Lösung für ihre Kopfschmerzen finden. „Wow, ihr seht echt so aus, wie ich mich eigentlich fühlen müsste", begrüßte Mustafa die beiden grinsend. „Ich bin wohl alkoholresistent geworden." Moritz hob kaum den Kopf und murmelte nur „Leiser, Mustafa. Mein Kopf dröhnt." Mustafa zuckte mit den Schultern und setzte sich zu den beiden an den Tisch. Ohne Rücksicht auf ihre offensichtlich fragilen Zustände fing er an zu erzählen „Ich war gerade mit Sina bei Ilse. David kam auch dazu. Die beiden wollen heute zu Leo ins Krankenhaus gehen." Er pausierte kurz, ehe er hinzufügte „Psychiatrie sage ich lieber nicht – klingt immer so... na ja." Moritz hob leicht eine Augenbraue, während Johannes nur müde in seine Tasse starrte. „Ach ja, und dann war da noch das Thema Nachbar. Patrick hat ja gestern jemanden halb gesehen und ich habe nachts die Geräusche gehört. Ein jüngerer Typ, klang nicht so, als würde er hier einziehen, um in Ruhe ein Buch zu schreiben. Ich dachte mir, wir könnten ihn heute mal offiziell in unserer kleinen Familie willkommen heißen." Moritz brummte etwas Unverständliches in seinen Kaffee, während Johannes ein leises „Okay" hauchte. Mustafa klatschte enthusiastisch in die Hände, was Moritz dazu brachte, zusammenzuzucken. „Na dann! In einer Stunde geht's los. Bis dahin habt ihr gefälligst wieder klare Köpfe, verstanden?" Die beiden antworteten mit müden, schwachen Lächeln. Mustafa nahm einen kräftigen Bissen von seinem Croissant und grinste zufrieden. „Perfekt. Das wird ein großartiger Tag."

***

David und Sina betraten die psychiatrische Station. David fühlte sich, wie jedes Mal, unwohl. Die sterile Luft, die gedämpften Stimmen, das leise Piepen von Geräten im Hintergrund – all das legte sich wie ein schwerer Mantel auf seine Schultern. Sina bemerkte seinen angespannten Blick und drückte seine Hand fester. Ein Pfleger führte sie durch die langen Flure in den Aufenthaltsraum. „Wartet hier kurz, Leo kommt gleich", sagte der Pfleger freundlich und verschwand wieder. David ließ seinen Blick durch den Raum schweifen, in dem abgenutzte Sofas und ein paar Bücherregale standen. In der Ecke summte ein alter Fernseher leise vor sich hin. „Weißt du noch, wie es am Anfang war?", fragte David leise und drehte sich zu Sina. Sina nickte und seufzte. „Ja, damals mussten wir uns vorher anmelden. Dass wir heute einfach so reinkommen können, liegt daran, dass Samstag ist. Leo hat heute keine Therapie." David sah zu Boden. „Aber wir durften ihn erst nach sechs Wochen überhaupt besuchen. Dr. Reiser wollte sicherstellen, dass er stabil genug ist. Meinst du... meinst du, er ist es wirklich?" Sina sah ihn an und lächelte aufmunternd. „Ja, das ist er. Zumindest soweit, wie es eben möglich ist." Während die beiden sprachen, war ein Pfleger mit einem grauen Hoodie und Namensschild auf der Brust im Raum beschäftigt, die Tische abzuwischen. Er hatte den Austausch zwischen David und Sina offensichtlich mitgehört und kam nun auf die beiden zu. „Hey, ich bin Kai", stellte er sich vor und hielt den beiden freundlich die Hand hin. „Ihr seid also hier, um Leo zu besuchen, ja? Ihr kennt die Abläufe hier bestimmt schon ganz gut, oder?" Sina nickte höflich, doch David sagte nichts. Kai sah die beiden direkt an. „Ihr zwei seid wichtig für Leo, das merkt man sofort. Auch wenn es hier manchmal schwer auszuhalten ist, für ihn bedeutet es die Welt, dass ihr kommt. Vergesst das nicht." Sina lächelte sanft und David senkte verlegen den Kopf. „Und bevor ich es vergesse", fuhr Kai fort, „es gibt hier ein paar Regeln. Keine lauten Diskussionen, kein Stress, und wenn ihr merkt, dass Leo sich unwohl fühlt oder sich zurückzieht, dann lasst ihm den Raum. Meistens zeigt er das aber ziemlich deutlich." David nickte langsam. „Danke, Kai. Das hilft uns wirklich." Kai klopfte ihm sanft auf die Schulter. „Kein Problem. Ich hole Leo jetzt für euch, okay?" Er wandte sich um und verschwand durch eine Seitentür. Sina und David blieben allein im Aufenthaltsraum zurück, beide still, beide tief in Gedanken versunken. Die kleine Pflegerin, kaum älter als Anfang zwanzig, kam mit leuchtenden Augen auf Leo zu. „Leo, du hast Besuch!" Ihre Stimme klang fast zu fröhlich für diesen Ort, und ihre Blicke verrieten ein jugendliches Schwärmen, das Leo nur müde erwiderte. Er zwang sich zu einem freundlichen Nicken, aber innerlich seufzte er schwer. Diese Blicke... langsam reichten sie ihm. Wenn sie nur wüsste. Wenn sie auch nur einen Bruchteil dessen ahnen würde, was in ihm tobte – oder besser gesagt, was in ihnen tobte. Michael. Der Teil von ihm, der voller Wut, Hass und Rachegelüste war. Der Teil, der in den dunkelsten Momenten seines Lebens das Ruder übernommen hatte und ihn Dinge denken und fühlen ließ, die Leo heute kaum ertragen konnte. Michael wollte verletzen, wollte all die Jahre voller Schmerz, Erniedrigung und Angst auf brutalste Weise vergelten. Und noch vor gar nicht allzu langer Zeit waren Sina und David in seinen Augen genau das gewesen: Ziele. Projektionsflächen für alles Böse, das ihm angetan wurde. Aber jetzt… jetzt war es anders. Die Therapeuten hatten es irgendwie geschafft, Michael zu besänftigen. Wie genau, das wusste Leo nicht. Vielleicht war es das Reden, vielleicht die Medikamente, vielleicht einfach das Gefühl, dass jemand ihn sah – wirklich sah. Was auch immer es war, Michael schwieg. Er war nicht weg, er schlief nur. Und Leo war wieder die primäre Person unter seiner Haut. Er atmete tief durch und richtete seine Schultern auf. Mit einem vorsichtigen, fast zaghaften Lächeln ging er durch die Tür des Aufenthaltsraums und sah sie. Sina und David. Zwei Menschen, die er einst mit Abscheu und Wut betrachtet hatte. Zwei Menschen, die er hätte verletzen können. Doch hier standen sie, saßen an einem kleinen Tisch, sahen zu ihm auf mit Augen, die so viel Mitgefühl und Wärme ausstrahlten, dass es Leo fast überwältigte. Sie waren keine Feinde. Sie waren Freunde. Nein, sie waren Familie. All die Nachbarn, all die Menschen, die Michael gehasst hatte, waren bedeutungslos geworden. Was zählte, waren diese beiden. Und all die anderen, die ihn aufgenommen hatten, ihn akzeptierten, ihn nicht fallen ließen, selbst als er es verdient hätte. Er trat näher, spürte, wie seine Hände leicht zitterten, und als er vor ihnen stand, legte er seine Arme um sie. Es war ein unsicherer, zögerlicher Moment – fast so, als würde er jeden Augenblick erwarten, dass sie zurückweichen würden. Doch sie taten es nicht. Sie hielten ihn fest. Sina drückte ihn sanft, David klopfte ihm leicht auf den Rücken. Keiner sagte etwas, und Leo schloss für einen Moment die Augen. In diesem kurzen, stillen Moment spürte er es: Frieden. Ein flüchtiges Gefühl, ja, aber es war da. Und es war alles, was er in diesem Moment brauchte. Sina sah Leo aufmerksam an, während sie seine Hand nahm. „Wie geht es dir wirklich, Leo?" Ihre Stimme war sanft, aber bestimmt, und ihre Augen suchten nach Antworten in seinem Gesicht. Leo seufzte leise und lehnte sich etwas zurück. „Es… geht mir besser. Tatsächlich besser. Die Therapien helfen, die Gespräche, die Sitzungen, all das. Klar, ein normales Leben – so wie andere es führen – das werde ich wohl nie haben. Aber… das ist okay. Irgendwie muss ich damit klarkommen. Muss lernen, dass mein Weg anders ist." Er senkte den Blick auf seine

Hände, die leicht zitterten. „Dr. Reiser sagt, dass die innere Konfrontation ein Durchbruch war. Dass es geholfen hat, den Hass zu bündeln und irgendwohin zu schieben, wo er keinen Schaden anrichten kann. Michael…" Er stockte kurz und sah dann zu Sina und David. „Michael hat seinen Frieden gefunden. Irgendwie. Ich werde nie wirklich verstehen, was in seinem Teil von mir passiert ist, aber das muss ich auch nicht. Wichtig ist: Niemand wurde verletzt. Es ist vorbei." Stille breitete sich aus. Nur das leise Murmeln anderer Patienten und das Geräusch von Schritten auf dem Linoleum-Boden erfüllten den Raum. „Es tut mir so leid, Leute," flüsterte Leo, und seine Stimme brach fast. „Für alles, was damals passiert ist. Für das, was ich euch angetan habe – oder beinahe angetan hätte." David und Sina sahen ihn an, und ohne zu zögern, legte Sina ihre Hand auf seine. „Leo… wir wissen, was dir angetan wurde. Wir wissen, was Möller und die anderen dir genommen haben. Was damals im Feuer passiert ist… das wird immer zwischen uns stehen. Aber wir sieben, wir Nachbarn, wir stehen hinter dir. Egal, was kommt. Du kannst dich auf uns verlassen." Leo nickte stumm, und für einen Moment schien die Welt stillzustehen. Es war ein schwerer, aber gleichzeitig heilender Moment – einer, der ihnen allen guttat. Doch David, der die Schwere der Stimmung spürte, sah sich um und schüttelte übertrieben den Kopf. „Also, Leute, mal ehrlich – ist das hier ein Indie-Drama oder was? Gleich kommt ein melancholischer Song, und wir starren schweigend in den Regen." Sina schnaubte amüsiert und boxte David leicht in die Seite. „David, du bist wirklich unmöglich." Leo lächelte schwach, ein echtes Lächeln, das seine Augen erreichte. „Warte kurz, David. Du bist doch nur sauer, weil du keine dramatische Zeitlupenaufnahme von dir selbst machen kannst, während du aus dem Raum gehst." David legte die Hand auf die Brust und tat empört. „Wie kannst du es wagen, Leo! Zeitlupe ist mein zweiter Vorname!" Die drei lachten, und die Schwere des Moments löste sich langsam auf. Die Atmosphäre wurde leichter, die Gespräche ungezwungener. Es fühlte sich fast… normal an. Und für Leo war das mehr, als er je zu hoffen gewagt hatte.

***

Hannah und Patrick trudelten in die WG-Küche ein, beide sahen aus, als wären sie gerade aus einem tiefen Winterschlaf gerissen worden. Hannahs Haare standen in alle Richtungen, und Patrick kratzte sich müde am Kopf. Moritz, der mit einer dampfenden Tasse Kaffee am Küchentisch saß, hob eine Augenbraue und lächelte schwach. „Lass mich raten: Mustafa hat euch aus dem Schlaf gerissen und gefragt, ob ihr auch ‚Hallo‘ sagen wollt?" Hannah verdrehte die Augen und ließ sich auf einen Stuhl plumpsen. „Ja, genau das hat er. Leute, ich finde es ja wirklich schön, dass wir mittlerweile so etwas wie eine nachbarschaftliche Familie sind, aber... müssen wir wirklich alle gemeinsam antanzen? Wir erschrecken den armen Kerl doch! Der denkt bestimmt, wir sind ein Sekten-Kommando." Mustafa hob die Hände und zog eine unschuldige Miene. „Nach dem feigen Herrn Möller will ich einfach wissen, wer jetzt in seiner alten Wohnung wohnt. Ihr könnt es mir nicht verübeln!" Patrick ließ sich auf den Stuhl neben Hannah fallen und stimmte ihr mit einem müden Nicken zu. „Ganz ehrlich, Mustafa – wer auch immer da einzieht, hat garantiert keine Ahnung, was hier im Haus passiert ist. Und das sollten wir ihm vielleicht auch nicht direkt auf die Nase binden. Stell dir das mal vor: ‚Hallo, Willkommen im Haus! Ach, und übrigens, in deiner Wohnung hat mal ein böser alter Mann gewohnt, der zugesehen hat, wie ein Kind halb totgeprügelt wurde.‘ Super Einstand, oder?" Patrick gähnte herzhaft und fuhr sich durch die Haare, während Mustafa grinsend in die Hände klatschte. „Ach, kommt schon! Ein bisschen Neugier gehört dazu. Und Hannah, meine Maus, könntest du vielleicht ein kleines Lächeln aufsetzen? Der Neue soll sich ja wohlfühlen!" Hannah sah Mustafa mit müden Augen an, zog die Mundwinkel leicht nach oben – ein Ausdruck, der mehr an eine Grimasse erinnerte – und gähnte dann so ausgiebig, dass es ansteckend war. „Na los, Leute!" Mustafa wedelte mit den Armen wie ein übermotivierter Animateur im Cluburlaub. „Auf geht's! Der neue Nachbar wartet – oder auch nicht, aber das finden wir gleich raus." Patrick stöhnte leise, während Hannah sich mit einer dramatischen Bewegung vom Stuhl erhob. „Das wird ein Spaß..." murmelte sie und folgte den anderen in Richtung Wohnungstür. Sie standen vor der Wohnungstür, an der noch kein Namensschild angebracht war. Mustafa hob grinsend die Hand und drückte auf die Klingel. „Gott, das wird peinlich..." flüsterte Hannah und zog die Schultern hoch. „Jetzt stehen wir hier wie die neugierigen Nachbarn aus einer schlechten Vorabendserie." Schnell stellte sie sich hinter Patrick, der gut zwei Köpfe größer war als sie und damit ein perfektes menschliches Schutzschild abgab. Johannes rückte dicht neben Hannah. Er redete sich ein, dass er einfach nur ein guter Freund war, der ihr Rückhalt geben wollte. Aber jedes Mal, wenn er in ihrer Nähe war, schlug sein Herz schneller, und dieses Mal war es nicht nur wegen der leicht unangenehmen Situation vor der fremden Tür. Mustafa hingegen stand mit breit aufgesetztem Lächeln direkt vor der Tür, die Hände in die Seiten gestemmt, als würde er gleich eine Preisverleihung moderieren. Alle wussten, dass er das Reden übernehmen würde – und niemand hielt es für eine gute Idee, ihn aufzuhalten. Die Tür öffnete sich langsam, und ein junger Mann kam zum Vorschein. Er sah verschlafen und leicht überfordert aus, seine Stirn war leicht schweißbedeckt, und er hielt einen Schraubenzieher in der Hand. Sein Blick huschte von Gesicht zu Gesicht, während er zögernd lächelte. „Entschuldigt... ich bin gerade dabei, die Küche aufzubauen." Er wischte sich verlegen mit dem Handrücken über die Stirn, als eine Schweißperle ihren Weg nach unten suchte. Mustafa strahlte ihn an, als hätten sie sich schon Jahre gekannt. „Kein Problem, mein Freund! Küchenschränke und schweißtreibende Arbeiten – das kennen wir hier alle. Willkommen im Club!" Der junge Mann lächelte vorsichtig zurück. „Ähm... danke?" „Ich bin Mustafa!" Mustafa streckte enthusiastisch die Hand aus, als wolle er den neuen Nachbarn gleich zu einem Armdrücken herausfordern. „Und das hier sind Patrick, Hannah und Johannes. Wir wohnen alle hier im Haus und dachten, wir sagen mal Hallo. Nachbarschaftlicher Service, du weißt schon." Patrick hob kurz die Hand zum Gruß, Hannah lächelte verlegen und lugte hinter Patricks breiten Schultern hervor, während Johannes nickte und seine Hände in die Hosentaschen schob. „Oh, äh, freut mich! Ich bin Finn." Er schüttelte Mustafas Hand und sah die anderen freundlich an. „Tut mir leid, wenn's hier noch ein bisschen chaotisch aussieht. Ich bin gerade erst eingezogen und... naja, wie gesagt, die Küche steht noch nicht." „Kein

Ding, Finn!" Mustafa wedelte ab. „Wir wollten nur sichergehen, dass du hier gut ankommst. Und falls du Hilfe brauchst – handwerklich bin ich zwar eher talentfrei, aber Patrick hier ist praktisch der Heimwerker-König." Patrick hob abwehrend die Hände. „Übertreib mal nicht. Ich kann ein Ikea-Regal aufbauen, das war's." Finn lachte leise und lockerte sichtbar seine Haltung. „Danke, echt nett von euch. Ich denke, ich kriege das schon hin. Aber… vielleicht komme ich später auf das Angebot zurück." Mustafa nickte zufrieden und verschränkte die Arme vor der Brust. „Gut, Finn. Dann lass dich nicht aufhalten! Wir freuen uns, dich hier zu haben. Und keine Sorge – die meisten von uns sind ganz normale Nachbarn." Patrick hustete leise und murmelte „ Die meisten…" Finn grinste, und die Stimmung lockerte sich noch ein bisschen mehr. „Na dann, Finn. Willkommen in unserer kleinen, aber feinen Hausgemeinschaft!" Mustafa salutierte gespielt und drehte sich dann um, um die anderen mit einem kurzen Kopfnicken zum Gehen aufzufordern. Finn sah ihnen noch kurz nach, bevor er die Tür wieder schloss. Mustafa lief voraus, während Hannah leise kicherte und Patrick seufzte. „Das lief doch ganz gut, oder?" Mustafa grinste über die Schulter zurück. Hannah schüttelte den Kopf. „Du bist echt… einzigartig, Mustafa."
Johannes schmunzelte. „Aber irgendwie mögen wir ihn trotzdem." Sie lachten leise und gingen gemeinsam zurück in die WG – während hinter ihnen die Tür zur neuen Wohnung leise ins Schloss fiel. In der WG angekommen, blieb die Gruppe abrupt stehen. Das Erste, was sie sahen, war Moritz – ausgestreckt auf der Couch, Arme und Beine von sich gestreckt wie ein Seestern, und ein leises, fast melodisches Schnarchen erfüllte den Raum.
Hannah stemmte die Hände in die Hüften und sah empört auf Moritz herab. „Das ist jetzt nicht sein Ernst! Er drückt sich vor unserer peinlichen Nachbarschaftsaktion und liegt hier rum wie ein mittelmäßiger Tatort-Kommissar nach einem anstrengenden Fall?" Sie warf Mustafa einen halb wütenden, halb amüsierten Blick zu, der natürlich sofort seine Gelegenheit witterte. Er grinste breit. „Ach komm, Hannah. Als ob ihr nicht neugierig wart! Außerdem wissen wir ja aus der Vergangenheit, dass man in diesem Haus lieber ein bisschen vorsichtig ist. Nicht, dass Finn plötzlich ein ge-

heimer Serienkiller mit einem Faible für Küchenschränke ist." Johannes zog eine Augenbraue hoch und zuckte mit den Schultern. „Also ich fand, er wirkte nett. Sympathisch. So... harmlos." Patrick ließ sich in den alten Sessel plumpsen, der bei der Landung einmal bedrohlich knarzte. „Naja, nett... das werden wir ja noch sehen. Vielleicht backt er uns einen Kuchen. Oder... keine Ahnung... er sperrt uns alle irgendwann im Keller ein." Mustafa hob die Hand, als wollte er eine göttliche Offenbarung ankündigen. „Kinder, Kinder... die Wahrheit wird ans Licht kommen. Aber vorher..." Sein Blick fiel auf den Wäscheständer in der Ecke. Dort hing eine einzelne, leicht ausgeleierte Socke – grau und eindeutig nicht mehr in ihrer besten Lebensphase. Ein Grinsen breitete sich auf seinem Gesicht aus, das nichts Gutes verhieß. „Mustafa... nein", warnte Hannah und hob beschwörend die Hand. „Mustafa... ja!" antwortete er triumphierend, schnappte sich die Socke und schlich wie ein schlecht getarnter Ninja zur Couch. Patrick sah interessiert zu, während Johannes sich vor Lachen bereits die Faust auf den Mund drückte. Mustafa hielt die Socke feierlich über Moritz' Gesicht, wie ein König, der seine Krone präsentieren wollte, und ließ sie dann sanft – fast liebevoll – auf Moritz' Nase gleiten. Moritz rümpfte die Nase, schnaubte und murmelte im Halbschlaf: „Geh weg, Oma... das ist mein Döner..." Die Gruppe brach in Gelächter aus. Mustafa ging noch einen Schritt weiter und wedelte mit der Socke leicht hin und her. Moritz blinzelte, öffnete ein Auge, sah Mustafa – sah die Socke – und setzte sich ruckartig auf. „Bist du vollkommen wahnsinnig?!" rief er, während er sich hektisch das Gesicht abwischte. „Weißt du, was in dieser Socke für... für... Sachen passiert sind? Das ist ein biologisches Risiko!" Mustafa zuckte nur unschuldig mit den Schultern. „Na, du hast ja offensichtlich einen Schönheitsschlaf gehalten. Ich dachte, etwas Textilpflege kann da nicht schaden." Johannes japste vor Lachen und Hannah stützte sich kichernd an Patricks Sessel ab. Moritz ließ sich mit einem dramatischen Seufzen zurückfallen und starrte an die Decke. „Ich werde euch das nie verzeihen. Nie." Patrick hob gelassen seine Tasse mit kaltem Kaffee und prostete Moritz zu. „Willkommen zurück im Leben, mein Freund." Die Gruppe lachte noch eine Weile, bevor sich die Stimmung wieder normalisierte.

Und irgendwo, in einer Wohnung über ihnen, versuchte Finn vermutlich noch immer, seinen Küchenschrank zusammenzuschrauben.

***

Finn saß auf dem Boden seiner halbfertig aufgebauten Küche, eine Anleitung in der einen Hand, einen Schraubenzieher in der anderen, und ein ziemlich genervtes Gesichtsausdruck. Ein Schranktürgriff lag vor ihm, als hätte er sich entschlossen, einfach aus Protest nicht angeschraubt zu werden. „Was war das denn bitte für eine Aktion?" murmelte Finn vor sich hin und fuhr sich durch die Haare. „Ein ganzer Begrüßungstrupp... fehlen nur noch Konfetti und eine Blaskapelle." Er hätte sich gewünscht, seine neuen Nachbarn etwas... naja, normaler kennenzulernen. Ein kleines Gespräch im Treppenhaus, ein nettes „Hallo" beim Müllrausbringen, vielleicht ein flüchtiges „Tschüss" beim Pakete-Annehmen. Stattdessen hatte er gleich die komplette Nachbarschaftsbrigade an der Tür stehen – inklusive neugieriger Blicke, einem breit grinsenden Typen namens Mustafa und einer leise gähnenden jungen Frau, die aussah, als wäre sie gezwungen worden, aufzustehen. Und ja, natürlich wusste Finn, wer sie waren. Dieses Haus war kein Geheimnis mehr. Der Podcast, den diese Gruppe produziert hatte, war überall auf Social Media aufgetaucht. Millionen Klicks, endlose Kommentare, und ja, Finn hatte ihn auch gehört. Jede einzelne Folge. Er kannte die Geschichten. Die dunklen, unaussprechlichen Dinge, die sich hinter diesen Mauern abgespielt hatten. Klaus, Herr Möller, Leo – Namen, die wie Warnsignale in seinem Kopf blinkten, begleitet von Bildern, die er nicht abschütteln konnte. Jede Faser dieses Hauses schien von Schrecken durchdrungen, als hätten die Wände all das Leid und die Verzweiflung in sich aufgesogen und würden sie nun in die Stille flüstern. Sein Gesicht veränderte sich. Die ruhige Fassade bröckelte, und darunter brach etwas hervor – Zorn. Aber nicht irgendein Zorn. Ein wilder, ungezügelter Hass, der sich in seinen Augen spiegelte und seine Hände zittern ließ. Seine Kiefer mahlten, während er tief durch die Nase einatmete, ein Laut, der fast wie ein Knurren klang. Er schloss die Augen. Noch nicht. Seine Hände ballten sich zu Fäusten, die Nägel gruben sich schmerzhaft in die Handflächen. Der Sturm in ihm tobte, aber er hielt ihn zurück. Er musste warten. Noch war es nicht an der Zeit. Der Ort fühlte sich falsch an. Nicht wie ein Zuhause, sondern wie ein Mahnmal – ein lebendiger Beweis für all die Schrecken, die hier geschehen waren. Die Luft selbst war schwer, fast greifbar, und schien von den Stimmen der Vergangenheit erfüllt zu sein. Jeder Schritt durch diese Räume war, als würde er alte Wunden aufreißen. Doch er war hier. Und er würde bleiben. Nicht, weil er wollte, sondern weil er musste.. Finn stieß einen tiefen Seufzer aus und starrte auf die Küchenschranktür. „Na super, jetzt bin ich nicht nur ‚der neue Nachbar‘, sondern wahrscheinlich auch ‚der Neue, der komisch geguckt hat und dabei geschwitzt hat‘“, murmelte er selbstironisch. Er ließ den Schraubenzieher sinken, stand auf und ging zum Fenster. Von hier aus konnte er auf den kleinen Hinterhof blicken. Vögel zwitscherten, irgendwo lachte ein Kind. Ein ganz normales Haus in einem ganz normalen Kiez – nur, dass es das eben nicht war. „Na gut, Finn“, sagte er laut zu sich selbst, „die Leute scheinen nett zu sein. Vielleicht ein bisschen… speziell, aber nett.“ Er grinste schief und nahm sich vor, die Nachbarn besser kennenzulernen. Vielleicht würde er mal ein paar Bier mit hochbringen, oder – noch besser – ein paar selbstgebackene Kekse. Irgendetwas, das nicht nach neugierigem Nachbarschaftstourismus aussah. Er wandte sich wieder seiner Küche zu und hob den Schraubenzieher. „Aber zuerst, mein lieber Schrank, werde ich dich besiegen.“ Das Holz knackte leicht, als Finn die Schraube ansetzte, und draußen im Treppenhaus hörte er entfernt Stimmen und Lachen. Die Nachbarschaft lebte – und Finn war jetzt ein Teil davon.

***

Sina rührte gedankenverloren in ihrem Cappuccino und seufzte leise. Die Morgensonne fiel durch die großen Fenster der Bäckerei Blume und tauchte das kleine Café in ein warmes Licht. David saß ihr gegenüber, das Handy lag wie immer griffbereit neben ihm auf dem Tisch, und er schaute sie mit diesem leicht schiefen Lächeln an, das sie eigentlich nie lange böse anschauen konnte. „Hier ist es zwar nett, ich mag Ilse und das Ambiente“, begann Sina und schob ihren Löffel in den Milchschaum, „aber können wir nicht mal woanders hingehen? Berlin ist groß und hat auch noch andere Cafés zu bieten. David legte sein Handy zur Seite, griff nach ihrer Hand und hielt sie einen Moment fest. Statt jedoch direkt auf ihre Frage einzugehen, begann er über etwas anderes zu sprechen. „Maus, ich weiß, dass du nicht so viel von meiner Entertainer-Tätigkeit hältst. Ich weiß, dass du es manchmal albern findest, wie ich hier mein Frühstück filme oder meine Proteinshakes in die Kamera halte." Sina sah ihn an und wollte etwas erwidern, aber David hob leicht die Hand, um sie zu unterbrechen. „Aber… ich verdiene damit unser Geld. Nicht nur meins, auch deins, auch das von Mustafa und den anderen. Unser Podcast – der hat inzwischen echt Gewicht. Die ganzen Berliner Kriminalfälle, über die wir sprechen, die wir analysieren… das kommt bei den Leuten an. Das hat einen Wert, auch wenn es sich manchmal so anfühlt, als würden wir nur reden." Sina nickte langsam. Sie wusste, dass David recht hatte. Es war nicht nur Spielerei, es war längst mehr geworden. Ein Projekt, das nicht nur ihnen half, sondern auch anderen Menschen. David drückte ihre Hand etwas fester. „Und du weißt, was wir damit machen. Was wir für Leo tun. Von dem Geld legen wir einen Teil für ihn an. Für seine Zukunft, für die Zeit, wenn er die Klinik irgendwann verlassen wird." Sinas Blick wurde weicher, und ihre Augen schimmerten leicht. „Was er noch nicht weiß", sagte sie leise und sah David an. Sie lehnte sich zurück, verschränkte die Arme vor der Brust und zog eine Augenbraue hoch. „Gut, David, aber ich habe eigentlich gefragt, warum wir nicht mal woanders hingehen können. Darauf hast du mir keine Antwort gegeben. Mal ehrlich, ich frage nach einem Café-Wechsel und du startest direkt mit deinem Influencer-Ding." David grinste breit, nahm einen Schluck von seinem Kaffee und zuckte unschuldig mit den Schultern. „Eigentlich wollte ich nur darauf hinaus, dass ich gleich eine Story aufnehmen will. Ich dachte da an ein spannendes Experiment: Wie ich versuche, angebrannte Nudeln in etwas Essbares zu verwandeln. Ein bisschen Spaß verbreiten – davon fehlt es unserer Welt eh viel zu sehr." Sina schnaubte gespielt empört. „Wow, das klingt ja nach Michelin-Stern-Küche. Lass mich raten, du wirst dazu irgendeinen Protein-Drink in die Kamera halten und sagen: ‚Leute, der perfekte Begleiter zu verkohlten Spaghetti!'" David zeigte mit beiden Zeigefingern auf sie und zwinkerte. „Genau das, Schatz!

Du verstehst mich." Sina schüttelte lachend den Kopf. „Oh David,
du und deine Protein-Drinks. Wenn du irgendwann noch anfängst,
mir Rezepte mit ‚Protein-Pizza' oder ‚Protein-Tiramisu' zu schicken, dann bin ich raus." David legte dramatisch eine Hand aufs
Herz. „Also bitte, Sina, meine Protein-Kreationen sind revolutio-
när. Du wirst es sehen, eines Tages wird ein Protein-Drink meinen
Namen tragen!" Sina verdrehte die Augen, konnte sich das Lachen
aber nicht verkneifen. „Schatz, wenn dein Name mal auf einem
Protein-Drink steht, dann hoffe ich wenigstens, dass er nicht nach
verkohlten Nudeln schmeckt." Die beiden lachten, und für einen
Moment schien die ganze Welt außerhalb von Ilses kleinem Café
David warf einen Blick auf seine Armbanduhr. "Wann kommen
denn die anderen? Wir wollten uns doch um 10 Uhr hier treffen."
Sina nickte und lehnte sich zurück. "Ach, du kennst doch die
Jungs. Wenn sie einmal ausschlafen können, dann nehmen sie das
auch wörtlich." Sie lachte, doch bevor sie weiter über die Ge-
wohnheiten ihrer WG-Nachbarn herziehen konnte, öffnete sich die
Tür, und Johannes trat mit einem ausgiebigen Gähnen in die Bäckerei. "Das nächste Mal bitte zu einer menschenfreundlicheren
Uhrzeit," murmelte er, während er sich an ihren Tisch setzte. "Ich
mag euch ja wirklich, aber alles hat Grenzen." Kaum hatte er sich
hingesetzt, folgten Moritz und Mustafa. Mustafa grinste, während
Moritz mit einem spielerisch vorwurfsvollen Blick in die Runde
schaute. "Hätte Mustafa uns nicht aus dem Bett geworfen, würden
wir alle immer noch schlafen." Mustafa hob theatralisch die Hände. "Was soll ich sagen? Ich bin eben ein Held des Morgens." Die
Gruppe lachte, und als die Gespräche etwas ruhiger wurden, fragte
Moritz beiläufig "Wie war es eigentlich bei Leo?" Sina lächelte
sanft und lehnte sich nach vorn. "Leo geht es von Tag zu Tag ein
wenig besser. Seine Therapeutin sagt, vieles hängt davon ab, wie
gefestigt er insgesamt ist. Je sicherer er sich fühlt und je mehr er
verarbeitet, desto weniger greift er zu diesen... Abspaltungen, Michael." Die anderen nickten, und für einen Moment herrschte eine
nachdenkliche Stille am Tisch. Es war, als hätte das Thema Leo
die Gruppe noch enger zusammengeschweißt – ein Band, das sie
nicht so schnell loslassen würde. Dann kam Patrick herein, die Lesebrille noch auf der Nase. Er ließ sich mit einem erschöpften

Seufzer auf einen der Stühle fallen und rieb sich die Schläfen. "Mein Chef hat sie echt nicht mehr alle. Schickt mir kurz vorm Wochenende noch eine riesige Datei rüber. Natürlich so viel, dass ich jetzt auch noch Sonntags an diesen ganzen Verträgen sitze. Als ob der Typ nicht checkt, dass ich auch mal ein Leben haben könnte." Er sah in die Runde und fügte mit einem ironischen Lächeln hinzu: "Und bei euch so? Alles entspannt?" Moritz streckte sich und gähnte demonstrativ. "Naja, ein paar Stunden mehr Schlaf wären schon was gewesen." Er zwinkerte Sina zu, die nur die Augen verdrehte und lachte. "Ach, jetzt stell dich nicht so an," neckte sie. "Es kommt doch nicht oft vor, dass wir alle mal Zeit haben und keiner von uns arbeiten muss." Patrick schnaubte und lehnte sich zurück. "Dein Ernst, Sina? Wir hängen doch ständig zusammen rum! Vor ein paar Jahren hätte ich noch geschworen, dass ich niemals in so einer Nachbarschafts-WhatsApp-Gruppe lande, geschweige denn in so einem Mini-Hausgemeinschafts-Familien-Ding. Aber irgendwie… tja, hier ist es anders." Er grinste in die Runde, und David ergänzte mit einem Schulterzucken: "Naja, Leo – oder ähm, Michael – hat seinen Teil dazu beigetragen, dass wir hier so zusammengewachsen sind." Ein kurzes Schweigen folgte, während jeder an die turbulenten letzten Monate dachte. Doch dann huschte ein leises Lächeln über ihre Gesichter. "Ja," sagte Patrick schließlich, "es war zwar alles andere als witzig, aber… ich glaub, ich würde euch trotzdem vermissen, wenn ich irgendwohin ziehen würde." Moritz hob eine Braue und grinste. "Ach komm, Patrick. Gib es zu, du würdest uns lieben, sogar wenn wir in deiner WhatsApp-Gruppe Sprachnachrichten schicken würden." Gelächter erfüllte den Raum, und für einen Moment schien die ganze Anspannung der letzten Zeit vergessen.

***

Finn stand stolz vor seiner Küche. Tatsächlich – er hatte es geschafft. Die Schränke hingen gerade, die Arbeitsplatte glänzte sauber und alles war an seinem Platz. Eine kleine, aber feine Küche im amerikanischen Stil, auf die er fast ein bisschen stolz war. Er klopfte sich grinsend auf die Schulter, als wollte er sich selbst sagen: „Gut gemacht, Kumpel." Er ging ins Wohnzimmer und ließ sich auf das noch etwas unbequeme Sofa plumpsen. Zwischen halb ausgepackten Kisten und einer Zimmerpflanze, die dringend Wasser brauchte, breitete sich ein Gefühl von Einsamkeit aus. Anna war in München – wieder einmal. Dieses Mal mit ihren Schickeria-Freundinnen, wie sie sie selbst halb spöttisch nannte. Finn konnte sich lebhaft vorstellen, wie sie gerade in einem schicken Café saß, lachend, mit einem perfekt inszenierten Cappuccino-Foto für Instagram. Er stieß einen leisen Seufzer aus und griff nach seinem Handy. Er wollte sie hören, ihre Stimme, ihr Lachen. Doch das Besetztzeichen hallte durch die Leitung. Klar, dachte er und legte das Handy seufzend auf den Tisch. Anna war immer beschäftigt. Ihre Beziehung war… kompliziert. Fernbeziehungen hatten nie zu seinen Plänen gehört, und doch saß er jetzt hier, alleine in seiner frisch eingerichteten Wohnung, während sie hunderte Kilometer entfernt war. Er liebte sie, ganz ohne Zweifel – aber manchmal fragte er sich, warum. Anna war fordernd, anstrengend, manchmal fast übergriffig in ihrer Art, alles kontrollieren zu wollen. Aber dann gab es diese Momente, in denen sie ihn ansah, ihn anlächelte, und all das verschwand. Finn schloss für einen Moment die Augen und lehnte sich zurück. Er hatte die Wohnung bekommen, den Job an der Charité – eine renommierte Klinik, zumindest auf dem Papier. Die Kollegen hatten ihm bereits wilde Geschichten erzählt, über Intrigen, über Hierarchien, die sich anfühlten wie aus einem schlechten Film. Aber Finn wollte sich sein eigenes Bild machen. Vielleicht war ja doch nicht alles so schlimm, wie es erzählt wurde. Er öffnete die Augen wieder und sah auf das Handy. Noch immer kein Rückruf. Ein stechender Schmerz durchzuckte seine Brust, kalt und unvermittelt. War das wirklich das Leben, das er wollte? Zwischen zwei Städten, zwischen zwei Welten, gefangen in einem ewigen Pendeln? Nein, es ging nicht darum, was er wollte. Es ging darum, was er tun musste. Mit einem harten Atemzug verdrängte er die quälenden Gedanken, richtete sich auf und trat zurück in die Küche. Vielleicht würde ein frisch gebrühter Kaffee helfen, diesen Knoten in seiner Brust zu lösen. Während die Kaffeemaschine leise vor sich hin blubberte, schaute Finn aus dem Fenster. Die Nachbarn – Mustafa, Hannah, Johannes – sie schienen eine eingeschworene Gemeinschaft zu sein. Ein bisschen chaotisch, aber herzlich. Vielleicht war es nicht ganz so schlecht hier, flüsterte er in seinen Gedanken, mehr zu sich selbst als aus Überzeugung. Ein verzweifelter Versuch, sich einzureden, dass dieses schattenhafte Gefängnis ihn nicht endgültig brechen würde. Die Wahrheit aber nagte an ihm, kalt und erbarmungslos: Hier war nichts gut. Hier war nichts sicher. Doch vielleicht, nur vielleicht, könnte diese Lüge ausreichen, um nicht völlig den Verstand zu verlieren. Finn nahm seine Tasse, lehnte sich gegen die Fensterbank und ließ den Blick über die Dächer der Stadt schweifen. Ein Neuanfang, dachte er und nippte an seinem Kaffee. Vielleicht könnte das wirklich der Anfang von etwas Neuem sein. Doch da war diese Sache, die noch zwischen ihm, Leo und Melanie stand – etwas, das er zu Ende bringen musste. Erst dann, vielleicht, könnte er wirklich frei sein. Ein leises Lächeln huschte über sein Gesicht, während ein dunkler Gedanke in seinem Kopf aufblitzte: Ich werde dich töten. Finn ließ seinen Blick langsam durch die Wohnung schweifen. Hier also hatte er gewohnt. Dieser feige Mistkerl, dieser erbärmliche Schatten eines Mannes, der es gewagt hatte, seine eigene Familie Leid zuzufügen. Finns Kiefer mahlte, während seine Hand sich um den Griff der Kaffeetasse krampfte. Der Mistkerl hatte sich einfach aus dem Staub gemacht, sich davongestohlen, während Melanie… Während Melanie nur noch ein Häufchen Elend war. Mit einem plötzlichen Ausbruch ließ Finn die Tasse los und sie zerschellte mit einem lauten Klirren auf dem Boden. Die Scherben verteilten sich wie ein chaotisches Mosaik auf den Fliesen. Für einen Moment herrschte Stille, nur unterbrochen von Finns schwerem Atem. Dann fuhr er sich mit der Hand durchs Haar und zwang sich zur Ruhe. Wut brachte ihn jetzt nicht weiter. Er ging zur Fensterbank und starrte hinaus auf den Innenhof, wo ein paar Kinder spielten und jemand einen alten Fahrradreifen in den Keller schleppte. Dieses Haus… es hatte so viele Bewerber gegeben. Hunderte wollten hier einziehen, trotz des Makels, der daran haftete. Der Podcast. Die Geschichten, die dort erzählt wurden, die Stimmen von Leo und seinen Freunden – sie hatten die Ereignisse lebendig gemacht, sie waren zu einem Echo der Vergangenheit geworden. Finn fragte sich, warum Leo sich für diesen Weg entschieden hatte. Warum wollte er, dass jeder die grausame Wahrheit kennt? Seine Finger trommelten nervös auf der Fenster-

bank. Die Nachbarn... Mustafa, Hannah, Johannes... sie schienen
alle nett zu sein, ja. Aber sie waren auch neugierig. Vielleicht zu
neugierig. Finn wusste, dass sie ihn bald mit Fragen löchern würden. Woher er kam, warum er ausgerechnet hierhergezogen war, in
diese Wohnung, in dieses Haus. Aber Finn konnte ihnen die
Wahrheit nicht sagen. Nicht jetzt. Vielleicht niemals. Sie durften
nicht erfahren, warum er wirklich hier war. Dass es nicht einfach
nur der Job an der Charité war, nicht die charmante Altbauwohnung mit der kleinen Küche im amerikanischen Stil. Nein, es ging
um etwas viel Tieferes. Etwas, das in den Schatten der Vergangenheit lauerte und das Finn zu verstehen versuchte. Er atmete tief
durch, während der Scherbenhaufen auf dem Boden immer noch
wie ein stiller Zeuge seiner Wut funkelte. Er würde vorsichtig sein
müssen. Freundlich, aber distanziert. Zugänglich, aber nicht zu offen. Denn eines war sicher: Wenn seine neuen Nachbarn den wahren Grund erfahren würden, warum er hier war, würde das alles
verändern. Und Finn war nicht bereit, diese Karten auf den Tisch
zu legen. Noch nicht. Finn zog sich die Jacke über die Schultern
und murmelte leise zu sich selbst: „Na gut, dann mal raus in die
Kälte." Als er das Haus verließ, schlug ihm der eisige Wind direkt
ins Gesicht, scharf und unbarmherzig wie ein Schnitt. Er zog die
Mütze tiefer über die Stirn und schlang den Schal fester um den
Hals. Januar – der Monat, in dem die Kälte zubeißt und der Schnee
kommt. Zumindest früher war das so. Sein Blick schweifte über
die Dächer der Altbauten, die heute tatsächlich von einer dünnen
Schneeschicht bedeckt waren. Eine Szenerie, die an die Winter
seiner Kindheit erinnerte. Damals blieb der Schnee noch liegen,
verwandelte alles in eine friedliche weiße Welt. Heute? Klima-
wandel, dachte er mit einem Hauch von Bitterkeit. Doch wenigstens heute Morgen tanzten einige Flocken durch die Luft, glitzerten im Licht und ließen den Moment fast magisch wirken. Aber
Finn wusste, dass die Magie nicht lange halten würde. Bis morgen
würde dieser Schnee sich in eine matschige, graue Brühe verwandeln, wie es in Berlin eben immer ist. Er schüttelte den Kopf und
sah hinüber zur Bäckerei Blume. Durch die große Fensterscheibe
konnte er seine Nachbarn erkennen. Sie saßen eng gedrängt um einen Tisch, ihre Gesichter von guter Laune und einem Hauch von

Wärme erhellt, die der Winter draußen nicht bieten konnte. Finn blieb kurz stehen, die Hände in den Manteltaschen, und musterte die Gruppe. Er zögerte. Ein Teil von ihm wollte einfach umdrehen und nach Hause gehen, sich der Einsamkeit hingeben, die ihm vertrauter war als jede Gesellschaft. Aber dann spürte er das Gewicht seiner eigenen Gedanken – die Notwendigkeit, sich einzumischen. Diese Leute wussten zu viel, viel mehr, als sie vielleicht selbst ahnten. Und er musste herausfinden, was genau sie wussten, bevor es für ihn gefährlich werden konnte. Mit einem tiefen Atemzug und einem letzten Blick auf die fallenden Schneeflocken gab er sich einen Ruck und öffnete die Tür zur Bäckerei. Finn trat an den Tisch, an dem die anderen bereits saßen, und setzte ein freundliches Lächeln auf. „Hallo zusammen", begrüßte er die Runde. „Darf ich mich dazu setzen?" Mustafa nickte einladend. „Na klar, neuer Nachbar. Komm, nimm Platz." Die anderen lächelten ihm zu, und Finn dachte bei sich. Nett sind sie ja – zumindest soweit ich das jetzt beurteilen kann. „Das war wirklich eine… interessante Begrüßung vorhin an meiner Tür." Finn grinste schief, und Johannes sowie Moritz mussten ebenfalls grinsen. Sina hob gespielt empört die Augenbrauen. „Tja, wir wurden von der Gruppe einfach vergessen, aber auch von uns ein herzliches Willkommen!" Sie zeigte auf sich und David. Moritz schnaufte theatralisch. „Na ja, ich war auf der Couch eingepennt, aber klar, auch von mir herzlich willkommen!" Patrick nickte zustimmend. „Mich und Johannes und Mustafa kennst du ja schon. Fehlt nur noch Hannah." Finn warf einen Blick auf die Tür. „Wann kommt sie denn?" Johannes lehnte sich zurück und zuckte mit den Schultern. „Gib ihr noch ein bisschen. Die kommt sicher gleich." Mustafa drehte sich zu Sina. „Ihr wart bei Leo, oder? Sonst hätte ich euch ja mitgeschleppt." Patrick lachte plötzlich auf. „Sorry, Finn, wir haben dich echt ein bisschen überrumpelt, oder? Fast die ganze Nachbarschaft auf einen Schlag vor deiner Tür – das kam bestimmt seltsam rüber." Finn hob die Hände und grinste. „Ach, alles gut. Irgendwie war's doch nett." „Nett", murmelte Johannes und zog eine Augenbraue hoch. „Das ist doch der kleine Bruder von…" Die Gruppe lachte, und Finn tat es ihnen nach, obwohl ein Gedanke in ihm nagte: Jetzt wohne ich in der Wohnung von Herrn Möller – einem Monster, einer Bestie – und sitze hier, gezwungen, freundlich zu lächeln, obwohl alles in mir schreit. Er spürte, wie eine Welle von Zorn in ihm aufstieg, doch er zwang sich, die Fassade zu wahren. Stattdessen lächelte er ruhig und zwang sich, entspannt zu wirken. Mustafa klopfte ihm auf die Schulter. „Der Typ vor dir hat das hier echt zur Herausforderung gemacht. Wir waren… ein bisschen neugierig, als du eingezogen bist." Finn zwinkerte der Gruppe zu. „Ich verstehe schon. Aber immerhin weiß ich jetzt, wie die Nachbarschaft tickt." David grinste breit. „Na gut, dann machen wir mal die große Vorstellungsrunde. Also, ich bin hier der Influencer unserer kleinen Nachbarschafts-Familie." Sina verdrehte spielerisch die Augen und grinste. „Auch wenn er das Wort Influencer nicht leiden kann. Er sieht sich eher als Entertainer." „Das stimmt!" bestätigte David und verschränkte die Arme. „Außerdem bin ich der Gründer unseres Podcasts. Na ja, wir machen ihn alle, aber ich bin sozusagen der kreative Kopf." Sina schüttelte lachend den Kopf. „Kreativer Kopf, der sich immer aufregt, wenn die Technik spinnt." Sie lächelte ihn liebevoll an. „Im Gegensatz zu meinem Entertainer-Freund arbeite ich aber richtig. Ich bin Büromanagerin." David tat gespielt empört. „Hey! Mein Job ist auch Arbeit, ja? Was meinst du, wie anstrengend es ist, Videos aufzunehmen und das ganze Filmmaterial zurechtzuschneiden? Das ist Knochenarbeit!" Sina nickte entschuldigend. „Okay, okay. Da hast du recht. Sorry." „So, jetzt wir!" warf Johannes mit einem breiten Grinsen ein. „Mustafa, Moritz und ich – wir sind die Ärzte in Ausbildung, aka Medizinstudenten. Aktuell im PJ an der Charité: Mustafa macht Neurologie, ich die Innere Medizin, und Moritz rockt die Chirurgie. Wenn alles glattläuft, können wir uns bald Ärzte nennen." Mustafa lachte trocken. „Oder eher Ärzte ohne Doktortitel. Die Doktorarbeit wird nochmal 'ne richtig wilde Nummer." „Definitiv!" stimmte Johannes zu. „Da lernst du mehr über Durchhaltevermögen als in zehn Semestern Medizinstudium." Finn, der bisher still zugehört hatte, lachte mit. „Na dann, Kollegen. Ich fange in drei Tagen auch in der Charité an. Ich bin Radiologe." Die anderen sahen ihn überrascht an, und Johannes grinste schief. „Na super, dann haben wir ja jetzt jemanden, der uns erklärt, warum MRT-Termine immer so lange dauern." Finn zuckte mit den

Schultern und grinste ironisch zurück. „Ganz einfach: Wir Radiologen müssen uns halt die Bilder anschauen und den Kaffee warmhalten. Multitasking, weißt du?" Moritz lachte laut. „Kaffee warmhalten ist wichtig. Ohne das bricht der Klinikbetrieb zusammen." David lehnte sich zurück und nickte anerkennend. „Okay, das war ein guter Einstieg, Finn. Aber jetzt musst du uns irgendwann mal zum Kaffee in der Radiologie einladen. Heißt ja, ihr habt den besten im Haus." „Kein Problem", erwiderte Finn und zwinkerte. „Aber nur, wenn ihr nicht meine MRT-Geräte zerlegt."

***

Hannah schreckte aus dem Schlaf hoch. Ihre Brust hob und senkte sich hektisch, ihr Herz hämmerte so laut, dass sie glaubte, es würde jeden Moment aus ihrer Brust springen. Sie fuhr sich mit zitternden Händen über das Gesicht, spürte den kalten Schweiß auf ihrer Stirn und in ihrem Nacken. Langsam drehte sie ihren Kopf zur Uhr auf dem Nachttisch – 10:00 Uhr morgens. Das Bild aus ihrem Traum flackerte noch immer vor ihren Augen. Herr Möller. Dieses kalte, starre Grinsen. Das Flackern des Feuers, das sich gierig durch Gardinen und Möbel fraß. Sie hatte versucht zu schreien, zu rennen, sich zu wehren – doch ihr Körper war wie gelähmt gewesen. Das Feuer kam näher, sie spürte die Hitze, roch den beißenden Rauch... und dann war sie schweißgebadet aufgewacht. Sie saß für einen Moment einfach nur da, die Knie an die Brust gezogen. Warum jetzt? Warum nach all dieser Zeit? Sie und die anderen hatten geglaubt, dass dieses Kapitel abgeschlossen war. Dass die Geister dieser Zeit endlich zur Ruhe gekommen waren. Das Feuer, Leo, die finsteren Schatten aus der Vergangenheit... die unzähligen schlaflosen Nächte voller Angst und Schuldgefühle. Damals hatten sie geglaubt, es nicht zu schaffen. Dass der Wahnsinn, der sich in den Mauern dieses Hauses festgesetzt hatte, sie alle verschlingen würde. Doch sie hatten überlebt – Leo, David, Sina, Moritz, Johannes, Mustafa... und sie selbst. Jeder von ihnen trug Narben davon, unsichtbar, aber tief. Hannah schüttelte den Kopf und stand langsam auf. Ihre Füße berührten den kalten Boden, während sie zum Fenster ging und nach draußen blickte. Der Himmel war noch in ein fahles Grau getaucht, die Straßen waren leer und still. Ihr Blick wanderte instinktiv zu der Wohnung, die

einmal Herr Möller gehört hatte – jetzt wohnte Finn dort. Ein Neuanfang, so hatten sie alle gehofft. Warum träume ich jetzt davon?
fragte sie sich. Hatte ihr Unterbewusstsein etwas bemerkt, was sie
nicht sehen konnte? Ein Detail, ein Gefühl, etwas, das sie übersehen hatte. Vielleicht war es nur ein Traum. Vielleicht war es aber
auch eine Warnung. Hannah schlang die Arme um sich und atmete
tief durch. Sie würde die anderen darauf ansprechen – und sie
würden herausfinden, was dieser Traum zu bedeuten hatte. Das
hatte ihr Instinkt ihr immer beigebracht: Nichts passiert ohne
Grund. Hannah quälte sich mühsam aus dem Bett. Ihre Beine fühlten sich schwer an, als sie ins Bad schlurfte. Kaltes Wasser ins Gesicht – das musste helfen. Sie schloss kurz die Augen, versuchte
die letzten Fetzen ihres Albtraums zu verdrängen, doch die be-
klemmenden Bilder ließen sie nicht los. „Mist," murmelte sie und
warf einen Blick auf die Uhr. „10 Uhr bei Ilse…" Sie starrte fassungslos. Es war schon halb elf. Das T-Shirt klebte unangenehm
an ihrer Haut, durchnässt vom Angstschweiß, der sie aus dem
Schlaf gerissen hatte. In ihrer Wohnung war es angenehm kühl,
doch ihre Gedanken liefen heiß. Ohne groß nachzudenken, hüpfte
sie unter die Dusche. Das warme Wasser spülte die Spannung aus
ihren Schultern, doch der Traum hing wie ein Schatten über ihr.
Ein schneller Blick in den Spiegel. Ein Hauch von Mascara, die
Haare in die Mütze gezwungen, Jeans, Pullover, Mantel – fertig.
Die Schuhe schlüpfte sie sich hastig über, dann schnappte sie sich
die Tasche und eilte aus der Wohnung. 10:30 Uhr. Eine halbe
Stunde Verspätung. Noch im Rahmen, redete sie sich ein. Auf dem
Weg zum Treffpunkt zog die kalte Januarluft ihre letzte Müdigkeit
aus dem Kopf. Als sie vor dem Café ankam, sah sie die Gruppe
schon durch die Scheibe. Finn war auch dabei. „Na toll," dachte
sie und zog die Tür auf. „Das wird jetzt spannend." Die Glocke
über der Tür bimmelte leise, als Hannah ins Café trat. „Hey, Leute," sagte sie mit einem müden Lächeln. „Entschuldigt, ich hab
nicht besonders gut geschlafen." Patrick musterte sie und zog eine
Augenbraue hoch. „Ja, das sieht man dir auch an. Aber hey, das ist
keine Beleidigung – nur eine Feststellung. Du bist echt blass." Moritz legte spontan eine Hand auf ihre Stirn. „Fieber hat sie nicht,"
murmelte er diagnostisch, während Mustafa gleichzeitig ihr Hand-

gelenk nahm. „Puls ein bisschen schneller als normal," stellte er
fest. Hannah seufzte genervt und zog ihren Arm weg. „Hi Finn,"
sagte sie und schenkte ihm ein Lächeln. „Weißt du, manchmal gehen mir die Medizin-Jungs hier echt auf die Nerven." Mustafa
lachte leise. „Ach komm, Hannah. Wir meinen es doch nur gut."
Hannah grinste und schüttelte den Kopf. „Na klar. Ihr habt einfach
immer euren kleinen Arzt Tick." Sie wandte sich wieder Finn zu.
„Wo wir schon beim Vorstellen sind…"„Ich übernehme das!" warf
Mustafa mit einem breiten Grinsen ein, bevor Hannah weitersprechen konnte. „Also, das hier ist Hannah. Krankenschwester in der
Psychiatrie – und der Grund, warum wir überhaupt halbwegs organisiert durch den Tag kommen." Hannah nickte Finn zu. „Na ja,
organisiert vielleicht nicht, aber ich gebe mein Bestes." Patrick
schnaubte amüsiert, bevor Moritz leicht die Augenbrauen hochzog
und hinzufügte: „Und das Beste? Finn liegt in ihrer Klinik – wenn
auch auf einer anderen Station. Aber immerhin ist das ganz praktisch. So kriegen wir aus erster Hand mit, wie es ihm so geht." Ein
kurzer Moment der Stille senkte sich über den Tisch. Niemand
sprach es aus, aber die Erinnerung an Finn – und vor allem an Michael – lag schwer in der Luft. Es war ein Thema, das immer noch
zu nah war, zu frisch. Finn merkte, wie die Blicke kurz zu ihm
wanderten, bevor er mit einem gezielten Schritt ins Gespräch einstieg. „Ja, ich habe wie so viele andere euren Podcast gehört," sagte er ruhig, seine Stimme nur leicht zögernd. „Die Geschichte…
über den armen Leo." Er hielt kurz inne, ließ seine Worte wirken.
„Das war heftig. Was in eurem Haus passiert ist…" Die Gruppe
nickte langsam. Niemand widersprach, aber niemand wollte weiter
darauf eingehen. Moritz, der die angespannte Stimmung bemerkte, hob die Hand und setzte ein schiefes Grinsen auf. „Naja, und
jetzt bist du Teil unseres Gruselhauses. Willkommen im Club,"
fügte er mit einem ironischen Unterton hinzu. Doch Finns Blick
war ernst. Er lehnte sich leicht vor, als wolle er zwischen den Zeilen lesen, als wolle er verstehen, was sie vielleicht nicht sagten.
Sein Lächeln war freundlich, doch in seinen Augen flackerte etwas
Dunkleres – etwas Fragendes. Hannahs Finger umklammerten die
heiße Tasse, doch die Wärme schaffte es nicht, das Zittern in ihren
Händen zu vertreiben. Ihr Blick flackerte von einem Gesicht zum

anderen, bevor sie schließlich den Mut fand, die Stille zu durchbrechen. „Ich... ich muss euch etwas erzählen", flüsterte sie, ihre Stimme kaum mehr als ein Hauch. Das Café um sie herum schien in den Hintergrund zu rücken – die Stimmen, das Klirren von Tassen, all das war verschwunden. „Ich hatte einen Traum... einen schlimmen Traum." Die anderen sahen sie schweigend an, ihre Mienen ernst, fast regungslos. Hannah holte tief Luft, kämpfte mit den Worten, die sich in ihrem Hals stauten, und begann zu erzählen. „Ich war... in einem Raum. Es war dunkel, stickig. Alles roch nach Rauch und Angst. Ich konnte kaum atmen. Und dann... sah ich ihn. Herr Möller. Er stand einfach nur da, starr, mit diesem kalten, harten Grinsen auf den Lippen. Seine Augen... so leer, so... böse." Hannahs Stimme brach, doch sie zwang sich weiterzusprechen. „Und dann habe ich es gehört. Ein Kind... nein, es war Leo. Er hat geschrien, so verzweifelt, so voller Schmerz. Ich konnte die Schläge hören – dieses dumpfe Geräusch von aufprallendem Fleisch. Sein Onkel... dieser Mann... er hat zugeschlagen, immer wieder. Und Herr Möller... er hat einfach nur dagestanden und zugesehen. Kein Zucken, kein Wort. Nur dieses Grinsen." Ihre Worte wurden leiser, ihre Augen glasig. „Ich habe versucht, mich zu bewegen, zu schreien, irgendetwas zu tun, aber ich war wie gelähmt. Und das Feuer... das Feuer kam näher, hat alles verschlungen. Ich konnte den Rauch in meiner Lunge spüren." Ein Moment bedrückender Stille breitete sich aus. Niemand wagte es zu sprechen, niemand wagte es, den Blick von Hannah abzuwenden. Schließlich war es Patrick, der vorsichtig ihre zitternde Hand nahm. „Hannah... Herr Möller ist weg. Dieser Feigling wird dir nie wieder Angst machen können. Und Leo... Leo ist in Sicherheit. In der Klinik. Niemand kann ihm jetzt noch wehtun." Die anderen nickten langsam, stumm, doch das ungute Gefühl blieb. Hannah sah auf ihre zitternden Hände hinab. „Aber... warum jetzt? Warum dieser Traum? Fühlt es sich so real an? Hat das... hat das irgendetwas zu bedeuten?" Ihre Frage hing in der Luft, schwer wie Blei. Draußen fiel der Schnee in dichten, lautlosen Flocken, doch drinnen fühlte es sich an, als hätte die Kälte längst ihre Herzen erreicht. Etwas hatte diesen Traum ausgelöst. Etwas, das vielleicht schon lange darauf gewartet hatte, wieder ans Licht zu kommen.

Hannah starrte auf ihre zitternden Hände, ihre Stimme kaum mehr als ein Flüstern. „Leo hat eine dissoziative Identitätsstörung, wie ihr alle wisst… Was ist, wenn Michael wieder stärker wird?" Die Worte hingen schwer in der Luft, und niemand wagte, sofort etwas zu sagen. Die warme, gemütliche Atmosphäre des Cafés fühlte sich plötzlich kalt und beklemmend an. Mustafa, der sonst immer einen lockeren Spruch auf den Lippen hatte, wurde ernst. Er lehnte sich nach vorne, seine Ellenbogen ruhten auf den Knien. „Hannah… du arbeitest in der Psychiatrie. Du siehst ihn öfter als wir, auch wenn er auf einer anderen Station liegt. Wir wissen alle, dass Leo wieder die primäre Persönlichkeit ist. Seine Ärzte sagen, Michaels Wut ist nicht mehr so gefährlich, nicht mehr so… laut." Er hielt inne, als würde er nach den richtigen Worten suchen. „Vielleicht war es nur ein Traum, Hannah. Ein schrecklicher Traum, ja. Aber nicht mehr als das." Hannah nickte langsam, aber ihre Miene blieb sorgenvoll. Die Stille war kaum auszuhalten, bis Moritz, der bis jetzt nur schweigend zugehört hatte, sich räusperte und mit seinem typischen trockenen Humor ansetzte: „Also, ich weiß ja nicht, wie es euch geht, aber ich hab definitiv nicht genug Kaffee intus, um über besessene Persönlichkeiten und Albträume zu philosophieren. Vielleicht brauchen wir alle einfach einen Schnaps. Oder zehn." Ein kurzes, trockenes Lachen entfuhr Johannes, und auch Sina konnte sich ein Schmunzeln nicht verkneifen. Die Anspannung löste sich etwas, wie ein zu straff gespanntes Seil, das endlich nachgibt. „Moritz, du bist echt ein Meister der Seelenheilung", murmelte David und stieß ihm mit einem schiefen Grinsen den Ellenbogen in die Seite. Hannah lächelte zaghaft, auch wenn ihre Augen noch immer einen Hauch von Sorge widerspiegelten. Draußen fiel der Schnee weiter auf die Straßen Berlins, während drinnen das Gefühl blieb, dass dieser Traum vielleicht mehr war als nur ein Spiel ihres Unterbewusstseins. Finn saß still in seiner Ecke des Tisches, die Hände um seine Tasse gelegt, der Blick starr auf den dampfenden Kaffee gerichtet. Er hatte jedes Wort gehört, jede Nuance in Hannahs bebender Stimme wahrgenommen, jedes Zucken in den Gesichtern der anderen. Doch er sagte nichts. Er kannte die Geschichte. Er kannte sie vielleicht sogar besser, als die anderen ahnten. Davids Podcast – dieser vielgehörte, schonungslos

ehrliche Podcast, in dem die Gruppe damals über das Grauen gesprochen hatte, das sich in diesen Mauern abgespielt hatte. Finn
hatte jede Folge gehört. Jede einzelne. Er wusste von Leo und Michael. Von den Schreien, die niemand hatte hören wollen. Vom
Gestank verbrannter Erinnerungen, vom Echo der Schuld, das sich
wie ein Gespenst durch die Flure dieses Hauses zog. Er wusste von
Herrn Möller, diesem Schatten von einem Menschen. Und er
wusste von Michael – von dieser wütenden, verzweifelten Persönlichkeit, die nichts anderes wollte, als dass all die Schuldigen
brennen. Und wenn es nicht die waren, die damals weggeschaut
hatten, dann eben die, die jetzt hier lebten. Hannah, Sina, David,
Moritz, Johannes und Mustafa – sie alle waren zum Ziel geworden. Nur weil sie hier waren, nur weil sie atmeten, nur weil sie
Teil dieses Hauses waren. Finns Brust zog sich eng zusammen. Er
sah die Gruppe vor sich, wie sie lachten, einander stützten, versuchten, die Schatten der Vergangenheit gemeinsam zu vertreiben.
Sie wirkten so… lebendig. Und doch konnte das Wissen nicht abschütteln, dass etwas nicht abgeschlossen war. Dass irgendetwas
noch in den Mauern dieses Hauses lauerte, tief in den Rissen der
Wände und in den stillen Nächten, wenn die Dielen unter unsichtbaren Schritten knarrten. Er hob seinen Blick und sah kurz zu
Hannah, die noch immer blass wirkte, ihre Hände um ihre Tasse
geklammert. Patrick sprach leise mit ihr, und die anderen versuchten, mit Moritz' trockenem Humor die Stimmung wieder ins
Gleichgewicht zu bringen. Finn wollte etwas sagen, irgendetwas.
Ein Wort, das tröstete oder Sicherheit versprach. Aber er schwieg.
Stattdessen nahm er einen Schluck von seinem Kaffee, der mittlerweile kalt geworden war, und starrte in die dunkle Flüssigkeit,
als könnte sie ihm eine Antwort geben. Vielleicht war es nur ein
Traum gewesen. Vielleicht aber auch nicht. Finn lehnte sich leicht
zurück und ließ seinen Blick unauffällig durch das Café schweifen.
Drei Tage. Seit gerade einmal drei Tagen wohnte er in diesem Altbau – diesem Haus mit seiner schrecklichen, kaum greifbaren Vergangenheit. Drei Tage, in denen jeder Raum, jede knarrende Diele
und jedes leise Pfeifen des Windes durch die alten Fenster ihm das
Gefühl gaben, dass die Wände atmeten. Dass sie lebten. Und irgendwie… dass sie ihn erwarteten. Er war nicht zufällig hierherge-

zogen. Nicht wirklich. Finn hatte einen Grund, einen verdammt guten sogar. Einen, den er bisher sorgfältig vor den anderen verborgen hielt. Warum auch nicht? Es war leichter, der höfliche, etwas verschlossene neue Nachbar zu sein, der charmante Arzt, der sich über einen Neustart freute. Keiner musste wissen, dass die Mauern dieses Hauses und er eine Verbindung hatten, die viel tiefer ging, als es irgendein Grundrissplan je hätte zeigen können. Sein neuer Job an der Charité war in Ordnung. Nichts Besonderes, aber solide. Radiologie – ein Bereich, in dem man selten große Emotionen zeigen musste, in dem alles kontrolliert und nach Protokoll ablief. Und seine Freundin… ach ja, seine Freundin. Sie war in München geblieben. Eine Fernbeziehung, die von beiden Seiten halbherzig gepflegt wurde, war letztlich praktischer als die tägliche Konfrontation mit ihren bohrenden Fragen und ihrem sehnsüchtigen Blick. „Warum bist du gegangen, Finn? Warum nach Berlin?" Er schüttelte innerlich den Kopf. Sie war immer so… romantisch gewesen. Und Finn? Finn hatte schon lange aufgehört, an Märchen zu glauben. „Eine Fernbeziehung ist doch was Schönes", dachte er sarkastisch und ein kurzes, kaum wahrnehmbares Lächeln zuckte über seine Lippen. „Man vermisst sich, schreibt belanglose Nachrichten und trifft sich ein paar Mal im Jahr für schlecht gespielte Vertrautheit." Sein Blick glitt zurück zur Gruppe. Hannah redete leise mit Patrick, Mustafa warf einen scherzhaften Kommentar in die Runde, und Sina lächelte gequält. Alles war so vertraut zwischen ihnen, so… familiär. Finn spürte einen leichten Druck auf seiner Brust. Nein, noch war es nicht an der Zeit. Noch nicht. Er würde bleiben, zuhören, beobachten. Denn dieses Haus – dieses wunderschöne, alte Haus – hatte noch nicht alle seine Geheimnisse preisgegeben. Und Finn war gekommen, um genau das zu ändern. „Das hier ist übrigens unser Stammcafé", sagte Hannah und deutete zurück auf die gemütliche Fassade der kleinen Bäckerei. „Liegt ja quasi direkt die Straße hoch." Finn zog die Schultern etwas enger zusammen und sah die Straße entlang. Die Vormittagssonne schien matt durch den dunstigen Winterhimmel und warf ein sanftes, goldenes Licht auf die schneebedeckten Pflastersteine. Die Altbauten wirkten in ihrer stillen Pracht fast erhaben, ihre Dächer bedeckt mit einer glitzernden Schicht frischen Schnees, während der klare, kalte Morgen die Luft wie eine unsichtbare Klinge durchschnitten ließ. „Ja, und unser schönes Altbauhaus ist auch im Blick", sagte Finn leise, während sein Blick über die vertraut werdende Szenerie glitt. „Es ist wirklich eine wunderschöne Gegend hier. Wie eine kleine Insel inmitten von Berlin. Diese prächtigen Altbauten, die kleinen Cafés... es wirkt fast wie aus der Zeit gefallen." Seine Stimme war ruhig, fast sanft, aber in seinen Augen lag ein Schatten, den keiner der anderen bemerkte. Während die Gruppe langsam die Straße entlang schlenderte, dachte Finn weiter: Ja, eine Insel. Aber nicht jede Insel ist ein Paradies. Manche sind nur ein Ort, an dem sich die Dinge verstecken, die niemand sehen soll. Er schob die Gedanken beiseite, setzte ein Lächeln auf und fügte laut hinzu: „Na gut, wer von euch zeigt mir jetzt, wo es hier den besten Mittagssnack gibt?" Die Gruppe lachte, und Mustafa legte grinsend einen Arm um Finns Schulter. „Willkommen in der Crew, Finn. Du wirst dich hier schneller zurechtfinden, als du glaubst." Finn nickte, während sie gemeinsam die Straße entlanggingen. Aber in seinem Inneren wusste er, dass seine Ankunft in diesem Haus mehr war als ein Neuanfang. Es war ein Puzzle, dessen Teile er noch zusammensetzen musste – und jedes Teil fühlte sich gefährlicher an als das letzte.

***

Leo lag regungslos in seinem Bett, die dünne Decke bis zum Kinn gezogen, während die Dunkelheit der Klinik ihn umhüllte. Nur das gedämpfte Licht des Flurs fiel durch den schmalen Türspalt in sein Zimmer. Von draußen drang das leise Quietschen eines Wagens, begleitet von den langsamen Schritten eines Pflegers, der seine Runde drehte. Die Nacht war still, doch in Leos Kopf war es laut. Morgen war Montag – der Tag des Gesprächs. Das Gespräch, das über seine Entlassung entscheiden würde. Die Ärzte sagten, er sei stabil, er habe Fortschritte gemacht. Stabil. Was für ein leeres Wort. Sie wussten nicht, was wirklich in ihm vorging. Sie wussten nicht, was Michael getan hatte. Was er getan hatte. Michael – die andere Stimme, die andere Seele, der unkontrollierbare Hass. Michael, der brennen sehen wollte, was dieses Haus ausmachte. Der nichts als Zerstörung und Vergeltung im Sinn hatte. Leo hatte die Kontrolle verloren, damals. Er hatte alles gesehen, alles gefühlt, aber er konnte nichts tun. Gefangen in sich selbst, während Michael wütete. Wenn Michael verschwand, blieb nur der brennende Schmerz zurück und die Erkenntnis dessen, was geschehen war. In diesen Momenten las Leo die Notizen, die Michael hinterlassen hatte – fiebrige Zeilen voller Hass, voller Pläne, voller Gier nach Rache. „Alles niederbrennen. Alles zerstören." Und doch… hatten sie alle geschwiegen. Hannah, Sina, Patrick, David, Mustafa, Moritz und Johannes. Sie hatten einen Pakt geschlossen, über das, was wirklich passiert war, nie zu sprechen. Nicht vor den Ärzten, nicht vor der Welt – und vielleicht nicht einmal vor sich selbst. Es war der einzige Weg, Leo eine Chance zu geben. Eine Chance auf ein Leben außerhalb dieser kahlen, weißen Wände. Aber konnte er wirklich hinausgehen? In die Welt, in den so vielen Schatten lauerten, so viele Erinnerungen? Er verstand nicht, warum die anderen trotz allem zu ihm hielten. Trotz der Angst, trotz der Narben – körperlich wie seelisch. Sie besuchten ihn, schrieben ihm Nachrichten, lächelten ihn an, als wäre er nicht das Monster, das in ihm geschlummert hatte. Und genau das war das Schlimmste: Ihr Vertrauen. Ihr Glaube an ihn. Er konnte ihn nicht ertragen. Er hasste sich. Er hasste das Kind, das er damals gewesen war, das hilflose, gebrochene Kind, das wehrlos unter den Schlägen seines Onkels lag, während Herr Möller einfach zusah. Eiskalt, stumm, mit diesem starren Blick. Leo war damals neun Jahre alt gewesen. Neun. Und inmitten all dieser Dunkelheit war Michael geboren worden – ein verzerrter Schutzengel, eine Stimme, die stärker war als die Angst. Doch diese Stimme war zur Geißel geworden, zu einer unkontrollierbaren Kraft, die nur zerstören konnte. Morgen würden sie entscheiden, ob Leo gehen konnte. Ob er „gesund genug" war, um wieder ein normales Leben zu führen. Ein normales Leben. Das klang wie ein bitterer Witz. Wohin sollte er überhaupt gehen? In das Haus zurück, das noch immer nach Schuld roch? In die Straßen, in denen jedes Fenster, jede Tür, jede Ecke eine Erinnerung in sich barg? Er schloss die Augen, presste die Hände gegen seine Stirn und versuchte, die aufsteigende Panik niederzukämpfen. Morgen. Das Wort pochte in seinem Kopf wie ein stählerner Gong. Vielleicht würde es ihm gelingen, ein normales Leben zu führen. Vielleicht würde er es schaffen, die Vergangenheit hinter sich zu lassen. Oder vielleicht… vielleicht war es nur eine Frage der Zeit, bis Michael wieder erwachte. Bis die Dunkelheit erneut Besitz von ihm ergriff. Und dieses Mal… würde niemand mehr davonkommen. Leo starrte an die graue Decke über sich, während seine Gedanken wie ein Wirbelsturm durch seinen Kopf fegten. Trotz all der Dunkelheit, die in ihm geschlummert hatte, wusste er tief in sich, dass Michael diesen brennenden Hass nicht mehr in sich trug. Die Ärzte hatten es ihm erklärt – ruhig, geduldig, mit sanften Stimmen und warmen Blicken. Michael hatte seine Genugtuung bekommen. Der Sturm war abgeflaut, die Flammen erloschen. David und die anderen hatten ihren Teil dazu beigetragen. Sie hatten ihre Stimmen genutzt, um die Ungerechtigkeit, die Leo widerfahren war, in die Welt zu tragen. In ihrem Podcast hatten sie von den Dingen gesprochen, die so viele Jahre im Verborgenen lagen. Von Herr Möller, der stumm und kalt zugesehen hatte. Von einem Onkel, der Gewalt als Erziehungsmaßnahme verstand. Von Nachbarn, die lieber ihre Rollläden herunterzogen, als den Mut aufzubringen, hinzusehen. Sie hatten die Wahrheit ausgesprochen – roh, ungeschönt und laut. Leo hatte jede Episode gehört. Immer und immer wieder. Anfangs hatte es ihn wütend gemacht. Dann traurig. Schließlich hatte er Frieden darin gefunden. Ein Teil von ihm war dankbar, dass seine Geschichte nicht einfach im Staub der Vergangenheit verschwunden war, sondern dass sie dort draußen lebte, als Mahnmal, als Warnung. Und doch… war da etwas in ihm, das sich nicht beruhigen wollte. Ruhe – ja, die war jetzt in seinem Geist. Aber sie war zerbrechlich, wie dünnes Glas, das beim kleinsten Riss zerspringen konnte. Die Bilder von damals, die Stimmen, die Schreie – sie waren Narben, die er tief in sich trug. Und Narben hatten die unangenehme Angewohnheit, manchmal wieder aufzubrechen, wenn man am wenigsten damit rechnete. Leo spürte diese Angst wie einen kalten Knoten in seiner Brust. Was, wenn die Ruhe nur eine Illusion war? Was, wenn Michael eines Tages zurückkäme, still, schleichend, und sich wieder in seine Gedanken schob? Was, wenn die Dunkelheit erneut Besitz von ihm ergriff? Er drehte den Kopf und starrte aus dem kleinen Fenster hinaus in die mondhelle Nacht. In der Ferne konnte er die Silhouette von Berlin erkennen – das Flackern der Lichter, das lei-

se Summen einer Stadt, die nie wirklich schlief. Dort draußen wartete das Leben auf ihn. Seine Freunde warteten auf ihn. Aber was,
wenn er ihnen nicht gerecht werden konnte? „Du bist stärker als
das, Leo", hatte Hannah einmal zu ihm gesagt, als sie ihm während
eines Besuchs die Hand gedrückt hatte. „Du hast das überlebt. Und
du wirst auch das hier schaffen." Aber was, wenn sie falsch lag?
Leo seufzte leise und schloss die Augen. Die Minuten krochen dahin, und irgendwo draußen schlurfte ein Pfleger wieder über den
Flur. Morgen würde es soweit sein. Morgen würden sie entscheiden, ob er bereit war, die Klinik zu verlassen. Aber war er selbst
bereit? War er wirklich bereit, sich der Welt da draußen zu stellen
– mit all ihren Schatten, ihren Fragen, ihren Blicken? Er wollte
daran glauben. Doch der Knoten in seiner Brust blieb. Und die
Narben unter seiner Haut fühlten sich heute Nacht wieder etwas
frischer an.

***

Finn ließ den letzten leeren Karton neben sich auf den Boden
plumpsen und stemmte die Hände in die Hüften. Zufrieden ließ er
den Blick durch seine neue Wohnung schweifen. Die hohen Decken, der knarzende Dielenboden und die alten, schweren Türen –
es war, als würde das Gebäude Geschichten flüstern, die nur darauf
warteten, erzählt zu werden. Der Balkon war sein kleines High-
light. Von dort aus konnte er direkt auf die Baumkronen blicken,
die sich sachte im Wind wiegten, eingerahmt von prächtigen Altbauten mit stuckverzierten Fassaden. Ein paar steinerne Statuen
reckten sich trotzig aus den Wänden heraus, als wollten sie sich
nicht länger im Beton verbergen lassen. „Winkelgasse-Vibes",
murmelte Finn schmunzelnd vor sich hin. Irgendwie fühlte es sich
magisch an, als wäre er durch einen versteckten Eingang in eine
andere Welt spaziert. Nur ohne Zauberstab und mit deutlich weniger Eulenpost. Baumschulenweg – ein seltsamer Name für einen
Stadtteil in einer Metropole wie Berlin. In München hätte er bei
„Baumschulenweg" wohl eher an eine gemütliche Seitenstraße mit
Schrebergärten und braven Nachbarn in Funktionsjacken gedacht.
Hier dagegen… hier war alles anders. Wilder. Lebendiger. Echter.
Mit einem tiefen Atemzug ließ er sich auf seinen halb ausgepack-
ten Sessel plumpsen und zog sein Handy aus der Hosentasche. Ei-

nen kurzen Blick auf die Anrufliste, dann drückte er auf den Namen seiner Cousine. „Hey Maus, ich bin angekommen", sagte Finn, als Melanie abnahm. „Und ich habe die Nachbarn kennengelernt. Alle sehr nett, genau wie du es beschrieben hast." Auf der anderen Seite der Leitung lachte Melanie leise. „Ja, Finn, das dachte ich mir. Und jetzt bist du am Zug. Lass den alten Mann bluten." Finns Lächeln verschwand für einen Moment. Seine Miene wurde ernst, seine Kiefermuskeln zuckten leicht. „Wird gemacht", sagte er knapp und legte auf. Das Handy lag noch einen Moment in seiner Hand, als hätte es etwas Schweres hinterlassen, das jetzt auf seiner Haut brannte. Er legte es schließlich auf den kleinen Tisch neben sich und starrte aus dem Fenster. Der Abendhimmel färbte sich bereits in ein tiefes Blau, und die ersten Lichter gingen in den umliegenden Wohnungen an. Was er hier vorhatte, war mehr als nur ein Neuanfang. Es war eine Aufgabe, ein Ziel, das er erfüllen musste – koste es, was es wolle. Er mochte seine neuen Nachbarn. Sie waren nett, offen und herzlich. Aber genau das machte es auch komplizierter. „Na dann, Winkelgasse", murmelte Finn leise und lehnte sich zurück. „Zeit, ein paar Geheimnisse zu lüften." Sein Blick blieb an einer kleinen Statue hängen, die halb versteckt aus dem Gemäuer seines Balkons ragte. Ihr steinerner Blick schien ihn zu beobachten – wissend, lauernd. Fast so, als würde sie sagen. Du gehörst jetzt auch zu diesem Haus. Und das Haus vergisst nie.

***

Der Himmel über Berlin färbte sich bereits in ein fahles Grau, als Hannah die Tür zu ihrer Wohnung aufschloss und eintretend die schwere Stille begrüßte. Sie ließ ihre Tasche achtlos zu Boden fallen, lehnte sich mit dem Rücken an die Tür und schloss für einen Moment die Augen. Der Tag hatte sich in ihre Gedanken gefressen wie ein Splitter unter der Haut – unangenehm und schmerzhaft, egal wie oft man versuchte, ihn herauszuziehen. Ihr Kollege hatte es beiläufig erwähnt, fast schon erleichtert: „Leo kann gehen, Hannah. Die Ärzte sind sich einig. Er ist so weit. Wenn er will, ist er bald ein freier Mann." Ein freier Mann. Was bedeutete das überhaupt? Konnte man jemals wirklich frei sein von dem, was geschehen war? Von den Schatten, die einem folgten, egal, wie hell die Sonne auch schien? Hannah spürte einen Knoten in ihrer Brust. Gestern noch dieser Traum, das Feuer, die Schreie, Herr Möllers starres Grinsen. Und heute… heute war plötzlich alles so real, so nah. Sie hatte nach ihrer Schicht kurz überlegt, zu Leo zu gehen, mit ihm zu reden, seine Stimme zu hören und vielleicht Antworten zu finden. Doch ihre Füße hatten sie nicht zu seiner Station getragen. Stattdessen war sie direkt nach Hause gegangen – in ihr Refugium, ihre kleine, sichere Welt. Doch sicher fühlte sie sich nicht. Nicht jetzt. Nicht heute. Mit zitternden Fingern griff sie nach ihrem Handy. Ihr Daumen schwebte kurz über der Tastatur, bevor sie zu tippen begann: „Leute, sofort zu mir. Jetzt." Sie drückte auf „Senden" und starrte einen Moment lang auf den Bildschirm, als könnte sie die Nachricht zurückziehen, wenn sie nur lange genug darauf blickte. Doch es war getan. Ein Teil von ihr war erleichtert, dass Finn noch nicht in der Nachbarschaftsgruppe war. Es fühlte sich falsch an, ihn schon jetzt in diese Dynamik hineinzuziehen. Diese Gruppe war mehr als nur ein digitaler Chat – sie war ein Stück Familie geworden. Ein Anker inmitten all der Stürme, die sie gemeinsam überstanden hatten. Hannah lief nervös durch ihre Wohnung, ihre Schritte hallten leise auf dem Dielenboden wider. Sie zog die Vorhänge zu und zündete eine kleine Lampe auf ihrem Nachttisch an. Das warme Licht ließ den Raum etwas kleiner, aber auch sicherer wirken. Warum hast du in die Gruppe geschrieben? fragte eine Stimme in ihrem Kopf. Doch sie wusste es selbst nicht genau. Vielleicht brauchte sie einfach nur Gewissheit. Vielleicht wollte sie die Schatten vertreiben, die sich in den letzten Stunden über ihre Gedanken gelegt hatten. Oder vielleicht… vielleicht ahnte sie tief in ihrem Inneren, dass etwas vor sich ging. Etwas, das sie nicht allein tragen konnte. Keine fünf Minuten später war Hannahs Wohnung erfüllt von Stimmen, schnellen Bewegungen und dieser ganz eigenen Energie, die nur entsteht, wenn vertraute Menschen zusammenkommen. Mustafa und Moritz waren die Ersten gewesen, dicht gefolgt von Johannes, der noch seine Kopfhörer um den Hals hängen hatte. Patrick kam mit einer dampfenden Kaffeetasse herein, als hätte er genau gewusst, dass es ein langer Abend werden würde. Sina und David bildeten das Schlusslicht. David stemmte die Hände in die Hüften und zog gespielt empört die Augenbrauen hoch. „Ey, Hannah, wenn das hier kein lebensbedrohlicher Notfall ist, weißt du hoffentlich, dass du gerade meine gesamte Karriere ruiniert hast." Sina verdrehte lachend die Augen und stieß David mit dem Ellbogen an. „Ja, klar. Dein neuestes Video 'Das perfekte Protein-Mahl mit einem großen Schuss Humor und einem noch größeren Schuss Überheblichkeit' – wird wohl warten müssen." David grinste und sah zu Hannah. „Aber ernsthaft, was ist los? Wenn du uns so dringend hierher zitierst, klingt das nicht nach einem entspannten Filmabend mit Snacks." Hannah stand in der Mitte des Raumes, die Arme verschränkt, und sah ihre Freunde an. Es war ein merkwürdiger Moment – so viele vertraute Gesichter, und doch lag etwas in der Luft, dass die Stimmung drückte. „Setzt euch erst mal", sagte sie leise. Ihre Stimme klang fester, als sie sich fühlte. Während sich die Gruppe auf die Couch, Stühle und sogar auf den Boden verteilte, nahm Sina Hannahs Hand und drückte sie sanft. „Hey, alles gut. Wir sind hier." Hannah atmete tief durch und versuchte, ihre Gedanken zu sortieren. Irgendwo im Hintergrund hörte man David leise murmeln: „Und das, liebe Zuschauer, war der Moment, in dem die Protein-Pfanne endgültig den Kürzeren zog…" Ein kurzes, nervöses Lachen ging durch den Raum. Es war gut, dass David da war – er hatte diese seltene Gabe, sogar in den düstersten Momenten einen Funken Leichtigkeit zu entzünden. Doch das Lächeln auf Hannahs Gesicht verschwand schnell wieder. „Leute… es geht um Leo." Stille. Hannah sah in die Runde, ihre Stimme zitterte leicht, als sie sprach: „Mein Kollege hat mir heute gesagt, dass die Ärzte entschieden haben, dass Leo gehen darf. Wenn er möchte, kann er bald die Klinik verlassen." Ein schweres Schweigen legte sich über das Zimmer. Niemand wusste, was er sagen sollte. Sina senkte den Blick, ihre Finger umklammerten Davids Hand. David bemerkte es, drehte sich zu ihr und drückte ihr einen sanften Kuss auf die Lippen. Dann hob er den Kopf und sprach – ruhig, aber bestimmt „Hey Leute, wir haben Leo so oft besucht. Wir haben mit ihm geredet, seine Therapeutin hat uns erklärt, dass er stabil ist, dass er selbst wieder die Kontrolle hat. Michael… Michaels Zorn ist nicht mehr diese alles verschlingende Gefahr, die er einmal war. Und Leo – Leo ist zurück. Er ist stärker, klarer. Das haben wir alle gesehen." Patrick, der bisher schweigend seinen Kaffee getrunken hatte, stellte die Tasse ab und lehnte sich vor. „Ja, das stimmt. Aber seine Ärzte und Therapeuten wissen nicht alles. Sie wissen nicht, was damals wirklich passiert ist. Was Leo – oder besser gesagt Michael – getan hat. Sie kennen nur die Akten, die Therapiesitzungen. Nicht die stillen Abgründe, die wir gesehen haben." Ein leises Murmeln ging durch die Gruppe, und für einen Moment schien es, als würde die Dunkelheit aus der Vergangenheit wieder zwischen ihnen aufsteigen. Da stand Moritz plötzlich auf. Seine Stimme war klar und fest, als er das Wort ergriff: „Schluss jetzt. Leo hat das alles durchgestanden. Er hat gekämpft, mehr als jeder andere. Und ja, was passiert ist, war schrecklich – für uns alle. Aber Leo hat uns nichts getan. Nicht Leo. Er war damals genauso ein Gefangener wie wir. Vielleicht noch mehr. Wenn die Ärzte sagen, dass er soweit ist, dann sollten wir ihm vertrauen. Er hat eine Chance verdient. Eine echte." Stille. Nur das leise Ticken der Wanduhr war zu hören. Jeder dachte nach, ließ Moritz' Worte sacken. Schließlich nickte Hannah langsam und ließ sich auf die Couch fallen. Sina drückte Davids Hand noch fester. Patrick starrte in seine Kaffeetasse, als suchte er dort nach einer Antwort. Sie alle wussten, dass Moritz recht hatte. Aber die Schatten der Vergangenheit ließen sich nicht so leicht vertreiben. Johannes brach das Schweigen: „Und... wann wird er entlassen? Weißt du, wo er wohnen wird? Gibt's schon irgendwelche Pläne?" Hannah seufzte und lehnte sich zurück. „Er hat keinen festen Wohnsitz. Keine Familie, zu der er könnte. Normalerweise kümmert sich unsere Sozialarbeiterin darum. Sie würde versuchen, eine Unterkunft für ihn zu finden – vielleicht in einer betreuten Einrichtung oder einer Notunterkunft." Mustafa runzelte die Stirn. „Aber die sind doch ständig überfüllt. Meine Schwester arbeitet in so einer Einrichtung als Sozialarbeiterin, und sie erzählt mir ständig, wie schwierig es ist, überhaupt einen Platz zu bekommen. Und Leo? Nach allem, was er durchgemacht hat, soll er jetzt in so einem Ort landen? Das fühlt sich einfach falsch an." Die anderen nickten zustimmend. Für einen Moment war nur das leise Summen des Kühlschranks zu hören. „Leute, wir müssen irgendwas tun", sagte Mustafa schließlich mit fester Stimme. Hannah sah ihn an, ihre Augen fragend. „Was meinst du?" Moritz murmelte leise, fast mehr zu sich selbst: „Was ist eigentlich mit Luis?" „Luis? Wer ist Luis?", fragte David und zog die Augenbrauen hoch. Mustafa übernahm für Moritz. „Luis ist so ein… Kumpel. Naja, eher so ein Bekannter. Wir quatschen manchmal bei Iris im Café." Sina prustete los. „Ey Leute, mal ehrlich. Wir wohnen in Berlin und hängt euch das eigentlich nicht langsam zum Hals raus, dass wir gefühlt ständig bei Iris im Café hocken? Als wäre das hier ein verdammter Kleinstadt-Roman!" Hannah musste lachen. „Na, das Café ist ja auch nur die Straße hoch. Nach Feierabend habe ich echt keinen Nerv, noch quer durch die Stadt zu gondeln." Mustafa stöhnte theatralisch und warf die Hände in die Luft. „Okay, okay! Zurück zum Thema! Also, Luis wohnt in der Kieferstraße. Ihr wisst schon, diese kleine Querstraße, eine Ecke weiter. Der Typ kommt meistens nur am Wochenende nach Berlin, sonst ist er in Hamburg bei seiner Freundin und arbeitet dort." „Klingt nach einem spannenden Typen", warf David trocken ein. Mustafa grinste schief. „Ja, aber jetzt haltet euch fest: Berlin hat einen absoluten Wohnungsnotstand, Menschen stehen auf Wartelisten für ein 10-Quadratmeter-Zimmer ohne Fenster – und Luis hat hier eine Ein-Zimmer-Wohnung, die er nach Lust und Laune bewohnt. Nur am Wochenende, versteht sich! Der Typ lebt den Traum und vermietet sie nicht mal unter. Einfach dekadent." Die Gruppe schmunzelte, doch unter dem Humor lag eine gewisse Nachdenklichkeit. „Aber vielleicht…", begann Moritz zögernd. „Vielleicht könnten wir mit ihm reden?" Hannah blinzelte überrascht. „Du meinst, Leo könnte als Untermieter in Luis' Wohnung einziehen?" Johannes nickte. „Glaub mir, das wäre Luis nur recht. So behält er seine Wohnung, Leo übernimmt die Miete, und Luis kann weiterhin entspannt bei seiner Freundin in Hamburg wohnen. Die Wohnung hier hat er doch sowieso nur als Notlösung, falls es mit seiner Freundin mal krachen sollte. Ohne die würde er in Berlin komplett aufgeschmissen sein – und ihr wisst ja, wie lange man hier auf eine halbwegs bezahlbare Wonung wartet. Zehn Jahre und drei Seelenverträge mindestens." „Ich kann ihn gleich mal anrufen", fügte Johannes hinzu und zog bereits sein Handy aus der Tasche. „Stopp!", rief Sina plötzlich laut und hob beide Hände. „Findet ihr das wirklich eine gute Idee?" Die Gruppe verstummte, und alle schauten zu Sina. „Hier, in diesem Haus, ist Leo das Schlimmste widerfahren, was einem Kind passieren kann. Herr Möller, diese widerlichen Nachbarn damals, sie haben zugesehen, weggeschaut, während sein Onkel…" Sie brach kurz ab und schluckte schwer. „Ihr wisst schon, was passiert ist. Sein Onkel ist durch Leos Hände gestorben – und ganz ehrlich? Ich habe null Mitleid mit diesem Mistkerl. Er hat es verdient zu verbrennen. Leo war neun. Neun verdammte Jahre alt!" Es folgte ein bedrücktes Schweigen. Niemand wusste, was er dazu sagen sollte. Hannah hob schließlich die Stimme, sanft, aber bestimmt. „Ich werde morgen mit seinem Therapeuten und seinen Ärzten sprechen. Vielleicht… vielleicht ist es ja wirklich eine gute Konfrontationstherapie. Ein Schritt in Richtung Heilung." Doch ihre Stimme klang nicht überzeugt. Die Vorstellung, Leo zurück in die Nähe dieses Hauses zu bringen, wo jedes Knarren der Dielen, jeder Schatten in den Ecken Erinnerungen wecken könnte, ließ sie selbst zweifeln. „Vielleicht", fügte sie leise hinzu, „vielleicht ist es auch einfach zu viel verlangt."

***

Hannah spürte das flaue Gefühl in ihrem Magen, noch bevor sie die Tür zur Klinik öffnete. Die kalte Berliner Luft biss ihr ins Gesicht, doch das Frösteln kam von innen. Sie hatte frühmorgens mit Leos Therapeutin telefoniert, und jetzt stand sie hier, vor dem Büro der Ärztin, ihre Hände klamm und die Gedanken wild durcheinander. Sie klopfte an die Tür, trat ein und wurde von der Therapeutin freundlich, aber ernst begrüßt. „Guten Morgen, Hannah. Schön, dass Sie gekommen sind." Die Therapeutin reichte ihr die Hand und deutete auf einen der Sessel vor ihrem Schreibtisch. Hannah ließ sich nieder, fühlte, wie ihre Knie noch immer leicht zitterten. „Wir warten noch auf Dr. Kramer, Leos behandelnden Arzt", sagte die Therapeutin mit ruhiger Stimme. „Dann können wir in Ruhe sprechen." Das Warten zog sich. Draußen vor dem Fenster konnte Hannah den grauen Himmel sehen, wie er sich schwer über die Stadt legte. Ihr Herzschlag fühlte sich zu laut an, das Ticken der Uhr an der Wand zu schnell. Ihre Gedanken sprangen von Leos Gesicht, blass und angespannt, zu Michaels dunklen Augen, die sie im Traum verfolgt hatten. Hannah schloss kurz die

Augen, atmete tief durch und wartete darauf, dass die Tür erneut geöffnet wurde. Dieses Gespräch würde alles verändern – für Leo, für sie und vielleicht für das ganze Haus. Während sie auf Dr. Kramer warteten, begann die Therapeutin sanft, aber bestimmt, Fragen an Hannah zu stellen. Über ihre Beziehung zu Leo, wie oft sie ihn besucht hatte, wie er sich ihrer Meinung nach in den letzten Monaten verhalten hatte. Hannah antwortete so ehrlich wie möglich, sprach von seinen ruhigen Momenten, von den schweren Gesprächen, aber auch von den Augenblicken, in denen er gelächelt hatte – selten zwar, aber echt. „Er redet viel mehr über das, was passiert ist. Er schämt sich noch, aber er versteckt es nicht mehr so stark wie früher", sagte Hannah leise. Die Therapeutin nickte, machte sich Notizen und sah Hannah mit einem warmen, aber prüfenden Blick an. „Sie bedeuten ihm viel, Hannah. Diese Gruppe von Menschen, die ihn trotz allem nicht aufgegeben hat – das war ein wichtiger Teil seiner Heilung." In diesem Moment öffnete sich die Tür, und Dr. Kramer trat ein. Ein Mann Mitte fünfzig mit ruhiger Ausstrahlung und einem freundlichen, aber analytischen Blick. Er begrüßte Hannah mit einem festen Händedruck und setzte sich neben die Therapeutin. „Gut, dass Sie hier sind, Frau Sommer. Ich nehme an, Sie haben bereits über die Möglichkeit gesprochen, dass Leo bald entlassen wird", begann Dr. Kramer mit seiner tiefen, beruhigenden Stimme. „Leo hat in den letzten Monaten erhebliche Fortschritte gemacht. Er hat gelernt, seine Emotionen besser zu regulieren und mit seinen Traumata auf eine gesunde Weise umzugehen. Der Hass, den Michael in ihm getragen hat, ist nicht mehr das dominante Gefühl. Stattdessen sehen wir Reue, Reflexion und vor allem den Wunsch nach einem normalen Leben." Er lehnte sich leicht vor und faltete die Hände. „Das bedeutet nicht, dass Leo ‚geheilt' ist. Eine dissoziative Identitätsstörung ist nicht einfach zu ‚reparieren', aber sie ist behandelbar. Leo hat verstanden, dass Michael ein Teil von ihm ist – eine Reaktion auf das Trauma, das er erlitten hat. Doch Michael hat seinen Zorn verloren. Er ist nicht verschwunden, aber er schläft. Und solange Leo stabil bleibt, wird er weiterhin die Kontrolle behalten." Hannah nickte langsam. Die Worte des Arztes klangen beruhigend, aber auch schwer. „Und was das Haus betrifft", fuhr Dr. Kramer fort, „es mag paradox klingen, aber es könnte Leo helfen, sich seiner Vergangenheit zu stellen. Dieses Haus ist der Ursprung seines Traumas, aber auch ein Ort, an dem er einen neuen Anfang machen könnte. Eine kontrollierte Konfrontationstherapie – in seinem Tempo, mit Menschen, die ihn unterstützen – könnte genau das sein, was er braucht, um langfristig stabil zu bleiben." Die Therapeutin fügte hinzu: „Natürlich werden wir ihn weiterhin begleiten. Ambulante Gesprächstermine, engmaschige Betreuung – er wird nicht alleine sein. Doch der nächste Schritt muss von ihm kommen. Er muss es wollen." Hannah sah die beiden Ärzte an, fühlte den Druck dieser Entscheidung auf ihren Schultern. „Und wenn er es nicht schafft? Wenn es zu viel für ihn ist?" Dr. Kramer antwortete ruhig: „Dann holen wir ihn zurück. Aber wir dürfen ihm die Chance nicht verwehren, weil wir Angst haben, dass er scheitert. Denn vielleicht… vielleicht schafft er es ja." Für einen Moment herrschte Stille im Raum. Hannahs Blick wanderte zum Fenster, hinaus auf die kahlen Bäume und den grauen Himmel. Leo verdient eine Chance. Aber ob er sie annehmen konnte, wusste niemand.

***

Leo saß mit verschränkten Armen auf dem grauen Sessel im Therapieraum, die Knie leicht angewinkelt, der Blick auf den abgenutzten Teppich gerichtet. Er hatte schon geahnt, worum es ging, als der Pfleger ihn aus der Gruppentherapie geholt hatte. Ein beklemmendes Gefühl lag schwer in seiner Brust – eine Mischung aus Hoffnung und lähmender Angst. Nach etwa zehn Minuten öffnete sich die Tür, und Dr. Kramer trat gemeinsam mit seiner Therapeutin Frau Engel herein. Beide lächelten ihn an, aber es war das Lächeln, das Erwachsene Kindern schenken, wenn sie unangenehme Neuigkeiten haben, die dennoch wichtig sind. „Hallo Leo", begann Frau Engel sanft und setzte sich ihm gegenüber. Dr. Kramer nahm auf dem Stuhl daneben Platz. „Wir möchten heute mit dir über deine Entlassung sprechen." Leo schluckte und nickte kaum merklich. Dr. Kramer übernahm das Wort. „Leo, du hast in den letzten Monaten eine unglaubliche Entwicklung durchgemacht. Du hast gelernt, Michael nicht nur als deinen Feind zu sehen, sondern als Teil von dir – einen Teil, den du verstehst und kontrollieren kannst. Du hast bewiesen, dass du Verantwortung für dich selbst übernehmen kannst und dass du in der Lage bist, dich deinen Ängsten zu stellen. Das ist keine Selbstverständlichkeit, Leo. Es zeugt von unglaublicher Stärke." Leo hob kurz den Blick und sah Dr. Kramer an. Er suchte in seinen Worten nach einem Haken, nach etwas, das ihn wieder in dieses Zimmer zurückbringen würde. Frau Engel sprach weiter: „Hannah und deine Nachbarn haben sich Gedanken gemacht. Sie haben vielleicht eine Wohnung für dich – eine Möglichkeit, außerhalb dieser Klinik neu anzufangen. Es wäre nicht einfach, aber du wärst nicht allein. Diese Menschen, die dich trotz allem nie im Stich gelassen haben, wären in deiner Nähe. Du hättest Unterstützung und ein Umfeld, das dich trägt." Leo biss sich auf die Lippe und sah wieder auf den Teppich. „Aber… das Haus…" murmelte er kaum hörbar. Frau Engel nickte verständnisvoll. „Ja, Leo. Das Haus ist ein schwieriger Ort. Es ist ein Ort voller Schmerz und Erinnerungen. Aber es ist auch ein Ort, an dem du die Chance hast, die Kontrolle zurückzugewinnen. Eine kontrollierte Konfrontation mit deinen Ängsten kann therapeutisch heilsam sein. Wichtig ist, dass du den Ort nicht allein betrittst, sondern mit Menschen, die dich unterstützen und dir Halt geben." Dr. Kramer ergänzte: „Ein Trauma verliert seine Macht, wenn du dich ihm stellst, Leo. Es wird immer ein Teil von dir bleiben, aber es muss nicht mehr bestimmen, wer du bist und wie du dein Leben führst. Dieses Haus… diese Wohnung könnte ein Ort sein, an dem du lernst, die Schatten der Vergangenheit hinter dir zu lassen und deinen eigenen Raum zu gestalten. Nicht den Raum, den dein Onkel und Herr Möller geschaffen haben, sondern einen neuen Raum. Deinen Raum." Leo atmete tief durch. Die Worte der beiden klangen so vernünftig, so einleuchtend. Doch die Angst, dieses lähmende Gefühl, dass er vielleicht nicht stark genug war, nagte an ihm. Frau Engel beugte sich leicht nach vorne, ihre Stimme war leise, aber bestimmt: „Du bist nicht allein, Leo. Wir werden dich weiterhin begleiten – ambulante Therapie, regelmäßige Gespräche. Aber du musst diesen ersten Schritt selbst gehen. Nicht für uns, nicht für Hannah oder die anderen. Für dich." Für einen Moment herrschte Stille im Raum. Leo spürte, wie seine Hände zitterten, und ein Kloß bildete sich in seinem Hals. Er hatte das Gefühl, dass dieser Moment bedeutender war als all die anderen Therapiesitzungen zusammen. „Ich… ich weiß nicht, ob ich das kann", flüsterte er. Dr. Kramer antwortete ruhig: „Das musst du auch nicht sofort wissen, Leo. Du darfst Angst haben. Aber wir glauben an dich. Und ich denke, tief in dir drin, glaubst du auch ein bisschen an dich." Leo hob den Blick, traf die Augen von Frau Engel und Dr. Kramer. Er sah keine Zweifel darin, nur Vertrauen und Zuversicht. „Okay…", sagte er schließlich leise. „Ich… ich denke darüber nach." Die beiden Ärzte nickten, und für einen kurzen Moment lag so etwas wie Hoffnung in der Luft – zart, zerbrechlich, aber spürbar.

***

Hannah zog die schwere Eingangstür hinter sich zu, ihre Schultern hingen müde herunter. Der Arbeitstag war lang gewesen, das Gespräch mit Leos Therapeuten hatte noch nachgewirkt, und ihre Gedanken kreisten unaufhörlich um das, was in den nächsten Tagen passieren würde. Anstatt in ihre eigene Wohnung zu gehen, drehte sie sich spontan zur WG-Tür der Jungs. Vielleicht waren sie da, vielleicht konnte sie ein wenig abschalten. Sie klopfte zweimal, und schon öffnete Mustafa die Tür. Er grinste sie müde an. „Hey, Hannah. Komm rein." „Hi, Mustafa. Bist du allein?" fragte sie, während sie ihre Jacke auszog. „Ja, die anderen hängen noch im Krankenhaus rum. Ich habe glücklicherweise Feierabend." Mit einem theatralischen Seufzen ließ er sich zurück auf die Couch fallen und klopfte neben sich auf den freien Platz. „Setz dich. Kaffee, Tee, Schnaps? Oder einfach nur Mitleid?" Hannah lächelte kurz, nahm aber lieber den Sessel gegenüber der Couch. „Danke, ich bleib beim Sitzen." Sie lehnte sich zurück, sah Mustafa an und fragte schließlich: „Hast du schon mit Luis gesprochen?" Für einen Moment wurde es still. Mustafa strich sich durch die dunklen Haare und nickte dann langsam. „Ja. Er hat gesagt, es geht klar. Er will es noch mit seinem Vermieter besprechen, aber das sollte kein Problem sein. Luis ist eh kaum hier. Ihm ist es lieber, dass jemand in seiner Wohnung ist, anstatt dass sie monatelang leer steht. Also… wenn Leo möchte, kann er kommen." Ein kleines Lächeln huschte über Hannahs Gesicht. Zum ersten Mal seit Tagen fühlte es sich an, als gäbe es eine echte Perspektive. „Das sind gute Nachrichten. Wirklich. Dann… dann werden wir für ihn da sein."

Mustafa lehnte sich zurück, verschränkte die Arme hinter dem Kopf und zog eine Augenbraue hoch. „Ja, und das alles, nachdem er unseren Tod geplant hat. Also… Michael, nicht Leo. Aber hey, Details." Sein sarkastischer Tonfall hallte für einen Moment in der kleinen WG nach. Hannahs Lächeln verschwand. Sie presste die Lippen zusammen und schüttelte leicht den Kopf. „Oh, Mustafa… Solche Sprüche musst du dir verkneifen, wenn Leo hier ist. Bitte." Mustafa hob entschuldigend die Hände. „Tut mir leid. Ich weiß, es war unangebracht. Aber manchmal… manchmal weiß ich einfach nicht, wie ich mit all dem umgehen soll." Hannah sah ihn an, ihre Stimme war leise, aber fest. „Das geht uns allen so. Aber wenn Leo kommt, brauchen wir Klarheit und Ruhe. Er wird das spüren, wenn wir uns unsicher verhalten – und das darf nicht passieren. Wir haben uns entschieden, ihn zu unterstützen. Also müssen wir das auch durchziehen. Gemeinsam." Mustafa nickte langsam, seine sonst so verspielte Miene wurde ernst. „Du hast recht, Hannah. Es wird nicht einfach, aber wir schaffen das." Für einen Moment saßen sie einfach nur da, die Geräusche der Stadt drangen gedämpft durch die Fenster. Es war einer dieser seltenen ruhigen Momente, in denen die Last auf ihren Schultern kurz weniger schwer erschien. „Komm, ich mach uns einen Tee", sagte Mustafa schließlich und stand auf. „Und wenn du willst, erzähl ich dir nebenbei den neuesten WG-Tratsch. Zum Beispiel, wie Johannes fast seinen Kaffeeautomaten abgefackelt hätte, weil er dachte, er könne ihn ‚optimieren'." Hannah lachte leise, und für einen kurzen Moment war es, als würde die angespannte Atmosphäre des Tages verblassen. Hannah lehnte sich zurück und zog die Knie an, ihre Arme locker darum geschlungen. „Sag mal, Mustafa… was ist eigentlich mit Johannes los? Er verhält sich mir gegenüber in letzter Zeit so… anders." Mustafa, der gerade Teewasser aufgesetzt hatte, drehte sich grinsend zu ihr um. „Anders, ja? Was genau meinst du damit? Vielleicht, dass er dir jedes Mal den besten Platz auf der Couch anbietet? Oder dass er dir immer zuerst Kaffee einschenkt? Oder dass er plötzlich immer da ist, wenn du irgendwas Schweres tragen musst?" Hannah zog die Augenbrauen hoch und warf ihm ein Kissen zu. „Jetzt hör schon auf! Ernsthaft, Mustafa. Ich weiß nicht… es fühlt sich einfach komisch an." Mustafa fing das Kissen lässig auf und ließ sich wieder in die Couch fallen. „Na ja, Hannah… ich glaube, Johannes mag dich. Also, *mag *mag. Mehr als nur so Nachbarschafts-Kaffee-und-Kekse-mögen." Hannah spürte, wie ihre Wangen warm wurden, und sie senkte kurz den Blick. „Quatsch… Johannes und ich… ich meine, ja, er ist nett und lustig, und… klar, ich mag ihn auch. Aber—" „Kein aber, Hannah." Mustafa unterbrach sie grinsend. „Johannes ist ein Guter. Klar, manchmal ein bisschen verpeilt und zu begeistert von seinen Technik-Spielereien, aber hey, er meint es ernst. Und mal ehrlich… du könntest es schlechter treffen." Hannah kaute nachdenklich auf ihrer Unterlippe. Johannes war wirklich ein großartiger Mensch. Immer freundlich, einfühlsam und mit einem Humor, der selbst die schwersten Gespräche leichter machte. Und ja, vielleicht hatte sie sich in letzter Zeit öfter gefragt, warum ihr Herz schneller schlug, wenn er in ihrer Nähe war. „Ich weiß nicht, Mustafa. Das hier… unsere Gruppe, alles, was wir gemeinsam durchgemacht haben… ich will das nicht kaputtmachen." Mustafa hob die Schultern und lächelte sanft. „Manchmal, Hannah, passiert das Leben einfach. Egal, wie sehr man versucht, es zu planen oder sich dagegen zu wehren. Und wenn da etwas ist – und ich bin mir ziemlich sicher, dass da etwas ist – dann solltest du nicht davor weglaufen. Manchmal muss man einfach den nächsten Schritt wagen." Hannah sah ihn an, ihre Gedanken wirbelten durcheinander. Johannes… konnte es wirklich sein? Hatte er tatsächlich Gefühle für sie? Und wenn ja, was fühlte sie eigentlich? „Du hast zu viel Tee getrunken, Mustafa. Du klingst wie ein kitschiges Selbsthilfebuch." Mustafa lachte laut auf. „Vielleicht, aber die Wahrheit bleibt die Wahrheit, egal wie kitschig sie klingt." In diesem Moment piepte Hannahs Handy. Eine Nachricht in der Nachbarschaftsgruppe. „Hey Leute, morgen nach der Arbeit bei mir? Luis hat zugesagt, wir sollten den Plan besprechen." Hannah seufzte leise und steckte das Handy zurück in die Tasche. „Morgen geht's also weiter." Mustafa nickte und prostete ihr mit seiner Tasse zu. „Genau. Morgen geht's weiter. Und wer weiß, vielleicht geht's ja auch für dich und Johannes weiter…" „Mustafa!" Hannah warf ihm erneut ein Kissen zu, diesmal mit einem Lächeln, das schwer zu deuten war – vielleicht ein wenig verlegen, vielleicht ein wenig hoffnungsvoll.

Der Abend endete in einer Mischung aus leichten Gesprächen und kleinen Sticheleien. Doch während Hannah später in ihre eigene Wohnung zurückkehrte, ließ sie der Gedanke an Johannes nicht los. Und vielleicht, nur vielleicht, erlaubte sie sich für einen kurzen Moment, darüber nachzudenken, wie es wäre, wenn da tatsächlich... mehr wäre.

***

Finn saß in seinem Sessel, ein halb leeres Glas Whiskey auf dem kleinen Tisch neben ihm. Die Dämmerung kroch langsam durch die großen Fenster seiner Altbauwohnung, warf lange Schatten über die Wände und ließ die alten Holzdielen matt schimmern. In vier Tagen würde er seinen neuen Job in der Charité antreten – eigentlich ein Grund zur Freude, oder zumindest zur Erleichterung. Doch stattdessen lasteten seine Gedanken schwer auf ihm, zogen ihn in eine dunkle Ecke seiner Erinnerung. Seit Tagen spürte er diese merkwürdige Dynamik zwischen seinen neuen Nachbarn. Ein Flüstern, ein Zögern in ihren Stimmen, ein nervöses Lächeln, das nicht ganz bis zu den Augen reichte. Als hätte jemand einen Schleier über ihre kleinen Gespräche gelegt, durch den Finn nicht hindurchsehen konnte. Gestern dann, im Treppenhaus, war es Sina gewesen, die den Schleier ein Stück weit gelüftet hatte. Es hatte harmlos begonnen – ein kurzes Gespräch über das Wetter, ein Lächeln, ein Scherz. Doch plötzlich war da dieser Moment, in dem ihre Stimme einen anderen Klang angenommen hatte. Ernst, fast entschuldigend. „Finn... du solltest es vielleicht wissen. Leo wird entlassen. Er zieht hier in die Nähe. Eine kleine Wohnung, nur eine Straße weiter." Leo. Der Name war wie ein Schlag in die Magengrube gewesen. Er hatte sich nichts anmerken lassen, nur genickt, sich verabschiedet, die Tür hinter sich geschlossen. Doch seitdem saß er hier, in seinem Sessel, das Glas in der Hand und die Schatten der Vergangenheit im Blick. Würde Leo ihn erkennen? Sie waren noch Kinder gewesen, damals. Zwei Jungen, gezeichnet von unterschiedlichen, aber gleichermaßen grausamen Umständen. Jeder hatte gewusst, was im Nachbarhaus vor sich ging, und niemand hatte etwas unternommen. Aber Finn hatte etwas gesehen, das er nie vergessen würde: Leos Augen. Stechend blaue Augen, weit aufgerissen vor Angst und Schmerz, als sie sich in diesem

Moment begegnet waren – einem dieser Momente, der sich wie eine heiße Nadel ins Gedächtnis brennt. Er wird mich nicht erkennen, versuchte Finn sich einzureden. Wir waren Kinder. Die Zeit hat uns verändert. Doch tief in seinem Inneren wusste er, dass es Dinge gab, die sich nicht veränderten. Narben, die niemals ganz verheilten. Augen, die niemals vergessen konnten. Finn nahm einen tiefen Schluck aus seinem Glas und schloss die Augen. Das Herz klopfte schwer in seiner Brust, und für einen Moment hatte er das Gefühl, dass die Luft in seiner Wohnung dünner wurde. Er musste Leo sehen. Nicht jetzt, nicht sofort – aber irgendwann. Er musste wissen, ob dieser Junge von damals, der jetzt ein Mann war, sich an ihn erinnerte. Draußen begann es zu regnen, und die Tropfen klatschten gegen die Scheibe, als wollten sie die Stille in Finns Wohnung durchbrechen. Doch der Sturm tobte nicht draußen – er tobte in ihm. Finn saß noch immer in seinem Sessel, die Dunkelheit hatte längst Besitz von seiner Wohnung ergriffen. Er wagte nicht, das Licht einzuschalten – es fühlte sich falsch an, als würde Helligkeit die Schatten seiner Erinnerung nur noch deutlicher zeichnen. Seine Hände zitterten leicht, und das Glas in seiner Hand klirrte leise, als die Eiswürfel aneinanderstießen. Es waren nur drei Monate gewesen. Drei verdammte Monate, die sich wie ein ganzes Leben angefühlt hatten. Damals, als seine Eltern auf dieser Geschäftsreise waren und ihn bei seiner Tante und seinem Onkel untergebracht hatten. Melanie war seine einzige Zuflucht gewesen, seine Cousine, die damals genauso jung und hilflos war wie er. Finn mochte Melanies Onkel nie – diesen mürrischen, kalten Mann, der kaum ein Wort mit ihm wechselte und der seinen Kopf nur aus seiner Zeitung hob, um Finn mit diesem abwertenden Blick zu mustern. Finn konnte Melanies Onkel noch nie ausstehen. Für ihn war dieser Mann alles andere als ein Onkel – nur der Bruder von Melanies Vater, mit dem er keinerlei Verbindung fühlte. Die eigentliche Nähe zwischen ihm und Melanie kam von ihren Müttern, die Schwestern waren. Also, warum sollte er sich groß für Herrn Möller interessieren, diesen Onkel, der ihm nie mehr war als ein Fremder? Doch Herr Möller war schlimmer. Viel schlimmer. Ein Mann, dessen Schatten sich über die ganze Nachbarschaft gelegt hatte, ein Mann, der aus Furcht und Ignoranz Macht über andere ausübte. Finn erinnerte sich an jenen Tag, als wäre es gestern gewesen. Er war neun Jahre alt, kaum größer als die Türklinke, an die er mit zitternder Faust klopfte. Leo hatte geschrien. Seine Schreie waren durch die dünnen Wände des alten Hauses gedrungen, sie hatten die Straßen durchzogen, bis sie in Finns Brust eingeschlagen waren. „Bitte, hilf ihm, Uwe…", hatte Finn gefleht, seine Stimme war nicht mehr als ein dünnes Flüstern gewesen. Herr Möller hatte ihn angesehen, mit glasigen, blutunterlaufenen Augen, während er eine halb leere Bierflasche in der Hand hielt. Sein Atem hatte nach Alkohol und Zigaretten gestunken, und dann – dieser Schlag. Die schallende Ohrfeige hatte Finns Gesicht zur Seite gerissen, seine Wange hatte gebrannt, Tränen waren ihm in die Augen geschossen. „Verschwinde, du Rotzbengel! Oder ich schleif dich rüber, und dann spürst du mal, wie sich das anfühlt!" Finn war weggerannt. Weg von dieser Haustür, weg von diesem Mann, weg von den Schreien, die ihn noch immer verfolgten. Doch selbst im Laufen hatte er noch gesehen, wie Leo versucht hatte zu fliehen – das kleine, verzweifelte Gesicht, das aus einem Fenster hervorlugte, während der Schatten seines Onkels sich über ihn legte. Finn war in das Haus seiner Tante gerannt, direkt zu Melanie. Sie hatten sich in ihrem Zimmer eingeschlossen, die Tür verriegelt und waren einfach zusammengesackt. Zwei Kinder, die sich in den Armen hielten, beide heulend, beide unfähig, etwas zu tun. Er hatte es ihr erzählt, alles. Und sie hatten geweint, bis ihre Kehlen rau und ihre Augen geschwollen waren. Aber nichts davon hatte etwas geändert. Herr Möller war geblieben. Leos Onkel war geblieben. Und die Schreie waren geblieben. Finn hob zitternd seine Hand und berührte seine Wange, als könnte er noch immer den Abdruck von Herr Möllers Hand spüren. Es war so lange her, und doch brannte der Schmerz noch immer in ihm, zusammen mit der Schuld. Er hatte nichts tun können. Er war ein Kind gewesen, genau wie Leo. Aber das Wissen, dass er es versucht hatte und trotzdem gescheitert war, fraß ihn noch immer von innen auf. Finn schloss die Augen und atmete tief durch, während der Regen draußen heftiger gegen die Fensterscheiben prasselte. Bald würde Leo in der Nähe sein. Finn fragte sich, ob Leo sich an ihn erinnerte. An den kleinen Jungen, der verzweifelt im Treppenhaus stand. An die stummen Schreie, die sie beide in sich trugen. Vielleicht würde Leo ihn erkennen. Vielleicht nicht. Aber eines war sicher: Die Vergangenheit hatte sie beide fest im Griff. Und jetzt, da ihre Wege sich wieder kreuzten, würde Finn nicht noch einmal weglaufen. Nicht dieses Mal. Finns Atem ging schwer, als er die Hände zu Fäusten ballte und sich vom Sessel erhob. Sein Blick war starr auf das dunkle Fenster gerichtet, hinter dem die Lichter der Stadt glommen. Er fühlte, wie sich Wut und Entschlossenheit in seiner Brust ausbreiteten, wie ein Feuer, das all die Jahre unter der Oberfläche geschwelt hatte und jetzt lodernd hochschlug. „Wo du auch steckst, du alter Mistkerl…", knurrte Finn leise, seine Stimme bebte vor unterdrücktem Zorn. „Ich werde dich finden. Und Leo mitnehmen. Damit wir uns an dir rächen können." Seine Worte hingen schwer in der Luft, fielen wie Steine in die Stille seiner Wohnung. Finn war nicht gewalttätig, er war kein Mensch, der leichtfertig Hass in sich trug. Aber was Herr Möller getan hatte, war unverzeihlich. Er hatte geschwiegen, den Blick abgewandt und mitgespielt – und es war nichts weniger als grauenvoll. Finn erinnerte sich daran, wie er Melanie nach dem Tod ihres Vaters hatte ansehen müssen. Ihr Gesicht war eingefallen gewesen, die Augen müde und leer. Finn hatte nie verstanden, warum sie nach dem, was geschehen war, noch Kontakt zu diesem Mann hielt. Zu Herr Möller. Der Bruder eines Monsters. Aber dann hatte sie es ihm eines Abends erzählt, unter Tränen und mit einer Stimme, die kaum lauter als ein Flüstern war: „Papa hat es sich von mir gewünscht, Finn. Es war sein letzter Wunsch, dass ich für seinen Bruder da bin. Er wusste nicht, was passiert war. Er hat es nicht gewusst…" Finn hatte ihr geglaubt. Natürlich hatte er ihr geglaubt. Ihr Vater, ein guter Mann, der viel zu früh an Krebs gestorben war, hatte nicht gewusst, welche Dunkelheit sich hinter der Tür seines Bruders verbarg. Vielleicht hatte er es geahnt, vielleicht hatte er die Risse in der Fassade gesehen, aber er hatte es nie ausgesprochen. Und Melanie, seine liebevolle Tochter, hatte ein Versprechen gegeben, das sie kaum ertragen konnte. Sie hatte Herr Möller nicht gern besucht, das wusste Finn. Ihre Nachrichten danach waren immer kurz und nüchtern. „Ihm geht's gut. Ich war nur kurz da, hab ihm gebracht, was er wollte – und dabei die Versuchung niedergekämpft, ihm die Kehle durchzuschneiden. Danach bin ich einfach wieder gefahren." Finn biss die Zähne zusammen. Herr Möller lebte hier in Frieden, während die Geister seiner Taten in den Köpfen derer spukten, die überlebt hatten. Leo. Finn. Melanie. Sie alle trugen diese Narben, und Herr Möller ging vermutlich morgens zum Bäcker und plauderte freundlich mit der Verkäuferin, als wäre nie etwas geschehen. Finn fühlte, wie sich seine Brust zusammenzog. Wut, Schuld und Schmerz – all diese Gefühle wirbelten in ihm herum wie ein Sturm. Doch tief darunter, irgendwo in der Tiefe seines Herzens, lag ein Funken Hoffnung. Hoffnung, dass Leo und er eines Tages Frieden finden würden. Dass sie eines Tages frei atmen könnten, ohne dass sich die Hände der Vergangenheit um ihre Kehlen legten. Er musste Melanie nochmal fragen. Vielleicht wusste sie mehr, vielleicht konnte sie ihm einen Hinweis geben. Aber eines war klar: Dieses Mal würde Finn nicht aufgeben. Dieses Mal würde er nicht weglaufen. Er drehte sich zum Fenster und blickte hinaus auf die verregnete Stadt. Die Lichter flimmerten im Regen, verschwommen und unwirklich. „Wir sehen uns wieder, Uwe. Das verspreche ich dir." Sein Blick glitt über die Dächer der Altbauten und die einsamen Straßenlaternen. Irgendwo da draußen, vielleicht in einer kleinen, unbedeutenden Stadt, saß ein Mann, der glaubte, dass die Vergangenheit ihn nicht mehr einholen würde. Doch er irrte sich. Finn würde ihn finden. Und er würde Leo mitnehmen. Gemeinsam würden sie die Schatten vertreiben, die sich einst über ihr Leben gelegt hatten. Denn es gab Rechnungen, die beglichen werden mussten. Und manche Geister verschwanden erst, wenn man ihnen direkt in die Augen sah.

***

Leo stand mitten in seiner neuen Wohnung. Die kleinen Fenster warfen mattes Licht auf den kahlen Boden und die schlichten, weißen Wände. Ein paar Kisten stapelten sich in der Ecke, mehr hatte er nicht mitgebracht. Kleidung, ein paar Bücher, Notizhefte, in denen er seine Gedanken festgehalten hatte. Dinge, die ihm während seiner Therapie wichtig geworden waren. Er ließ sich langsam auf den alten, beigefarbenen Sessel sinken, der bereits in der Wohnung stand, als hätte Luis ihn genau für diesen Moment dort platziert. Seine Hände zitterten leicht, während er den Scheck in seinen Fingern drehte. 4000 Euro. Eine Summe, die für Leo unvorstellbar groß war. Hannahs Stimme hallte noch in seinen Ohren. „Das ist ein Teil der Einnahmen aus dem Podcast. Du bist ein Teil davon, Leo. Deine Geschichte ist der Anfang, der Grund, warum wir angefangen haben, über Ungerechtigkeiten zu reden. Und du wirst es schaffen. Das glauben wir alle." Sina hatte gelächelt, während sie nickte, und David hatte ihm auf die Schulter geklopft. Patrick hatte nur leise „Das steht dir zu." gesagt. Ein Kloß bildete sich in Leos Hals, während er den Scheck anstarrte. Sie hatten nicht nur über seine Geschichte gesprochen, sie hatten etwas bewegt. Menschen hatten zugehört, Menschen hatten gespendet. Sponsoren hatten sich gemeldet, große Firmen, die das Projekt unterstützen wollten. Und jetzt saß Leo hier – in einer Wohnung, die für ihn ein Zuhause werden könnte, mit einem Scheck in der Hand, der nicht nur Geld, sondern auch Vertrauen symbolisierte. Er atmete tief durch und schloss die Augen. Das war es also. Freiheit. Oder zumindest etwas, das sich wie Freiheit anfühlte. Aber in seinem Kopf flüsterte noch immer eine leise Stimme: „Wie lange wird es halten, Leo? Wie lange, bis die Schatten zurückkehren?" Er schob den Gedanken beiseite und stand auf. In der kleinen Küche stand ein Wasserkocher. Er füllte ihn und wartete darauf, dass das Wasser kochte. Währenddessen ließ er seinen Blick durch den Raum schweifen. Es war klein, es war karg, aber es war seins. Die Stimmen von Hannah und den anderen hallten noch immer in seiner Erinnerung wider. Die Umarmungen, die aufmunternden Worte, der warme Blick von Hannah, der ihm gesagt hatte: „Wir sind hier, Leo. Du bist nicht allein." Das Wasser kochte, und Leo goss sich eine Tasse Tee ein. Er hielt die dampfende Tasse in seinen Händen und stellte sich an das Fenster. Draußen lag die Kieferstraße still und verlassen unter dem grauen Himmel. Sein neues Leben hatte begonnen. Ein Leben, das ihm gehörte. Ein Leben, das nicht mehr von Angst, Schrecken und Michael bestimmt wurde. Und doch spürte er, dass dieser Weg nicht einfach sein würde. Dass noch viele Nächte kommen würden, in denen er wach liegen und die Stimmen seiner Vergangenheit hören würde. Aber dieses Mal war etwas anders. Dieses Mal war er nicht allein. Leo nahm einen Schluck Tee und ließ den Blick über die Dächer Berlins schweifen. Das Kapitel „Vergangenheit" war noch nicht abgeschlossen. Aber es war Zeit, eine neue Seite aufzuschlagen. Und irgendwo da draußen, in den Schatten einer kleinen Stadt oder eines unbekannten Dorfes, war jemand, der noch zur Rechenschaft gezogen werden musste. Aber das war eine Geschichte für einen anderen Tag. Heute gehörte dieser Moment ihm. Und er würde ihn festhalten.

***

Es war Samstagabend, und die WG roch nach abgestandener Cola, kalten Pizzakartons und einem Hauch von Stressschweiß. Moritz, Johannes und Mustafa saßen zu dritt um den großen Küchentisch, der mehr einem Schlachtfeld als einem Arbeitsplatz glich. Zwischen Büchern, Skripten, und halbleeren Chips Tüten lag ein Nervenzusammenbruch in der Luft. „Okay, Leute, Fokus! Wenn wir jetzt nicht weiterlernen, werde ich Neurologe ohne Hirn", sagte Mustafa und warf ein paar Gummibärchen in die Luft, von denen exakt keines in seinem Mund landete. „Bruder, du wirst Neurologe, um mein Hirn zu retten", sagte Moritz trocken und blätterte durch ein Skript über gastrointestinale Erkrankungen. „Weil wenn ich noch einmal die Symptome von Morbus Crohn durchgehen muss, verliere ich endgültig meine Verdauung." Johannes schnaubte und schob seinen Chirurgie-Atlas zur Seite. „Ach, ihr habt's gut. Mustafa bastelt später am Gehirn rum, Moritz wühlt in Därmen, und ich? Ich werde Menschen aufschneiden und hoffen, dass ich nichts falsch mache. Wir alle wissen, dass Chirurgen nur glorifizierte Klempner mit besserem Gehalt sind." Alle drei lachten kurz auf. Ein Moment der Erleichterung inmitten des Prüfungschaos. „Okay, also Mustafa wird später der Professor, der uns allen erklärt, warum wir in unserem Fachgebiet falsch liegen, Moritz wird jeden Herzinfarkt in einem Umkreis von 100 Kilometern diagnostizieren, und ich… ich werde der sein, der die Leben rettet, die ihr versehentlich in Gefahr gebracht habt", sagte Johannes grinsend. „Klingt nach einem Plan", murmelte Moritz und nahm sich eine weitere Handvoll Chips. „Egal, was passiert", sagte Mustafa und hob seine Cola-Dose, „wir ziehen das Ding gemeinsam durch. Und wenn alles scheitert, eröffnen wir einfach unser

eigenes Krankenhaus." „Mit Black Jack und Cola-Automaten", ergänzte Johannes. Sie stießen mit ihren Dosen an, und für einen
Moment war die Last der Prüfungen, der unzähligen Stunden Lernen und der Angst vor dem Ernst des Lebens vergessen. In diesem
Chaos aus Cola, Chips und Fachliteratur saßen drei angehende
Ärzte, die zwar noch keine Doktor-Titel hatten, aber schon jetzt
wussten: Was auch immer kommt, sie würden sich gegenseitig den
Rücken freihalten. „Okay, genug geredet. Moritz, erklär mir
nochmal den Unterschied zwischen Morbus Crohn und Colitis
ulcerosa, bevor mein Hirn sich endgültig verabschiedet", sagte
Mustafa und setzte seine Lesebrille auf. Der Samstagabend war
noch lang, aber wenigstens war er nicht einsam. Es klopfte an der
WG-Tür, und Mustafa sprang fast erleichtert auf. „Pause, Leute!
Mein Kopf explodiert gleich", sagte er und rieb sich die Schläfen,
während er zur Tür ging. Draußen stand Finn mit einem freundlichen Lächeln. „Hey, sorry, dass ich störe. Ich wollte nur fragen, ob
ihr Salz habt. Ich hab schon bei Sina und Hannah geklopft, aber
die sind wohl nicht da. Bevor ich jetzt jede Tür im Haus abklappe-
re …" Mustafa schmunzelte und zog die Tür weiter auf. „Komm
rein, Finn. Eine Ablenkung tut uns echt gut." Finn trat ein und ließ
sich an den Küchentisch fallen. Moritz schob ihm ohne ein Wort
eine Cola hin. „Salz gibt's gleich. Aber jetzt setzen wir uns alle
erstmal kurz und atmen durch." „Danke, Jungs. Ich will euch echt
nicht stören", sagte Finn und nahm einen Schluck Cola. „Sina hat
mir erzählt, dass Leo aus der Klinik entlassen wird und eine Wohnung gleich um die Ecke gefunden hat." Mustafa nickte und begann ohne großes Nachdenken zu erzählen: „Ja, gestern war der
große Tag. Wir haben ihn abgeholt und in seine Wohnung gebracht. Sie ist wirklich klein, aber gemütlich. Ich glaub, er fühlt
sich ganz wohl dort." Während Mustafa redete, beobachtete Johannes Finn genau. Irgendwas war merkwürdig. Wieso interessier-
te sich Finn so sehr für Leo? Es war nicht unüblich, dass Nachbarn
neugierig waren, aber … irgendwas fühlte sich seltsam an. „Freut
mich echt zu hören", sagte Finn und hob sein Glas Cola. „Ich kenne die Geschichte ja ein bisschen aus eurem Podcast. Krass, was
der Junge durchgemacht hat. Aber schön, dass er jetzt ein neues
Kapitel anfangen kann." Sein Ton klang locker, aber Johannes'

Stirn zog sich leicht zusammen. War das echtes Interesse oder suchte Finn nach etwas Bestimmtem? Finn lehnte sich zurück und lächelte. „Naja, ich will euch nicht weiter stören. Danke für die Cola und das Salz. Das war wirklich nett." „Kein Ding", sagte Mustafa und stand auf, um das Salz aus dem Küchenschrank zu holen. Als Finn schließlich ging, starrte Johannes noch eine Weile auf die Tür. „Habt ihr gemerkt, wie viele Fragen er zu Leo gestellt hat?", murmelte er. Moritz zuckte mit den Schultern. „Ach, vielleicht interessiert es ihn einfach. Oder er will nur ein bisschen Tratsch hören." Johannes sagte nichts mehr, aber das mulmige Gefühl in seiner Brust blieb. Er starrte noch immer zur Tür. „Vielleicht interessiert es ihn einfach?" Moritz' Worte klangen vernünftig, aber sie beruhigten ihn nicht. Finns Fragen waren zu gezielt gewesen, zu vorsichtig. Mustafa ließ sich wieder auf seinen Platz fallen und rieb sich die Augen. „Leute, ich sag's euch – noch eine Stunde Lernen und mein Kopf explodiert wirklich. Aber Finn war doch immer nett, oder? Warum sollte er sich für Leo interessieren, wenn da nicht ein persönlicher Bezug wäre?" Moritz zuckte mit den Schultern. „Vielleicht hat ihn die Geschichte einfach berührt. Der Podcast hat schließlich eine große Reichweite." Johannes lehnte sich zurück und verschränkte die Arme vor der Brust. „Klar, vielleicht. Oder er weiß mehr, als er sagt. Ich weiß nicht … irgendwas fühlt sich falsch an." Mustafa hob eine Augenbraue. „Willst du jetzt Detektiv spielen, Johannes?" „Nein, ich … Ach, egal." Johannes seufzte. „Vielleicht bilde ich mir das alles nur ein. Vielleicht bin ich einfach übermüdet." Moritz grinste und prostete ihm mit seiner Cola Flasche zu. „Siehst du? Kopf ausschalten. Morgen sieht die Welt anders aus." Doch Johannes konnte das Gefühl nicht abschütteln. Während die anderen wieder über Bücher und Skripte gebeugt waren, schweiften seine Gedanken ab. Was, wenn Finn tatsächlich ein Geheimnis hatte? Was, wenn er Leo nicht nur aus Mitgefühl helfen wollte? Währenddessen bei Finn. Finn schloss hinter sich die Tür zu seiner Wohnung und lehnte sich schwer dagegen. Sein Herz schlug schneller, seine Hände zitterten leicht. Die Cola-Dose stellte er auf den Küchentisch, das Salz daneben. „Verdammt …" murmelte er leise und rieb sich übers Gesicht. Er hatte einige Informationen bekommen, genug, um eine

Spur zu haben. Leo war also wirklich in die kleine Wohnung eingezogen – nur eine Straße entfernt. Zu nah, viel zu nah an dem Ort,
der für beide das pure Grauen gewesen war. Finn ging zum Fenster
und starrte auf die Straße hinunter. Sein Blick wanderte zu dem
Haus, das so viele Erinnerungen barg – keine davon gut. Die
Schreie, die Gewalt, die lähmende Angst. „Leo …", sagte er leise
zu sich selbst. „Er wird sich erinnern. Vielleicht nicht sofort, aber
irgendwann wird er mich erkennen. Und dann …" Er schloss die
Augen und atmete tief durch. Egal, wie schmerzhaft es für ihn war,
er musste Leo sehen, musste mit ihm reden. Sie hatten beide noch
offene Rechnungen – mit der Vergangenheit und mit einem Mann,
der noch irgendwo da draußen war. Finn ballte die Fäuste. Er würde nicht zulassen, dass die Geister der Vergangenheit erneut Kontrolle über ihr Leben bekamen. „Bald …", sagte er leise, bevor er
das Licht in seiner Wohnung ausknipste und sich in die Dunkelheit
setzte.

***

Leo saß auf dem Boden seiner neuen Wohnung. Die Wohnung war
klein, kaum mehr als ein Zimmer mit einer winzigen Küchenzeile
und einem schmalen Fenster, durch das gerade genug Licht fiel,
um den Raum tagsüber nicht völlig trostlos wirken zu lassen. Vor
ihm lagen verstreut einige Uni-Unterlagen – Anmeldeformulare,
Infoblätter, ein Kugelschreiber, der halb leer war. Sie wirkten
fremd, beinahe wie Relikte aus einem anderen Leben. Einem Leben, das sich anfühlte, als gehöre es jemand anderem. Die Sozial-
arbeiter hatten vieles für ihn vorbereitet. Während seiner Zeit in
der Klinik hatten sie Anträge gestellt, Formulare ausgefüllt und
ihm versichert, dass alles geregelt sei. Bürgergeld, Krankenkasse,
Wohnungsschlüssel – das Grundgerüst für ein neues Leben stand
bereit. Aber was sollte er nun tun? Leo starrte auf seine Hände.
Dünn, leicht zitternd. Narben zogen sich über die Haut, feine Linien, die Geschichten erzählten, die er lieber vergessen würde.
„Ein Schritt nach dem anderen", hatte seine Therapeutin gesagt.
„Kleine Ziele setzen, Leo. Du musst nicht alles auf einmal schaffen." Sein Blick schweifte wieder zu den Uni-Unterlagen. Studium. Ein Wort, das so viel bedeutete, so viele Möglichkeiten eröff-
nete. Doch es war auch eine Erinnerung daran, wie weit er gefallen

war. Leo erinnerte sich an die Vorlesungssäle, an die Bibliothek, an die Geräusche von flüsternden Kommilitonen und klappernden Laptops. Damals war er noch jemand gewesen – jemand, der träumte, der Pläne hatte. „Du könntest es schaffen", hatte seine Psychiaterin gesagt. „Das Studium wieder aufnehmen. Struktur, Leo. Du brauchst Struktur und eine Aufgabe." Doch wie begann man? Wie fängt man wieder an, wenn man vergessen hatte, wie sich Normalität anfühlt? Leo griff nach dem Kugelschreiber und drehte ihn zwischen seinen Fingern. Es fühlte sich falsch an, als würde er in ein Leben zurückkehren, das nicht mehr seins war. Er wusste nicht einmal, wo er anfangen sollte. Die Formulare schienen ihn anzustarren, als würden sie jede Unsicherheit, jede Angst von ihm kennen. Er ließ den Stift fallen und zog die Knie an die Brust. „Ich bin Leo", murmelte er leise. „Ich bin Leo." Das sagte er immer wieder. Ein Mantra, das ihn daran erinnern sollte, wer er war – oder wer er zumindest sein wollte. Nicht Michael, nicht der andere Teil in ihm, der so lange sein Leben dominiert hatte. Er griff nach dem Handy, das Patrick ihm geschenkt hatte. Ein modernes Ding, mit einer Hülle, die viel zu jung und lebendig für seine müden Hände wirkte. Patrick hatte gesagt: *„Ruf uns an, wenn du irgendwas brauchst. Ernsthaft, Leo, egal wann."* Leo zögerte. Die Jungs. Die Nachbarn. Die Menschen, die Michael töten wollte, die er fast verloren hätte. Was würden sie denken? Würden sie ihm helfen, oder würden sie ihn ansehen und nur Michael sehen? „Nein", sagte er leise zu sich selbst. „Ich bin Leo." Er öffnete die Kontakte und scrollte zu Johannes' Nummer. Sein Daumen schwebte über dem Anrufsymbol. Johannes war immer nett zu ihm gewesen, immer verständnisvoll. Aber er war auch vorsichtig, ein wenig zurückhaltend. Vielleicht spürte Johannes, dass in Leo noch immer etwas Dunkles lauerte. Leo schloss die Augen, atmete tief ein und drückte auf das Symbol. Das Freizeichen erklang, gleichmäßig, fast beruhigend. „Hey, Leo!" Johannes' Stimme war warm, ein wenig überrascht, aber freundlich. Leo öffnete den Mund, aber die Worte kamen nicht sofort. „Hi … Johannes." Seine Stimme klang brüchig, unsicher. „Alles okay bei dir? Brauchst du was?" Leo schloss die Augen und zwang sich, zu sprechen. „Kannst du vielleicht … Kannst du mir helfen? Ich … ich weiß nicht, wie ich anfangen soll. Mit der Uni, den Formularen … mit allem." Am anderen Ende war es kurz still, doch dann kam Johannes' Antwort. „Natürlich, Leo. Das kriegen wir hin. Wann soll ich vorbeikommen?" Ein Knoten löste sich in Leos Brust, und seine Schultern sanken ein Stück nach unten. „Danke, Johannes. Einfach … danke." „Kein Ding, Leo. Dafür sind Freunde da." Als das Gespräch endete, ließ Leo das Handy sinken und atmete tief durch. Zum ersten Mal seit Langem fühlte es sich an, als hätte er einen kleinen Schritt nach vorn gemacht. Ein kleiner, unsicherer Schritt – aber ein Schritt. „Ich bin Leo", sagte er erneut leise zu sich selbst. Und diesmal glaubte er es ein kleines bisschen mehr. Leo ließ seinen Blick noch einmal durch das Zimmer schweifen. Die kleine, ausklappbare Couch stand an der Wand, daneben ein schlichter Tisch und ein Regal, das mehr leer als gefüllt war. Die Wohnung war praktisch eingerichtet, funktional – aber auch leblos. Alles in neutralen Farben, keine persönlichen Akzente, nichts, das wirklich *ihm* gehörte. Hier und da hatte er bereits Ideen, wie er etwas Farbe hineinbringen könnte, ein paar Pflanzen, vielleicht ein Bild an der Wand. Etwas, das ihn daran erinnerte, dass dieses kleine Zimmer sein Zuhause war. Sein Blick fiel auf den Umschlag, der auf dem Tisch lag. Das Geld, das die Gruppe aus den Einnahmen ihres Podcasts für ihn beiseitegelegt hatte. „Du gehörst jetzt dazu, Leo. Du bist ein Teil davon." Diese Worte hallten in seinem Kopf nach. Er wollte daran glauben, wirklich. Aber wie konnten sie ihm verzeihen? Wie konnten sie ihn wirklich akzeptieren nach allem, was passiert war? Nach all dem Schmerz, den er – nein, Michael – ihnen zugefügt hatte? Sein Atem wurde flacher, seine Hände verkrampften sich, während die vertrauten Zweifel in ihm hochkrochen. Doch dann hob er den Kopf, ballte die Fäuste und sagte laut, fast trotzig: „Ich bin Leo. Nicht Michael." Seine Stimme war fest, seine Worte klar. Es war nicht das erste Mal, dass er diesen Satz sagte, und es würde sicher nicht das letzte Mal sein. Aber heute klang er etwas echter. Er öffnete den Umschlag und nahm ein wenig Geld heraus. Es fühlte sich fremd an, so viel Geld in der Hand zu halten, Geld, das ihm geschenkt worden war, ohne dass jemand etwas dafür erwartete. Aber er wusste, was er damit tun wollte. Er würde losfahren und sich Kleidung kaufen. Etwas Neues, etwas, das nicht nach Klinik roch oder sich anfühlte wie die alte Haut eines Lebens, das er hinter sich lassen wollte. Er wollte sich wieder wie ein Mensch fühlen. Wie ein junger Mann, der ein Recht darauf hatte, hier zu sein, zu leben, zu atmen und vielleicht – irgendwann – sogar glücklich zu sein. Ein leises Lächeln huschte über sein Gesicht. Es fühlte sich ungewohnt an, fast fremd, aber es war da. Ein Anfang. Leo griff nach seiner Jacke, steckte das Geld ein und öffnete die Tür. Ein frischer Luftzug wehte ihm entgegen, als er hinaustrat. Der Himmel war grau, aber irgendwo hinter den Wolken konnte man die Sonne erahnen. „Es wird Zeit, dass ich etwas für mich tue", murmelte er leise und machte sich auf den Weg. Sein Schritt war noch unsicher, aber fest genug, um ihn nach vorn zu tragen. Heute würde er etwas für sich tun. Heute würde er einen kleinen, aber wichtigen Schritt in sein neues Leben machen.

***

Patrick saß in seinem kleinen Arbeitszimmer, der Schreibtisch übersät mit Akten und Dokumenten. Ein paar Berichte mussten noch fertiggestellt werden, und er hatte sich fest vorgenommen, sie heute endlich abzuschließen. „Homeoffice ist entspannter", hatte man ihm gesagt. Patrick schnaubte leise und verzog die Lippen zu einem schiefen Grinsen. In seinem Fall war das wohl eher ein schlechter Scherz. Wochenenden waren kaum noch Wochenenden, sondern einfach Tage, an denen man in Jogginghose und mit kaltem Kaffee dieselbe Arbeit erledigte wie unter der Woche. Er lehnte sich zurück, rieb sich müde die Augen und ließ seinen Blick auf das Chaos auf seinem Schreibtisch fallen. Doch anstatt sich auf die Dokumente zu konzentrieren, drifteten seine Gedanken zu jenem Moment ab, der ihm seither keine Ruhe mehr ließ. Der Keller. Finn. Die Fotos. Patrick erinnerte sich genau daran. Vor ein paar Tagen war er in den Keller gegangen, um ein paar alte Bücherkisten abzustellen. Der muffige Geruch von Beton und Staub hatte ihn sofort an jene Nacht erinnert, die Nacht, in der Michael sie alle in diesen Keller gelockt hatte. Es war der Keller, in dem Fotos von ihnen auf einem Tisch lagen, jede Aufnahme ein Puzzlestück in einem kranken Spiel. Ein Spiel, das beinahe tödlich für sie alle geendet hätte. Während Patrick die Kiste abstellte und sich abwischte, hatte er im Augenwinkel etwas bemerkt: Finn. Er stand im Kellerbereich *5*, dem Raum, der seit Michaels Vorfall leer stand. Niemand aus der Gruppe hatte diesen Raum je wieder betreten. Es war fast wie ein stiller Pakt gewesen – niemand redete darüber, niemand ging hinein. Doch Finn war dort. Patrick duckte sich instinktiv hinter ein Regal in seinem Bereich*3* und beobachtete ihn. Finn hatte eine kleine Kamera in der Hand, vermutlich sein Handy, und machte Fotos. Von der kahlen Betonwand, vom Boden, von der Decke. Fotos von einem Raum, der absolut nichts enthielt. Warum? Patrick erinnerte sich an Finns Gesichtsausdruck: angespannt, fast schon besessen. Seine Stirn war in Falten gelegt, seine Augen huschten unruhig hin und her, als würde er nach etwas suchen. Nach was suchte er? Und warum? Patrick hatte noch kurz überlegt, Finn anzusprechen, doch irgendetwas hielt ihn zurück. Vielleicht war es der seltsame Ernst in Finns Blick oder die Art, wie er plötzlich zusammenzuckte, als er ein Geräusch hörte. Bevor Patrick überhaupt reagieren konnte, steckte Finn sein Handy in die Tasche und verließ den Keller hastig. Seitdem nagte dieses Bild an Patrick. Er konnte es nicht vergessen. Warum machte Finn Fotos von einem leeren Kellerraum? Wusste er etwas, das die anderen nicht wussten? Suchte er nach etwas? Oder – und das war der Gedanke, der Patrick am meisten beunruhigte – versteckte er vielleicht etwas? Ein leises Piepen seines Laptops riss Patrick aus seinen Gedanken. Eine neue E-Mail. Aber anstatt sich wieder in seine Arbeit zu stürzen, griff er nach seinem Handy. Sein Daumen schwebte über Finns Kontaktnamen. Sollte er ihn einfach fragen? Ihn direkt darauf ansprechen? Doch Patrick zögerte. Er spürte, dass hinter Finns Verhalten mehr steckte, als er auf den ersten Blick gezeigt hatte. Vielleicht war es klüger, noch etwas abzuwarten. Mit einem tiefen Seufzen ließ Patrick das Handy sinken und starrte aus dem Fenster. Der Himmel war grau, die ersten Regentropfen prasselten gegen die Scheibe. „Irgendetwas stimmt hier nicht", murmelte er leise zu sich selbst. Eines war klar: Er würde Finn im Auge behalten. Und vielleicht – ganz vielleicht – würde er selbst noch einmal in Kellerbereich *5* gehen. Dieses Mal mit Antworten im Kopf und nicht nur Fragen. Patrick lehnte sich in seinem Bürostuhl zurück und massierte seine Schläfen. „Du wirst langsam paranoid", murmelte er zu sich selbst und schüttelte leicht den Kopf. Vielleicht war das alles nur in seinem Kopf. Nach allem, was vor sechs Monaten passiert war – den SMS, den verstörenden Fotos, den Nächten voller Angst – war es vielleicht nur ein Überbleibsel dieser tief sitzenden Anspannung. Aber dieses Bild von Finn im Keller, wie er mit angespanntem Gesicht Fotos von kahlen Betonwänden machte, wollte einfach nicht aus seinem Kopf verschwinden. Es war seltsam. Merkwürdig genug, um Patrick nicht zur Ruhe kommen zu lassen. „Vielleicht hat er ja einfach nur irgendwas gesucht … oder Langeweile gehabt." Doch das glaubte er selbst nicht. Wer ging schon in einen leeren Kellerraum und fotografierte nichts als Beton und Staub? Mit einem tiefen Seufzen griff Patrick nach seinem Handy und öffnete die WhatsApp-Gruppe der Nachbarn. Ein paar alte Nachrichten über vergessene Mülltonnen und Einladungen zu gemeinsamen Abenden flimmerten über den Bildschirm. „Hey Leute, ich dachte, wir könnten uns heute Abend bei Iris treffen. Ein bisschen zusammensitzen, Kaffee trinken, quatschen. 19 Uhr? Er drückte auf „Senden" und lehnte sich zurück. Der Gedanke an das Treffen beruhigte ihn ein wenig. Vielleicht konnte er mit den anderen über Finn reden – oder auch nicht. Vielleicht würde es einfach ein entspannter Abend werden, bei dem sie alle für ein paar Stunden so taten, als sei alles normal. Finn war nicht in der Gruppe. Patrick starrte auf die Liste der Gruppenmitglieder. Hannah, Sina, Moritz, Johannes, Mustafa, David – aber kein Finn. Warum eigentlich nicht? Niemand hatte je vorgeschlagen, ihn hinzuzufügen. Vielleicht hatten die anderen unbewusst gespürt, dass Finn noch nicht wirklich Teil dieser Gemeinschaft war. Er war höflich, nett – aber irgendwie blieb er immer ein Stück außen vor. Ein Beobachter, kein Teilnehmer. Patrick spürte, wie ein dumpfer Schmerz hinter seiner Stirn pochte. Zu viel Denken. Zu viele Fragen. Er legte das Handy auf den Tisch und rieb sich noch einmal die Schläfen. „Du wirst langsam wirklich verrückt, Patrick. Lass das einfach los." Aber tief in seinem Inneren wusste er, dass er das nicht tun würde. Nicht heute. Nicht solange das Bild von Finn in diesem leeren Keller in seinem Kopf brannte wie ein heller Fleck, der einfach nicht verblassen wollte. „Vielleicht ergibt sich heute Abend bei Iris ja die Gelegenheit, mit den anderen zu reden." Mit einem letzten tiefen Atemzug zwang

Patrick sich, den Laptop wieder aufzuschlagen und sich auf die Dokumente zu konzentrieren. Doch während seine Augen über die Worte auf dem Bildschirm glitten, drifteten seine Gedanken immer wieder ab – zurück in den staubigen Keller, zu Finn und seinen geheimnisvollen Fotos.

***

Sina saß als Erste im Café und rührte gedankenverloren an ihrem Latte Macchiato. Vor ihr stand ein Stück Bienenstich auf einem kleinen weißen Teller, das nach und nach seinen Duft in die Luft verströmte. Sie biss hinein und seufzte zufrieden. „Iris, der ist wirklich himmlisch. Du solltest den Bienenstich patentieren lassen." Iris, die hinter der Theke stand, lächelte warm. „Danke, Sina. Ich gebe es an die Bienen weiter." Die Türglocke klingelte, und David und Patrick traten ein. David entdeckte Sina sofort und setzte sich mit einem freundlichen Nicken neben sie, während Patrick ihr gegenüber Platz nahm. Patrick sah müde aus, seine Stirn lag in Falten und seine Schultern hingen ein wenig tiefer als sonst. „Alles okay, Patrick?" fragte David leise. Patrick hob den Kopf und versuchte ein Lächeln. „Ach, ich weiß nicht… vielleicht mach ich mir zu viele Gedanken. Ich wollte warten, bis alle da sind, bevor ich darüber rede." Sina zog die Augenbrauen zusammen, sagte aber nichts und nahm stattdessen noch einen Schluck von ihrem Kaffee. Die Atmosphäre war ruhig, fast schon behaglich, während sie auf die anderen warteten. Nach und nach kamen Mustafa, Moritz und Hannah ins Café. Mustafa grüßte alle mit einem entspannten „Hey zusammen!", während Hannah sich mit einem erleichterten Seufzer auf einen freien Stuhl fallen ließ. Moritz setzte sich zuletzt und sah von Sina zu ihrem Kuchen. „Oh, Bienenstich am Abend? Sina, du lebst gefährlich." Sina lächelte matt, während Mustafa grinsend hinzufügte: „Man gönnt sich ja sonst nichts, oder?" Das Gespräch nahm langsam Fahrt auf. Hannah erzählte leise von einer komplizierten Schicht im Krankenhaus, Mustafa berichtete kurz von seinem Lernstress, und David lehnte sich zurück, während er schweigend seinen Kaffee trank. Patrick hingegen war auffallend ruhig. Er beobachtete die Runde, seine Finger spielten nervös mit dem Rand seiner Tasse. „Wo bleibt Johannes eigentlich?" fragte Mustafa schließlich. „Wahrscheinlich wieder im OP-Saal oder mit dem Kopf in einem Lehrbuch versunken," antwortete Moritz mit einem schiefen Lächeln. Die Gruppe lachte leise, aber die Stimmung blieb gedämpft. Jeder spürte, dass Patrick etwas auf dem Herzen hatte. Patrick atmete tief durch und sah in die Runde. „Okay, ich wollte eigentlich warten, bis Johannes da ist, aber... vielleicht sollte ich es jetzt einfach sagen." Alle Augen richteten sich auf ihn, und für einen Moment wurde es still im Café. Patrick nahm einen tiefen Schluck aus seiner Tasse, stellte sie dann leise ab und rieb sich mit der Hand über das Gesicht. Die anderen warteten geduldig, niemand drängte ihn, zu sprechen. Schließlich hob er den Kopf und begann leise zu reden: „Ich war neulich im Keller. Ich wollte nur ein paar alte Unterlagen verstauen, nichts Besonderes. Aber dann... habe ich Finn gesehen." Sina runzelte die Stirn, während David aufmerksam zuhörte. Mustafa lehnte sich ein Stück vor, und Moritz sah Patrick direkt an. „Er stand im Kellerraum Nummer fünf. Ihr wisst schon... der Keller." Ein kollektives Schweigen legte sich über die Gruppe. Jeder wusste, wovon Patrick sprach. Der Keller, in dem Michael die Fotos von ihnen verteilt hatte. Der Keller, in den sie mit diesen unheimlichen SMS gelockt worden waren. Der Ort, an dem alles eskaliert war. „Finn hat Fotos gemacht. Von diesem Raum. Von den Wänden, vom Boden, einfach von allem. Er war eine ganze Weile dort. Und ich habe ihn beobachtet, ohne dass er mich gesehen hat." Patrick machte eine Pause und sah in die Gesichter seiner Freunde. Sina kaute nervös auf ihrer Unterlippe, und Moritz starrte in seine Tasse. „Es war... es war ein Gefühl, wie vor sechs Monaten. Dieses mulmige Gefühl, dieser Druck auf der Brust. Es war, als würde die Luft wieder schwerer werden. Ich weiß, dass Finn nichts mit Michael zu tun hat. Das kann er nicht haben. Aber... warum macht er Fotos von einem leeren Kellerraum? Was will er dort?" David räusperte sich und fragte vorsichtig: „Hast du ihn darauf angesprochen?" Patrick schüttelte den Kopf. „Nein. Ich... ich wollte es nicht. Vielleicht habe ich mir das alles nur eingebildet. Vielleicht projiziere ich etwas auf Finn, das gar nicht da ist. Aber dieser Keller... das, was wir damals erlebt haben, das vergisst man nicht einfach. Und jetzt fühle ich mich, als würde ich Gespenster sehen." Sina legte behutsam ihre Hand auf Patricks Arm. „Das, was du fühlst, ist absolut verständlich. Nach all dem, was passiert ist… solche Erlebnisse verschwinden nicht einfach." Mustafa nickte langsam. „Vielleicht solltest du mit Finn reden. Direkt und ohne Umschweife. Frag ihn einfach, was er dort unten gesucht hat. Vielleicht gibt es eine harmlose Erklärung." Moritz sah in die Runde. „Oder… wir halten die Augen offen. Ohne Panik zu schieben, aber einfach… aufmerksam bleiben. Wenn etwas nicht stimmt, werden wir es merken. Patrick atmete tief durch und nickte. „Vielleicht habt ihr recht. Ich wollte das nur loswerden, weil… naja, weil ihr die Einzigen seid, die wirklich verstehen können, wie sich das anfühlt." Eine bedrückte Stille legte sich über den Tisch. Jeder dachte an die Ereignisse von vor sechs Monaten zurück, an die Angst, das Misstrauen und den Moment, als alles in sich zusammenzufallen drohte. „Eins ist sicher," sagte Sina nach einer Weile leise, „egal was kommt, wir halten zusammen." Patrick lächelte schwach und hob seine Tasse. „Darauf können wir anstoßen." Die Gruppe tat es ihm nach, und für einen Moment war das Schweigen nicht mehr bedrückend, sondern ein stilles Zeichen von Zusammenhalt und Vertrauen. Die Türklingel ertönte, und alle Blicke richteten sich zur Eingangstür des Cafés. Johannes trat mit seiner gewohnt lässigen Art ein, ein breites Lächeln im Gesicht, und direkt hinter ihm folgte Leo. Leo wirkte unsicher, seine Schultern leicht nach vorne gezogen, die Hände tief in den Taschen seiner Jacke vergraben. Sein Blick huschte scheu über die Runde, als würde er nach einem Zeichen suchen, dass er wirklich willkommen war. Die Gruppe verstummte für einen Moment. Es war, als hätten alle denselben Gedanken zur gleichen Zeit: Wir dürfen nichts sagen. Nicht über den Keller. Nicht über Finn. Nicht über diese Schatten der Vergangenheit. Denn Leo war hier. Leo, nicht Michael. Und Leo kämpfte jeden Tag darum, dass er stärker wurde, dass er seine eigene Persönlichkeit zurückeroberte. Kein falsches Wort durfte diesen empfindlichen Fortschritt gefährden. Johannes bemerkte die plötzliche Stille und blieb stehen. „Was guckt ihr so? Als hätte ich gerade einen Geist mitgebracht?" Sina fing sich zuerst und lachte leise. „Quatsch, setzt euch einfach. Ihr habt uns nur… überrascht." Johannes zog Leo mit sich, und sie setzten sich an den Tisch. „Überrascht? Ihr habt doch ohne uns angefangen! Und ich dachte, wir wären ein eingeschworenes Team." Er zwinkerte, und Leo lächelte zaghaft. Patrick räusperte sich und versuchte, die Anspannung zu vertreiben. „Alles gut, Johannes. Wir haben nur… naja, ein bisschen über alte Zeiten geredet." Leo hob kurz den Blick. „Über… die Klinik?" Sina schüttelte den Kopf und lächelte warm. „Nein, nicht darüber. Nur… alltägliche Dinge. Wie das Leben so spielt, weißt du?" Leo nickte langsam und schien sich ein wenig zu entspannen. Er zog seine Jacke aus und legte sie über die Stuhllehne. Johannes bestellte bei Iris zwei Tassen Kaffee und einen Schokokuchen für Leo. David nahm einen Schluck aus seiner Tasse und versuchte, die Unterhaltung in eine lockere Richtung zu lenken. „Also, Leo, hast du dich schon ein bisschen eingelebt? Wie gefällt dir die neue Wohnung?" Leo zögerte kurz, dann nickte er. „Es ist… ruhig. Klein, aber gemütlich. Ich muss noch ein bisschen Farbe reinbringen. Vielleicht ein paar Bilder oder so." Mustafa lächelte aufmunternd. „Das klingt gut. Du wirst sehen, es dauert nicht lange, und es fühlt sich wie Zuhause an." Leo sah auf seine Hände, die auf dem Tisch lagen, und hob dann den Blick zu seinen neuen Freunden. „Danke… dass ihr da seid. Dass ihr… mich so aufnehmt. Das bedeutet mir viel." Für einen Moment herrschte Stille. Aber es war keine bedrückende Stille, sondern eine warme, verständnisvolle Ruhe. Johannes klatschte schließlich in die Hände und durchbrach die Stille. „Also Leute, wir sitzen hier nicht zum Spaß rum, oder? Kaffee trinken, Kuchen essen und über belanglose Dinge quatschen – das war doch der Plan, oder nicht?" Die Gruppe lachte leise, und Stück für Stück lockerte sich die Stimmung. Patrick lehnte sich zurück, ließ seinen Blick über die Runde schweifen und spürte, wie ein Teil seiner Anspannung nachließ. Nicht alles war geklärt, nicht alles war vergessen, aber in diesem Moment, in diesem kleinen Café, saßen sie zusammen – als Freunde, als Gemeinschaft, und das war alles, was zählte. Johannes strahlte vor Stolz, als er sich in der Runde umsah. „Darf ich die gute Nachricht erzählen?", fragte er mit einem breiten Grinsen. Leo schaute kurz verlegen zu ihm, aber seine Mundwinkel zuckten nach oben, und er nickte stumm. „Also Leute, haltet euch fest!", begann Johannes und klatschte einmal in die Hände. „Leo hat sich entschieden, sein IT-Studium wieder aufzunehmen! Und ich durfte ihm heute ein bisschen dabei helfen, die ersten Schritte in die richtige Richtung zu machen." Ein anerkennendes Murmeln ging durch die Runde, und Sina lächelte warm. „Das ist großartig, Leo. Du wirst das schaffen, da bin ich mir sicher." Leo senkte den Kopf leicht, seine Wangen wurden rot. „Danke... das bedeutet mir echt viel." Johannes lehnte sich zurück und begann zu erklären: „Wir haben uns heute Vormittag zusammengesetzt und gemeinsam die Website der Technischen Universität Berlin durchforstet. Leo hat sich bewusst für die TU entschieden – eine der besten Unis Deutschlands, besonders im Bereich Informatik. Der Studiengang Informatik, Bachelor of Science bietet genau das, was Leo braucht: klare Strukturen, praktische Projekte und den Fokus auf Programmierung und IT-Sicherheit." Leo nickte zustimmend. „Ja, und es gibt viele Online-Vorlesungen und Selbstlernmodule, was mir gerade am Anfang sehr helfen wird." Johannes fuhr fort: „Zuerst haben wir das Online-Bewerbungsportal der TU Berlin aufgerufen. Dort mussten wir einen Antrag auf Wiedereinschreibung ausfüllen, weil Leo ja schon mal immatrikuliert war. Er musste seine alte Matrikelnummer angeben, persönliche Daten aktualisieren und ein Motivationsschreiben hinzufügen. Das war wohl der kniffligste Teil, aber wir haben's gemeinsam geschafft." Leo schmunzelte. „Na ja, Johannes hat ein bisschen geholfen, die richtigen Worte zu finden." Johannes grinste.

„Ach, hör auf. Du hast das meiste selbst geschrieben. Danach haben wir die erforderlichen Dokumente hochgeladen: den alten Immatrikulationsbescheid, eine Kopie des Personalausweises und die Nachweise über vorherige Studienleistungen. Alles digital, super praktisch!" Patrick nickte anerkennend. „Das klingt nach einem guten Plan. Die TU ist echt eine top Adresse für Informatik." Leo sah vorsichtig in die Runde. „Jetzt muss ich nur noch auf die Rückmeldung warten. Wenn alles klappt, kann ich im nächsten Semester wieder anfangen." Sina prostete ihm mit ihrer Kaffeetasse zu. „Und wir werden dich auf diesem Weg unterstützen, Leo. Egal, was kommt." Die Stimmung war warm und voller Zuversicht. Patrick konnte sehen, wie sich eine Last von Leos Schultern löste, während Johannes selbstzufrieden in seinem Stuhl saß. Moritz, der bisher still gewesen war, hob eine Augenbraue und sagte trocken: „Also, Leo, wenn du irgendwann einen dieser absurden Algorithmen entwickelst, die mir mein Streaming-Programm mit peinlichen Empfehlungen vollballern – dann weiß ich, bei wem ich mich beschweren muss." Gelächter brach aus, und selbst Leo konnte nicht anders, als mitzulachen. In diesem Moment fühlte sich alles richtig an – ein kleiner Schritt in Richtung Normalität, ein kleiner Sieg, aber ein bedeutender.

***

Finn stand im Schatten einer alten Straßenlaterne vor dem Café und beobachtete die Gruppe durch das große Fenster. Das warme Licht fiel auf ihre Gesichter, und von draußen sah es beinahe aus wie eine Filmszene – vertraut, harmonisch, beinahe idyllisch. Johannes erzählte irgendetwas, wild gestikulierend, während die anderen lachten. Inmitten dieser Gruppe saß Leo, etwas zurückhaltend, aber er lächelte. Ein echtes Lächeln. Finn spürte, wie sich ein Kloß in seiner Kehle bildete. Einerseits war er erleichtert, Leo so zu sehen – ruhig, eingebettet in eine Gruppe, die ihm offensichtlich guttat. Doch andererseits… Andererseits war da diese brennende Wut, die wie ein schwelendes Feuer in ihm loderte. Wut auf die Vergangenheit, auf die Täter, auf das, was sie Leo und auch ihm selbst angetan hatten. „Leo…" murmelte Finn leise, während er die Hände in die Taschen seiner Jacke schob. Er brauchte Leo. Nicht nur, um die Vergangenheit zu verstehen, sondern auch, um sie zu überwinden. Gemeinsam. Doch Finn wusste auch, dass Leo noch zerbrechlich war, auch wenn er äußerlich stärker wirkte. Seine Krankheit war nicht einfach nur eine Phase, sie war ein Kampf. Ein täglicher, innerer Krieg, den Finn als Arzt nur zu gut kannte. Er hatte Medizin studiert, um Menschen zu helfen. Um Leben zu retten. Doch in diesem Moment war ihm das alles egal. Menschlichkeit, Geduld, Rücksicht – all das schob er in die hinterste Ecke seines Bewusstseins. Melanie, Leo und er hatten eine Rechnung zu begleichen. Eine offene Wunde, die nur durch Gerechtigkeit geschlossen werden konnte. Finn biss die Zähne zusammen und blickte erneut ins Café. Nein. Heute nicht. Nicht jetzt. Leo schien für einen Moment Frieden gefunden zu haben, und Finn hatte nicht das Recht, das zu zerstören. Er drehte sich um, seine Schritte hallten auf dem Kopfsteinpflaster wider. „Noch nicht, Leo", murmelte er vor sich hin. „Aber bald." Mit gesenktem Kopf ging Finn die Straße entlang. Die Kälte der Nacht kroch durch seine Kleidung, aber das störte ihn nicht. In seinem Kopf kreisten die Gedanken, und tief in seiner Brust spürte er, dass der Tag kommen würde. Der Tag, an dem sie alles beenden würden. Aber nicht heute. Heute gehörte Leo dieses Lächeln.

***

Melanie saß zusammengesunken in der Ecke ihres Wohnzimmers, die Knie angezogen, die Stirn auf ihre Arme gestützt. Die warme Decke, die sie um sich geschlungen hatte, bot kaum Trost. Der Raum war still, nur das Ticken der Wanduhr durchbrach die bedrückende Stille. Ihr Mann schlief bereits tief und fest, und ihr Sohn war bei ihrer Mutter – ein Wochenende, das eigentlich schön werden sollte, voller Ausflüge und fröhlicher Momente. Doch stattdessen saß Melanie hier, gefangen in einem Netz aus Schuldgefühlen und schmerzhaften Erinnerungen. Sie hatte gerade die Sitzung bei ihrem Therapeuten hinter sich, und doch fühlte es sich an, als hätte sie kaum etwas loswerden können. Ihre Gedanken kehrten immer wieder zu Finn zurück. Finn – der einzige Mensch, bei dem sie das Gefühl hatte, wirklich verstanden zu werden. Ein Mensch, dessen Seele ähnliche Narben trug wie ihre eigene. „Seelenverwandtschaft", murmelte sie leise und ein bitteres Lächeln zuckte über ihre Lippen. Sie hatte gelogen. Sie hatte gelogen, um ihren verdammten Onkel zu schützen. Um dieses düstere Versprechen zu halten, das ihr Vater ihr auf dem Sterbebett abgerungen hatte. „Melanie…" hatte er mit schwacher Stimme gesagt, die Augen voller Flehen und die Haut fahl vom Krebs gezeichnet. „Ich weiß, dass du einen Groll gegen Uwe hegst. Aber er ist mein Bruder. Er hat Fehler gemacht, schlimme Fehler. Bitte, versprich mir, dass du ein Auge auf ihn hast. Dass du ihm hilfst, auf dem richtigen Weg zu bleiben. Er darf nicht wieder böse Dinge tun." Melanie schluckte schwer. Damals, in diesem Moment, hatte sie es versprochen. Nicht aus Liebe zu ihrem Onkel, sondern aus Liebe zu ihrem Vater. Doch ihr Vater wusste nicht, was Uwe Möller getan hatte. Was er für ein Monster war. Dass er keineswegs anders war als der Onkel von Leo. Die beiden Männer – Monster in Menschengestalt. Sie hatten so viel zerstört. Nicht nur körperlich, sondern auch seelisch. Und nun stand sie hier, mit der Last eines falschen Versprechens auf ihren Schultern. Sie hatte gelogen, als die Nachbarn fragten, als die jungen Menschen in diesem Haus verzweifelt nach Antworten suchten. Sie hatte ihre Augen verschlossen, weil sie glaubte, ihrem Vater etwas schuldig zu sein. Finn, Leo und sie selbst – sie waren ein Dreiergespann. Verbunden durch Narben, die unsichtbar, aber tief in ihre Haut und ihre Herzen gebrannt waren. Melanie atmete tief durch und wischte sich die Tränen von den Wangen. Irgendwann würde sie mit Finn reden müssen, mit Leo. Irgendwann würde sie ihre Schuld begleichen müssen. Aber nicht heute. Heute saß sie einfach nur da, in dieser dunklen Ecke ihrer Wohnung, und versuchte, nicht unter der Last der Vergangenheit zusammenzubrechen. Sie waren Kinder. Melanie war zehn Jahre alt, Finn neun. Leo war ebenfalls neun, doch er wirkte älter, als würde er ein ganzes Leben an Schmerz und Angst mit sich tragen. Sie gingen alle auf dieselbe Schule, ihre Rucksäcke waren zu groß für ihre schmalen Schultern, ihre Schuhe oft abgenutzt vom Spielen und Herumtollen. Zwei Monate, die anfangs von Lachen und kindlicher Unbeschwertheit gefüllt waren. Finn, der nur einen Bezirk entfernt wohnte, zog für drei Monate zu Melanie und ihrer Familie. Sie erinnerte sich daran, wie Finn und sie sich Geschichten ausdachten, wie sie zusammen in der Einfahrt ihres Hauses Kreidezeichnungen malten. Wie Leo manchmal zu ihnen stieß – still, mit gesenktem Blick und blassen Wangen. Er hatte blaue Flecken an den Armen, dünne Striemen am Rücken. Als sie ihn fragten, was passiert sei, schwieg er. Er zuckte mit den Schultern, lächelte gequält, und sie ließen ihn ziehen, weil sie nicht wussten, wie sie nachhaken sollten. Und dann kam dieser eine Tag. Der Tag, an dem alles zerbrach. Finn hatte geweint. Seine blauen Augen, die sonst so viel Neugier und Freude ausstrahlten, waren leer gewesen. Melanie hatte seine Hand gehalten, aber sie war zu klein, um ihn festzuhalten, zu schwach, um ihn zu retten. Niemand hatte sie gerettet. Nicht Leo. Nicht Finn. Nicht sie selbst. Die Nachbarn hatten weggeschaut. Sie alle. Fenster wurden geschlossen, Gespräche unterbrochen, Blicke abgewendet. Jeder wusste etwas, und jeder schwieg. Melanies Vater, ein gutmütiger Mann, der sich nie hätte vorstellen können, dass sein eigener Bruder ein Monster war, hatte nur den Kopf geschüttelt. „Melanie, der Junge spielt nur zu wild. Er fällt von Bäumen. Das hat dein Onkel gesagt. Mein Bruder weiß das besser als wir." Die Worte brannten sich in ihr Gedächtnis. Wie oft hatte sie diesen Satz wiederholt, vor sich hin gemurmelt, während sie in ihrem Bett lag und Finns stumme Tränen vor sich sah? Während sie Leos erstarrte Miene vor Augen hatte, wenn er mit blutigen Knien und gesenktem Kopf vor ihnen stand? Finn und Melanie waren Kinder. Verdammt noch mal, sie waren Kinder! Sie hatten nicht gewusst, was sie tun sollten. Hätten sie geschrien? Hätten sie jemanden um Hilfe bitten sollen? Doch wen? Die Erwachsenen? Diejenigen, die doch alles sehen, aber nichts tun wollten? Jetzt fraß die Schuld sie auf. Die Schuld und die Wut, die wie ein tosendes Feuer in ihr loderte. Sie wollte schreien, sie wollte weinen, sie wollte diesen verdammten Mann in die Knie zwingen und ihm all das zufügen, was er ihnen und Leo angetan hatte. Uwe Möller. Allein der Name verursachte Übelkeit in ihr. Sie war kein kleines Mädchen mehr. Finn war kein kleiner Junge mehr. Und Leo? Leo war zerbrochen, so viele Male, dass es an ein Wunder grenzte, dass er noch atmete. Aber jetzt war die Zeit gekommen. Finn, Leo und sie selbst – sie würden diesen Tyrannen zu Fall bringen. Sie würden ihn dorthin schicken, wo er hingehörte: in den Abgrund, in die Dunkelheit, in den Schmerz. „Er wird verrecken", flüsterte Melanie in die Stille ihrer Wohnung. „Er wird für alles bezahlen." Es spielte keine Rolle mehr, wie weit sie dafür gehen mussten. Sie würden es beenden. Ein für alle Mal.

***

David und Sina lagen noch immer unter der warmen Decke seiner Dachgeschosswohnung. Die Sonne schien durch das halb geöffnete Dachfenster, und irgendwo in der Ferne hupte ein Auto – Berlin schlief nie wirklich. Es war schon fast Mittag, aber keiner von beiden hatte auch nur den Hauch von Motivation, das gemütliche Bett zu verlassen. Sina kuschelte sich enger an Davids Brust und gab ihm einen sanften Kuss auf die Wange. „Weißt du", begann sie mit einem verschmitzten Lächeln, „dass mein Nachbar, der Influencer, mal mein Freund sein wird, hätte ich vor sechs Monaten nicht mal ansatzweise gedacht." David verzog gespielt beleidigt das Gesicht, zog die Decke bis zur Nase und murmelte: „Frechheit! Ich bin schließlich unwiderstehlich." Beide lachten, und Sina legte ihren Kopf wieder auf Davids Brust. Die Wärme und Nähe zwischen ihnen fühlte sich so selbstverständlich an, als wären sie schon immer ein Paar gewesen. Nach einer kurzen Stille fragte Sina leise: „Hast du gestern die Blicke zwischen Johannes und Hannah bemerkt?" David nickte langsam und seufzte. „Ja, hab ich. Ich verstehe nicht, warum Johannes sie nicht einfach mal anspricht. Er ist doch sonst nicht schüchtern. Immer einen lockeren Spruch auf den Lippen und immer mal wieder ein Mädel am Start." Sina verdrehte die Augen und schnaufte: „Ja, aber nur für eine Nacht. Johannes ist so ein Idiot manchmal. Man sieht doch, dass da was zwischen ihnen ist.

Aber hey, das ist ihre Sache. Da mischen wir uns nicht ein." David hob die Hände in einer abwehrenden Geste. „Glaub mir, ich halte mich da raus. Ich hab genug mit dir zu tun." Sina boxte ihn sanft in die Seite, und beide lachten wieder. Doch dann wurde es kurz still, und David sagte nachdenklich: „Dass Leo gestern so selbstverständlich mit uns am Tisch saß… Das hätte ich mir vor sechs Monaten auch nicht vorstellen können." Sina nickte und sah ihn ernst an. „Unser psychopathischer Jäger hat sich zu einem Freund entwickelt." Beide lächelten ein wenig melancholisch. Die Zeit hatte Wunden hinterlassen, aber sie hatte auch begonnen, einige davon zu heilen. Sina zog Davids T-Shirt über, das ihr viel zu groß war, und schlüpfte in ihre graue Jogginghose. Mit einem grinsenden Blick in Davids Richtung band sie sich ihre langen blonden Haare zu einem lässigen Zopf zusammen. „Mir egal, wie ich jetzt aussehe. Iris kennt mich sowieso nur im ‚Ich-hab-grad-keinen-Bock'-Look." David lehnte sich tiefer ins Kissen und zog die Decke bis zum Kinn. „Mach ruhig, ich halte hier die Stellung. Und wehe, du vergisst die Schokocroissants." „Ja, ja, Prinz David bekommt sein königliches Frühstück", antwortete Sina lachend, schlüpfte in ihre Sneaker und hüpfte aus der Wohnung. Die kühle Morgenluft schlug ihr entgegen, während sie die Straße entlanglief. Es war ruhig, fast schon zu ruhig für einen Samstagvormittag in Berlin. Als sie Inas Café, ihr Stammcafé, erreichte, blieb sie plötzlich wie angewurzelt stehen. Am anderen Ende der Straße, halb im Schatten eines Baumes, stand eine Frau. Lange, feuerrote Haare, eine zierliche Gestalt – fast elfengleich. Sinas Magen zog sich zusammen. Melanie. Diese Frau war ihr seit Monaten im Gedächtnis geblieben. Damals, als Uwe Möller wie ein geprügelter Hund aus dem Haus gekrochen kam und Melanie ihn abgeholt hatte. Sina spürte, wie Wut in ihr aufstieg. Wie konnte sie das tun? Wie konnte sie diesen Mann, von dem sie wusste, was er getan hatte, noch verteidigen? Und wo war er jetzt? In Hannover? In irgendeiner anderen Stadt? Lebte er vielleicht bei ihr? Sina kniff die Augen zusammen und versuchte, das Gesicht der Frau klarer zu erkennen. Doch die Distanz war zu groß, und das Licht spielte mit den Schatten. Vielleicht bildete sie sich das nur ein. Vielleicht war es nicht Melanie. Ein Hupen riss sie aus ihren Gedanken. Hastig drehte sie sich um, betrat das Café und kaufte die Brötchen. Ihre Hände zitterten leicht, als sie das Wechselgeld entgegennahm. „Alles gut, Sina?", fragte Iris besorgt, während sie das Papier um die Brötchentüte faltete. „Ja, alles gut. Danke, Iris", murmelte Sina, lächelte schwach und eilte zurück zur Wohnung. Ihre Schritte waren schneller als gewöhnlich, ihre Gedanken rasten. Als sie die Tür zur Dachgeschosswohnung aufstieß, saß David noch immer im Bett, das Handy in der Hand. Er hob den Blick, als er Sinas Gesichtsausdruck sah, und legte das Handy sofort zur Seite. „Was ist los, Sina?" Sie atmete tief durch, stellte die Brötchentüte auf den Tisch und sah David direkt in die Augen. „Ich glaube, ich habe Melanie gesehen. Die Nichte von diesem… von Uwe Möller." David richtete sich langsam auf, die Entspannung wich aus seinem Gesicht. „Was? Wo?" „Unten, bei Inas Café. Aber vielleicht bilde ich mir das auch nur ein. Doch wenn sie das war… David, was macht sie hier? Warum taucht sie jetzt plötzlich auf?" Eine angespannte Stille lag zwischen ihnen. Beide wussten: Wenn Melanie hier war, dann bedeutete das nichts Gutes.

***

Finns Hände zitterten, als er das Telefon an sein Ohr presste. „Melanie, du kannst nicht hierherkommen! Verstehst du das nicht? Wenn dich jemand sieht… wenn *sie* dich sehen… das können wir uns jetzt nicht leisten!" Seine Stimme bebte vor Anspannung, und er war kurz davor, das Handy gegen die Wand zu schleudern. Am anderen Ende der Leitung hörte er Melanies aufgewühlte

Stimme, die fast schon flehentlich klang: „Finn, bitte! Ich kann dich nicht alleine lassen. Du bist meine Familie. Du, Leo und ich – wir sind die Einzigen, die wirklich wissen, was damals passiert ist. Ich will nicht, dass du das alleine durchziehst!" Finn schloss die Augen, lehnte seine Stirn gegen die kühle Fensterscheibe und atmete tief durch. Draußen begann die Stadt langsam aufzuwachen, doch in ihm tobte ein Sturm. „Melanie... hör zu. Es war von Anfang an klar, dass wir vorsichtig sein müssen. Du kannst jetzt nicht einfach hier auftauchen. Die Gefahr, hier entdeckt zu werden, ist viel zu groß. Wenn uns jemand sieht, könnte alles, woran wir gearbeitet haben, in einem Moment zerstört werden. !" „Finn, ich kann das nicht. Ich kann nicht einfach wegfahren. Ich bin schon hier, stehe direkt vor dem Haus." Finns Herz setzte einen Schlag aus. Er riss die Augen auf und zog den Vorhang ein Stück zur Seite. Draußen, ein paar Meter vom Hauseingang entfernt, stand Melanie. Sie trug einen langen Mantel, die Kapuze tief ins Gesicht gezogen, aber ihre roten Haare blitzten dennoch hervor. „Verdammt, Melanie!" zischte Finn. Er ließ den Vorhang fallen und drehte sich hektisch im Raum um. Seine Gedanken rasten. Was, wenn sie jemand gesehen hatte? Was, wenn Sina oder David oder – schlimmer noch – Patrick sie bemerkt hatten? „Okay, hör mir jetzt genau zu", sagte Finn mit scharfer Stimme. „Geh weg von hier. Dreh dich um und geh. Fahr irgendwohin, wo dich keiner sieht. Wir treffen uns im Treptower Park. Such dir ein Café, setz dich rein und warte dort auf mich. Ich komme zu dir. Hörst du mich? Ich komme zu dir." Melanie schwieg für einen Moment. Dann sagte sie leise „Okay. Treptower Park. Ich warte dort auf dich." Finn ließ das Handy sinken und starrte für einen Moment ins Leere. Dann griff er nach seiner Jacke und seinen Autoschlüsseln. Sein Herz hämmerte in seiner Brust, während er die Wohnungstür hinter sich zuzog. Er musste Melanie sehen. Aber vor allem musste er verhindern, dass das Ganze eskalierte. Wenn jemand aus der Gruppe von ihrer Anwesenheit erfuhr, könnte das alles zerstören, was sie bisher geplant hatten. Finn ließ das Handy sinken und starrte für einen Moment ins Leere. Dann griff er nach seiner Jacke und seinen Autoschlüsseln. Sein Herz hämmerte in seiner Brust, während er die Wohnungstür hinter sich zuzog. Er musste

Melanie sehen. Aber vor allem musste er verhindern, dass das Ganze eskalierte. Melanie saß an einem kleinen Tisch im Außenbereich eines Cafés direkt am Wasser. Der Treptower Park lag still und friedlich unter den kahlen Bäumen des Winters, die kaum Schutz boten. Das leise Plätschern des Wassers hatte etwas Beruhigendes, doch ein einziger Blick konnte alles zerstören, was wir aufgebaut hatten. Melanie saß aufrecht, die Hände um ihre Kaffeetasse geklammert, ihre Augen ruhten unruhig auf der spiegelnden Wasseroberfläche. Finn kam schnellen Schrittes auf sie zu, zog sich einen Stuhl heran und beugte sich leicht zu ihr hinunter. Er küsste sie sanft auf die Stirn. „Ach, Cousinchen… Was machst du nur für Sachen?" sagte er leise, mit einer Mischung aus Zuneigung und Tadel in der Stimme. Melanie sah ihn an, ihre grünen Augen glänzten verdächtig feucht. „Ich konnte nicht anders, Finn. Ich konnte einfach nicht zu Hause sitzen und warten." Finn ließ sich auf den Stuhl plumpsen, lehnte sich zurück und verschränkte die Arme vor der Brust. „Weißt du, Melanie, eigentlich wollte ich erst mit Leo reden. Ihm klar machen, was wir vorhaben, ihn langsam vorbereiten – in der Hoffnung, dass er sich uns anschließt. Dass er mit uns gemeinsam diesen Mistkerl ein für alle Mal auslöscht. Danach und wirklich erst danach, hättest du zu uns stoßen sollen. Nicht jetzt. Nicht hier in Berlin, verdammt noch mal!" Melanie biss sich auf die Unterlippe, kämpfte gegen die Tränen an, aber ihre Stimme bebte, als sie antwortete: „Finn, ich konnte nicht länger warten. Ich weiß, dass das alles ein Risiko ist, aber… aber ich konnte nicht mehr in meinem perfekt eingerichteten Wohnzimmer sitzen, während du hier alles alleine trägst. Wir haben das gemeinsam geplant, Finn. Ich lasse dich nicht alleine!" Finn rieb sich mit der Hand über das Gesicht, fuhr sich durch die dunklen Haare und atmete tief durch. „Und was ist mit Tian? Was ist mit deinem Sohn? Was sagen sie dazu, dass du einfach so gefahren bist?" Melanie schmunzelte schwach und wischte sich verstohlen mit dem Ärmel über die Wange. „Ach Finn, du kennst mich doch. Ich habe mir natürlich eine kreative Notlüge einfallen lassen. Tian denkt, ich bin zu einer alten Schulfreundin nach Bielefeld gefahren. Und Janine weiß natürlich Bescheid. Falls er bei ihr anruft, wird sie husten und schniefen, als hätte sie die schlimmste Erkältung der

Welt." Finn hob die Augenbrauen. „Du hast also Janine als Alibi eingespannt? Du bist echt clever, Cousinchen." Melanie grinste schief und zwinkerte ihm zu. „Naja, ich musste ja sicherstellen, dass Tian nicht sofort losfährt, um mich zu suchen. Und Janine… die spielt ihre Rolle als kranke Freundin perfekt. Sie hat mir sogar eine Voicemail geschickt, in der sie hustet, schnieft und klagt. Wenn Tian die abspielt, wird er nie im Leben daran zweifeln." Finn konnte nicht anders als zu lachen. „Du bist wirklich unglaublich, Melanie. Aber verdammt, wir dürfen keinen Fehler machen. Nicht einen einzigen." Melanie nickte ernst. „Ich weiß, Finn. Aber ich bin hier, und ich werde dich nicht wieder alleine lassen. Das verspreche ich dir." Einen Moment lang saßen sie schweigend da. Melanie blickte über das glitzernde Wasser, während Finn seine Kaffeetasse betrachtete. Die Schwere ihrer Situation lag wie eine unsichtbare Last auf ihren Schultern. Doch zwischen all der Anspannung, all den Plänen und der Angst war da auch etwas anderes: ein unausgesprochenes Vertrauen. „Okay", sagte Finn schließlich leise. „Dann ziehen wir das jetzt gemeinsam durch. Aber ab jetzt bitte keine weiteren Überraschungen, klar?" Melanie grinste wieder, und diesmal wirkte es ein kleines bisschen echter. „Versprochen, Doktor Finn. Keine weiteren Überraschungen." Finn prostete ihr mit seiner Kaffeetasse zu, und für einen kurzen Moment fühlte es sich an, als wäre die Welt wieder ein bisschen leichter. Doch beide wussten, dass die wirklich schweren Entscheidungen noch vor ihnen lagen.

***

David schnappte sich sein Handy und schrieb in die WhatsApp-Gruppe: „Egal, was ihr gerade macht, egal, wo ihr gerade seid – Treffen bei mir. Jetzt!" David kannte Sina gut genug, um zu wissen: Wenn Sina meint, jemanden gesehen zu haben, dann hat sie das auch. Es musste Melanie gewesen sein. Er spürte es. Keine zwanzig Minuten später traf Patrick ein, gefolgt von Johannes. Moritz und Hannah kamen kurz danach, und schließlich Mustafa. David deutete auf die Couch, und Sina schwieg. Es war ungewöhnlich für sie, nichts zu sagen. Schließlich begann David zu sprechen: „Sina hat Melanie gesehen. Vor etwa einer Stunde. Vor unserem Haus." Sina ergänzte leise: „Aber ich glaube nicht, dass

sie im Haus war. Sie stand nur da und hat telefoniert. Als ich Brötchen holen war, habe ich sie gesehen. Und als ich zurückkam, sah
ich sie mit ihrem Auto wegfahren. Diese roten Haare – sie ist jemand, den man selbst aus der Entfernung erkennt. Ich irre mich
nicht." Mustafa fuhr sich mit der Hand durchs Haar und murmelte:
„Was wollte sie hier?" „Merkt ihr eigentlich noch, was hier passiert?" Hannahs Stimme schnitt durch die angespannte Stille. Sie
sah in die Runde, ihre Augen ernst, beinahe müde. „Seit der Sache
mit Michael sind wir völlig paranoid geworden. Patrick sieht Finn
im Keller Fotos machen und denkt sofort an das Schlimmste. Sina
sieht Melanie auf der Straße und unser erster Gedanke ist: ‚Oh
mein Gott, warum ist sie hier?' Unser Podcast dreht sich doch eigentlich um irgendwelche Kriminalfälle in Berlin. Klar, es macht
Spaß, mit euch daran zu arbeiten, aber… was sagt das über uns
aus? Was ist aus uns geworden?" Einen Moment lang sagte niemand etwas. Die Stille lag schwer im Raum, nur das leise Ticken
der Küchenuhr war zu hören. Mustafa runzelte die Stirn und lehnte
sich nach vorn. „Hannah, ich verstehe, was du meinst. Aber Vor-
sicht ist nicht schlecht. Im Gegenteil. Wir haben gesehen, was passiert, wenn wir nicht wachsam sind. Wenn wir Dinge ignorieren,
die uns komisch vorkommen. Ich habe aus der Zeit mit Michael,
oder Leo, wie auch immer… viel gelernt. Und vor allem eines:
Halte immer die Augen offen." „Aber wie weit soll das noch gehen?" warf Johannes ein, seine Stimme klang angespannt. „Sollen
wir jetzt jedem misstrauen, der uns über den Weg läuft? Jeder
kleine Moment, der uns komisch vorkommt, wird gleich zu einer
neuen Bedrohung aufgebauscht." „Das ist leicht zu sagen, Johannes," entgegnete Patrick, der merklich die Fassung verlor. „Du
hast Finn im Keller nicht gesehen. Du hast nicht gesehen, wie Finn
dort herumgeschlichen ist. Es fühlte sich genauso an wie damals,
und wenn du das einmal erlebt hast, dann… dann lässt es dich
nicht mehr los." „Leute, bitte…" Sina hob die Hände, ihre Stimme
bebte leicht. „Das bringt uns doch nicht weiter. Wir sollten ruhig
bleiben. Aber Patrick hat recht – wir dürfen nicht nachlässig werden. Und Johannes hat auch recht – wir können nicht hinter jedem
Schatten eine Gefahr sehen." Die Gruppe begann durcheinanderzu-
reden, Stimmen wurden lauter, Emotionen kochten hoch. Jeder

schien seine eigene Sichtweise zu verteidigen, niemand wollte nachgeben. Es war, als würden all die unausgesprochenen Ängste und Frustrationen, die sich in den letzten Monaten aufgestaut hatten, auf einmal hervorbrechen. Moritz hatte die ganze Zeit schweigend zugehört. Er saß leicht zurückgelehnt auf dem Stuhl, die Arme verschränkt, und beobachtete, wie die Diskussion immer hitziger wurde. Er kannte sie alle inzwischen gut genug, um zu wissen, dass dieser Streit unvermeidbar gewesen war. Es war zu viel ungesagt geblieben, zu viel Druck hatte sich aufgestaut – und jetzt bahnte sich alles seinen Weg an die Oberfläche. Als Mustafa gerade erneut ansetzte, um auf einen Kommentar von Hannah zu kontern, hob Moritz beide Hände und sagte laut und deutlich „Stopp! Leute, ganz ehrlich, was machen wir hier eigentlich?" Der Raum verstummte augenblicklich. Alle Köpfe drehten sich zu ihm, die Blicke fragend und erschöpft. „Wir können uns jetzt hier noch stundenlang ankeifen und versuchen, uns gegenseitig davon zu überzeugen, wer recht hat – aber das bringt uns doch keinen Schritt weiter. Klar hat jeder von uns irgendwie recht. Mustafa, du hast recht, dass wir wachsam bleiben müssen. Hannah, du hast recht, dass wir langsam paranoid werden. Patrick, du hast recht, dass das Ganze im Keller verdammt komisch war. Und Johannes... du bist auch irgendwie hier und trinkst Kaffee, also... du hast bestimmt auch recht." Ein leises Lachen ging durch die Runde. Moritz grinste und zuckte mit den Schultern. „Leute, wir sind hier keine Detektive, keine Superhelden und definitiv kein Cast aus irgendeiner Crime-Serie. Wir sind Freunde – und das sollten wir nicht vergessen. Also, lasst uns einmal tief durchatmen, vielleicht eine Runde Pizza bestellen und dann überlegen, wie wir das Ganze vernünftig angehen. Aber bitte... ohne uns gegenseitig an die Gurgel zu gehen." Seine lockere Art und die kleinen, humorvollen Spitzen lösten die angespannte Atmosphäre. Patrick atmete tief durch, Sina lehnte sich zurück, Mustafa nickte nachdenklich und Hannah warf Moritz ein kleines Lächeln zu. „Danke, Moritz," sagte Sina schließlich leise. „Du hast recht. Streiten bringt uns nicht weiter." Langsam beruhigten sich die Gemüter, und die Gruppe wirkte wieder mehr wie das, was sie eigentlich war: eine Gemeinschaft, die gemeinsam schon durch so viel gegangen war.

„Also gut," sagte Johannes und hob seine Tasse. „Wer auch immer die Pizza bestellt – ich will Salami extra." Ein leichtes Lachen ging durch die Runde, und für einen Moment fühlte es sich wieder ein kleines bisschen normal an.

***

Vor zwanzig Jahren.

Finn stand am Rand des Spielplatzes, seine dünnen Arme fest um das rostige Klettergerüst geschlungen. Der Wind zerrte an seinem zu großen Pullover, und er starrte auf die Haustür von Hannahs Zuhause. Er wartete. Wartete auf sie, wie sie es abgemacht hatten. Als Hannah endlich aus dem Nachbarhaus stürmte, in dem Leo und ihr Onkel wohnten, blieb ihm der Atem weg. Ihr weißes Sommerkleid war übersät mit Blutflecken, die sich wie dunkle, unauslöschliche Geheimnisse in den Stoff gegraben hatten. Ihr Haar fiel wirr um ihr Gesicht, und in ihren sonst so klaren, lebhaften Augen lag nichts als blanke Panik. Er wusste sofort, dass all das mit den unheilvollen Geschehnissen in diesem Haus und mit Leo und seinem Onkel verbunden sein musste. Er hatte die Ereignisse nur aus der Distanz verfolgt, die Geschichten gehört, die Hannah ihm weinend anvertraut hatte. Von dem düsteren Mann im Nachbarhaus. Von Leo, dem stillen Jungen mit den blauen Augen, der kaum ein Wort sprach und wie ein Schatten durch die Flure der Schule glitt. Hannah hatte gesagt, sie würde rübergehen. Sie wollte Leo fragen, ob er mit ihnen spielen möchte. Ob er vielleicht für einen kurzen Moment aus diesem Haus herauskommen würde, weg von den dunklen Schatten hinter den Vorhängen und den scharfen Worten, die manchmal durch die dünnen Wände drangen. Finn hatte sie gewarnt. „Geh da nicht rein, Hannah. Bitte." Aber sie war gegangen. Und jetzt stand sie hier, zitternd, mit blutverschmierten Händen. „Finn, LAUF!" schrie sie plötzlich mit einer Stimme, die nicht zu einem Kind gehörte. Finn sah ihn. Herr Möller. Breit, wankend, das Gesicht rot vor Wut und Alkohol. Seine Schritte waren schwer, aber zielstrebig. Seine Augen brannten vor etwas, das Finn nicht benennen konnte – etwas Dunklem, etwas Unaussprechlichem. Hannah packte Finns Hand und zog ihn mit sich. Sie rannten. Rannten, bis ihre Lungen brannten und ihre Füße stolperten. Finns kleiner Körper war nicht für diese Art von Flucht gemacht, aber er hielt Schritt. Er musste Schritt halten. Hannah ließ seine Hand nicht los. Erst als sie außer Atem in einer kleinen Seitengasse hinter einem Müllcontainer standen, löste sie ihren Griff. Finn keuchte, seine Brust hob und senkte sich hektisch, und dann sah er auf ihre Hände. Sie waren blutig. „Hannah... hast du dir wehgetan?" fragte Finn leise, seine Stimme bebend. Hannah schüttelte nur langsam den Kopf. Ihre Augen waren weit aufgerissen, und ihre Lippen zitterten, als sie sprach „Das... ist nicht mein Blut." Stille. Die Welt schien stillzustehen. Finns Herz hämmerte in seiner Brust, und er konnte nur auf die roten Flecken auf ihrem Kleid starren. Doch dann hörten sie es. Die schweren Schritte. Das Keuchen. Herr Möller kam näher. Herr Möllers Stimme hallte durch die schmale Gasse, zäh und schleppend, wie ein rostiges Messer, das über Stein kratzt. Es war keine freundliche Stimme, keine warme Anrede – es war eine Drohung, ein Befehl. „Melanie, komm sofort her!" Melanie erstarrte. Ihre Finger klammerten sich um Finns Arm, und für einen Moment schien die Welt stillzustehen. Finn sah sie an, seine großen, braunen Augen voller Panik, aber auch mit einem Hauch von trotzigem Mut. „Finn, versteck dich hinter der Hecke." Ihre Stimme war kaum mehr als ein Flüstern, zittrig und brüchig. Finn schüttelte den Kopf, Tränen liefen bereits über seine schmutzigen Wangen. „Nein, ich lass dich nicht alleine. Warum ist er so komisch? Das ist doch der Bruder von deinem Papa..." Finn war zu jung, um zu begreifen, was in den Augen dieses Mannes loderte. Aber Melanie wusste es. Sie konnte es sehen – das glitzernde Unheil, das in diesen glasigen, geröteten Augen lag. Herr Möller kam näher. Seine schweren Schritte ließen die kleinen Kieselsteine unter seinen Schuhen knirschen. Der Geruch von Alkohol, Schweiß und abgestandener Zigarette legte sich über sie wie eine giftige Decke. Dann blieb er vor ihnen stehen. Groß, bedrohlich, der Schatten seines Körpers fiel auf die beiden Kinder. Für einen Moment sagte niemand etwas. Die Welt hielt den Atem an. Und dann hob Herr Möller seine Hand. Melanie sah es in Zeitlupe, sah, wie seine massige Faust auf sie zuschoss. Sie wollte schreien, wollte sich ducken – doch sie konnte nicht. Der Schlag traf sie an der Wange, ihr Kopf schnellte zur Seite, und sie taumelte rückwärts. Finn schrie auf. Ein schrilles, verzweifeltes

Geräusch, das die Luft zerschnitt. Ohne nachzudenken, ohne seine eigene Angst zu spüren, warf er sich auf Herr Möller. Ein kleiner Junge, der gegen einen erwachsenen Mann ankämpfte, mit nichts als seinen kleinen Fäusten und seinem Willen, Melanie zu schützen. „Lass sie in Ruhe! Lass sie in Ruhe!" schrie Finn, während er gegen den Oberkörper des Mannes schlug. Doch Herr Möller lachte nicht. Er sagte nichts. Er packte Finn am Kragen seines Pullovers, hob ihn hoch und schleuderte ihn zu Boden. Der Aufprall war hart, und Finn spürte, wie ihm die Luft aus den Lungen gepresst wurde. Dann kam der erste Schlag. Mit einer wuchtigen Faust, direkt in Finns Bauch. Der Schmerz war sofort da – brennend, tief. Der zweite Schlag traf seine Schulter, der dritte seine Seite. Finn krümmte sich, versuchte, sich zu schützen, aber Herr Möller ließ nicht nach. Immer und immer wieder trafen die harten Fäuste auf Finns kleinen Körper. Melanie rappelte sich taumelnd auf, ihre Wange war rot, ihre Lippe aufgeplatzt. Sie schrie Finns Namen, doch ihre Stimme ging im Geräusch der Schläge unter. Finns Welt wurde verschwommen. Der Schmerz war alles, was er noch spüren konnte. Alles um ihn herum drehte sich, wurde leiser, dumpfer. Und dann… hörte Herr Möller plötzlich auf.

***

Jetzt. Leo hörte ein Klopfen an seiner Tür. Stirnrunzelnd legte er das Buch zur Seite, das er gerade gelesen hatte, und stand auf. Als er die Tür öffnete, stand ein Mann vor ihm – ungefähr in seinem Alter, mit ruhigem Blick und einer gewissen Ernsthaftigkeit in den Zügen. Leo musterte ihn kurz, das Gesicht kam ihm bekannt vor. Und dann erinnerte er sich. Vor ein paar Wochen hatte er Sina auf dem Heimweg vom Bahnhof getroffen. Sie war gerade mit diesem Mann ins Gespräch vertieft gewesen, als Leo an ihnen vorbeiging. Später hatte Sina ihm erzählt, dass es ihr neuer Nachbar war. „Finn", murmelte Leo leise vor sich hin. Ja, so hatte sie ihn genannt. Der Mann sah ihn an, seine Hände tief in den Taschen seiner Jacke vergraben. Leo spürte, dass dieser Besuch kein Zufall war. Finn hatte sich stundenlang überlegt, wie er dieses Gespräch beginnen sollte. Er hatte jedes Wort sorgfältig gewählt, jede mögliche Reaktion von Leo in seinem Kopf durchgespielt. Doch jetzt, wo er tatsächlich vor ihm stand, war alles wie ausgelöscht. Eigentlich wollte er Leo sagen, wer er war. Eigentlich hatte er gehofft, dass Leo ihn trotz all der Jahre, die vergangen waren, sofort erkennen würde. Doch in Leos Blick lag kein Wiedererkennen, keine Erinnerung – nur diese hellblauen Augen, die Finn so oft in seinen Gedanken gesehen hatte.

„Ja, bitte?" fragte Leo schließlich höflich und sah ihn fragend an.

„Entschuldigung", sagte Finn unsicher und kratzte sich am Hinterkopf. „Ich glaube, ich habe mich in der Tür geirrt. Eigentlich wollte ich zu Hermanns." Leo runzelte kurz die Stirn, entspannte sich dann aber wieder. Den Namen hatte er tatsächlich unten an den Klingelschildern gelesen. „Kein Problem, das kann passieren", antwortete Leo freundlich und lächelte. Es war ein echtes, warmes Lächeln, das Finn für einen Moment den Atem raubte. So hatte er Leo noch nie gesehen. In seiner Erinnerung war Leo immer still, verschlossen und von einer tiefen Traurigkeit umgeben gewesen. Finn lachte gezwungen, hob kurz die Hand zum Abschied und drehte sich um, um die Treppe hinunterzugehen. Leo blieb noch einen Moment in der Tür stehen, den Blick auf die Treppe gerichtet. Dann schüttelte er leicht den Kopf und schloss die Tür hinter sich. Okay, was war das gerade? dachte er amüsiert. Der Typ hat sich ja ziemlich unbeholfen verhalten.

***

Finn lehnte sich draußen an die kalte Wand des Treppenhauses und fuhr sich mit beiden Händen durchs Haar. Das ist gerade nicht wirklich passiert, dachte er verzweifelt. Alles, was er sich vorher zurechtgelegt hatte, jedes Wort, jede Erklärung – alles war in dem Moment verschwunden, als Leo die Tür geöffnet hatte. Da stand dieser Mann vor ihm, freundlich, offen, mit einem Lächeln, das Finn für einen Moment sprachlos gemacht hatte. Kein Anzeichen von Schmerz, keine Spur von der endlosen Traurigkeit, die er aus Leos hellblauen Augen in Erinnerung hatte. Es war, als hätte die Zeit tatsächlich ein paar der Wunden geheilt, die damals so tief gewesen waren. Finn fühlte sich plötzlich wie ein Eindringling. Was hatte er sich nur dabei gedacht? Leo, der es offensichtlich geschafft hatte, sich ein Stück Frieden zurückzuholen, in seinen Plan hineinzuziehen? In diesen dunklen Strudel aus Wut, Hass und Rache, der Finn und Melanie immer noch gefangen hielt? Er schloss die Augen und atmete tief durch. Vor Leos Tür war er nicht mehr der Freund aus Kindertagen gewesen. Er war Finn, der Arzt. Der Arzt, der in Leos Gesicht keine Traurigkeit mehr sah und sich plötzlich fragte, ob es richtig war, diesen Mann zurück in die Schatten der Vergangenheit zu zerren. Finn lief einfach weiter, ohne Ziel, ohne Plan. Seine Schritte hallten dumpf auf dem feuchten Pflaster, während ein leichter Schneefall die Straßen in eine zarte, weiße Decke hüllte. Vorbei an der Bäckerei – oder war es ein Café? Er wusste es nicht genau und es war ihm auch egal. Er bemerkte Sina und Hannah, die mit Einkaufstüten in den Händen dastanden. Sie hatten ihn gesehen, sie lächelten und hoben die Hände zum Gruß. Vielleicht wollten sie mit ihm reden, vielleicht einfach nur ein paar freundliche Worte wechseln. Aber Finn erwiderte ihren Gruß nicht. Er sah sie kaum an, seine Augen glitten über ihre Gesichter hinweg, als wären sie nur flüchtige Schatten in einem Film, der an ihm vorbeizog. Sein Kopf war leer, vollkommen leer, und doch war da ein dröhnendes Echo von Gedanken, die sich nicht fassen ließen. Er lief den Weg entlang, der ihn automatisch zum Ufer der Spree führte. Ein langer, ruhiger Pfad, eingerahmt von den kahlen Bäumen des Plänterwalds zur Linken und dem grauen, glitzernden Wasser der Spree zur Rechten. Der Schnee fiel sanft, fast zögerlich, als wolle er die Welt nicht stören. Finn zog seinen Schal fester um den Hals und schob seine Mütze tiefer ins Gesicht. Die Kälte biss ihm in die Wangen, und der Wind ließ seine Augen tränen. Aber das war gut so. Er brauchte die Kälte, die Stille, das monotone Geräusch seiner Schritte auf dem schneebedeckten Weg. Er brauchte diesen Moment, um nachzudenken, um sich zu sammeln. Sein Atem bildete kleine weiße Wolken in der eisigen Luft, und für einen Moment blieb er stehen. Er sah auf die träge fließende Spree hinaus, wie sie die Lichter der Stadt in ihrem dunklen Wasser spiegelte. Ein tiefer Schmerz zog sich durch seine Brust, eine Mischung aus Reue, Wut und Hilflosigkeit. Leo hatte gelächelt. Ein echtes, unbeschwertes Lächeln. Und Finn hatte es beinahe zerstört. Finn wusste genau, dass das, was er getan hatte, nicht legal war. Es war ein schmaler Grat zwischen ärztlicher Verantwortung und moralischer Grenze – und er war eindeutig darüber hinausgegangen. Er hatte seine Position als Arzt ausgenutzt, hatte seinen Einfluss und seine Kontakte spielen lassen, um Zugang zu Leos Akte zu bekommen. Normalerweise ist die Einsicht in psychiatrische Patientenakten streng geregelt. Ohne die ausdrückliche Zustimmung des Patienten oder einer rechtlichen Verfügung ist es einem Arzt nicht gestattet, in solche Dokumente Einsicht zu nehmen. Aber Finn hatte einen Weg gefunden. Er hatte eine ehemalige Kollegin kontaktiert, eine Psychiaterin, der er einmal in einer heiklen Situation geholfen hatte. Ein stillschweigender Gefallen gegen einen anderen. Finn hatte die Kollegin gebeten, unter einem Vorwand Zugang zur Akte zu bekommen – offiziell im Rahmen eines Konsiliums, einer fachärztlichen Beratung. Psychiatrische Akten können unter bestimmten Umständen anderen Fachärzten vorgelegt werden, wenn ein „dringender medizinischer Grund" vorliegt oder es um die weitere Behandlung des Patienten geht. Finn hatte den bürokratischen Weg geschickt genutzt, hatte das Formular ausgefüllt, die richtigen Häkchen gesetzt, die passenden Worte gefunden. Niemand hatte Fragen gestellt. Die Akte lag schließlich vor ihm, dick und schwer. Finn hatte stundenlang jedes Wort gelesen, jede Diagnose, jede Anmerkung der Therapeuten. Er hatte die Berichte über Leos Zustand nach dem, was damals passiert war, verschlungen. Jede Therapieeinheit, jede Rückblende, jede Krise. Und was er gelesen hatte, hatte ihn in eine kalte Leere gezogen, die ihn bis jetzt nicht losließ. Finn wusste, dass er Grenzen überschritten hatte – professionelle, ethische, persönliche. Aber er hatte es getan, weil er dachte, dass es der einzige Weg war, Leo zu verstehen. Zu verstehen, was in ihm vorging. Und vielleicht auch, um zu erkennen, ob es richtig war, ihn in das hineinzuziehen, was Finn und Melanie vorhatten. In all den Sitzungen, die Leo in der Psychiatrie verbracht hatte, in all den Stunden, die er mit seinen Therapeuten gesprochen hatte, gab es ein Kapitel, das er niemals aufschlug: das Feuer. Er sprach über die Schläge, die Demütigungen, die Schmerzen, die er körperlich und seelisch erlitten hatte. Er sprach darüber, wie er sich manchmal wie ein Schatten seiner selbst fühlte, leer und ausgebrannt. Aber über das Feuer – über das, was in jener Nacht passiert war – verlor er kein Wort. Es war, als hätte er diesen Teil seiner Erinnerung in eine eiserne Kiste gesperrt und den Schlüssel verschluckt. Vielleicht, weil er wusste, dass dort der Punkt lag, an dem alles hätte enden sollen – für ihn, für seinen Onkel, vielleicht sogar für Finn und Melanie. Und Michael … Michael hatte dieses Schweigen durchbrochen. Auf seine kranke, verdrehte Weise hatte er versucht, das Unrecht zu korrigieren, das ihm in seiner verzerrten Wahrnehmung zugefügt worden war. Er hatte jene Gruppe von Nachbarn zur Zielscheibe seines Zorns gemacht – Menschen, die zugesehen hatten, die weggeschaut hatten, die sich weggeduckt hatten, während Leo litt. Während Finn und Melanie in dieses Leid hineingezogen wurden, während Hannah vor Angst kaum atmen konnte. Doch keiner der Therapeuten wusste davon. Keiner ahnte, dass Leo nicht nur ein Opfer war, sondern auch jemand, der auf eine schmerzhafte Weise Verantwortung trug. Dass er die Schuld auf seinen Schultern spürte, weil er glaubte, es nicht verhindert zu haben, weil er glaubte, zu schwach gewesen zu sein. Und was war mit Hannah, Moritz, Mustafa und den anderen? Sie alle hatten damals vor den Behörden geschwiegen, hatten vielleicht nicht einmal verstanden, was sie verschwiegen. Hätten sie anders gesprochen, anders gehandelt, Leo wäre nie entlassen worden. Er wäre nicht bereits nach sechs Monaten in Freiheit gewesen. Aber Freiheit – was bedeutete dieses Wort überhaupt für jemanden wie Leo? Freiheit von Gitterstäben, ja. Freiheit von Medikamenten, vielleicht. Aber Freiheit von seinen Gedanken, von seinen Albträumen, von seinen Erinnerungen? Die hatte Leo nie bekommen. Und Finn, der Arzt, der Freund aus Kindertagen, der Rächer – er wusste das. Er wusste es, weil er es schwarz auf weiß in der Akte gelesen hatte. Finn zog den Schal enger um seinen Hals und spürte, wie der kalte Wind seine Wangen biss. Der Schnee fiel leise auf die Spree, und der schmale Pfad am Ufer war menschenleer. Er hörte nur das Knirschen seiner Schritte auf dem gefrorenen Boden und das Rauschen des Wassers. Der Moment passte zu seinen Gedanken – kalt, still und erbarmungslos. Was zum Teufel habe ich mir eigentlich dabei gedacht? Er presste die Lippen zusammen, während die Erinnerungen auf ihn einstürzten, ungefragt, brutal und ungeschönt. Sie kamen nicht sanft, sie kamen wie ein Schlag ins Gesicht. Er sah wieder Melanies Augen vor sich, diese Entschlossenheit, diese Kälte. Sie war damals erst zehn gewesen. Zehn – und trotzdem so

viel klüger, so viel berechnender als er. Finn selbst war wie erstarrt
gewesen, hatte nur funktioniert, hatte nur auf ihre Befehle reagiert.
Das Feuer. Er konnte es riechen, konnte es wieder sehen. Es begann mit Leo. Leo, der das Streichholz hielt. Leo, dessen Gesicht
nicht mehr das eines Kindes gewesen war, sondern das eines verzweifelten, gebrochenen Menschen. Sie hatten alle diesen Punkt
überschritten, an dem es kein Zurück mehr gab. Klaus lag auf der
Couch in seiner eigenen Wohnung, völlig betrunken, der Geruch
von Alkohol und kaltem Rauch klebte an ihm wie ein Leichentuch.
Melanie war zuvor in die Wohnung ihres eigenen Onkels – Herr
Möller – gegangen, der genauso betrunken auf seiner Couch lag
und nichts bemerkte, während sie die Flaschen Rum und andere
Hochprozentige aus seiner Hausbar stahl. Sie hatte keine Zeit verloren, war mit den Flaschen zurück in die Wohnung von Klaus gerannt, diesem Monster, das Leo Tag für Tag gequält hatte. Finn
war ihr gefolgt, ohne nachzudenken. Er war zu jung gewesen, um
zu verstehen, was dort gerade passierte, aber alt genug, um zu wissen, dass es kein gutes Ende nehmen würde. „Das habe ich in der
Schule gelernt, du Schwein!" hörte Finn Melanies Stimme in seinem Kopf. Sie war schrill gewesen, voller Wut, voller Hass. Wie
konnte so viel Zorn in einem so kleinen Mädchen sein? Sie hatte
die Flaschen geleert, den Rum und den Schnaps direkt auf den
Körper dieses Monsters gekippt, während er noch röchelte, während er mit glasigen Augen versuchte, ihre Silhouette zu fokussie-
ren. Finns Hände zitterten, als er daran dachte, wie er Klaus gepackt und auf den Boden gestoßen hatte. Es war so einfach gewesen. Ein kleiner Schubs, und der Mann war gefallen wie ein nasser
Sack. Der Funken, der Stoff, die Flammen. Der Rest war ein chaotisches Durcheinander aus Schreien und beißendem Rauch. Diese
Schreie. Finn blieb abrupt stehen, schloss die Augen und atmete
tief ein. Die Schreie hörte er immer noch. Sie waren in seinen
Knochen, in seiner Brust, in jeder verdammten Zelle seines Körpers eingebrannt. Melanie hatte den Überblick behalten. Sie hatte
gewusst, was sie tat. Sie hatte Masken besorgt, hatte sie Finn und
Leo aufgesetzt und sie durch den dichten Rauch geführt. Finn war
nur noch ein Befehlsempfänger gewesen. Er hatte nicht mehr
nachgedacht. Er hatte einfach nur getan, was sie sagte. Aber es war

nicht vorbei gewesen. Melanie war nicht fertig gewesen. Als die Feuerwehr das Feuer unter Kontrolle gebracht hatte, als der Rauch noch in der Luft hing und die Sirenen in ihren Ohren schrillten, schleppte Melanie sie zurück ins Haus. „Wir müssen ihn hier rausschaffen", hatte sie gesagt. Ihre Stimme war eisig gewesen. Nicht panisch, nicht wütend – einfach nur kalt. Finn erinnerte sich daran, wie sie die verkohlte Leiche aus der Wohnung gezerrt hatten. Leo hielt die Arme, er selbst und Hannah die Beine. Das Ding, das einmal Klaus gewesen war, war nicht mehr menschlich. Es war nur noch ein Haufen verkohltes Fleisch, stinkend, grotesk, schwer. Sie hatten es durch das verrauchte Haus getragen, Zentimeter für Zentimeter, Schritt für Schritt, bis sie es in den Innenhof geschafft hatten. Niemand hatte sie gesehen. Niemand hatte sie bemerkt. Es war ein verdammtes Wunder gewesen. Finn spürte, wie seine Hände in den Taschen seiner Jacke zu Fäusten geballt waren. Sein ganzer Körper zitterte – nicht vor Kälte, sondern vor dem Echo dieser Nacht. Und Leo? Leo hatte sie die ganze Zeit über einfach nur angestarrt, mit diesen hellblauen, toten Augen, die nichts mehr sahen. Leo war damals zerbrochen. Vielleicht waren sie das alle. Finn setzte sich auf eine Bank, sein Blick ging über die ruhige, eisige Wasseroberfläche der Spree. Was zum Teufel mache ich hier eigentlich? fragte er sich wieder. Er hatte geglaubt, Leo könnte Teil seines Rachefeldzugs werden. Aber was, wenn Leo inzwischen Frieden gefunden hatte? Was, wenn Leo es irgendwie geschafft hatte, seine Dämonen zu begraben? Finn lachte bitter. Frieden. Was für ein lächerliches Wort für Menschen wie sie. Finns Atem bildete kleine weiße Wolken in der kalten Luft, während seine Gedanken ihn gnadenlos zurück in jene Nacht zerrten. Die Nacht, in der alles eskaliert war. Die Nacht, in der sie den verkohlten Leichnam von Klaus durch die Dunkelheit gezerrt hatten, hin zu jenem abgelegenen Fleck im Wald, weit genug weg von neugierigen Blicken und menschlicher Zivilisation. Der Wald war kalt und still gewesen. Nur das Knacken der Äste unter ihren Füßen und das leise Stöhnen ihrer Anstrengung durchdrang die gespenstische Ruhe. Finn konnte sich noch daran erinnern, wie das Mondlicht auf die rußverschmierte Haut von Leos Gesicht gefallen war. Melanie hatte die Stirn voller Schweiß, ihre roten Haare klebten an ihren Wangen, und ihre Hände zitterten, während sie den Griff des provisorischen Wagens fest umklammerte, auf dem sie den verkohlten Leichnam transportierten. Leo ging voran, starr, mit leeren Augen, die ins Nichts blickten. Er sagte nichts, kein Wort, während sie die Karre tiefer in den Wald schoben. Doch irgendetwas veränderte sich in ihm, das spürte Finn damals – und jetzt, in der Erinnerung, spürte er es noch immer. Es war wie ein schwarzer Schatten, der sich über Leos Gesicht legte, wie eine Maske, die sein ganzes Wesen veränderte. Sie fanden die Kuhle. Ein Loch im Boden, vielleicht von einem alten Baum, der einst entwurzelt worden war. Melanie warf ihre Hände auf ihre Knie und atmete schwer, während Leo einfach dastand und auf den verkohlten Körper starrte. Finn wartete auf ein Zeichen, auf irgendetwas, das ihnen sagte, wie es jetzt weitergehen sollte. Dann hob Leo die Arme und packte die verbrannten Überreste. Keine Scheu, keine Abscheu, nur brutale Entschlossenheit. Er zog den verkohlten Leichnam von der Karre und schleifte ihn über den Waldboden. Das Geräusch von verkohltem Fleisch auf Erde und Blättern ließ Finns Magen sich zusammenziehen, aber er konnte nicht wegsehen. Leo warf den Körper in die Kuhle. Kein Zögern, kein Moment des Innehaltens. Es war, als würde er einen Sack Müll entsorgen. Danach stand er am Rand des Lochs, seine schmalen Schultern hoben und senkten sich, und er blickte auf das, was einmal sein Onkel gewesen war. Finn sah es zuerst in seinen Augen. Diese Augen, die sonst immer traurig und leer gewesen waren, hatten sich verändert. Das Blau war noch heller, noch stechender. Aber es war kein Schmerz mehr darin. Kein Leid. Nur etwas Dunkles, etwas Kaltes. Etwas, das Finn nicht in Worte fassen konnte. Dann spuckte Leo in die Grube. Der Speichel traf die verkohlte Haut mit einem kaum hörbaren Plopp. Finn erstarrte, als Leo plötzlich anfing zu lachen. Es war kein erleichtertes Lachen, kein befreites Lachen – es war ein raues, bitteres, fast hysterisches Lachen, das den Wald durchdrang wie das Heulen eines verletzten Tieres. Finn konnte sich noch genau daran erinnern, wie sich ihm die Härchen im Nacken aufstellten, wie seine Kehle trocken wurde und seine Beine weich. Dieses Lachen… es war nicht Leo. Es war jemand anderes, der da in der Kälte stand und auf die Leiche hinabblickte. In diesem Moment wurde Michael geboren. Nicht der kleine, stille Junge, den sie kannten. Nicht Leo, der Junge mit den traurigen Augen. Sondern Michael – ein Abgrund aus Wut, Hass und Rache. Ein Wesen, das in jenem Wald das erste Mal den Atemzug der Freiheit genommen hatte. Finn schloss die Augen, als er daran dachte. Er hörte das Lachen noch immer, ganz deutlich, und es jagte ihm auch heute noch einen eiskalten Schauer über den Rücken. Damals hatten sie alle noch gehofft, dass der Albtraum mit dieser Tat enden würde. Dass sie es hinter sich lassen könnten. Aber das hier… das war kein Ende gewesen. Das war nur der Anfang.

***

Jetzt. „Na, wo geht's denn hin?", fragte Johannes mit einem breiten Grinsen, während er sich mit den Händen in den Taschen seiner Winterjacke näherte. Hannah drehte sich zu ihm um, ihre Wangen von der Kälte leicht gerötet. „Ach, wir dachten, wir folgen Finn unauffällig und retten ihn aus seinem Tief. Sina will wahrscheinlich wieder irgendeine dramatische Szene aus einem kitschigen Film nachspielen." Sina stemmte die Hände in die Hüften und zog eine Augenbraue hoch. „Dramatische Szene? Hallo?! Wenn hier jemand Drama kann, dann ja wohl du, Frau *Ich-rolle-mit-den-Augen-und-stöhne-wenn-Johannes-redet*."
Johannes lachte und Hannah wurde prompt rot wie eine Tomate. „Das stimmt so nicht!", protestierte sie und sah dabei aus wie jemand, der definitiv ein Geheimnis zu verbergen hatte. „Oh doch, das stimmt!", warf Sina mit einem triumphierenden Grinsen ein. „Man könnte die Spannung zwischen euch beiden in Flaschen abfüllen und als Hochdruckreiniger verkaufen." Johannes hob beschwichtigend die Hände. „Hey, hey, keine Streitereien. Wenn ihr wollt, kann ich ja mitkommen und Finn auch ein bisschen aufmuntern. Vielleicht erzähle ich ihm einen meiner legendären Witze." Hannah verdrehte tatsächlich die Augen, und Sina stieß einen übertrieben lauten Seufzer aus. „Ja, genau das braucht Finn jetzt. Deine schlechten Wortwitze." Johannes zuckte mit den Schultern. „Hey, ich bin ein wandelndes Comedy-Genie. Ihr zwei Banausen versteht meinen Humor nur nicht." Hannah zog ihren Schal höher und schüttelte den Kopf. „Ehrlich gesagt, mir ist viel zu kalt, um hinter Finn herzurennen. Lass uns einfach zurückgehen und Tee

trinken." Sina zögerte einen Moment, schielte in die Richtung, in die Finn verschwunden war, und zuckte dann mit den Schultern. „Okay, du hast recht. Lass ihn laufen. Vielleicht philosophiert er ja gerade tiefgründig über das Leben oder so." Johannes grinste. „Oder er schreibt ein melancholisches Gedicht in den Schnee." Die drei lachten, während sie kehrt machten und zurück zum Café gingen. Die Stimmung war leicht, fast ein bisschen albern, aber in ihren Köpfen blieb der Schatten von Finns abwesendem Blick. Irgendetwas stimmte nicht, und sie alle wussten es – auch wenn gerade niemand es laut aussprach. Johannes setzte sich neben Hannah und strich sich kurz durch die Haare, während er scheinbar beiläufig die Speisekarte aufnahm. Doch Sina bemerkte sofort, dass er sie nur zur Tarnung benutzte. Seine Augen huschten immer wieder zu Hannah, als suche er nach dem richtigen Moment. Hannah nippte an ihrem Kaffee und versuchte, nicht zu offensichtlich in seine Richtung zu schauen. Doch als Johannes schließlich lächelte – ein echtes, weiches Lächeln, das seine Nervosität kaum verbergen konnte – konnte sie nicht anders, als zurückzulächeln. Sina hatte Mühe, sich ein breites Grinsen zu verkneifen. Sie spürte, wie die Spannung zwischen den beiden fast greifbar wurde. Es war, als ob sie in einem Raum voller Funken saß, und sie wartete nur darauf, dass einer von ihnen endlich einen Schritt machte. Johannes räusperte sich leise und lehnte sich ein Stück nach vorne. „Sag mal, Hannah…" Seine Stimme klang etwas unsicher, was Sina überraschte. Johannes war sonst so selbstbewusst, dass man ihn glatt für unerschütterlich halten könnte. Hannah sah ihn an, ihre Augen neugierig. „Ja?" Johannes atmete einmal tief durch, dann platzte es aus ihm heraus: „Magst du heute Abend mit mir zum Griechen gehen?" Sina musste sich ernsthaft zusammenreißen, nicht laut loszulachen. Er hatte so schnell gesprochen, als hätte er Angst, die Worte könnten ihm sonst auf der Zunge verbrennen. Doch Hannahs überraschte Miene entspannte sich fast augenblicklich, und ein Lächeln breitete sich auf ihrem Gesicht aus. „Ja, gerne," sagte sie, ihre Stimme warm. Johannes entspannte sich merklich, als hätte er gerade eine riesige Last von seinen Schultern abgeworfen. Sina lehnte sich zurück, schmunzelte und dachte sich *Na bitte, wurde ja auch Zeit.* Finn war inzwischen im Treptower

Park angekommen, der Weg am Ufer entlang war still und menschenleer. Die kalte Luft schnitt ihm ins Gesicht, und der Schnee, der auf die schwarzen Wasserflächen fiel, verstärkte die unwirkliche Atmosphäre. Als er das kleine Café erreichte, schob er die schwere Holztür auf und spürte sofort die wohlige Wärme. Die Gerüche von frisch gebrühtem Kaffee und gebackenem Kuchen waren beruhigend, aber seine Gedanken waren alles andere als friedlich. Finn setzte sich an einen Tisch in der Ecke, zog seine Mütze ab, fuhr sich durch die Haare und atmete tief durch. Er zog sein Handy aus der Tasche und wählte Melanies Nummer. Die Sekunden, bis sie abhob, fühlten sich endlos an. Schließlich ertönte ihre Stimme, leise und gebrochen. „Cousinchen, wo bist du gerade?" fragte Finn, und seine eigene Stimme klang rauer, als er erwartet hatte. „Im Hotel," antwortete Melanie. Ihre Worte waren schwer, jede Silbe schien sie zu kosten. Finn spürte, dass etwas nicht stimmte. „Finn... ich habe dir etwas noch nicht erzählt." Es folgte eine lange Stille. Finn hörte nur das leise Summen im Hintergrund, vermutlich ein Heizlüfter in ihrem Zimmer. Sein Puls beschleunigte sich. „Was hast du mir nicht erzählt, Melanie?" Seine Stimme war jetzt schärfer. Sie seufzte, und Finn konnte sich vorstellen, wie sie ihren Kopf in die Hände stützte, wie sie kämpfte, die richtigen Worte zu finden. „Ich... ich weiß jetzt, wo er wohnt," sagte sie schließlich, ihre Stimme kaum mehr als ein Flüstern. Finns Herzschlag stockte. Er setzte sich aufrechter hin, seine Finger klammerten sich an das Handy. „Wo?" fragte er, kalt und direkt. „In einem winzigen Dorf," antwortete Melanie, ihre Worte noch leiser, „irgendwo im tiefsten Brandenburg. Finn, er hat meinen Anruf angenommen. Dieses eine Mal. Sonst hat er immer sofort weggedrückt, aber... diesmal hat er mit mir gesprochen." Ihre Stimme zitterte, und Finn schloss für einen Moment die Augen, um die Wut zu unterdrücken, die in ihm aufstieg. Er konnte es nicht fassen. Möller lebte also in einem Dorf. Ein neuer Ort, ein neues Leben – und doch blieb er ein Schatten über ihrem eigenen. „Wie heißt das Dorf?" fragte Finn, seine Stimme jetzt flach und gefährlich ruhig. Melanie antwortete nicht sofort, und in der Stille des Cafés hörte Finn nur das Klirren von Geschirr und gedämpfte Gespräche. Doch in seinem Kopf war es totenstill, abgesehen von einem einzigen Gedanken: Es war noch nicht vorbei. Melanie atmete schwer am anderen Ende der Leitung, als Finn ungläubig fragte: "Du bist heute Morgen einfach hingefahren? Allein?" "Ja," antwortete sie, unbeeindruckt von seinem entsetzten Ton. "Ich bin mit dem Auto los und habe ein paar Fotos gemacht. Alles aus sicherer Entfernung, keine Sorge." Finn fuhr sich mit einer Hand durch die Haare und seine Stimme wurde schärfer. "Melanie, verdammt, keine Alleingänge! Wir haben einen Plan, an den wir uns halten müssen." Melanie seufzte leise, fast genervt. "Ich weiß, Finn. Aber ich habe ihn gesehen. Er hat sich offenbar ein altes, kleines Haus gemietet, irgendwo in diesem gottverlassenen Kaff. Und weißt du, was das Schlimmste ist? Er sah... glücklich aus." Finn spürte, wie sein Magen sich zusammenzog. "Glücklich?" "Ja", zischte Melanie. "Er kam lächelnd nach Hause, als wäre er ein ganz normaler Mensch, der ein friedliches Leben führt. Ein Lächeln auf seinem Gesicht, Finn. Kannst du dir das vorstellen? Ich hätte beinahe gekotzt, als ich ihn so gesehen habe." Finn lehnte sich zurück, seine Gedanken rasten. Das Bild von Herr Möller, fröhlich und unbeschwert, fühlte sich wie ein Schlag ins Gesicht an. Melanies Stimme zitterte, doch sie hielt den Ton fest und bestimmt. „Seit dem Tod meines Vaters, Finn, habe ich mich an das Versprechen gehalten, das ich ihm gegeben habe. Zwei Mal im Monat habe ich ihn angerufen. Zwei Mal im Monat habe ich die nette Nichte gespielt, die vergessen hat, was er getan hat. Aber ich... ich kann nicht mehr. Es geht nicht." Finn schwieg, während die Schwere ihrer Worte den Raum füllte. „Seit Davids verdammter Podcast online ist, höre ich ihre Stimmen und spüre nichts als Hass," fuhr Melanie fort. „Die ganze Geschichte, wie sie Leos Vergangenheit aufgerollt haben, die Verbrechen seines Onkels und diese grausamen Details... Ich dachte, ich könnte damit umgehen. Aber je mehr ich höre, desto mehr..." Sie brach kurz ab und atmete tief ein. „Desto mehr habe ich das Gefühl, dass es noch nicht vorbei ist." Finn nickte langsam, auch wenn sie es nicht sehen konnte. Er wählte seine Worte vorsichtig. „Im Podcast haben sie aber nicht alles erwähnt," sagte er schließlich. „Hast du das gemerkt? Anscheinend haben sie den Teil ausgelassen, was damals im Feuer wirklich passiert ist. Vielleicht, weil sie es nicht wissen.

Vielleicht, weil Leo nie darüber gesprochen hat." Melanie lachte bitter. „Nicht wissen? Glaubst du das wirklich, Finn? Glaubst du, Leo hätte ihnen nicht gesagt, wie wir seinen Onkel verbrannt haben? Wie wir seine verkohlte Leiche aus dem Haus geschleift haben?" Finns Magen zog sich zusammen bei der Erinnerung, die Melanies Worte in ihm wachriefen. „Vielleicht hat er es verdrängt," murmelte er. „Vielleicht… ist es seine Art, damit umzugehen. Er hat das Trauma irgendwie in Michael gepackt, aber diesen Teil ausgeblendet." „Oder er schweigt bewusst," entgegnete Melanie kalt. „Ein Schweigen, das uns jetzt alle einholen könnte."

***

Vor zwanzig Jahren. Melanie und Finn saßen stumm in Melanies Kinderzimmer. Die Dämmerung kroch durch die zugezogenen Gardinen, während die muffige Stille des Raumes sie umklammerte. Beide zitterten noch vor Schmerz und Angst. Ihre Körper, frisch verbunden und desinfiziert, fühlten sich an wie ein Fremdkörper – die Brandwunden, die Hämatome und die aufgeschürfte Haut waren nichts gegen den Knoten, der sich tief in ihren jungen Seelen festgesetzt hatte. Die Worte des Arztes hallten in Finns Kopf nach: „Ihr hattet Glück, dass es nicht schlimmer ausgegangen ist." Glück. Finn schnaubte bitter, während er auf die verbundene Hand starrte, die er vorhin noch zum Schutz vor Herrn Möllers Faust gehoben hatte. Der Schmerz pochte heftig, aber er biss die Zähne zusammen. Er durfte jetzt nicht schwach sein. Melanie saß mit angezogenen Knien auf ihrem Bett und starrte auf den fleckigen Teppichboden. Tränen rollten lautlos über ihre Wangen, während ihre Lippen bebten. Sie wollte etwas sagen, doch die Worte blieben ihr im Hals stecken. Jedes Mal, wenn sie die Augen schloss, sah sie ihn. Seinen roten, verschwitzten Kopf, die starren, wütenden Augen, die schwielige Hand, die immer wieder auf sie niederging. „Er wird uns umbringen," flüsterte sie schließlich, ihre Stimme kaum mehr als ein heiseres Krächzen. Finn hob den Kopf und sah sie an. Auch ihm liefen Tränen über das Gesicht, aber er versuchte, sie wegzuwischen, bevor Melanie es bemerkte. Er wollte stark für sie sein, auch wenn ihm das Blut in den Adern gefror. „Nein, das wird er nicht", presste er hervor. Seine Stimme zitterte, doch er wollte es glauben. Er musste es glauben. „Er hat es gesagt,

Finn." Melanies Augen trafen seine, ihre grünen Iriden glasig vor Panik. „Wenn wir reden..." Ihre Stimme brach, und sie vergrub das Gesicht in den Händen. Finn schluckte hart, kämpfte gegen die Angst, die wie ein stählerner Griff um seine Kehle lag. Sie hatten die Polizisten angelogen. „Ein paar ältere Kinder", hatte Finn gesagt, den Blick fest auf den Boden geheftet. „Wir wissen nicht, wer es war." Er hatte nicht gezuckt, als die Polizistin weitergefragt hatte. Nicht gezuckt, als Melanies Vater wütend geworden war. Doch jetzt, hier, in der Stille dieses Zimmers, fühlte er sich wie ein Feigling. Melanies Schluchzen brach aus ihr hervor, und Finn kroch zu ihr aufs Bett, nahm sie vorsichtig in den Arm. Sie beide weinten, ihre Tränen vermischten sich mit dem Schmerz, der Angst, der Wut. Sie waren allein. Niemand würde sie retten. Finn starrte Melanie an, seine Kehle war wie zugeschnürt. Das Bild von Melanie, wie sie mit dem blutigen Kleid aus diesem Albtraumhaus gelaufen war, hatte sich unauslöschlich in sein Gedächtnis eingebrannt. Doch jetzt, wo sie es endlich aussprach, fühlte sich die Wirklichkeit noch schwerer und brutaler an, als seine kindliche Fantasie es sich je ausgemalt hatte. „Melanie... wessen Blut war das?" fragte er mit zitternder Stimme. Melanie hob langsam den Kopf. Ihre grünen Augen, rot verweint und leer, starrten ins Nichts, als würde sie versuchen, die Worte zusammenzusetzen. Schließlich flüsterte sie, kaum hörbar: „Ich weiß es nicht, Finn." Sie schluckte hart, ihre Hände zitterten, während sie den Saum ihres Pullovers zerknüllte. „Ich habe an die Tür von Leos Wohnung geklopft. Ich wollte... ich wollte fragen, ob er rauskommt, ob er mit uns spielen will." Finn spürte, wie sein Herz schneller schlug. Er konnte ihre Stimme hören, den leisen, zitternden Unterton, der die Wahrheit trug, die sie versuchte, zu verbergen. „Und dann?" hakte er nach. Melanie schloss die Augen, als wolle sie den nächsten Teil auslöschen. „Die Tür ging auf... und sein Onkel stand da. Dieser Mann..." Ihre Stimme wurde fester, durchtränkt von einer Mischung aus Angst und Verachtung. „Er hat mich angesehen, als ob ich gar nicht da wäre. Aber bevor ich was sagen konnte... da rannte plötzlich ein anderer Mann aus der Wohnung. Er war überall blutig, Finn. Überall." Finns Atem stockte. Seine kleinen Finger krallten sich in die Bettdecke, als ob er sich an etwas festhalten müsste, bevor er in den Abgrund der Erzählung stürzte. „Blut? Überall?" Melanie nickte, ihre Augen weit aufgerissen, als sie weitersprach. „Es war wie... wie in diesen Filmen, die Papa immer guckt. Diese Tatorte. Der Mann hat mich zur Seite geschubst, Finn. Ich hab ihn nur ganz kurz gesehen, aber er hat so schlimm nach Alkohol gestunken, dass mir fast schlecht wurde. Sein Blut war überall. Es hat an mir geklebt, an meinen Händen, an meinem Kleid..." Finn war starr vor Entsetzen. „Und der Onkel?" flüsterte er. „Der Onkel war auch da," presste Melanie hervor. Ihre Stimme wurde brüchig. „Er stand einfach in der Tür und hat zugesehen, wie der Mann rausgestürmt ist. Aber dann... dann hat er mich angesehen, Finn. So..." Sie unterbrach sich, rang nach Luft, als die Erinnerung sie zu verschlingen drohte. „Er hat versucht, mich zu packen. Ich weiß nicht, warum. Vielleicht wollte er mich reinziehen, vielleicht wollte er..." Ihre Stimme brach ab, und sie vergrub das Gesicht in den Händen. „Und Leo?" Finns Stimme war kaum mehr als ein Flüstern, sein Magen drehte sich bei dem Gedanken daran, was sein Freund durchgemacht haben könnte. Melanie hob langsam den Kopf, Tränen liefen über ihre Wangen, doch ihre Stimme war kaum mehr als ein Flüstern. „Finn... mein Onkel war auch in dieser Wohnung. Er hat geschrien, dass ich stehen bleiben soll." Finn starrte sie an, seine Augen weiteten sich. „Was?" brachte er hervor, ungläubig. „Er war da," wiederholte Melanie und drückte die Worte mit zittriger Stimme hervor. „Mit diesem bösen Mann. Mit Leos Onkel. Die beiden... ich glaube, die sind Freunde." Finns Magen zog sich zusammen. Der Gedanke, dass Melanies Onkel mit Leos Onkel, diesem Monster, befreundet war, machte ihn sprachlos. „Melanie..." begann er, aber sie schüttelte den Kopf. „Papa findet das nicht gut," fuhr sie fort, ihre Stimme voller Bitterkeit. „Er sagt immer, mein Onkel soll sich von dem Mann fernhalten. Aber mein Onkel macht, was er will. Papa kann ihn nicht kontrollieren." Finn nickte langsam, während er versuchte, die Worte zu verarbeiten. Er hatte Melanies Onkel immer als seltsam empfunden – wie sie ansah, wie er sich manchmal benahm. Aber er hätte nie gedacht, dass er... „Finn," flüsterte Melanie, und ihre Stimme brach. „Er ist mir hinterhergelaufen, nachdem ich weggelaufen bin. Ich war schneller, aber dann..." Sie hob zitternd die Hand und wischte sich eine Träne von der Wange. „Als ich bei dir angekommen bin... ich hätte nie gedacht, dass er so etwas tun könnte." „Was meinst du?" Finns Herz schlug schneller, während er ihre Worte zu begreifen versuchte. Melanie sah ihn an, ihre Augen voller Schmerz. „Er hat uns geschlagen, Finn. Hast du das nicht gemerkt? Ich dachte immer, er ist nur... komisch. Merkwürdig. Aber das... das war anders. Das war das erste Mal, dass er mich geschlagen hat." Finns Atem stockte. Er erinnerte sich an den Gestank von Alkohol, an die schweren Schläge, die ihn zu Boden gedrückt hatten. „Ich habe es gerochen," sagte er leise, seine Stimme voller unausgesprochener Wut. „Den Alkohol. Genau wie immer bei solchen Typen. Aber ich hätte nicht gedacht... ich dachte, er würde dir nie wehtun." Melanie nickte, ihre Hände zitterten. „Ich auch nicht, Finn. Ich habe es nie geglaubt. Aber er hat es getan. Und weißt du, was das Schlimmste ist? Es war, als würde es ihm... gefallen." Finn fühlte, wie Wut in ihm aufstieg, heiß und alles verzehrend. Er ballte die Fäuste, seine Gedanken rasten. Er wollte etwas sagen, irgendetwas, das den Schmerz lindern könnte, aber alles, was er fühlte, war Hass. Auf Melanies Onkel. Auf Leos Onkel. Auf all die Erwachsenen, die sie im Stich gelassen hatten. Die Stille zwischen ihnen war schwer, erdrückend. Melanie saß mit gesenktem Kopf da, ihre Schultern zuckten vor unterdrücktem Weinen. Und Finn wusste, dass nichts, was er sagen könnte, jemals ausreichen würde, um das, was passiert war, ungeschehen zu machen. In der Stille der Nacht, als das schwache Licht der Straßenlaterne durch das Fenster fiel, saßen Finn und Melanie nebeneinander auf dem Bett. Die Welt draußen war still, doch in ihren Köpfen tobte ein Sturm. Finn sah Melanie an, seine Augen ernst und entschlossen. „Wir müssen versuchen, Leo da rauszuholen," sagte er leise, beinahe flüsternd, als ob er fürchtete, die Dunkelheit zu durchbrechen. Melanie hob den Kopf und sah ihn an. Ihre Augen waren rot vom Weinen, doch jetzt lag etwas in ihnen, das stärker war als die Angst – Entschlossenheit. „Wie sollen wir das machen, Finn?" fragte sie und ihre Stimme klang rau. „Wir können doch nicht einfach rübergehen und ihn holen. Wir brauchen einen Plan." Finn nickte langsam, seine Gedanken rasten. „Ja, wir müssen gut planen," murmelte er. „Wir können nichts überstürzen. Aber wir machen es. Egal wie." Melanie streckte zögernd ihre Hand aus, und Finn ergriff sie fest. Ihre kleinen Hände waren kalt, aber der Händedruck war stark, fast wie ein stiller Schwur. Es war wie ein Pakt zwischen ihnen – ein Pakt, der in der Dunkelheit der Nacht geschlossen wurde, zwischen Cousine und Cousin, zwischen zwei Kindern, die gezwungen waren, erwachsen zu werden, bevor ihre Zeit gekommen war. Sie saßen noch einen Moment da, Hand in Hand, während die Welt draußen weiterschlief, nichts ahnend von dem, was in den Herzen dieser beiden jungen Menschen vorging.

***

Moritz stand am Ausgang der Klinik, der Feierabend schon greifbar nah. Er freute sich darauf, mit Freunden ein paar Bier zu trinken und den Arbeitstag hinter sich zu lassen. Gerade als er das Gebäude verlassen wollte, fiel sein Blick auf Finn, der ein Stück weiter im Eingangsbereich mit einer Kollegin stand. Sie lachten über irgendetwas, das Moritz nicht verstand, und ihre Stimmen hallten leise durch die breite Halle. Er wollte weitergehen, das Gespräch nicht weiter beachten, doch dann drang ein Name an sein Ohr, der ihn abrupt innehalten ließ. Leonard Reimann. Sein Herz setzte für einen Moment aus, bevor es wie ein Vorschlaghammer gegen seine Brust hämmerte. Was hatte Finn mit Leonard zu tun? Moritz drehte sich langsam um und ging unauffällig ein paar Schritte näher, achtete darauf, von einer Säule halb verdeckt zu bleiben. Er hörte die Kollegin sagen: „Hast du die Einsicht in die Patientenakte von Leonard Reimann bekommen? Das war ja schon ziemlich heikel." Finn antwortete leichthin: „Jetzt hast du einen Gefallen bei mir gut. Ich dachte, wir wären quitt." Die Kollegin lachte, aber ihre Stimme klang angespannt. „Quitt? Nein, noch lange nicht. Finn, verstehst du überhaupt, was das bedeutet? Das war kein kleiner Gefallen. Wir haben die Akte angefordert, obwohl wir dazu nicht berechtigt sind. Das ist hochriskant." Finns Miene wurde schärfer, seine Stimme härter. „Ich hatte meine Gründe." Die Frau zog die Augenbrauen zusammen und musterte ihn für einen Moment kritisch, bevor sie schließlich nickte. „Okay. Dann nehme ich das so hin. Aber du solltest wissen, dass ich dich nicht wieder aus der Schusslinie holen kann, falls das auffliegt." Finn sagte nichts

mehr, sein Blick wanderte kurz durch die Halle, als würde er prü-
fen, ob jemand zuhörte. Moritz duckte sich hinter die Säule, das
Adrenalin pumpte durch seine Adern. Was war das für ein Gespräch gewesen? Was zum Teufel hatte Finn mit Leos Akte zu
tun? Moritz blieb wie erstarrt stehen, bis Finn und die Kollegin
sich trennten und in entgegengesetzte Richtungen gingen. Als Finn
außer Sicht war, spürte Moritz, wie seine Knie weich wurden. Er
zwang sich, das Gebäude zu verlassen, obwohl seine Gedanken
wie ein Sturm in seinem Kopf tobten. Draußen holte er tief Luft,
doch die kalte Abendluft konnte das schreckliche Gefühl in seiner
Brust nicht vertreiben. Finn hatte Zugang zu Leos Akte bekommen? Ohne Berechtigung? Und dann noch dieses Gespräch
...„Verdammt, was geht hier vor?" flüsterte er und zog die Jacke
enger um sich, während er in Richtung der nächsten Straßenbahn-
station lief. Moritz zögerte keinen Moment. Noch während er
durch die Straßen in Richtung seiner Wohnung lief, zog er sein
Handy aus der Jackentasche, die Finger zitterten leicht vor Anspannung. Er öffnete die gemeinsame Gruppe und tippte hastig eine Nachricht: "Leute, Notfall. Alle in 1 Stunde in der WG!" Ein
paar Sekunden vergingen, und die ersten blauen Häkchen tauchten
auf. Hannah antwortete als Erste: "Was ist los? Alles okay?"
"Nicht jetzt, erkläre alles, wenn ihr da seid," schrieb Moritz zurück. Sein Puls raste, als er das Handy wieder in die Tasche schob.
Sein Kopf war voller Fragen, voller wilder Theorien, die alle um
Finn und diesen verdammten Namen kreisten, Leonard Weide-
mann. Was hatte Finn getan? Warum ging es ausgerechnet um
Leos Patientenakte? Und was hatte das mit diesem düsteren Kapitel aus ihrer Vergangenheit zu tun, das sie alle so verzweifelt zu
verdrängen versuchten? Die Straßenlaternen warfen lange Schatten
auf den Bürgersteig, während Moritz sich dem Haus näherte. Sein
Bauchgefühl sagte ihm, dass dies kein Zufall war. Finn wusste irgendetwas. Etwas, das so wichtig war, dass er dafür bereit war, Ri-
siken einzugehen – und das machte Moritz Angst. Als er vor der
WG-Tür stand, griff er erneut nach seinem Handy, um die Zeit zu
überprüfen. Noch 30 Minuten bis die anderen kommen würden. 30
lange Minuten, in denen sich sein Kopf weiter mit dunklen Gedanken füllen würde. Er schloss die Tür hinter sich und ließ sich

schwer auf das Sofa fallen. Seine Hände ballten sich zu Fäusten. Egal, was hier vor sich ging, er würde es herausfinden – und zwar heute Abend. Moritz saß auf der Couch, sein Fuß wippte unruhig, während er auf die Uhr starrte. Die Minuten zogen sich wie Kaugummi, und die Gedanken in seinem Kopf drehten sich im Kreis. Finn und Leonard Reimann. Was zum Teufel hatte Finn mit Leo zu schaffen? Das erste Klingeln an der Tür riss ihn aus seinen Überlegungen. Es war Hannah, die mit einem besorgten Blick und einem Becher Kaffee hereinkam. "Was ist los, Moritz? Du klangst so aufgeregt." "Setz dich. Ich warte, bis die anderen da sind," antwortete er und versuchte, seine Stimme ruhig zu halten, aber das Zittern in seinem Ton war nicht zu überhören. Kurz darauf trafen auch Johannes, Mustafa, David und Sina ein. Die Gruppe versammelte sich im Wohnzimmer, der Raum war erfüllt von einer spürbaren Anspannung. "Okay, Moritz, raus damit," drängte Johannes schließlich. Moritz atmete tief durch und begann: "Ich war heute in der Klinik, als mein Dienst zu Ende war, und ich habe etwas mitbekommen, das mir keine Ruhe lässt." Er erzählte ihnen von der Begegnung mit Finn und der Kollegin, von dem Gespräch, das er belauscht hatte. Als er den Namen Leonard Reimann erwähnte, wechselten die Blicke zwischen den Freunden. "Finn hat sich Zugang zu Leos Patientenakte verschafft. Illegal. Er hat einen Gefallen eingefordert, um die Akte zu bekommen," fuhr Moritz fort. "Was könnte so wichtig sein, dass er bereit ist, so weit zu gehen?" Hannahs Gesicht wurde blass. "Leos Akte? Meinst du... es hat mit der Vergangenheit zu tun? Mit Michael?" "Ich weiß es nicht," sagte Moritz. "Aber warum sonst? Finn war nie ein Teil von dem, was wir damals erlebt haben. Er hat keine Verbindung zu Michael oder der Geschichte, oder doch?" Sina verschränkte die Arme vor der Brust. "Vielleicht wissen wir nicht alles über Finn. Oder vielleicht hat er herausgefunden, was wir ihm verschwiegen haben. Das, was damals passiert ist..." Die Stille im Raum war drückend. Jeder von ihnen hatte die Vergangenheit auf seine Weise weggesperrt, versucht, weiterzumachen. Aber nun schien sie mit voller Wucht zurückzukehren. "Wir müssen mit Finn reden," sagte Johannes schließlich. "Direkt. Ohne Spielchen." "Und wenn er uns anlügt?" fragte Mustafa skeptisch. "Das finden wir dann heraus," erwiderte

Moritz entschlossen. "Aber eines ist klar: Wir lassen das nicht so
stehen." Die Gruppe nickte. Sie hatten genug voneinander erlebt,
um zu wissen, dass sie zusammenhalten mussten. Egal, was sie
jetzt erwartete. Die WG war in eine fast greifbare Stille gehüllt,
das monotone Ticken der Wanduhr die einzige Geräuschkulisse.
Jeder schien in seine eigenen Gedanken vertieft, bis Hannah plötzlich aufsprang. "Ich rufe Finn an," verkündete sie mit fester Stimme. Moritz, der angespannt auf der Couch saß, runzelte die Stirn.
"Und was genau willst du ihm sagen?" fragte er skeptisch. "Ich la-
de ihn einfach ein," erklärte Hannah entschlossen. "Ohne Druck,
ohne Verdacht. Wenn wir ihn direkt konfrontieren, verschließt er
sich oder verschwindet. Wir müssen ruhig bleiben und erst mal reden." Hannah griff nach ihrem Handy, aber als sie Finn erreichte,
erklärte er, dass er noch auf der Arbeit sei und frühestens um 19
Uhr kommen könne. Finn traf pünktlich um 19 Uhr ein und ließ
sich in der WG auf die Couch sinken. Während Moritz sprach,
hörte er aufmerksam zu, ohne auch nur mit der Wimper zu zucken.
Doch innerlich brodelte es. Sein Puls raste, die Wut stieg in ihm
auf wie eine Flutwelle, doch er ließ sich nichts anmerken. Mit einer fast unheimlichen Ruhe stellte er das Glas auf den Tisch. Seine
Augen wanderten langsam über die Gesichter der anderen, prü-
fend, wachsam – als würde er in ihnen nach Antworten suchen.
Schließlich schüttelte er den Kopf und sprach leise, aber eindringlich: "Ihr wollt verstehen? Das hier ist eine Familienangelegen-
heit." Mustafa sprang abrupt von seinem Platz auf, seine Stimme
schneidend. "Familie? Was soll das heißen, Finn?" Finn erhob sich
ebenfalls, die Anspannung in seinem Körper offensichtlich. "Ich
weiß, dass ihr euch gerne als Hobbydetektive ausgebt. Ich höre euren Podcast, ich kenne eure Geschichten. Aber das hier? Das geht
euch nichts an. Das ist zwischen mir, Leo und Melanie. Familie
eben." Die Luft in der WG schien zu knistern, die Worte prallten
wie Funken aufeinander. Patrick beugte sich nach vorne. "Familie?
Leo hat uns erzählt, was er durchgemacht hat. Und jetzt tauchst du
plötzlich auf und machst ein Geheimnis daraus? Was geht hier
wirklich vor?" Finns Kiefer mahlte, seine Stimme erhob sich, zor-
nig und scharf. "Ich sagte doch, haltet euch da raus! Ihr habt keine
Ahnung, worüber ihr redet." Mustafa ließ das nicht stehen. "Keine

Ahnung? Leo ist unser Freund, Finn. Wir lassen nicht zu, dass du hier aufläufst und—" "Es reicht!" Finns Stimme schnitt durch den Raum, sein Blick bohrte sich in die Runde. "Ihr wollt helfen? Dann hört auf, euch einzumischen! Ihr habt keine Ahnung, was das alles bedeutet." Die Stimmung kippte endgültig, die Stimmen wurden lauter, hitziger. Finn schnappte sich seine Jacke, seine Schritte fest und entschieden. "Lasst es bleiben," zischte er und stürmte aus der WG, die Tür knallte hinter ihm ins Schloss. Sina fuhr sich mit der Hand durch die Haare, ihre Stirn in Falten gelegt. "Finn ist gerade erst aus der Klinik entlassen worden," murmelte sie, ihre Stimme schwer vor Sorge. "Wenn er jetzt irgendwas Unüberlegtes macht, dann können wir uns sicher sein, dass Leos Fortschritte den Bach runtergehen." Hannah nickte langsam, ihre Augen ernst. "Du hast recht," sagte sie leise. "Ich sehe es in meinem Job immer wieder: Manchmal reicht ein einziger Funken, und alles, was jemand aufgebaut hat, stürzt in sich zusammen. Und bei Leo..." Sie stockte, suchte nach den richtigen Worten. "Wir wissen alle, was das bedeuten würde." Die Stille im Raum war erdrückend. Patrick, der bislang nichts gesagt hatte, stand plötzlich auf und ging zum Fenster. Er blickte in die Dunkelheit hinaus, als würde er dort eine Antwort finden. Nach einer langen Pause sagte er schließlich nur ein einziges Wort. "Michael." Die Luft schien für einen Moment stehen zu bleiben. Alle Augen richteten sich auf ihn, doch niemand brachte ein Wort heraus. Der Name hing im Raum wie ein Schatten, schwer und unausweichlich. Patrick drehte sich nicht um, sprach nicht weiter. Und doch fühlte es sich an, als hätte er etwas unausgesprochenes Offensichtliches ausgesprochen, etwas, das keiner laut sagen wollte, weil es zu real, zu nah war. Sina schluckte, ihre Hände nervös aneinander reibend. Hannah senkte den Blick, als ob sie dem unausweichlichen Gedanken entkommen wollte. Die Realität dessen, was Patrick gerade gesagt hatte, war eine unsichtbare Grenze, die niemand zu übertreten wagte.

***

Finn lief mit schnellen Schritten durch die kühle Nacht, seine Hände tief in den Taschen seines Mantels vergraben. Er zog sein Handy heraus, entsperrte es und wählte Melanies Nummer. Es klingelte nur einmal, bevor sie abhob. "Finn?" Melanies Stimme klang angespannt. "Was ist los?" Finn zögerte einen Moment, dann sprach er, seine Stimme war tief und voller Ärger. "Wir haben ein Problem, Melanie. Ein verdammt großes Problem." "Was für ein Problem?" fragte sie, ihre Stimme zitterte leicht. Finn blieb kurz stehen, seine Augen suchten die dunklen Fenster der umliegenden Gebäude ab, als ob er beobachtet würde. "Meine neugierigen Nachbarn. Sie wissen, dass ich die medizinischen Unterlagen von Leo angefordert habe. Wenn sie darüber reden, war's das für mich. Meine Karriere als Arzt ist dann Geschichte. Aber noch schlimmer – sie könnten unseren Plan zerstören." Am anderen Ende der Leitung hörte er Melanies scharfen Atemzug. "Was ist mit Leo?" fragte sie zögernd, fast flüsternd. Finn schloss die Augen und atmete tief durch. "Ich kenne seine Krankenakte in- und auswendig, Melanie. Und ich habe ihn angesehen... direkt in die Augen. Er hat mich nicht erkannt. Das ist nicht überraschend – wir waren Kinder, und er hat entweder alles verdrängt oder weigert sich, sich zu erinnern. Wenn wir ihn jetzt in alles einweihen, riskieren wir, dass er sofort wieder in der Psychiatrie landet. Er ist labil. Und ich..." Finns Stimme wurde leiser, fast brüchig. "Ich bin immer noch Arzt. Ich kann ihn nicht noch weiter zerstören." Am anderen Ende herrschte eine lange Stille, dann hörte er Melanie schluchzen. "Dann müssen wir uns beeilen, Finn," flüsterte sie schließlich. "Wir können das nicht länger hinauszögern. Du musst sofort herkommen. Komm in mein Hotel." Finn nickte, als könnte sie die Geste sehen. "Ich bin unterwegs," sagte er knapp und legte auf. Er machte sich auf den Weg, seine Schritte wurden schneller, während sein Kopf unaufhörlich arbeitete. Die Schatten der Vergangenheit zogen sich enger um ihn, doch er wusste, dass sie handeln mussten – und zwar jetzt. Finn stapfte durch die nächtlichen Straßen, seine Hände zitterten trotz der Kälte nicht nur vor Frost, sondern vor der Flut aus Emotionen, die in ihm tobte. Angst, Wut, Verzweiflung – alles in ihm kochte über, ein brodelnder Sturm, der ihn mehr und mehr lähmte. Er hatte beschlossen, Menschen zu helfen, Leben zu retten – das war sein Antrieb gewesen, sein Licht in der Dunkelheit. Doch jetzt schien dieses Licht weit entfernt, erstickt von den Schatten seiner Entscheidungen und der düsteren Vergangenheit. An der Haltestelle starrte Finn in die reflektierenden Scheiben der einfahrenden Bahn, sein Gesicht wirkte fremd, leer. Die Fahrt war ein verschwommener Schleier aus flackernden Lichtern und flüchtigen Gedanken, die in seinem Kopf kreisten. Er konnte keinen klaren Gedanken fassen, spürte nur das Drängen, das ihn vorantrieb. Als er endlich im Hotel ankam, war er wie ein Geist, der durch die Flure schlich. Er öffnete die Tür zu Melanies Zimmer und blieb wie angewurzelt stehen. Sie saß auf dem Boden, zusammengekauert, die Beine an ihren Körper gezogen, die Zeitung in den Händen. Die Zeitung, die sie beide immer wieder gelesen hatten. Das gleiche Bild, die gleiche Überschrift. "fünfunddreißig jähriger Mann in Berlin-Lichtenberg erschossen – Täter flüchtig." Melanies Augen waren auf den Artikel fixiert, ihre Lippen bewegten sich lautlos, als würde sie die Worte wiederholen. Finn ließ seine Tasche fallen, ging langsam auf sie zu und sank stumm neben ihr zu Boden. "Melanie," flüsterte er, doch sie reagierte nicht. Ihre Finger krallten sich in das zerknitterte Papier, ihre Schultern bebten. Er zog sie sanft in seine Arme, hielt sie fest, während ihre Fassade endgültig zusammenbrach. Sie schluchzte unkontrolliert, Tränen liefen über ihr Gesicht, während sie sich an ihn klammerte. "Er wurde einfach erschossen, Finn," flüsterte sie schließlich, ihre Stimme erstickt von der Welle ihrer Emotionen. "Von hinten, wie ein Tier... und der Täter läuft noch frei herum. Wie kann das sein? Wie kann das...?" Sie brach ab, ihr Schluchzen erstickte ihre Worte. Finn schwieg, doch seine Kiefermuskeln waren angespannt, sein Atem schwer. Der Artikel brannte sich erneut in seinen Verstand, jede Zeile ein Messerstich. Sie hatten es unzählige Male gelesen, immer wieder, als könnten sie die Worte zwingen, ihnen neue Antworten zu geben. Aber es gab keine Antworten, nur Leere – und eine brennende Wut, die sie beide zu zerreißen drohte. Finn hielt Melanie fest, seine Hände ruhten schwer auf ihren Schultern, während seine Augen wie kaltes Stahl auf sie gerichtet waren. Sein Blick war hart, beinahe unbarmherzig, und in seiner Stimme lag ein unheilvolles Knistern, das Melanies Tränen zum Stillstand brachte. "Melanie, wir wissen, wer der Täter ist," sagte er leise, aber seine Worte hatten das Gewicht eines Vorschlaghammers. "Oder wir ahnen es zumindest. Und verdammt noch mal, ja, er würde so weit gehen. Er hat es getan." Melanie schnappte nach Luft, ihre Stimme war ein ersticktes Flüstern. "Aber... warum? Warum jetzt? Was...?"Finn ließ sie los und sprang auf, als hätte ihn ihre Verzweiflung verbrannt. Er lief im Raum auf und ab, seine Bewegungen waren ruhelos, getrieben von der Flut dunkler Gedanken, die in ihm tobten. "Dein Onkel hat Angst, Melanie," begann er, während er seine Hände zu Fäusten ballte. "Dieser verdammte Podcast – er hat ihm den Boden unter den Füßen weggezogen. Was, wenn die Welt erfährt, was er und Klaus, dieser Drecksack, getan haben? Was, wenn sie herausfinden, wie viele Leben sie zerstört haben? Seelen zertrümmert haben, Melanie. Unsere Seelen." Melanies Tränen liefen erneut über ihr Gesicht, doch diesmal war es nicht nur Trauer, sondern auch der erste Hauch von kaltem, reinigendem Zorn. "Er will Menschen töten, damit sie nicht reden, nicht wahr? Finn... denkst du wirklich, er wird so weit gehen? Alles tun, um die Wahrheit zu begraben?" Finn blieb abrupt stehen und drehte sich zu ihr um. Sein Gesicht war von Dunkelheit gezeichnet, seine Stimme ein frostiger Hauch. "Melanie, er hat uns alles genommen. Unsere Kindheit, unsere Würde. Du hast es selbst gesehen. Jeder, der versucht, die Wahrheit ans Licht zu bringen, ist eine Bedrohung für ihn. Er wird jeden vernichten, der auspackt. Jeden. Und das schließt uns ein." Melanie bedeckte ihr Gesicht mit den Händen, doch sie konnte die Wahrheit in seinen Worten nicht leugnen. "Finn... und du glaubst wirklich, dass wir die Polizei ausschließen müssen? Dass niemand uns helfen wird?" Ihre Stimme war kaum mehr als ein Flehen. Finns Lachen hallte durch den Raum – ein bitteres, höhnisches Geräusch, das Melanie erschauern ließ. "Die Polizei? Beweise?!" Er schüttelte den Kopf und schnaubte. "Dein Onkel hat längst alle Spuren verwischt, Melanie. Er ist ein Meister darin, Dreck im Dunkeln zu lassen. Und selbst wenn sie etwas hätten – glaubst du, die könnten ihn wirklich zur Strecke bringen? Nein, Melanie. Es gibt nur einen Weg. Nur einen." Melanie sah ihn an, ihre Augen voller Tränen, doch in der Tiefe begann ein Funke zu glimmen – ein Funke, der von Finns Hass genährt wurde. "Und dieser Weg?" fragte sie heiser. Finns Stimme war eisig, sein Blick hart. "Rache, Melanie. Wir müssen uns selbst darum kümmern. Es gibt kein Gesetz, keine Gerechtigkeit, die uns retten wird. Das ist unsere Sache. Unsere Abrechnung. Unsere Rache."

**

Vor zwanzig Jahren. Die Abenddämmerung legte sich wie ein schwerer Schleier über das Berlin. Die Luft war kühl und roch nach feuchtem Laub und altem Holz. Melanie und Finn drückten sich hinter die große, knorrige Eiche vor dem "bösen Haus", wie sie es nannten. Der Schatten des alten Baums schützte sie, während sie die düsteren Fenster anstarrten, hinter denen Leo gefangen war. Finns Herz pochte wie ein Trommelwirbel, sein Atem ging schnell, und er spürte, wie der Angstschweiß in seinem Nacken perlte. "Melanie", flüsterte er, ohne den Blick von dem Haus abzuwenden. "Wir müssen es jetzt tun. Jetzt. Wir haben es geschworen, erinnerst du dich? Wir holen Leo da raus und laufen. Weg. So weit wie möglich." Melanie schlang die Arme um sich, ihr kleiner Körper zitterte, aber sie nickte. "Ich weiß, Finn", murmelte sie, ihre Stimme war kaum mehr als ein Hauch. "Aber... was ist mit den Leuten, die wir gesehen haben? Die da rein und rausgegangen sind? Meinst du... meinst du, das waren Kinder? Vielleicht so alt wie wir?" Finn schüttelte den Kopf, seine Augen blitzten in der schwindenden Dunkelheit. "Nein. Die waren älter, Melanie. Bestimmt in der siebten Klasse. Vielleicht sogar noch älter." Melanie biss sich auf die Lippe, ihr Kopf schüttelte sich unbewusst. "Das ist doch egal, Finn. Was bringt es, das zu wissen? Es hat keinen Sinn, darüber nachzudenken. Es wird uns nur aufhalten. Wir müssen Leo da rausholen. Einfach nur Leo holen und... und rennen. Ganz weit weg." Finn blickte zu ihr hinunter, seine Lippen fest zusammengepresst. Er sah die Angst in ihren Augen, die sie verzweifelt zu verbergen versuchte. Er spürte, wie seine eigene Angst zu Wut wurde – Wut auf das böse Haus, auf die Menschen darin, auf die ganze verdammte Welt, die Leo in dieses Elend gebracht hatte." Okay", flüsterte er schließlich, seine Stimme rau, aber bestimmt. "Wir holen Leo. Und dann verschwinden wir." Sie traten durch die alte, knarzende Eingangstür, die schwer in den Angeln hing und ein unheimliches Knarren von sich gab. Der modrige Geruch von abgestandener Luft und feuchtem Holz schlug ihnen entgegen. Finn und Melanie hielten kurz inne, lauschten, ob jemand in der Nähe war. Doch das Haus war still – zumindest oben. Als sie an der Treppe ankamen, hielten sie erneut den Atem an. Von unten, aus dem Keller, drang ein leises, klägliches Wimmern nach oben. Melanie fröstelte, obwohl es nicht kalt war. "Das kommt aus dem Keller," flüsterte Finn mit einem ernsten Blick. Melanie wollte etwas sagen, doch Finn hob bereits die Hand. "Komm, das müssen wir abchecken," drängte er, seine Stimme eindringlich, aber leise. "Dein Onkel und dieser Klaus sind sowieso nicht da. Wir haben doch gesehen, wie sie zur Eckkneipe gegangen sind." Melanie zögerte, drückte sich näher an Finn. "Aber nur mal gucken," flüsterte sie. "Danach klopfen wir bei Leo, wie wir es gestern mit ihm vereinbart haben, und hauen hier ab. Verstanden?" Finn nickte, seine Augen blitzten entschlossen. "Gut, dass dein Onkel ihn gestern rausgehen lassen hat," fügte Melanie mit zitternder Stimme hinzu, ihre Gedanken sichtlich woanders. "Seine blauen Flecken sind auch kaum mehr zu sehen," fügte sie hinzu, als wollte sie sich selbst beruhigen. Finns Gesicht verhärtete sich, eine Mischung aus Wut und Trauer zeichnete sich ab. Nicht auf Melanie – sie hatte genug durchgemacht – sondern auf die Erwachsenen in diesem gottverlassenen Ort. "Die wohnen alle hier," murmelte er mehr zu sich selbst, seine Stimme von Zorn durchzogen. "Die müssen etwas mitbekommen. Aber nein, sie verschließen ihre Türen, ihre Augen, ihre verdammten Seelen." Melanie senkte den Blick. "Leos Wunden im Gesicht sind weg... aber die auf seinen Armen..." Ihre Stimme brach ab. Finn nickte, seine Kiefer mahlten. "Komm." Er griff nach ihrer Hand, und gemeinsam machten sie sich auf den Weg die knarrenden, dunklen Treppenstufen hinunter. Jeder Schritt ließ das Wimmern lauter werden. Finn schlich voran, jeder Schritt ein vorsichtiges Tasten im dämmrigen Licht. Die Geräusche wurden deutlicher, das Wimmern zu einem flehenden Klagelaut, der ihnen unter die Haut kroch. "Horch, Melanie," flüsterte Finn über die Schulter. "Das kommt von da vorne. Keller 5." Er deutete auf eine schwere Holztür, an der eine einfache Eisenkette mit einem Vorhängeschloss befestigt war. Als sie näher kamen, drückte Finn die Hand gegen die Tür. "Abgeschlossen," flüsterte er, seine Stimme angespannt. "Verdammt." Das Wimmern hinter der Tür wurde lauter, und plötzlich hörten sie eine heisere Stimme.

"Hilfe... bitte... helft mir." Melanie wich einen Schritt zurück, ihre Augen weit vor Angst. "Wir müssen die Tür aufbekommen," sagte Finn entschlossen, ohne lange zu überlegen. Melanie packte seinen Arm. "Finn, was willst du—" "Ich bin gleich wieder da," unterbrach er sie, schon auf dem Absatz kehrend. Melanie wollte ihn zurückhalten, aber die Worte blieben ihr im Hals stecken. Stattdessen stand sie zitternd da, während Finn die Treppe hinauflief. Ein paar Minuten später war er zurück, in seiner kleinen Hand einen kantigen Stein, den er draußen im Vorgarten gefunden hatte. Ohne zu zögern kniete er sich vor die Tür, hielt den Stein fest und begann, immer wieder auf das Schloss einzuschlagen. Ein dumpfes, metallenes Klirren hallte durch den Keller. "Finn, hör auf, das funktioniert doch nicht!" flehte Melanie mit Tränen in den Augen, aber er ignorierte sie. Schweiß perlte ihm von der Stirn, während er den Stein erneut und erneut hob und auf das Schloss einschlug. Die Tür war mit einem einfachen Schloss gesichert, keine komplexe Verriegelung, sondern nur eine dicke Eisenkette, die durch eine Öse geführt war und mit einem Vorhängeschloss befestigt wurde. Man konnte durch den schmalen Spalt zwischen Tür und Rahmen in den Raum dahinter sehen, aber nicht genug, um etwas zu erkennen. Finns kleine Hände bebten vor Anstrengung, und bald war seine Haut aufgerissen. Blut tropfte an seinen Fingern herunter, doch er hielt nicht inne. Melanie begann zu weinen, ihre Hände vor den Mund geschlagen, während sie die Szene vor sich kaum ertragen konnte. Finns Hände brannten vor Schmerz, das Blut lief in kleinen Tropfen seine Finger hinab, doch dann gab das Schloss mit einem scharfen Knacken nach. Die Tür schwang langsam auf, und das Wimmern wurde zu einem erschreckenden Schrei. Melanie zuckte zusammen und öffnete reflexartig den Mund, doch Finn war schneller. Mit einer blutigen Hand presste er ihr den Mund zu, seine Augen starr vor Panik. "Nicht schreien!" zischte er, und sie nickte stumm, ihre Augen weit vor Schreck. Vor ihnen lag der Albtraum. Zwei Männer, einer kaum älter als ein Teenager, der andere vielleicht Mitte zwanzig, lagen am Boden. Ihre Körper waren von Wunden übersät, ihre Gesichter grotesk entstellt – blaue Flecken und Schwellungen, aufgeplatzte Lippen, die bluteten. Ihre Hände und Füße waren mit grobem Seil fest zusammengebunden, die Gelenke aufgerieben, rot und blutig von der Reibung. Der Jüngere schrie sie an, seine Stimme heiser, fast hysterisch. "Holt uns hier raus! Verdammt nochmal, beeilt euch! Die Monster kommen gleich zurück!" Finn und Hannah standen wie erstarrt. Der Ältere, ein Mann mit zitternden Händen und eingefallenen Wangen, keuchte nur: "Mein Stoff... ich brauch meinen Stoff..." Er wand sich auf dem Boden, seine Bewegungen unkoordiniert und fahrig. Sein Blick war leer, als würde er sie gar nicht richtig wahrnehmen. "Hey, ihr zwei! Besorgt mir meinen Stoff, verdammt!" Hannah wich einen Schritt zurück, ihre Hände zitterten. "Ich habe keinen Stoff!" schrie sie zurück, ihre Stimme überschlug sich vor Überforderung. Ihr Blick fiel auf eine Kamera, die direkt auf die beiden Männer gerichtet war, auf einem wackeligen Stativ befestigt. Das rote Licht der Aufnahme blinkte bedrohlich. Finn sah die Kamera ebenfalls, und trotz seines Alters verstand er. Er erinnerte sich an diesen Film, den er heimlich bei seinen Eltern mit angesehen hatte – Gefangene, die von ihren Entführern gefilmt wurden, erniedrigt und gequält. Es war ein Bild, das ihn tagelang in seinen Träumen verfolgt hatte, und jetzt sah er es in grausamer Realität vor sich. "Oh Gott," flüsterte er, sein Gesicht kalkweiß. Doch er riss sich zusammen, schüttelte den Kopf und rannte zu den Männern. "Wir müssen sie losmachen!" sagte er mit Nachdruck. Hannah folgte ihm, zögernd, ihre Bewegungen mechanisch. Gemeinsam zogen sie an den Seilen, versuchten die Knoten zu lösen, aber sie waren zu fest. Ihre kleinen Hände hatten keine Chance gegen die groben Fesseln. "Es geht nicht!" Hannahs Stimme brach, Tränen liefen über ihr Gesicht. "Finn, wir schaffen das nicht!" Finn biss die Zähne zusammen, sein Blick flackerte von den Männern zu den Seilen und wieder zurück. "Wir brauchen ein Messer!" rief er schließlich. "Melanie, wir brauchen ein Messer!"

***

Jetzt. Sina schlug mit der Faust auf den Tisch, ihre Stimme scharf und bestimmt: „Wir müssen in Finns Wohnung, und zwar sofort. Als der alte Möller hier noch gewohnt hat, haben wir die Tür zu seiner Wohnung auch aufgekriegt, und das schaffen wir jetzt ein zweites Mal." Johannes starrte sie ungläubig an. „Sina, bist du wahnsinnig? Wir können doch nicht einfach bei Finn einbrechen!

Bei Möller war das etwas anderes, da waren wir wirklich in Gefahr. Aber Finn? Das ist... das ist illegal!" „Und was, wenn Finn gerade etwas mit Leo plant?" schoss Sina zurück, ihre Stimme zitternd vor Wut und Verzweiflung. „Wenn Michael wieder auftaucht, Johannes, dann stehe ich wieder mitten im Schussfeld! Ich will das nicht nochmal durchmachen, verstehst du das? Finn hat etwas vor, ich weiß es. Irgendetwas in seiner Wohnung wird uns zeigen, was es ist. Und ich werde nicht einfach nur dumm rumsitzen und hoffen, dass alles gut ausgeht!" Die Anspannung im Raum war greifbar, die Luft schwer von unausgesprochenen Ängsten. Patrick, der bis dahin schweigend zugehört hatte, trat aus der Ecke näher. „Wir müssen die Tür nicht aufbrechen," sagte er ruhig, aber mit Nachdruck. Alle Augen richteten sich auf ihn. „Was meinst du?" fragte Hannah, die immer noch zwischen Sina und Johannes stand und wie ein angespanntes Seil wirkte. Patrick hob eine Augenbraue und lächelte schwach. „Ich habe aus der Vergangenheit gelernt," begann er. „Ein Freund von mir hat mir mal gezeigt, wie man das auch einfacher machen kann – ohne Krach, ohne Chaos."„ Und wie bitte?" fragte Sina misstrauisch. Patrick grinste leicht. „Mit einem Dietrich." Das Schweigen, das darauf folgte, war fast komisch, bis Sina ihm einen energischen Schubs gab. „Und woher kriegen wir jetzt bitte einen Dietrich?" „Kein Problem," antwortete Patrick und wandte sich schon zur Tür. „Ich habe einen in meiner Wohnung. Trefft mich in fünf Minuten vor Finns Tür." Ohne ein weiteres Wort verschwand er. Die Gruppe blieb für einen Moment reglos zurück, dann folgten sie ihm, einer nach dem anderen, hinauf in den Flur, der jetzt so viel bedrohlicher wirkte als noch vor wenigen Minuten. Patrick ließ den Dietrich mit einem zufriedenen Lächeln in die Tasche gleiten, als die Tür mit einem leisen Klicken aufsprang. „Tja," sagte er und hob die Schultern, „hätte er zweimal abgeschlossen, wäre es ein bisschen schwieriger gewesen." Die Gruppe tauschte einen schnellen Blick aus, dann betraten sie die Wohnung, einer nach dem anderen. Finns Zuhause wirkte einladend, beinahe liebevoll eingerichtet. An den Wänden hingen Fotos, auf denen er und Melanie zu sehen waren – Arm in Arm, lachend, sorglos. Es war ein seltsamer Kontrast zu der Unruhe, die die Gruppe hierher getrieben hatte. „Wo fangen wir an?" fragte Sina und schaute sich aufmerksam um. Hannah zögerte an der Tür, ihre Finger um den Türrahmen gekrallt. „Ich weiß nicht," murmelte sie, fast für sich. „Das fühlt sich... falsch an." Doch niemand beachtete sie. Wie vor sechs Monaten, als sie die Wohnung des alten Möller durchsucht hatten, begannen die anderen, systematisch Schubladen aufzureißen und Möbelstücke abzusuchen. Der Raum wurde erfüllt vom Klirren von Besteck, dem Rascheln von Papier, dem dumpfen Geräusch von umgeschichteten Gegenständen. „Nichts außer Akten aus seiner Arbeit," meldete Johannes, während er einen Stapel Ordner auf den Tisch legte. Sina zog einen Karton hervor, in dem beschriftete CDs mit MRT-Aufnahmen lagen, sortiert und ordentlich gestapelt. „Hier ist auch nichts Verdächtiges," murmelte sie und schob den Karton zurück. Mustafa hingegen blieb an einem kleinen Beistelltisch stehen, auf dem ein Stapel alter Zeitungen lag. Er runzelte die Stirn, nahm sie in die Hand und blätterte durch die Seiten. „Leute," sagte er langsam, seine Stimme drängte durch die Unruhe im Raum. „Kommt mal her. Schaut euch das an." Alle drehten sich zu ihm um, das Rumpeln und Kramen verstummte. Das Licht der Deckenlampe warf seltsame Schatten auf die zerwühlte Wohnung. Mustafa hob die erste Zeitung vom Stapel und hielt sie vorsichtig ins Licht. Es war eine alte Ausgabe der Berliner BZ, die Ränder abgegriffen, als wäre sie unzählige Male durchblättert worden. Sein Blick fiel sofort auf die Schlagzeile, die mit einem roten Stift fett umkreist war, ebenso wie das Foto eines Mannes darunter. "Martin Borras, 35 Jahre alt, wurde erschossen – Täter flüchtig." Darunter war der kurze Bericht: „Auf dem Heimweg von einer psychosomatischen Tagesklinik wurde Martin Borras brutal von hinten in den Kopf geschossen. Der Täter ist flüchtig, die Polizei hat keine Anhaltspunkte." Mustafa hielt die Zeitung hoch, sodass die anderen sie sehen konnten. Die Markierungen waren wütend und hektisch gezogen, das Papier an den Rändern fast durchgerieben, als hätte Finn sie immer wieder in die Hand genommen, starrend, grübelnd, besessen. Sina trat näher, ihr Blick fiel auf die fett umrandeten Buchstaben, ihre Augen weiteten sich. „Das... das ist doch der Typ aus dem Artikel, den wir vor ein paar Monaten in der Hand hatten, oder?" Mustafa nickte langsam, die Zeitung immer noch in den

Händen. Es lag eine bedrückende Stille im Raum, nur das leise Rascheln des Papiers und das Summen des Kühlschranks waren zu
hören. Mustafa griff nach der nächsten Zeitung. Es war eine Ausgabe des Berliner Kuriers, und gleich auf der ersten aufgeschlage-
nen Seite fiel ihm etwas ins Auge. Eine Todesanzeige war dick mit
rotem Stift eingekreist. Darauf war das Bild eines Mannes abge-
bildet, und darunter standen die Worte „Johann Schulz, geliebter
Ehemann und Vater." Einige Zeilen des Abschieds folgten, ge-
fühlvoll und liebevoll geschrieben. Mustafa las leise vor, ohne den
Blick von der Anzeige zu lösen „Gestorben vor fünf Monaten. Er
war erst 34 Jahre alt." Hannah trat näher, ihr Gesicht blass. „Schau
mal unter der Anzeige," flüsterte sie. Dort, in wütend gekritzelten
roten Buchstaben, stand ein einziges Wort: „Suizid!" Mustafa
schluckte schwer und blätterte zögernd die Seite um. Wieder eine
Todesanzeige. Dieses Mal ein Mann, 37 Jahre alt. Auch hier das
Wort: „Suizid!" fett und unübersehbar daneben geschrieben. Moritz, der bisher stumm in der Ecke gestanden hatte, trat nach vorne,
seine Stimme bebend: „Was... was ist das hier?" Die Luft schien
still zu stehen. Niemand sagte ein Wort. Das Zimmer war erfüllt
von einer bedrückenden Stille, als ob die Schatten all der gezeigten
Namen plötzlich greifbar geworden wären. Hannah wich langsam
zurück, ihre Augen wanderten ziellos durch den Raum, bis sie unter den an der Wand aufgehängten Bildern stehen blieb. Dort hing
ein Foto von Finn und Melanie, beide lachend, Arm in Arm. Daneben ein weiteres: Finn mit einer fremden Frau – vielleicht seine
Freundin aus München. Ihr Blick glitt tiefer, zu der Anrichte darunter, wo verstreut Fotos lagen, scheinbar achtlos abgelegt. Etwas
an ihnen zog sie magisch an. „Kommt mal bitte her," sagte sie leise, ihre Stimme kaum mehr als ein Flüstern. Sina strich sich nervös
eine Haarsträhne aus dem Gesicht und brach schließlich die Stille.
„Ich glaube nicht, dass Leo weiß, was hier gerade vor sich geht,"
sagte sie mit Nachdruck. „Heute Morgen habe ich ihn kurz getroffen, und er wirkte viel zu optimistisch. Er hat über sein Studium
gesprochen, darüber, dass er auf eine Antwort von der Uni wartet.
Er war... fast schon ungeduldig, aber auf eine positive Art. Er
wirkt einfach nicht wie jemand, der in all das eingeweiht ist." Patrick nickte nachdenklich. „Das würde bedeuten, dass Finn und Me-

lanie noch keinen Kontakt zu ihm aufgenommen haben. Zumindest nicht direkt. Aber ich wette, Melanie ist hier in Berlin. Du hast sie doch gesehen, Sina. Es ist kein Zufall, dass sie plötzlich auftaucht." Moritz runzelte die Stirn, sein Ton skeptisch. „Wir können uns nicht sicher sein, ob Leo wirklich nichts weiß. Nur weil er so tut, als wäre alles in Ordnung, heißt das nicht, dass es so ist. Vielleicht verdrängt er es, oder... vielleicht spielt er es einfach runter." Hannah hob langsam den Kopf, ihre Stimme zitterte leicht, als sie sprach. „Egal, ob Leo Bescheid weiß oder nicht – was auch immer hier gerade geschieht, es ist nichts Gutes. Es fühlt sich falsch an, auf jeder Ebene. Wir dürfen nicht zulassen, dass Leo da hineingezogen wird. Nicht, wenn es so schlimm ist, wie wir befürchten." Patrick ballte die Fäuste, seine Entschlossenheit spiegelte sich in seinem Blick wider. „Und wir müssen Finn finden. Jetzt." Die anderen näherten sich, und Hannah begann, die Bilder vorsichtig nebeneinanderzulegen. Ihre Hände zitterten, während sie die Details betrachtete. Sie schluckte schwer, ihre Kehle war wie zugeschnürt. Auf einem der Bilder war ein Junge zu sehen, vielleicht acht oder neun Jahre alt. Seine strahlend hellblauen Augen wirkten fast unnatürlich leuchtend, doch sein Lächeln war schüchtern, beinahe gequält. Neben ihm stand ein rothaariges Mädchen, das einen mutigen Ausdruck aufgesetzt hatte, und ein Junge mit verstrubbelten schwarzen Haaren, der frech grinste – zumindest damals. Daneben lag ein weiteres Foto: Die drei Kinder, diesmal vor dem Haus. Ihrem Haus. Vor der großen Eiche, die ihnen allen so vertraut war. Es war ein warmer Moment, eingefroren in der Zeit, bis man näher hinsah. Das nächste Bild raubte Hannah den Atem. Der Junge mit den blauen Augen – sein Gesicht war gezeichnet von einem blauen Fleck, der sich dunkel unter seinem Auge ausbreitete. Es war, als hätte jemand die Fröhlichkeit aus seinen Augen gestohlen. Und schließlich ein zerknittertes Foto, fast vergessen, halb unter einem anderen verborgen. Es zeigte nur das rothaarige Mädchen und den Jungen mit den schwarzen Haaren. Doch etwas war anders. Sie waren nicht mehr draußen, nicht mehr vor der Eiche. Der sterile Hintergrund des Bildes verriet, dass es im Krankenhaus aufgenommen worden sein musste. Beide Kinder hatten Wunden – Kratzer, blaue Flecken, und der Junge ein deutlich geschwollenes

Gesicht. Sein Blick war nicht frech oder schelmisch, sondern leer, erschöpft, voller Schmerz. Es war Johannes, der als erster die Stille brach. Seine Stimme war leise, fast ein Flüstern, doch jedes Wort traf wie ein Hammerschlag. „Das... das sind sie. Das sind Finn und Melanie. Und Leo.“

***

Melanie richtete sich auf, ihre Hände zitterten, doch ihre Stimme war fest. „Wir haben uns damals geschworen, als Klaus verbrannt ist, dass niemand mehr leiden muss. Aber wir haben diesen Schwur gebrochen. Diese Menschen sind tot, Finn. Tot! Und dass Martin kurz nach den Selbstmorden getötet wurde, das ist doch kein Zufall! Es ist verdammt offensichtlich, dass mein Onkel dahintersteckt.“ Sie hielt inne, ihre Augen flackerten vor Zorn und Verzweiflung. „Weißt du, ich habe einmal gedacht, dass mein Onkel niemals so weit gehen würde, einem Menschen körperlich wehzutun. Aber wenn ich uns beide ansehe, weiß ich, wie falsch ich lag. Er hat uns zerstört.“ Melanie griff nach dem Zeitungsausschnitt, den sie vorhin achtlos beiseitegelegt hatte, ihre Finger krampften sich darum. „Dieser schreckliche Tag... der Moment, als wir die Kellertür aufgebrochen haben und Martin und Johann dort lagen, gefesselt, halb totgeschlagen... er verfolgt mich jede Nacht. Und jetzt? Jetzt sind sie tot, und wir haben nichts getan, um sie zu retten!“ Finn trat langsam zu ihr und zog sie in eine feste Umarmung, doch Melanie wich nicht zurück. Sie sprach weiter, ihre Stimme ein einziges schneidendes Messer. „Wir haben den Schwur mit Leo gemacht, Finn. Er gehört dazu, ob wir wollen oder nicht!“ Finn löste sich ein Stück, sein Blick kalt und scharf. „Melanie, wenn wir Leo da jetzt reinziehen, zerstören wir ihn. Verstehst du das? Es ist aus mit seinem Leben, wenn er das erfährt. Von diesem Albtraum würde er sich niemals erholen.“ Melanies Lippen bebten, aber Finn ließ ihr keine Zeit zum Antworten. „Du verstehst es nicht,“ sagte er leise, seine Worte schwer und brutal ehrlich. „Leo hat genau wie wir ein Trauma erlitten. Aber seines hat etwas Dunkleres geschaffen. Eine zweite Persönlichkeit, Melanie. Eine, die aus purer Wut und Hass besteht. Das, was Leo nicht ertragen konnte, hat sich in Michael manifestiert.“ Finns Stimme wurde rauer, als er fortfuhr. „Ich habe jede einzelne Sitzung, jede verdammte Aufzeichnung aus den Akten gelesen. Alles. Sein Verstand hat einen Schutzwall aus Gewalt gebaut, um nicht unter dem Gewicht dieser Erinnerungen zusammenzubrechen. Und jetzt willst du ihm noch mehr aufbürden? Nein, Melanie. Wir können ihm das nicht antun." Finns Handy vibrierte erneut, das schrille Klingeln zerriss die angespannte Stille im Raum. Dieses Mal war es Hannah, die anrief. Ohne zu zögern, drückte er sie weg. Zuvor war es Mustafa gewesen, und davor Moritz. Ihre Namen flackerten immer wieder auf dem Display auf, während sie ihn unermüdlich versuchten zu erreichen. Finn knirschte mit den Zähnen, der Schmerz in seinem Kiefer passte zu dem Chaos in seinem Kopf. „Mach dein verdammtes Handy aus!" fauchte Melanie, ihre Stimme vibrierte vor Ungeduld. Finn schnappte scharf nach Luft. „Das geht nicht!" brüllte er zurück, seine Stimme riss, voller angestauter Frustration. „Ich bin heute in Rufbereitschaft, verdammt! Neben einem potenziellen Mörder bin ich immer noch Arzt!" Mit einem verzweifelten Aufschrei rammte er seine Fäuste gegen die Wand. Immer wieder, bis die Haut an seinen Knöcheln riss und rote Schlieren an der weißen Tapete zurückblieben. „Mörder," stieß er zwischen zusammengebissenen Zähnen hervor. „Ich habe es ausgesprochen. Wir... wir machen uns zu Mördern." Sein Körper sackte langsam zu Boden, die Stirn gegen die Wand gelehnt, sein Atem schwer und rau. Melanie kniete sich zu ihm, legte vorsichtig einen Arm um ihn, doch er schien ihre Nähe kaum wahrzunehmen. Das Handy begann wieder zu klingeln, das Geräusch war unerbittlich. Melanie griff wütend danach, die Kontrolle verlierend, und nahm den Anruf entgegen. „Lasst uns in Ruhe!" schrie sie mit aller Kraft in den Hörer. Ihre Stimme hallte durch den Raum wie ein Peitschenhieb. Finns Kopf ruckte hoch, seine Augen weit aufgerissen. Ohne zu zögern riss er ihr das Handy aus der Hand, seine Bewegungen hektisch. „Ja, Sina?" fragte er, seine Stimme rau und voller Zorn.

***

Sina hob die Hand, um die anderen zum Schweigen zu bringen, ihre Augen auf das Handy gerichtet. Der kleine Raum, immer noch erfüllt von der bedrückenden Präsenz der Zeitungsartikel und Bil-

der, schien plötzlich noch enger zu werden. „Ich habe ihn erreicht," flüsterte sie und schaltete den Lautsprecher ein. „Finn,
endlich nimmst du ab!" Ihre Stimme war belegt, fast flehend. „Wo
bist du? Wir müssen mit dir reden. Bitte, Finn." Am anderen Ende
herrschte für einen Moment Stille, dann kam Finns Stimme durch
die Leitung – kalt, abweisend, voller Distanz. „Es gibt nichts zu
reden, Sina. Ich habe es euch vorhin schon gesagt. Es ist eine Fa-
milienangelegenheit. Mischt euch da nicht ein!" Seine Worte
schnitten wie Messer durch die Luft. Die Gruppe stand stumm, jeder von ihnen angespannt, die Emotionen wie ein Pulverfass, bereit zu explodieren. Johannes trat einen Schritt nach vorne, seine
Augen suchten den Boden, als er leise begann zu sprechen. Seine
Worte waren weich, bedacht, durchdrungen von einer ehrlichen
Verletzlichkeit. „Finn... wir sind in deiner Wohnung. Wir haben
die Artikel gesehen, die Fotos. Von dir und Leo. Von Melanie. Wir
verstehen nicht alles, aber wir sehen, wie tief das geht. Lass dir
von uns helfen. Bitte." Sein Ton ließ die anderen für einen Moment innehalten. Selbst Mustafa, dessen sonstiger Trotz ihn oft
dominierte, nickte leicht und trat näher an das Handy heran. Er
seufzte tief und sprach dann, seine Stimme tiefer und ernster als
sonst. „Finn, hör uns zu. Du bist unser Freund. Was auch immer
das ist, wir können dir helfen. Du musst uns nur reinlassen." Alle
in dem Raum schienen darauf zu warten, dass Finn antwortete, die
Stille nach Mustafas Worten lastete schwer auf ihnen. Finns
Stimme war nicht mehr kalt – sie war gebrochen, ein roher, unge-
schützter Sturm aus Wut, Schmerz und etwas, das einer verzweifelten Warnung glich. „Nein, Mustafa," sagte er, ein Hauch von
Müdigkeit in seinen Worten. „Wir sind Nachbarn, keine Freunde.
Das waren wir nie." Doch Mustafa ließ nicht locker. Er straffte
sich, atmete tief durch und antwortete, diesmal ruhiger, mit der
festen Überzeugung eines Mannes, der wusste, dass jedes Wort
zählen würde. „Vielleicht siehst du das so, Finn, aber das ist nicht
die Wahrheit. Ja, wir sind Nachbarn. Aber wir sind mehr als das.
Wir sind eine Gemeinschaft, eine Familie, die sich gegenseitig auf-
fängt, egal, wie schwer es wird. Und du bist ein Teil davon. Ob du
es willst oder nicht." Finns Antwort kam wie ein Peitschenhieb,
roh und laut, ein verzweifelter Versuch, die Mauern um sich her-

um zu verteidigen. „Nachbarn?" brüllte er ins Handy, seine Stimme überschlug sich beinahe. „Gemeinschaft? Dieses Haus, diese Wände – wisst ihr überhaupt, was hier passiert ist? Dieses Haus war voller Hass, voller Gewalt. Dinge, die ihr in euren schlimmsten Albträumen nicht begreifen könntet, wurden hier getan! Menschen wie ihr – eure heile Welt würde zerbrechen, wenn ihr nur einen Bruchteil wüsstet!" Die Gruppe im Raum hielt den Atem an. Finns Worte waren wie Messer, jedes einzelne schlug tiefer. „Wir haben gelitten," fuhr Finn fort, seine Stimme nun tiefer, belegt mit einem Schmerz, der so alt und doch so lebendig war. „Wir haben geblutet. Wir haben Dinge gesehen, die uns für immer verändert haben. Und diese Menschen, die ihr in den Zeitungsartikeln gelesen habt, die ihr ohne meine Erlaubnis durchstöbert habt – sie waren damals dort. Sie waren Teil davon. Und jetzt sind sie tot." Ein bitteres Lachen brach aus ihm heraus, kurz und kalt, bevor er weitersprach. „Aber nicht alle. Noch gibt es welche von uns. Zerbrochene Seelen, die irgendwie überlebt haben. Und Melanie und ich – wir werden nicht zulassen, dass auch der letzte Rest von uns stirbt." Die Stille, die folgte, war schwer wie Blei. Niemand wagte, etwas zu sagen. Finn hatte ihnen etwas gezeigt, dass sie kaum begreifen konnten, die Narben eines Lebens, das sie sich nicht einmal vorstellen konnten. Melanies Stimme war brüchig, doch in ihr lag eine entschlossene Härte, die nur aus tiefstem Schmerz und langer Unterdrückung geboren werden konnte. „Ich nehme an, ihr wisst vom Feuer," begann sie, ihre Worte schwer wie Blei. „Das Feuer, das nicht vertuscht werden konnte. Ein Brand, so gewaltig, dass selbst die Lügen meines Onkels es nicht verdecken konnten. Aber was ihr nicht wisst – oder vielleicht hat Leo es euch erzählt – ist, dass er dieses Feuer gelegt hat." Die Gruppe schwieg, ihre Blicke auf das Handy gerichtet, als könnten sie Melanies Gesicht durch Finns Stimme hindurch sehen. „Leo hat das Feuer entfacht, um alles zu zerstören, was ihn in diesem Haus festgehalten hat," fuhr sie fort. Ihre Stimme brach, aber sie zwang sich weiterzusprechen. „Finn und ich… wir haben mehr getan. Wir haben Leos Onkel getötet. Klaus. Wir haben ihn umgebracht." Stille. Nicht einmal ein Atemzug war zu hören. Melanies Worte kamen wie Hammerschläge, ungefiltert, roh. „Wir haben dafür gesorgt, dass er elendig verbrennt. Wir haben den Mistkerl in den Flammen gelassen, ihn schreien hören, und als er tot war, haben wir ihn aus den Überresten der Wohnung gezerrt und in ein Loch geworfen. Dort, wo die Würmer ihn auffressen konnten – genau so, wie er es verdient hat." Ihre Stimme versagte, zitterte. Sie konnte nicht mehr weitersprechen. Finns Stimme übernahm, seine Worte schneidend, doch mit einem Hauch von Schutz, als wollte er Melanie die Last abnehmen. „Wir haben Leo nichts davon gesagt," sagte Finn. „Ihr habt es schon erraten – ja, ich habe Akteneinsicht. Ich weiß genau, wie es um ihn steht. Melanie und ich haben uns entschieden, ihn zu schützen. Er hat genug ertragen, und das Trauma hat ihn fast zerstört. Ihr wisst, was mit Michael ist. Ihr wisst, dass er einen Teil von sich geschaffen hat, nur um zu überleben. Und jetzt?" Finns Stimme wurde fester, bitter. „Jetzt kämpft Leo sich gerade erst aus diesem verdammten Loch heraus. Und wir werden nicht diejenigen sein, die ihn zurückstoßen. Was Melanie und ich vorhaben, ist unser Kampf. Es ist unsere Rache. Möller wird für seine Taten die Konsequenzen tragen. Er wird Qualen erdulden und schließlich seinen Ende entgegenblicken. Ihr bleibt bei Leo. Ihr schützt ihn, haltet ihn da raus. Aber das hier – das ist nicht euer Krieg." Die Worte hallten in der Stille nach, jedes von ihnen ein unbarmherziger Schlag in die Herzen der Zuhörer. Finn wartete keinen Widerspruch ab, ließ keinen Raum für Diskussion. Es war eine Entscheidung, die längst gefallen war – mit einer Endgültigkeit, die niemand in Frage stellen konnte.

***

In Finns Wohnung war es totenstill, die Atmosphäre schwer wie Blei. Die Worte, die eben aus dem Lautsprecher gedrungen waren, hatten etwas in allen zerbrochen, etwas, das sich nur schwer wieder zusammensetzen ließ. Sina lehnte mit leerem Blick gegen die Wand, ihre Schultern sanken herab, als hätte sie die Last einer ganzen Welt zu tragen. Sie schüttelte den Kopf, als wollte sie die Stimmen, die schrecklichen Geständnisse von Finn und Melanie, aus ihrem Kopf vertreiben. Doch sie klangen immer noch nach, wie ein Echo, das nicht verstummen wollte. Hannah stand wie versteinert vor der Anrichte. Ihre Augen ruhten auf den Fotos, die verstreut darauf lagen. Ihre Hände zitterten, als sie versuchte, den

Schock zu verarbeiten. Sie flüsterte fast unhörbar: „Ich wusste, dass Melanie uns damals nicht die ganze Wahrheit gesagt hat. Aber das..." Ihre Stimme brach. „Mustafa, erinnerst du dich? Als wir im Auto saßen und ich Melanie angerufen habe? Sie hat so vorsichtig geredet, uns Leos Geschichte erzählt, aber nie alles. Und jetzt wissen wir warum. Sie haben... sie haben Klaus getötet." Mustafa nickte langsam, sein Blick fest auf den Boden gerichtet. „Und wir dachten die ganze Zeit, es war Leo. Dass er derjenige war, der..." Er sprach nicht weiter. Johannes' Gesicht verzog sich schmerzlich, als er die Worte aussprach, die niemand wirklich hören wollte. „Wir wissen nicht, was vor 20 Jahren alles passiert ist. Nur die Bruchstücke. Die Misshandlungen von Leo... aber dass noch zwei andere Kinder darunter litten, das wussten wir nicht. Und nicht, dass noch andere Menschen in diesem Haus durch die Hölle gegangen sind." „Und dann Herr Möller," ergänzte David mit rauer Stimme, die in der Stille beinahe widerhallte. David hatte den ganzen Abend über kaum etwas gesagt, aber jetzt war seine Stimme eine kalte Schneide, die durch die angespannte Luft schnitt. „Wir dachten, es wäre vorbei, als der Alte auszog. Aber das hier... das zieht sich wie Gift durch alles, was wir dachten, wir hinter uns gelassen hätten." Er hob den Kopf und sah die Gruppe an, die wie Statuen in Finns Wohnung stand. „Wir müssen zu Leo." Sinas Kopf ruckte hoch, als hätte er sie geschlagen. „Was?" Ihre Stimme klang fast hysterisch. „Wir können ihm das nicht erzählen. Leo... er ist endlich auf einem guten Weg. Sein Studio, die Uni, sein Leben! Und du willst ihm das alles aufladen? Dass Finn und Melanie... dass sie das getan haben?" David verschränkte die Arme vor der Brust. „Leo ist der Einzige, der Finn und Melanie abhalten kann. Wenn sie wirklich vorhaben, jemanden zu töten, dann kann nur er das stoppen. Niemand von uns kann das." Die Stille, die folgte, war unerträglich. Dann murmelte Moritz mit einem bitteren Unterton: „Sollen sie Möller doch umlegen." Alle starrten ihn entsetzt an. Er zuckte zusammen, schüttelte den Kopf wie jemand, der sich gerade aus einem Alptraum wachrüttelt. „Was rede ich da?" flüsterte er, seine Stimme heiser. „Nein... nein. Niemand verdient den Tod. Nicht einmal dieser verdammte Bastard. Es muss einen anderen Weg geben." „Die Polizei," warf Patrick vorsichtig ein. Doch Hannahs Blick war ein Funke, der sofort ein Feuer entfachte. „Auf keinen Fall! Wenn wir die Polizei rufen, wird alles rauskommen. Alles! Leos Vergangenheit. Das, was Finn und Melanie getan haben. Und dann... dann wird niemand von uns dieses Chaos überleben." Das löste eine hitzige Diskussion aus, Stimmen erhoben sich, überlagerten sich, wurden zu einem Crescendo aus Anschuldigungen, Argumenten und Verzweiflung. Aber nichts, was gesagt wurde, konnte das beklemmende Gefühl vertreiben, dass sie nicht nur über das Schicksal von Finn, Melanie und Leo diskutierten, sondern auch über ihr eigenes. „Wir müssen zu Leo," wiederholte Johannes mit Nachdruck, während er sich die Hände nervös rieb. Sein Blick war fest auf Hannah gerichtet. „Du kennst dich doch aus. Wie wahrscheinlich ist es, dass Leo wieder zurückfällt? Das... dass Michael wieder eine primäre Funktion in ihm übernimmt?" Seine Stimme zitterte leicht bei dem Namen, der so viel Dunkelheit mit sich brachte. Hannah schloss kurz die Augen und atmete tief ein. Ihre Stimme war ruhig, aber ihre Worte waren schwer. „Sehr wahrscheinlich," begann sie. Sie holte Luft, suchte nach den richtigen Worten, um das Unbegreifliche verständlich zu machen. „Leos dissoziative Identitätsstörung – das, was Michael hervorgebracht hat – ist keine Krankheit, die man einfach heilt. Sie entsteht aus extremem, wiederholtem Trauma, meistens in der Kindheit. Michael wurde zu einer Art Schutzmechanismus für Leo, ein Ventil für all die Wut, den Schmerz und den Hass, die er als Kind nicht ausdrücken konnte." Die Gruppe hörte ihr gespannt zu, jeder hing an ihren Lippen. Mustafa holte tief Luft, seine Stimme ruhig, aber unnachgiebig. „Kommt," sagte er schließlich und blickte in die Runde, „wir sind hier fertig. Fakt ist, wir wissen nicht, was Finn vorhat – und Leo können wir nicht fragen, nicht jetzt. Wir müssen erst mal wieder einen klaren Kopf bekommen." Seine Worte hallten in der Stille des Raumes nach, durchdrungen von einer Bestimmtheit, die keinen Widerspruch duldete. Die anderen schauten ihn an, ihre Gesichter eine Mischung aus Erschöpfung und Resignation. Moritz nickte langsam, als hätte er sich seinem Schicksal ergeben. „In die WG," murmelte er leise, mehr zu sich selbst als zu den anderen. Schwerfällig machten sie sich auf den Weg zur Tür. Niemand sagte ein Wort, als sie die Wohnung verließen. Die Tür fiel mit einem dumpfen Klicken ins Schloss, und es fühlte sich an, als hätten sie nicht nur Finns Wohnung, sondern auch jede Hoffnung zurückgelassen, die Situation irgendwie in den Griff zu bekommen. Auf dem Flur blieben sie kurz stehen, als hätten sie erwartet, dass irgendjemand von ihnen eine Lösung aus dem Nichts hervorzaubern könnte. Aber es kam nichts. Stattdessen machten sie sich wortlos auf den Weg zurück in die WG, jeder Schritt schwerer als der letzte, ihre Köpfe voll mit Fragen, die niemand zu stellen wagte. „Das Problem ist," fuhr sie fort, „solche Persönlichkeitsanteile verschwinden nicht einfach. Selbst wenn Michael im Moment unterdrückt ist, kann er jederzeit wieder die Kontrolle übernehmen. Besonders, wenn Leo mit Situationen konfrontiert wird, die sein altes Trauma triggern – wie Gewalt, Machtlosigkeit oder das Gefühl, dass Menschen, die ihm wichtig sind, in Gefahr sind." Sie sah die anderen nacheinander an, ihre Stimme war jetzt eindringlich. „Wenn Finn und Melanie wirklich etwas Gefährliches vorhaben und Leo davon erfährt, ist es fast sicher, dass Michael zurückkommt. Und wenn das passiert..." Sie stockte, ihre Worte blieben unausgesprochen, aber die düstere Möglichkeit hing wie eine Gewitterwolke im Raum.

***

Vor zwanzig Jahren. „Ich bin gleich wieder da, Finn," rief Melanie, ihre Stimme zitterte vor Eile und Entschlossenheit. „Ich hole Leo und etwas, womit wir das hier durchschneiden können." Ohne eine Antwort abzuwarten, drehte sie sich um und rannte die Treppe hinauf, ihre Schritte hallten dumpf durch den kalten Keller. Finn blieb zurück, seine Augen wie gefesselt auf die beiden jungen Männer gerichtet, die vor ihm auf dem Boden lagen. Ihre Gesichter waren eine Mischung aus Schmerz, Angst und Verzweiflung. Die Stille wurde von einem erstickten Schluchzen durchbrochen. Einer der Männer hob seinen Kopf, Tränen liefen über seine Wangen, als er anfing zu sprechen. „Dieser Klaus... Er hat uns Geld versprochen," stieß er hervor, seine Stimme brüchig. „Wir sollten nur den Keller ausmisten, mehr nicht. Er hat uns am Bahnhof angesprochen, wusste genau, dass wir abhängig sind... Dass wir den nächsten Schuss brauchen würden. Er hat uns geködert, hat uns Hoffnung gemacht." Sein Blick wich dem von Finn aus, als hätte er sich selbst für diese Naivität verachtet. Der andere Mann, älter und vom Entzug gezeichnet, schüttelte schwach den Kopf. „Nein," sagte er leise, aber mit einer Bitterkeit, die den Raum zu erfüllen schien. „Nicht alles. Wir hätten nicht alles dafür getan." Finns Atem stockte. „Wir sind in die Falle eines – nein, zweier Psychopathen geraten," fuhr der Ältere fort, seine Stimme rau. „Wir wussten, dass es nicht nur ums Ausmisten ging. Natürlich wussten wir das. Aber..." Er verstummte, die Worte versiegten in einem Meer aus Scham und Schmerz. Finn stand da, unfähig zu antworten, seine Gedanken rasten. Seine Hände ballten sich zu Fäusten, während er die beiden ansah, ihre gebrochenen Gestalten, die Spuren des Leidens, das sie ertragen mussten. „Melanie," dachte er fieberhaft, „beeil dich!" Doch etwas in seinen Gedanken ließ ihn stocken. „Was meinen sie mit Schuss?" Der Begriff ließ ihn nicht los, ein dunkler Schatten, der sich über alles legte, was er zu verstehen versuchte. Melanie war keine fünf Minuten fort, als sie zurückkam. An ihrer Seite war Leo, und Finns Herz zog sich zusammen, als er die frischen Wunden auf Leos Armen sah – rote, klaffende Linien, die sich wie ungesagte Worte in seine Haut gegraben hatten. Leos Gesicht war eine Maske aus Schrecken und Verwirrung, als sein Blick auf die gefesselten Männer fiel. „Ich dachte, mein Onkel erzählt nur kranke Geschichten," flüsterte er, seine Stimme brüchig. „Gruselgeschichten, um mich zu erschrecken. Ich dachte, das wäre alles nicht echt." Finn spürte, wie sich etwas in ihm veränderte. Als hätte ein unsichtbares Messer die Kindheit von ihm abgeschnitten, fühlte er sich plötzlich leer und erwachsen zugleich. Melanie sah nicht besser aus. Ihre Augen, sonst so lebendig, hatten einen fernen Ausdruck, als ob ein Teil von ihr in diesem Keller verloren gegangen war. Dann machte Leo den ersten Schritt. Ohne ein Wort zu sagen, riss er Melanie das Küchenmesser aus der Hand, seine Bewegungen mechanisch und doch verzweifelt. Er warf sich auf die Fesseln des jüngeren Mannes und begann mit einer Wucht zu schneiden, die nichts Menschliches hatte. Das Messer glitt durch das Seil, aber es reichte nicht. Leo schnitt weiter, seine Hände zitterten, als ob sein ganzes Wesen in dieser einzigen Bewegung steckte. Der jüngere Mann fiel kraftlos nach vorne, als die letzten Fasern des Seils nachgaben. Sein

Körper war schwer, schlaff wie ein zerbrochenes Spielzeug. Finn und Melanie sprangen ein, hoben ihn auf und schleppten ihn Richtung Tür. Melanies Atem ging schnell, ihre Stimme überschlug sich. „Das dauert zu lange! Wir müssen uns beeilen!" Währenddessen hatte Leo das Seil des älteren Mannes durchtrennt. Blut von den Handgelenken des Mannes klebte an Leos Händen und Armen, doch er schien es nicht zu bemerken. Das Messer rutschte ihm aus der Hand, als der letzte Knoten sich löste, und er warf sich gegen den Mann, um ihn hochzuziehen. Dann hörten sie es – Melanies Schrei. Ein gellender Laut, der den Keller erschütterte. Finns Herz setzte aus, und bevor er reagieren konnte, folgte das dumpfe, grollende Brüllen von Klaus. „Was macht ihr hier?" Seine Stimme war wie ein Hammerschlag. Finn sah nur noch, wie Klaus in den Kellerraum stürmte. Er war eine Naturgewalt, ein Tornado aus Wut. Mit einer einzigen Bewegung schmetterte er Melanie und Finn gegen die Wand. Die Luft wurde Finn aus den Lungen gepresst, während er hart auf dem Boden aufschlug. Melanie stöhnte auf, hielt sich die Seite, aber bevor sie sich aufrappeln konnte, ging Klaus auf den jüngeren Mann los. Wie ein Raubtier packte Klaus ihn und hämmerte ihn mit einer Brutalität gegen die Wand, die Finn das Blut in den Adern gefrieren ließ. Der Mann sackte zusammen, sein Kopf schlug leblos auf den Boden. Finn wusste nicht, ob er noch atmete. „Ihr kleinen Scheißer!" Klaus' Gesicht war verzerrt vor Zorn, seine Augen glitzerten in einem Wahnsinn, der Finn das Blut in den Adern gefrieren ließ. „Dafür werdet ihr bezahlen!" Hinter ihm stand Melanies Onkel, still und regungslos, als ob er die Szenerie genoss. Doch er schüttelte nur langsam den Kopf, ein unheilvolles Zeichen von Gleichgültigkeit. Mit einem lauten Knall warf Klaus die Tür zu, und Finn spürte, wie die Hoffnung aus dem Raum gesogen wurde. Der kalte Beton unter ihm fühlte sich plötzlich wie ein Grab an. Er wusste, dass sie einen entscheidenden Fehler gemacht hatten. Sie hätten sofort fliehen und die Polizei rufen sollen. Aber jetzt? Jetzt waren sie gefangen – und der Wahnsinn, der in Klaus' Augen loderte, versprach nichts als Schmerz. Melanie schluchzte leise, während sie ihre Knie an die Brust zog und zitternd versuchte, ihre Tränen zu verbergen. Uwe Möller, ihr Onkel, hatte sie alle drei zu sich gezogen. Sie saßen zusammengekauert und blutend hinter den zwei Monstern, den Blick auf die grausame Szene vor ihnen gerichtet. Flucht war keine Option, nicht mit diesen Männern im Raum. Finn fühlte sich, als würde ihm jede Hoffnung in diesem Moment entrissen. „Also, mein Schatz," begann Uwe Möller mit einer unnatürlich sanften Stimme, die einen grausamen Unterton hatte. Er sprach Melanie direkt an, seine Hand ruhte wie eine Kralle auf ihrer Schulter. „Jetzt kannst du mal sehen, wie dein Onkel und mein guter Freund Klaus ihr Geld verdienen." Seine Worte tropften vor Hohn, und als er lachte, war es ein kehliges, kaltes Geräusch, das Finn in den Knochen widerhallte. Klaus lachte mit, aber sein Lachen war anders – ein tiefer, heiserer Laut, der mehr Wahnsinn als Freude verriet. Finn starrte ihn an und konnte das Grauen in seinen Augen nicht abwenden. Leo jedoch blickte starr auf den Boden, seine Hände zu Fäusten geballt. Finn konnte nur erahnen, welche Erinnerungen in Leos Kopf tobten, aber eines war klar: Diese Szene war für ihn kein Unbekanntes. „So, Leo," sagte Klaus, als er einen Schritt nach vorne trat, die breiten Schultern aufgerichtet wie ein Jäger, der seine Beute vorführen will. „Jetzt hast du mal deine Ruhe vor meinen Fäusten. Schau dir lieber genau an, was passiert, wenn ich richtig sauer werde. Du glaubst, du weißt, was Schmerz ist? Du hast keine Ahnung." Finn spürte, wie Melanies Finger sich in seinen Arm krallten. Sie wollte etwas sagen, aber ihre Kehle schien wie zugeschnürt. Stattdessen war es Uwe, der die Stille durchbrach. Er stellte sich hinter eine Kamera, die Finn erst jetzt bewusst wahrnahm. „Kann losgehen," verkündete er mit einem zufriedenen Lächeln, als ob er gerade einen Filmabend ankündigte. Klaus riss mit brutaler Wucht die Kleidung der gefesselten Männer herunter. Stofffetzen flogen durch den Raum, und die Haut der Männer darunter war bereits von Schlägen gezeichnet. Klaus trat zurück, als würde er sein Werk bewundern, und drehte sich dann zu den Kindern um. „Damit ihr auch was lernt!" Seine Stimme war rau, die Worte drangen wie Nadeln in Finns Bewusstsein. Und dann begann es. Klaus schlug, immer wieder, wie ein Besessener. Seine Fäuste prallten auf Fleisch und Knochen, das dumpfe Geräusch von Schlägen und das Aufprallen der Körper auf den Betonboden hallte im Raum wider. Blut spritzte, die Männer wimmerten erst, dann schrien sie. Doch Klaus hörte nicht auf. Seine Augen glühten vor sadistischer Lust, als ob er sich von jedem Schlag nährte. „Tja," sagte Uwe schließlich, während er sich grinsend zu den Kindern umdrehte. Er hob triumphierend seinen Arm und zeigte eine glänzende Armbanduhr. „Wir haben hier echt eine Marktlücke gefunden. Unsere Zuschauer bezahlen sehr, sehr gut." Er ließ die Worte sacken, während sein Blick zwischen Finn, Melanie und Leo hin und her wanderte. „Also, guckt genau hin. Vielleicht könnt ihr euch ja eines Tages ein Beispiel nehmen." Finn wollte schreien, doch sein Körper war wie gelähmt. Sein Verstand schrie, dass er weglaufen sollte, dass er irgendetwas tun musste, aber er konnte nicht. Neben ihm sah er Melanie, wie sie starr auf den Boden blickte, ihre Tränen still über die Wangen laufend. Dann tat Klaus das Undenkbare – das Schlimmste, was ein Mensch einem anderen antun kann. Finn hatte schon einmal davon gehört, damals, als eine Siebtklässlerin auf dem Schulhof davon sprach, ihre Stimme zitternd, ihre Worte voller Angst. Jetzt sah er es mit eigenen Augen. Es war kein Gerücht, keine Geschichte, die heimlich getuschelt wurde. Es war real. Grausam. Unausweichlich. Klaus öffnete seinen Gürtel, zog sich langsam die Hose herunter, während ein widerliches Grinsen seine Lippen verzog. Finns Herz raste. Er wollte weglaufen, wollte schreien, aber seine Beine fühlten sich an wie Blei. Stattdessen schloss er die Augen, als könne er sich so vor dem Grauen schützen. Doch die Schreie des Mannes durchdrangen alles, zerfetzten die Stille wie Messer, und Finn wusste, dass diese Schreie ihn nie wieder verlassen würden. Sie würden bleiben – wie Narben auf seiner Seele, unauslöschlich. Finns Gedanken begannen zu wirbeln. Das konnte nicht real sein. So etwas passierte nicht in der echten Welt. Nicht hier, nicht ihnen. Aber als er den Schmerz in seinen eigenen Gliedern spürte, wusste er, dass es real war. Und mit jedem Schlag, den Klaus austeilte, spürte Finn, wie etwas in ihm zerbrach. Etwas, das er nie wieder zurückbekommen würde.

***

In der WG herrschte eine bedrückende Stille, als Sinas Stimme schließlich das Schweigen brach. „Ich dachte, wir hätten das hinter uns," flüsterte sie, ihre Stimme zitternd, während sie in die leere

Tasse in ihren Händen starrte. „Wir haben Michael bekämpft, wir haben Ängste erlebt, Wahnsinn, aber... das jetzt? Das ist kein Wahnsinn mehr. Das ist...“ Sie stockte, suchte nach Worten, aber die Schwere des Moments ließ keine passenden zu. Moritz saß am Küchentisch, griff nach seiner Tasse und trank den inzwischen kalten Kaffee in einem einzigen Zug. „Wir haben nur den Anfang des Wahnsinns gesehen,“ murmelte er schließlich und starrte mit leerem Blick auf den Tisch. Seine Worte schwebten wie eine unausgesprochene Warnung im Raum. David war derjenige, der schließlich die lähmende Stimmung durchbrach. Er stand auf, mit einer Entschlossenheit, die keiner von den anderen je bei ihm gesehen hatte. Seine Stimme war klar und fest, durchdrungen von einer Stärke, die selbst ihn überraschte. „Hört zu,“ begann er, seine Augen glitten über die Gesichter seiner Freunde, suchten ihre Aufmerksamkeit. „In den letzten sechs Monaten haben wir uns mit Verbrechen, unaufgeklärten Fällen und Ermittlungen beschäftigt. Wir haben recherchiert, analysiert und berichtet. Und ja, ich gebe zu, dass Hannah recht hatte, als sie sagte, wir hätten uns da ein bisschen zu sehr reingesteigert.“ Er hielt inne, seine Worte ließen die Luft im Raum vibrieren. „Aber was wissen wir wirklich?“ fuhr er fort. „Wir wissen, wie Täter handeln. Wir wissen, wie sie denken. Und wir wissen, dass Finn und Melanie es auf Herrn Möller abgesehen haben. Das heißt, sie müssen herausgefunden haben, wo er ist. Vielleicht gerade erst. Aber wenn sie ihn finden konnten, dann können wir das auch.“ Die Gruppe lauschte seinen Worten, alle wie erstarrt, während die Wahrheit sich vor ihren Augen entfaltete. Johannes war der Erste, der nickte, seine Lippen zu einer dünnen Linie gepresst. „Er hat recht,“ sagte er schließlich, seine Stimme ruhig, aber bestimmt. „Wir wissen, wie man jemanden findet, der nicht gefunden werden will. Wir haben es schon einmal getan.“ Im Raum breitete sich ein leises Flüstern von Überzeugung aus, als die anderen langsam die Köpfe hoben und einander in die Augen sahen. „Das ist Wahnsinn,“ sagte Hannah leise, aber ihre Worte waren ohne Nachdruck. „Und doch... es ist der einzige Weg.“ „Wenn wir Herrn Möller finden,“ fuhr David fort, „können wir vielleicht Finn und Melanie stoppen. Vielleicht können wir verhindern, dass sie... dass sie alles noch schlimmer machen.“

Seine Stimme zitterte leicht, doch er fasste sich schnell. „Es geht nicht nur um sie. Es geht auch um uns. Wir wissen, wie Rache Menschen zerstört. Und wir können nicht zulassen, dass sie das durchmachen." „Also gut," sagte Johannes schließlich, seine Stimme fest. „Dann suchen wir Herrn Möller. Und wir versuchen, das Richtige zu tun." „Was auch immer das Richtige ist," warf Moritz ein und lehnte sich zurück. Seine Worte hingen schwer im Raum, und niemand widersprach. Was auch immer das Richtige war – sie wussten, dass es kein einfaches Schwarz oder Weiß geben würde. Und dennoch waren sie entschlossen, es zu versuchen. Mustafa lehnte sich nachdenklich zurück und ließ die Worte der anderen kurz sacken, bevor er sprach. „Gut, wir haben seinen Namen: Uwe Möller. Wir kennen sein ungefähres Alter, vielleicht 60 oder älter. Und wir vermuten, dass er in Berlin oder im näheren Umland ist. Das ist nicht viel, aber es ist ein Anfang." Die anderen schauten ihn an, und Johannes fragte: „Aber wie willst du mit so wenig anfangen?" Mustafa hob die Hand, ein leises Lächeln auf den Lippen. „Es ist nicht so schwer, wie ihr denkt. Wir haben das Internet. Das ist unsere erste Anlaufstelle." Er griff nach seinem Laptop, der auf dem Wohnzimmertisch stand, klappte ihn auf und begann zu tippen. „Erstens," erklärte er, während er sprach, „wir suchen nach öffentlichen Registern. Es gibt Portale wie das Einwohnermeldeamt oder Plattformen, auf denen du Menschen suchen kannst. Das geht zwar oft nur mit genauer Adresse, aber manchmal reicht der Name, um zumindest Hinweise zu finden." „Okay," unterbrach Patrick, „aber das klingt nach einem großen Aufwand. Was, wenn er nirgends registriert ist?" „Dann gehen wir weiter," fuhr Mustafa fort. „Es gibt Telefonbücher online. Viele ältere Leute melden sich nicht von dort ab, auch wenn sie umziehen. Und selbst wenn er keinen eigenen Eintrag hat, könnte jemand aus seiner Familie in der Nähe wohnen." Hannah runzelte die Stirn. „Das klingt immer noch vage. Was ist, wenn er wirklich ein Geist ist? Kein Telefonbucheintrag, keine sozialen Medien, nichts?" Mustafa nickte. „Dann kommt Schritt drei. Ich schaue mir Social-Media-Profile an. Nicht von ihm, sondern von Leuten mit dem gleichen Nachnamen in Berlin oder Brandenburg. Oftmals haben ältere Menschen Kinder oder Enkel, die auf Facebook, Instagram oder anderen Plattformen aktiv sind. Die posten Fotos oder markieren ihre Eltern in Beiträgen – es ist erstaunlich, was man da finden kann." „Und wenn das nicht reicht?" fragte Moritz skeptisch. „Dann suchen wir weiter," antwortete Mustafa. „Man kann nach Personen suchen, die denselben Namen in Verbindung mit dem Alter haben – zum Beispiel auf Seiten, die Geburtstage oder Jubiläen dokumentieren. Und wenn wir wirklich nichts finden, bleibt noch eine Möglichkeit." „Welche?" fragte Johannes neugierig. „Gerichts- und Strafregister," erklärte Mustafa ruhig. „Es ist ein riskanter Schritt, weil wir keine rechtlichen Befugnisse haben, aber wenn wir wissen, dass er mit kriminellen Aktivitäten in Verbindung stand, könnte sein Name in alten Gerichtsakten auftauchen. Die sind oft öffentlich zugänglich, wenn man weiß, wo man suchen muss." Die Gruppe hörte aufmerksam zu, und Patrick nickte schließlich. „Okay, das klingt alles machbar. Aber was, wenn wir ihn finden? Was machen wir dann?" Mustafa atmete tief durch. „Dann treffen wir eine Entscheidung. Aber der erste Schritt ist, ihn zu finden. Ohne ihn können wir Finn und Melanie nicht stoppen." Er begann mit seiner Recherche, während die anderen gespannt warteten, jeder von ihnen voller Fragen, Zweifel und einer vagen Hoffnung, dass dieser Plan vielleicht tatsächlich funktionieren könnte.

***

Melanie saß angespannt hinter dem Steuer ihres Autos, während Finn neben ihr schweigend aus dem Fenster starrte. Die Frage lag in der Luft, bis sie sie schließlich aussprach: „Wollen wir es jetzt durchziehen, Finn?" Finn rieb sich über das Gesicht und lehnte den Kopf gegen die Rückenlehne. „Ich weiß nicht, Mel," begann er zögernd. „Ich bin in Rufbereitschaft. Wenn wir es jetzt machen, könnten wir verdammt auffällig werden. Stell dir vor, die Behörden merken, dass ich nicht auf Notrufe reagiere. Ein Arzt in Rufbereitschaft, der plötzlich unerreichbar ist – das zieht Aufmerksamkeit auf sich." Melanie nickte langsam, während Finn fortfuhr: „Kein Alibi, keine schlüssige Erklärung, warum ich nicht ans Telefon gegangen bin. Du weißt, was das bedeutet. Sie könnten mein Verhalten untersuchen. Meine Bewegungen, meine Kontakte. Alles." „Und?" fragte Melanie leise. Finn sah sie an, seine Augen

voller Anspannung. „Ich kann mir keine Fehler leisten. Wenn wir es machen, dann erst nach meiner Schicht oder so, dass es keine Verdachtsmomente gibt." Melanie atmete tief durch und hielt den Blick auf die Straße gerichtet. „Bis wann geht deine Rufbereitschaft?" fragte sie schließlich. „Bis Mitternacht," antwortete Finn. Sie nickte erneut, dann zeigte sie auf eine Abfahrt. „Ich fahre dort vorne ab. Wir setzen uns in eine Bar, bis du fertig bist."
Finn zögerte kurz, bevor er nickte. „Vielleicht brauche ich auch wirklich etwas Stärkeres, bevor wir das durchziehen." Ohne ein weiteres Wort nahm Melanie die nächste Abfahrt und steuerte das Auto in Richtung einer kleinen Bar, die sie am Straßenrand entdeckt hatte. Beide waren von ihren Gedanken gefangen, ihre Gesichter ernst und voller unausgesprochener Ängste. In der Bar war es still, abgesehen von gedämpftem Gemurmel und dem gelegentlichen Klirren von Gläsern. Finn und Melanie saßen an einem kleinen Tisch in der Ecke, fast verborgen im Schatten. Finn hatte sein Bier vor sich, Melanie ein schlichtes Glas Wasser, das sie unberührt ließ. Melanie brach die Stille. „Finn, wir waren über einen Monat in diesem Haus gefangen." Ihre Stimme zitterte leicht, während ihre Finger nervös am Rand ihres Glases spielten. „Ich bekomme diese Bilder nicht mehr aus meinem Kopf." Finn nickte langsam, seine Augen auf den goldenen Schaum seines Bieres gerichtet. „Es ging irgendwann", sagte er leise. „Nach einer Weile habe ich gelernt, damit zu leben. Ich habe versucht, überhaupt zu leben. Mich angepasst. Alles, was in meinem Kopf war, einfach... versteckt." Er hob seinen Blick und sah sie an. „Aber wir haben es geschafft, Mel. Irgendwie. Du hast eine Familie gegründet. Und ich... ich habe mir einen Beruf ausgesucht, bei dem ich Menschen helfen kann." Ein bitteres Lächeln huschte über Melanies Gesicht. „Als das mit Leo passiert ist... als Michael sich gerächt hat... kam alles wieder hoch, nicht wahr?" Ihre Stimme klang zerbrechlich, fast ein Flüstern. Finn nickte erneut. „Bei dir auch, Mel." Melanie schaute aus dem Fenster, ihre Augen suchten etwas, das nicht da war. „Ja", gestand sie schließlich. „Mein Ehemann weiß immer noch nichts davon, Finn. Von dem, was uns damals passiert ist. Von meinem Onkel, von Klaus. Von allem." Sie schloss die Augen und rieb sich über die Schläfen. „Mein Onkel... er hat uns eine Ge-

hirnwäsche verpasst. Er hat uns regelrecht darauf gedrillt, nicht darüber zu reden. Es war wie ein Mantra, das er uns täglich in den Kopf gehämmert hat." „Immer wieder", ergänzte Finn, seine Stimme schwer. „Und wenn wir nicht gehorcht haben..." Er ließ den Satz unvollendet und trank einen Schluck Bier, um die Worte herunter zu spülen. „Die Polizei hat uns geglaubt. Aber nur, weil dein Onkel und Klaus so verdammt gute Arbeit geleistet haben, uns zu brechen. Sie haben uns alles eingebläut. Mit Schlägen, mit Drohungen." Melanie lachte kurz, bitter und ohne Freude. „Immer im Zimmer von Leo, oder nachts im Keller." Ihre Hände zitterten, als sie weitersprach. „Manchmal in der Wohnung von meinem Onkel. Es hat sie aufgegeilt, Finn. Wenn wir zusehen mussten. Wenn diese Menschen vor unseren Augen halb totgeprügelt wurden." Finn schaute sie an, seine Augen voller Schmerz und etwas, das wie Schuld aussah. Aber er sagte nichts. Es gab nichts mehr zu sagen – zumindest in diesem Moment.

***

Die Atmosphäre in der WG war angespannt, fast elektrisch. Jeder war in irgendeiner Weise beschäftigt, suchte fieberhaft nach Hinweisen, nach einer Spur. Mustafa hatte die Führung übernommen, seine Stimme ruhig, aber bestimmt. „Okay, Johannes, du übernimmst die sozialen Medien. Versuch's mit alten Bekannten, Verbindungen oder Kommentaren, die er hinterlassen haben könnte. Moritz, du suchst in Foren und Archiven. Vielleicht gibt es irgendwo noch alte Einträge, die auf ihn hinweisen. David, du prüfst öffentliche Verzeichnisse und Datenbanken. Irgendetwas muss es geben." Alle arbeiteten still, nur das Tippen auf den Laptops und leises Murmeln unterbrachen die Stille. Jeder wusste, dass es ein Wettlauf gegen die Zeit war. In den Köpfen aller schwebte Leo. Was, wenn er etwas mitbekam? Was, wenn er wieder abrutschte? Johannes hatte es ausgesprochen, und jetzt fühlten es alle. Johannes fluchte leise vor sich hin, seine Finger ruhten einen Moment auf der Tastatur. „Ich hätte Leo nie in Betracht ziehen sollen", murmelte er. „Ich bin angehender Arzt. Ich will Menschen helfen, nicht ihnen schaden." Mustafa drehte sich zu ihm um und legte ihm beruhigend eine Hand auf die Schulter. „Johannes, hör auf. Du bist einer der empathischsten Menschen, die ich kenne. Wir alle versuchen nur, das Richtige zu tun. Niemand hier hat perfekte Antworten." Johannes nickte schwach, wandte sich wieder seinem Laptop zu, doch die Unruhe blieb in seinen Augen. Plötzlich unterbrach David die Stille. „Hier! Ich hab ihn!" Seine Stimme durchbrach die drückende Spannung, alle Köpfe schossen in seine Richtung. „Was? Wo? Wie hast du das gemacht?" Mustafa war sofort bei ihm, genauso wie die anderen. David deutete auf seinen Bildschirm. „Ich habe in einem öffentlichen Melderegister gesucht. Es gibt Seiten, die veraltete oder eingeschränkte Informationen veröffentlichen, aber es ist ein Anfang." Er scrollte durch den Bildschirm. „Zuerst nichts. Aber dann habe ich etwas probiert: Ich habe Datenbanken nach Leuten durchsucht, die um die 60 Jahre alt sind und denselben Nachnamen haben. Der Name Möller ist häufig, aber in Kombination mit der Gegend..." Er klickte auf einen weiteren Tab, „...und einem Umzug vor etwa fünf Monaten nach Brandenburg, hab ich ihn gefunden." Er lehnte sich zurück, zeigte auf den Eintrag. „Er lebt in einem kleinen Dorf in Brandenburg, eine Stunde von hier entfernt." Die Erleichterung und Spannung im Raum waren greifbar. Moritz war der Erste, der sprach. „Also wissen wir, wo er ist. Aber was machen wir jetzt?" David sah sich um, seine Augen schimmerten vor Entschlossenheit. „Das hängt davon ab, wie weit wir bereit sind zu gehen. Aber eins ist klar: Finn und Melanie sind nicht die einzigen, die handeln können." Die Gruppe schwieg, während die Erkenntnis wie ein schwerer Vorhang über ihnen lag.

***

Finn und Melanie standen auf, es war kurz nach Mitternacht. „Okay, Mel", sagte Finn mit einem tiefen Seufzen, „lass uns fahren." Widerwillig stieg er in Melanies Auto, setzte sich auf den Beifahrersitz und starrte schweigend aus dem Fenster. Während sie durch die stillen Straßen fuhren, drehte er sich langsam zu ihr um, seine Stimme leise, aber eindringlich. „Mel... je näher wir diesem alten Drecksack kommen, desto mehr Zweifel habe ich. Wenn wir ihn umbringen... sind wir dann nicht genauso wie er?" Melanie warf ihm einen scharfen Blick zu, ihre Augen glitzerten vor unterdrücktem Zorn. „Das fällt dir ja früh ein, Finn." Ihre Worte waren kalt, fast hämisch. Finn hielt dem Blick stand, ließ sich von ihrer

Wut nicht einschüchtern. „Nein, Mel. Ich denke das nicht erst
jetzt. Es verfolgt mich schon seit Tagen – vielleicht sogar länger.
Wenn wir ihn töten, dann befreien wir ihn doch. Es wäre ein sau-
berer Schnitt für ihn, verstehst du? Keine Strafe. Keine Gerechtigkeit. Er würde einfach verschwinden, ohne dass jemand erfährt,
was er und Klaus wirklich waren. Ein Monster, das in der Dunkelheit stirbt, ohne je zur Rechenschaft gezogen zu werden." Melanie
biss die Zähne zusammen, ihre Finger krampften sich um das
Lenkrad. Sie fuhr den Wagen abrupt an den Straßenrand, hielt an
und drehte sich zu Finn um. Ihre Stimme war belegt vor aufgestau-
ter Wut und Enttäuschung. „Wir haben uns geschworen, Finn. Erinnerst du dich? Wir drei – du, ich und Leo. Als wir Klaus endlich
verbrannt haben, als wir dieses Kapitel für immer schließen wollten, haben wir uns geschworen: Wenn er je wieder jemanden verletzt, wenn er wieder Blut an seinen Händen hat, dann werden wir
ihn stoppen. Mit unseren eigenen Händen. Er wird brennen, genauso wie Klaus gebrannt hat." Finn nickte, seine Kiefer mahlten
vor Anspannung. „Ich erinnere mich. Und ich habe geglaubt, dass
er genau das tun würde – dass er nach Klaus' Tod genauso weitermachen würde. Aber das hat er nicht." Melanie sah ihn an,
überrascht von der Gewissheit in seinen Worten. „Was willst du
damit sagen?" Finn holte tief Luft. „Ich habe ihn beobachtet. Wir
beide haben ihn beobachtet. Und so sehr ich mir gewünscht habe,
dass er scheitert, dass er sich verrät… er hat nichts getan. Er hat
nichts mehr getan, Mel." Melanie schloss die Augen, lehnte sich
mit dem Kopf gegen das Lenkrad. Ihre Atmung wurde schwer,
während sie gegen die Flut von Erinnerungen und Emotionen ankämpfte, die Finns Worte auslösten. Melanie funkelte Finn an, ihre
Stimme eisig und doch bebend vor unterdrückter Wut. „Er hat etwas getan, Finn. Vergiss das nicht. Wir haben jeden einzelnen verdammten Zeitungsartikel gelesen. Einer dieser Männer wurde
kaltblütig von hinten erschossen, die anderen beiden haben sich
das Leben genommen. Warum? Weil sie erfahren haben, was Leo
passiert ist – entweder durch die Zeitung oder diesen Podcast. Sie
haben sich erinnert. Daran, wie sie damals halb totgeschlagen von
Klaus auf die Straße geworfen wurden. Sie haben überlebt, Finn.
Sie haben sich aus diesem Albtraum gezogen, ein Leben ohne

Drogen aufgebaut. Weil sie leben wollten. Weil sie nicht zulassen wollten, dass Klaus und mein Onkel ihnen ihr Schicksal aufzwingen. Und jetzt? Jetzt sind sie tot." Finn schwieg, ließ Melanies Worte wie eine Flut über sich hinwegrollen. Doch bevor sie weitersprechen konnte, hob er die Hand, sein Blick ernst und durchdringend. „Ich weiß, Melanie. Aber das alles... das ist die Schuld deines Onkels. Vergiss nicht, ich war auch dabei. Ich erinnere mich an jede Sekunde in diesem Keller. Wie wir mit diesen Männern geredet haben, wenn wir mal alleine mit ihnen waren. Wir haben versucht, ihnen Mut zu machen, Pläne zu schmieden, wie wir fliehen könnten. Doch jeder Plan ist gescheitert. Immer. Und warum? Wegen ihm. Wegen deinem verdammten Onkel." Melanie biss sich auf die Lippe, ihre Augen funkelten vor Tränen, die sie nicht zulassen wollte. Finn atmete tief durch, seine Stimme wurde ruhiger, aber blieb hart. „Ich bin Arzt, Mel. Vergiss das nicht. Ich heile Menschen. Ich nehme Leben nicht, ich rette sie. Aber ich schwöre dir, dieses Mal werde ich eine Ausnahme machen. Klaus wird bezahlen. Entweder bringen wir ihn dazu, diese Tabletten selbst zu schlucken, oder wir stopfen sie ihm in den Hals. Aber noch besser wäre es, wenn er gesteht. Ein Geständnis, Mel. Das ist der Schlüssel. Damit könnte sein ganzes Kartenhaus zusammenfallen." Melanie lachte auf, ein bitteres, kaltes Lachen, das Finn zusammenzucken ließ. „Gestehen? Wirklich? Du glaubst, dieser Mistkerl wird auch nur ein einziges Wort von dem zugeben, was er getan hat? Er lebt seit 20 Jahren, als wäre nichts passiert. Glaubst du, er bricht jetzt plötzlich zusammen?" Finn zog sein Handy aus der Tasche, hielt es hoch und zeigte es ihr. Seine Augen glühten vor Entschlossenheit. „Indem ich auf Aufnahme drücke. Wenn er auch nur ein Wort sagt, haben wir ihn. Wir müssen ihn nicht überreden, Mel. Wir brauchen nur einen Moment der Schwäche. Einen kleinen Moment, in dem er zu viel redet." Melanie sah ihn an, stumm. Dann zuckte ein schiefes, kaltes Lächeln über ihre Lippen. „Du bist naiv, Finn. Aber vielleicht funktioniert deine Methode ja. Und wenn nicht..." „Dann bringen wir ihn trotzdem zu Fall", beendete Finn ihren Satz, sein Ton dunkel und voller Bitterkeit. In ihren Blicken lag ein unausgesprochenes Versprechen – und eine Schuld, die sie beide nie ablegen konnten.

***

Patrick konzentrierte sich auf die Straße, die Dunkelheit um das Auto schien mit jedem Kilometer dichter zu werden. Neben ihm saß David, der sich nervös an der Naht seiner Jeanshose zupfte. Auf dem Rücksitz lehnte Johannes leicht vor, seine Hand hielt Hannahs, obwohl sie beide wussten, dass das nicht annähernd die Nähe war, die sie sich wünschten. Es war zu viel passiert, zu viele Diskussionen, Recherchen und jetzt dieser riskante Plan. Hannah sah ihn an, ihr Lächeln sanft, aber müde. „Wir schaffen das", flüsterte sie, als wolle sie ihm Mut machen. Johannes nickte, aber die Anspannung in seinen Schultern löste sich nicht. Im anderen Auto war die Stimmung ähnlich angespannt. Mustafa saß am Steuer, seine Hände umklammerten das Lenkrad. Neben ihm war Sina ungewöhnlich still, während Moritz auf der Rückbank den Verkehr beobachtete, als hätte er Angst, verfolgt zu werden. Sina brach die Stille als erstes „Was ist, wenn wir da sind?", fragte sie und drehte sich leicht zu Moritz um. Ihre Stimme zitterte ein wenig, ob vor Sorge oder Unsicherheit, war nicht klar. Moritz holte tief Luft, bevor er antwortete, seine Stimme so ruhig, wie er sie halten konnte. „Dann bleiben wir wie abgemacht vor dem Haus. Wir machen nichts, verstanden? Wir gehen nicht rein, wir reden nicht mit Möller. Wir warten ab und hoffen, dass wir Finn und Melanie sehen, bevor sie irgendeinen Mist bauen." Sina runzelte die Stirn, aber Moritz ließ sie nicht zu Wort kommen. „Hör zu, Sina. Wir wissen immer noch zu wenig. Über Möller. Über das, was Finn und Melanie genau vorhaben. Wir dürfen keine Fehler machen, okay?" Mustafa sah kurz zu Sina hinüber und murmelte: „Er hat recht. Wenn wir uns einmischen, bevor wir etwas Handfestes haben, machen wir die Sache nur schlimmer." Hinter ihnen war ein Blinken zu sehen, Mustafa hatte die Spur gewechselt und war nun direkt hinter Patricks Auto. Johannes drehte sich kurz um, sah die vertrauten Gesichter seiner Freunde durch die Windschutzscheibe. Sie waren ein Team, das wussten sie. Aber sie waren auch nur Menschen – und Menschen machten Fehler. „Hoffen wir, dass wir rechtzeitig da sind", sagte Hannah leise, fast zu sich selbst. Niemand antwortete, doch in der Stille des Autos war die unausgesprochene Hoffnung fast greifbar. Die beiden Autos rollten weiter in die Dunkelheit, auf dem Weg nach Brandenburg – zu Antworten, die niemand wollte, und einer Wahrheit, die alles verändern könnte. Im anderen Auto herrschte eine angespannte Stille, die fast greifbar war. Sina brach sie schließlich mit einer leisen, aber eindringlichen Stimme. „Ich habe es euch vorhin schon einmal gesagt: Warum machen wir das eigentlich? Ehrlich, meinetwegen haltet mich für ein Arschloch, aber..." Sie hielt kurz inne, als kämpfte sie mit den richtigen Worten. „Wir haben vor sechs Monaten unseren Mund gehalten, als es um Michael ging. Melanie hat Hannah die schrecklichen Dinge erzählt, die Leo durchgemacht hat – den Missbrauch, die Grausamkeit seines beschissenen Onkels. Und ja, wir haben uns dafür entschieden, Leo eine Chance zu geben, ihm zu helfen, nicht wahr? Damit er nicht in irgendeiner forensischen Psychiatrie endet und dort vor sich hinvegetiert. Ihre Stimme wurde lauter, entschlossener. „Aber das hier? Das ist nicht unsere Sache. Wir sollten uns da nicht einmischen. Ich habe keinen Bock, wieder wegen dem Mist, den dieser Onkel von Leo oder Uwe Möller angerichtet haben, ins Schussfeld zu geraten." Mustafa, der die Straße fest im Blick behielt, knurrte: „Halt's Maul, Sina!" Seine Stimme war schneidend, fast schockierend in ihrer Härte. Das ließ Sina explodieren. „Ehrlich, Mustafa?" Ihre Augen blitzten vor Wut. „Was willst du mir eigentlich vorwerfen? Dass ich es wage, müde zu sein? Dass ich es leid bin, immer wieder in den Abgrund anderer Leute gezogen zu werden?" Mustafa packte das Lenkrad fester, sein ganzer Körper schien sich vor Spannung zu versteifen. „Wir haben uns entschieden, Leo nicht im Stich zu lassen. Wir haben Verantwortung übernommen. Verantwortung, Sina. Nicht nur, weil es das Richtige war, sondern weil wir wussten, was dieser Klaus ihm angetan hat. Weil wir Menschen sind, die Mitgefühl zeigen!" „Ich nicht, oder was?!" Sina schrie fast, ihre Stimme überschlug sich. „Ich war für Leo da! Immer! Ich war in der Klinik, habe mit ihm geredet, habe versucht, ihn zu verstehen, während ich selbst kaum noch wusste, wie ich das alles ertragen soll! Ja, wir haben Verantwortung übernommen, aber ich kann nicht mehr, Mustafa! Ich will ein normales Leben zurück!" Ihre Stimme brach, und dann kamen die Tränen. Sie presste ihre Hände gegen das Gesicht, als wolle sie sich vor den Blicken der anderen

verstecken. Moritz, der die ganze Zeit schweigend auf der Rückbank gesessen hatte, sah betroffen aus, wusste aber nicht, was er
sagen sollte. Mustafa wollte noch etwas entgegnen, doch er biss
die Worte herunter, seine Kiefer mahlten vor unterdrücktem Ärger.
Das Auto rollte weiter durch die Dunkelheit, doch die Atmosphäre
darin war jetzt noch dichter, noch schwerer als zuvor. Moritz lehnte sich von der Rückbank vor und legte vorsichtig eine Hand auf
Sinas Schulter. Seine Berührung war sanft, aber präsent, als wollte
er ihr signalisieren, dass sie nicht allein war. „Hey, Sina," begann
er mit seiner ruhigen, warmen Stimme, „atme erst mal tief durch,
okay? Du hast allen Grund, dich so zu fühlen, wie du dich fühlst.
Es war viel, es ist viel. Aber das hier sind wir – wir schaffen das
zusammen." Sina hob ihren Kopf leicht, ihre Tränen glitzerten in
den dunklen Augen, während sie ihn ansah. Moritz hielt ihren
Blick fest, ein sanftes Lächeln spielte auf seinen Lippen, und er
sprach weiter, dieses Mal mit einem Hauch von ironischem Humor, der für einen Moment die Schwere durchbrach: „Außerdem,
wenn wir uns hier gegenseitig zerfleischen, bevor wir überhaupt
ankommen, spart das Möller eine Menge Arbeit, oder? Und ich
habe ehrlich gesagt keine Lust, dass dieser Typ am Ende lacht."
Hannah, die bis dahin still geblieben war, schnaubte leise, und
selbst Mustafa konnte ein kurzes, angestrengtes Lächeln nicht unterdrücken. Moritz nutzte die kleine Pause und setzte nach, sein
Ton liebevoll, aber fest: „Wir alle haben unsere Grenzen, das ist
menschlich. Aber lasst uns nicht vergessen, warum wir hier sind.
Wir sind nicht nur wegen Leo hier. Wir sind hier, weil wir immer
füreinander eingestanden haben, auch wenn's hart war. Das ist unsere Stärke, oder nicht?" Sina atmete zitternd ein und nickte langsam. „Es tut mir leid," sagte sie schließlich und drehte sich zu
Mustafa um. Ihre Stimme war leise, voller Reue. „Ich weiß, dass
wir Verantwortung haben. Ich weiß es doch. Es ist nur..." Sie hielt
inne, kämpfte gegen den Kloß in ihrem Hals. „Es war einfach zu
viel. Es hat mich an die Zeit mit Michael erinnert, und plötzlich
war alles wieder da." Mustafa hielt ihren Blick, und sein Zorn
schien sich langsam in Verständnis zu wandeln. Er nickte und sagte nur: „Schon gut. Wir alle haben unser Päckchen zu tragen." Die
Spannung im Auto löste sich allmählich, und eine stillschweigende

Einigkeit kehrte zurück. Moritz lehnte sich zurück, seine Aufgabe erfüllt, und schenkte Sina einen aufmunternden Blick. „Okay, jetzt, da wir uns wieder wie zivilisierte Menschen benehmen, wie wär's, wenn wir die Energie für die echte Herausforderung sparen?" Seine Worte hatten die gewünschte Wirkung – sogar Sina schmunzelte leicht.

***

Finn und Melanie standen im Schatten eines Baumes, starrten auf das kleine, spießig wirkende Haus vor ihnen. Melanie zog eine Grimasse und murmelte mit beißendem Spott: „Blümchengardinen. Ich glaub, ich kotz gleich. Schau dir das an, Finn. Der Typ macht's sich hier richtig nett, während er sich vermutlich immer noch an dem Gedanken aufgeilt, dass eines seiner Opfer tot ist, die anderen sich das Leben genommen haben. Tja, Blümchengardinen – passt perfekt zu seinem sonnigen Charakter, findest du nicht?" Finn warf ihr einen kurzen Blick zu, und obwohl die Situation alles andere als witzig war, konnte er ein kurzes, bitteres Lachen nicht unterdrücken. „Ja, echt heimelig hier. Blümchen, ordentlich gemähter Rasen, wahrscheinlich noch 'ne Schale Bonbons im Flur. Der perfekte Ort für ein Monster, um den netten Opa zu spielen." Melanie schnaubte. „Netter Opa? Der Typ gehört in eine Zelle, keine Idylle. Komm schon, lass uns in sein kleines Paradies eintreten und ihm die Hölle bringen." Finn nickte, spürte, wie sein Puls schneller wurde. Mit einem trockenen Lächeln fügte er hinzu: „Ja, Zeit, dem alten Sack 'nen Besuch abzustatten. Mal sehen, ob Blümchengardinen sich gut mit Chaos und Verzweiflung vertragen." Zusammen schritten sie auf das Haus zu, entschlossen, das Bild der gepflegten Fassade mit ihrer Wahrheit zu zerschmettern. Sie klopften an die Tür – leicht, fast schon melodisch, wie ein sarkastisches Echo der Höflichkeit, die sie nicht empfanden. Schritte näherten sich. Die Tür öffnete sich langsam, und da stand er, Herr Möller, starr vor Schreck, seine Augen wanderten hektisch zwischen Finn und Melanie hin und her, als könnte er kaum glauben, wen er vor sich hatte. Beide grinsten kalt. „Hallo, Onkelchen," sagte Melanie, ihre Stimme triefend vor gespielter Freundlichkeit, die jeden Moment in blanken Hass umschlagen konnte. „Dürfen wir reinkommen?" Möller fing sich schnell, seine Hand schoss zur

Tür, bereit, sie mit aller Kraft zuzuschlagen. Doch bevor er dazu kam, stemmte Finn mit einem gewaltigen Stoß seine Schulter gegen das Holz. Die Tür flog auf, und Möller stolperte rücklings in den Flur, landete unsanft auf dem Boden. „Aufstehen!" befahl Finn, seine Stimme kalt wie Eis. „Wir müssen reden." Während Möller vor Angst zitterte, hatte Finn Mühe, die wirbelnden Bilder seiner Vergangenheit zu verdrängen. Blut, Schreie, die ewig hallenden Schläge. Es war, als hätte die Vergangenheit ihre Krallen ausgefahren und würde ihn erneut verschlingen, während er den winselnden Mann vor sich her ins Wohnzimmer schob. Melanie folgte ihm, ihre Augen voller Abscheu, ihre Mundwinkel zu einem verbitterten Grinsen verzogen. Als sie den Raum betrat, lachte sie trocken, fast schon hysterisch. „Guck mal, Finn. Genau wie ich's mir vorgestellt habe. Richtig gemütlich hat er's hier – sogar Blümchen! Passt ja, oder? So'n Monster und Blümchen!" Möller wurde von Finn unsanft auf den Sessel gedrückt, sein schlaffer Körper wirkte noch kleiner und erbärmlicher als zuvor. Melanie trat direkt vor ihn, starrte ihn mit loderndem Hass an – dann spuckte sie ihm ins Gesicht. „Willkommen zu deiner Beichte, Onkelchen." „Schatz, Melanie… Ich bin der Bruder deines Vaters," begann Möller zittrig, seine Stimme ein schmieriges Gemisch aus Angst und gespielter Zuneigung. „Wir haben doch jede Woche miteinander telefoniert. Du hast mich aus dem Krankenhaus geholt, als ich dich angerufen habe, und ich–" „Was?! Und?!" Melanie schrie ihn an, ihre Stimme ein scharfes Messer, das durch den Raum schnitt. „Telefoniert habe ich mit dir, weil ich es Papa an seinem Totenbett versprochen habe! Sein letzter Wunsch galt einem Monster, und er wusste nicht mal, was du für ein wahnsinniger Bastard bist!" Ihre Hände zitterten, aber nicht vor Schwäche – vor Wut, die kaum zu bändigen war. „Aber weißt du, warum ich den Kontakt noch gehalten habe?" fuhr sie fort, ihr Blick wie ein Dolch auf ihren Onkel gerichtet. „Nicht nur wegen Papa. Ich habe dich kontrolliert. Finn und ich – wir haben dich nie aus den Augen verloren. Hättest du auch nur ein einziges Mal etwas Verdächtiges gemacht, wären wir da gewesen. Wir hätten dich gestoppt. Verstehst du das, du Drecksack?" Finn trat einen Schritt nach vorne, seine Stimme ruhig, aber voller Verachtung. „Und dann kam Leo. Und was hast du ge-

macht? Wie ein feiger Hund bist du geflüchtet. Du hast deinen
Schwanz eingezogen und bist abgehauen. Deine jungen Nachbarn,
die keine Ahnung hatten, mit welchem Monster sie zusammenleb-
ten, hast du zurückgelassen. Allein. Schutzlos." Er trat näher,
beugte sich leicht zu Möller herunter. „Aber was hätte man auch
anderes von dir erwarten können? Einem Monster? Einem erbärm-
lichen, feigen Monster wie dir?" Möllers Lippen bebten, doch er
schwieg. Finns Stimme wurde härter, schneidender. „Und dann…"
Er atmete tief ein, seine Finger zuckten vor Anspannung. „Dann
haben sich zwei deiner Opfer das Leben genommen. Weißt du,
was das bei uns ausgelöst hat? Wie sich das angefühlt hat, zuzuse-
hen, wie diese Menschen den Kampf verloren haben? Aber du…
du hattest Angst. Angst davor, dass alles auffliegt, oder?" Finns
Stimme schwoll an, seine Worte ein Hammerschlag nach dem anderen. „Und dann hast du es getan. Du hast zur Waffe gegriffen.
Du hast einen von ihnen umgebracht. Hinterhältig, feige. Du warst
es. Wir wissen, dass du es warst. Er war der Erste auf deiner Liste,
oder? Deine verdammte Liste. Du hast geplant, weitere zu töten.
Ist es nicht so? Sag es!" Finns Augen glühten vor Wut. „Sprich es
aus! WAR. ES. SO?" Möller schwieg. Seine Augen wanderten
hektisch, seine Kehle schien wie zugeschnürt. Die Stille war ohrenbetäubend, drückend – doch niemand bemerkte, dass sie nicht
mehr allein waren. An der Tür standen Hannah, Patrick, Mustafa
und die anderen. Sie waren Finn und Melanie gefolgt, hatten das
Auto des Paares gesehen und waren beinahe zeitgleich angekommen. Jetzt standen sie da, starrten fassungslos auf die Szene im
Wohnzimmer, lauschten, wie die Wahrheit Stück für Stück ihren
Weg ins Licht fand. Sie waren still, hielten den Atem an. Niemand
wagte ein Wort. Aber ihre Blicke sprachen Bände: Schock. Un-
gläubigkeit. Wut. Und das bedrückende Gefühl, dass sich etwas
verändern würde – für immer. Finns Stimme war ein Sturm aus
Zorn und Schmerz, ein Echo der Hölle, die er durchlebt hatte. „Sag
es! Sag, was du uns angetan hast! Sag, dass du mich, Melanie und
Leo wie Vieh in diesem gottverdammten Schlachthaus festgehalten hast, wie Tiere! Erzähl, wie wir Nacht für Nacht mitansehen
mussten, was ihr mit diesen Menschen gemacht habt! Die Schläge,
die Schreie, das Blut! Es hat euch aufgegeilt, oder? Es hat euch

verdammt nochmal aufgegeilt, zu wissen, dass ihr drei Kindern alles genommen habt! Unsere Kindheit, unsere Würde, unser Leben!" Finn trat näher, seine Augen brannten. „Sag, wie ihr uns grün und blau geschlagen habt, wann immer es euch gepasst hat! Sag, wie du uns immer wieder gesagt hast, dass niemand uns glaubt, dass wir nur für euch da sind, dass wir wertlos sind! Sag es, du elender Mistkerl!" Möller saß da, in seinem Sessel gedrückt wie ein in die Ecke getriebenes Tier. Doch dann, als Finns Worte den Raum mit Feuer füllten, geschah etwas, das Finn und Melanie den Atem stocken ließ. Ein Grinsen. Ein schiefes, verächtliches Grinsen breitete sich auf Möllers Gesicht aus. Zuerst zitterte es in den Mundwinkeln, dann wurde es breiter. Seine Augen, eben noch voller Angst, glitzerten nun vor einer schmutzigen, unverhohlenen Genugtuung. „Willst du hören, wie ich es empfunden habe?" fragte er leise, fast genüsslich. Seine Stimme war weich, wie die eines Mannes, der über etwas Nostalgisches spricht. „Es war… befriedigend. Ja, genau das. Es hat mich befriedigt, zu sehen, wie ihr gebrochen seid. Wie ihr gekrochen seid, um nur einen Moment ohne Schmerz zu bekommen. Ihr wart so schwach, so verdammt hilflos." Er lachte leise, ein kehliger, widerlicher Laut. „Und wisst ihr, was das Beste war? Es war leicht. So verdammt leicht, euch drei zu brechen. Eure Schreie? Musik. Eure Tränen? Das beste Getränk, das man sich vorstellen kann. Und jedes Mal, wenn ihr dachtet, es könnte nicht schlimmer werden… habe ich euch gezeigt, wie falsch ihr liegt." Melanie keuchte, ihr ganzer Körper bebte vor unterdrückter Wut. Finns Hände ballten sich so fest zu Fäusten, dass seine Knöchel weiß wurden. Doch Möller schien das nur anzustacheln. „Oh, und Leo…" Ein weiteres Grinsen, diesmal noch breiter. „Der kleine Leo. Was für ein süßes, zartes Ding. So leicht zu manipulieren, so leicht zu formen. Er war mein Meisterwerk. Habt ihr jemals gesehen, wie jemand aufgibt? So richtig? Das war er. Vollkommen gebrochen. Und das Beste daran? Es war meine Hand, die ihn in Stücke gerissen hat." Das Lächeln verschwand nicht. Stattdessen sah er ihnen direkt in die Augen, ein Blick, der eine einzige Botschaft vermittelte "Ich habe gewonnen." Finns Körper bebte, doch er zwang sich zur Ruhe. Er sah Möller an, seine Augen wie zwei brennende Kohlen. „Was ist mit deinen

anderen Opfern?" fragte er, seine Stimme gefährlich ruhig. „Hast
du es genossen, wie sie sich das Leben genommen haben? Hat es
dich aufgegeilt, diesen jungen Mann zu töten? Sag schon, war es
geil für dich?" Möller grinste erst, ein widerliches, selbstgefälliges
Grinsen, doch dann kam die Antwort. Langsam, fast beiläufig.
„Nein... ja." Sein Ton war beinahe amüsiert, als ob er über eine
unbedeutende Erinnerung sprach. „Was soll's? Sie waren schwach.
Und schwache Menschen? Die kann man nicht brauchen. Man
kann ihnen nicht vertrauen. Natürlich habe ich ihn ausgeschaltet.
Hab ihn erschossen." Finns Atem stockte, aber Möller fuhr unbe-
irrt fort, jetzt mit einer Note von Stolz in seiner Stimme. „Wisst
ihr, dass er in Therapie war? Es war nur eine Frage der Zeit, bis er
stark genug gewesen wäre, um zu reden. Und dann? Dann hätte er
mein Leben ruiniert. Also habe ich gehandelt. So wie es Männer
eben tun." Finn starrte ihn an, ungläubig, dass dieser Mann noch
immer keinen Funken Reue zeigte. Und dann, unerwartet, lachte
Finn. Es war ein dunkles, raues Lachen, voller Spott und Triumph.
„Danke, Uwe. Genau das wollten wir hören." Er griff in seine Tasche und zog sein Handy heraus. „Du bist auf Band, du alter, psychopathischer Sack. Jede verfluchte Lüge, jede widerliche Wahrheit. Alles." Melanie begann zu lachen, ein bitteres, befreiendes
Lachen, das in Finns eigenes einstimmte. Möllers Gesicht erstarrte,
die Arroganz wich schlagartig blankem Entsetzen. Als er hektisch
versuchte aufzustehen, um Finn das Handy zu entreißen, schoss
Finns Faust vor wie ein Geschoss. Mit einem dumpfen Knall traf
sie Möllers Gesicht. Der alte Mann sackte zurück in den Sessel,
seine Lippe aufgeplatzt, Blut lief an seinem Kinn hinab. Finn stand
über ihm, seine Faust noch immer geballt, seine Augen voller Abscheu. „Setz dich hin, du Stück Dreck," zischte Finn kalt. „Das
hier ist noch nicht vorbei." Finn zog die Tabletten aus seiner Hosentasche und hielt sie zwischen Daumen und Zeigefinger hoch.
„Du weißt, dass ich Arzt bin, nicht wahr?" fragte er kühl, seine
Stimme voller Gift. „Ja, ich denke, das weißt du. Du hast den Le-
bensweg des Cousins deiner Nichte sicher verfolgt. Schließlich
bist du ein kranker Kontrollfreak." Herr Möller sagte nichts, sein
Blick flackerte zwischen Finn und den Tabletten. „Dann weißt du
auch, dass ich mich mit Medizin sehr gut auskenne," fuhr Finn

fort. „Diese Tabletten hier? Sie werden deinem jämmerlichen Leben ein Ende setzen. Ehrlich gesagt, wollten wir sie dir einflößen, aber…" Er hielt kurz inne, ein kaltes, fast spöttisches Lächeln auf den Lippen. „Diese Entscheidung ist recht kurzfristig gefallen." Melanie trat einen Schritt vor, ihre Stimme triefend vor Verachtung. „Der ursprüngliche Plan war, dich zu verbrennen. Genauso wie deinen Kumpel Klaus. Aber Finn hatte eine bessere Idee." Das Gesicht von Herrn Möller verzog sich zu einer hässlichen Fratze. Seine Augen wurden schmal, seine Hände ballten sich zu Fäusten. „Ihr… ihr habt Klaus getötet!" Er schrie die Worte heraus, als hätte man ihm die Luft abgeschnürt. „Das wart ihr! Ihr! Mit einem animalischen Brüllen schoss er nach vorne, seine ganze Kraft in den Angriff gelegt, um Finn zu packen. Doch Finn war schneller. Mit einem gezielten Schlag traf er Möller erneut ins Gesicht, diesmal härter, brutaler. Der alte Mann taumelte rückwärts, fiel schwer gegen den Sessel, Blut spritzte aus seiner Nase. In der Stille, die folgte, hörte man nur das schwere Atmen aller im Raum. Dann kam eine leise Stimme von der Tür. „Finn." Finns Kopf schnellte herum. Sein Blick war voller Zorn, fast schon unkontrollierbar, als er die Gruppe sah, die an der Tür stand. Hannah, Mustafa, Moritz, Sina – sie alle waren da. „Was macht ihr hier?" fauchte er, seine Stimme rau und schneidend. „Geht sofort! Haltet euch da raus!" Herr Möller, halb aufgerichtet, wandte seinen blutverschmierten Blick auf die Neuankömmlinge. In seinen Augen lag ein Funken Hoffnung, ein flehendes Bitten, das jedoch unbeantwortet blieb. Sie alle standen still, ihre Gesichter maskiert von kalter Wut und Verachtung. Moritz trat vor, seine Stimme ruhig, aber voller Bitterkeit. „Na los, Finn. Wir halten dich nicht auf." Die anderen sahen ihn an, überrascht von seiner Direktheit, doch niemand widersprach ihm. Kein einziges Wort. Nur ihr Schweigen sprach Bände – sie alle waren hier, aber nicht, um Möller zu retten. Melanie trat näher an Herrn Möller heran, ihre Augen funkelten vor kalter Wut, während ein falsches, fast süßes Lächeln über ihr Gesicht huschte. „Nein, Uwe," sagte sie in einem singenden Tonfall, der vor gespannter Aggression bebte, „du wirst heute nicht sterben. Oh nein, das wäre viel zu einfach für dich. Stattdessen wirst du genau dorthin gehen, wo du schon seit zwanzig Jahren hingehörst: hinter Gittern." Sie lehnte sich näher zu ihm, ihre Stimme wurde schärfer, ihr Ton unbarmherzig. „Wie ein Vieh sollst du eingesperrt sein – genauso wie du uns eingesperrt hast, vor zwanzig Jahren. Wie Vieh. Du widerliches, erbärmliches Arschloch." Finn trat vor, die Tabletten in seiner Hand schlossen sich zu einer Faust, als seine Stimme eisig die Luft zerschnitt. „Und wir werden einen Weg finden, deinen neuen Mitbewohnern zu erzählen, was du so alles angestellt hast. Oh, und wie wir wissen, gehen die Insassen besonders nett mit Typen um, die Kinder misshandeln. Glaub mir, sie werden dich lieben, Uwe." Eine bedrückende Stille folgte. Herr Möllers Gesicht war kalkweiß, seine Lippen zitterten, aber er sagte nichts. Dann, mit der kalten Präzision eines Messers, zerschnitt Mustafa die Stille: „Ein Computer, Herr Möller? Wirklich? Ich dachte, Elektronik sei für Sie eine Todsünde. Dieses neumodische Zeug, wie Sie es immer so gerne nannten." Sein Ton war sarkastisch, doch seine Augen glühten vor Abscheu. Patrick war schneller als alle anderen. Er war bereits am Schreibtisch, die Finger glitten flink über die Tastatur, während er sich durch die Dateien klickte. Dann hielt er plötzlich inne. „Guckt euch das an." Seine Stimme war angespannt, fast brüchig. Er richtete sich auf, trat einen Schritt zurück vom Bildschirm, als hätte ihn etwas getroffen. Sein Gesicht war eine Maske aus Entsetzen und Ekel. Die anderen drängten sich neugierig vor, ihre Blicke richteten sich auf den Bildschirm. Patrick schüttelte nur stumm den Kopf und machte einige Schritte zurück, als könnte er das, was er gesehen hatte, nicht länger ertragen. Melanie spürte, wie sich ihr Magen verkrampfte, während sie sich langsam zum Monitor drehte. David trat zögernd näher an den Bildschirm, seine Augen fixierten die flimmernden Bilder, während er sich die aufkommende Übelkeit kaum verkneifen konnte. Johannes und Moritz hielten Herrn Möller fest, dessen Gesicht von einem widerwärtigen, hämischen Grinsen entstellt war. Finn bemerkte den unerwarteten Einsatz der beiden, war überrascht, nickte ihnen aber dankbar zu, bevor er sich ebenfalls zum Laptop begab. Patrick stand neben dem Gerät, seine Hände zitterten leicht. „Ich... ich habe diese Datei geöffnet," stammelte er, doch mehr brachte er nicht über die Lippen. Der Ton war stummgeschaltet, aber die grausame Realität sprang ihnen ungeschminkt ins Gesicht: Drei ausgezehrte, gefesselte Männer lagen am Boden. Ihre zerschundenen Körper zuckten bei jedem Tritt des maskierten Mannes, der mit unbändiger Wut auf sie eintrat, immer wieder, als wäre ihre Qual seine einzige Befriedigung. Das entsetzliche Lachen von Herrn Möller durchschnitt die Stille wie ein Messer. „Melanie, Finn," begann er mitgespielt überraschter Stimme, „ich habe euch das doch erzählt, oder? Schon vergessen? So habe ich mein Geld verdient." Melanie wirbelte zu ihm herum, ihre Augen voller Hass, doch bevor sie etwas sagen konnte, fuhr er fort, mit einer diabolischen Ruhe, die die Luft zum Knistern brachte. „Ach, Melanie," sagte er langsam, „wusstest du nicht, dass ich deinem Vater regelmäßig etwas von dem Geld gegeben habe? Wir sind schließlich eine Familie. Und dein Papa... der dachte natürlich, ich hätte das Geld wie ein ehrenhafter Mann verdient." Er lachte, ein lautes, bösartiges Lachen, das durch den Raum hallte. Hannah, die mit schäumender Wut hinter der Gruppe stand, drehte sich abrupt um, unfähig, dieses Schauspiel noch länger zu ertragen. „Du hast weitergemacht mit deinem 'Job'!" schrie Finn, seine Stimme bebend vor Zorn. Herr Möller verzog das Gesicht zu einer höhnischen Grimasse. „Oh nein, nein, mein Junge," sagte er und wiegte den Kopf. „Nachdem ihr, wie ihr es so schön zugegeben habt, meinen alten Freund Klaus verbrannt habt, habe ich meinen Job aufgegeben. Ich bin jetzt auf die andere Seite gewechselt." Er grinste, ein Grinsen, das Gift ausstrahlte, und fügte hinzu: „Diese Aufnahmen, die ihr da seht? Ich habe sie erworben, ich kaufe mir diesen kleinen Spaß? Das war's." Mustafa hatte genug. Mit einem einzigen Schritt stand er vor Herrn Möller und schlug ihm die Faust direkt ins Gesicht. Das widerwärtige Lachen verstummte abrupt, während Herr Möller nach hinten taumelte. Finn, Melanie und die anderen blieben wie angewurzelt stehen, ihr Zorn auf einem gefährlichen Höhepunkt. Patrick saß vor dem Laptop, sein Gesicht war bleich, sein Atem flach. Mit zitternden Fingern klickte er die nächste Datei an, dann die nächste. Jeder Film, der auf dem Bildschirm flackerte, zeigte etwas Schrecklicheres als das vorherige. Schläge, Schreie, gequälte Leiber – er konnte es nicht ertragen, länger hinzusehen, doch er klickte weiter, als hätte ihn ein unsichtbarer Zwang gepackt. Die anderen standen wie

versteinert um ihn herum, unfähig, den Blick von den abscheuli-
chen Szenen zu lösen. Schließlich öffnete Patrick die letzte Datei.
Das Bild sprang auf und Melanie schrie auf, ein wilder, roher Laut,
der von den Wänden widerhallte. Finn eilte an ihre Seite, nahm sie
in den Arm, aber er konnte ihren erstickten Schluchzern nicht entkommen. „Oh Gott, Finn... das sind... das sind sie!" stammelte
Melanie und deutete mit zitternden Händen auf den Bildschirm.
Finn folgte ihrem Blick. Das Video zeigte all die Männer aus ihrer
Kindheit – die Männer, die sie nachts wachgehalten hatten, die sie
in die Dunkelheit gezwungen hatten, aus der sie nie ganz entkommen konnten. Das Video schien wie ein perverses Tagebuch zu
sein, das Herr Möller erstellt hatte. Szenen wechselten, eine nach
der anderen, fast wie ein makabres Poesiealbum, das die dunkle,
abartige Existenz dieses Mannes dokumentierte. Dann kamen die
Bilder. Drei Kinder. Ihre Gesichter jung, verängstigt, unschuldig.
Finns Magen drehte sich um. „Das sind wir," flüsterte er, kaum
hörbar. „Das sind wir damals." In ihm brannte ein Feuer. Der
Schmerz, der in ihm aufstieg, war unerträglich, ein Tsunami aus
Wut, Trauer und Verzweiflung, der ihn zu verschlingen drohte. Er
sah die Tabletten in seiner Hand. Seine Finger umschlossen das
kleine Fläschchen wie ein Rettungsanker. Seine Augen verengten
sich zu schmalen Schlitzen. „Ich stopfe sie dir ins Maul, du elender
Bastard," sagte Finn, seine Stimme gefährlich leise, vor Wut vib-
rierend. Mit einem einzigen Schritt war er bei Herrn Möller. Er
packte den alten Mann am Kragen und riss seinen Kopf nach hinten. Herr Möller war wieder bei Bewusstsein. Trotz seines Alters
war er immer noch kräftig, seine Muskeln zeichnen sich unter seiner Haut ab, doch in diesem Moment war er das Opfer, und das
wusste er. Panik flackerte in seinen Augen, als er Finns Blick sah –
ein Blick, der mehr Hass ausdrückte, als Worte jemals könnten.
„Stirb, du Wichser," zischte Finn, während er das Fläschchen öffnete. Doch bevor er die Tabletten in Herrn Möllers Mund schieben
konnte, legte Mustafa ihm eine Hand auf die Schulter. „Finn," sagte Mustafa leise, aber eindringlich, „wie du vorhin gesagt hast: Er
hat Schlimmeres verdient." Finn erstarrte. Der Zorn pulsierte
durch ihn, aber Mustafas Worte rangen sich durch die Dunkelheit,
die seinen Geist verschlang. Seine Hände zitterten, sein Griff löste

sich langsam. Herr Möller sackte zurück in den Sessel, keuchend und mit einer Mischung aus Wut und Erleichterung in den Augen. Finn drehte sich weg. Seine Brust hob und senkte sich heftig, während er mit sich selbst kämpfte. Die Tabletten fielen ihm aus der Hand und klirrten auf den Boden. Plötzlich trat Hannah vor, ihr Gesicht blass, ihre Hände zitternd. Sie zog ihr Handy aus der Tasche und wählte mit zögernden Fingern eine Nummer. „Polizei," sagte sie leise, aber bestimmt. Finn sah es nicht. Er stand mit gesenktem Kopf, seine Schultern bebend. Mustafa trat näher und zog ihn in eine feste Umarmung. „Es ist vorbei, Finn," sagte Mustafa mit leiser, beruhigender Stimme. Finns Fassade brach. Er weinte, laut und unkontrolliert, wie ein Kind, das endlich loslassen konnte, wie ein Neunjähriger, der nach zwanzig Jahren den Schmerz nicht länger ertragen konnte. Mustafas Griff blieb stark, während Finns Tränen auf seine Schulter tropften. Hinter ihnen, an der Tür, standen die anderen. Kein Wort wurde gesprochen. Sie alle fühlten den Schmerz, die Wut, die Erschöpfung. Und doch war da etwas anderes. Ein Funken Hoffnung, der sich wie ein schwaches Licht durch die Dunkelheit bahnte. Herr Möller war erledigt. Endlich.

***

Zwei Wochen danach. Die Sonne schien durch die großen Fenster der kleinen Bäckerei Blume, wo Iris wie immer hinter der Theke stand. Der Duft von frisch gebackenem Brot und süßen Teilchen erfüllte den Raum, doch am Tisch in der Ecke war von dieser heimeligen Atmosphäre wenig zu spüren. Melanie, Finn, Patrick, Hannah, Mustafa, Johannes, David, Sina und Moritz saßen eng zusammen. Ihre Gesichter waren ernst, die Stimmung gedämpft, als ob der Schatten der vergangenen Wochen immer noch über ihnen hing. Iris warf ihnen hin und wieder einen kurzen Blick zu, ohne sich einzumischen. Sie wusste, dass diese Gruppe etwas durchgemacht hatte, was man kaum in Worte fassen konnte. Stattdessen ließ sie sie in Ruhe, brachte nur zwischendurch wortlos Nachschub an Kaffee und Kuchen an den Tisch. „Zwei Wochen", begann Patrick schließlich leise. Er schaute in seine Tasse, als würde er dort Antworten suchen. „Es fühlt sich länger an. Aber

jetzt hat die Polizei alles, was sie braucht. Beweise, Geständnisse...
sie haben keine Lücke mehr." Melanie lehnte sich zurück und
strich Finn über die Haare. „Ich hätte es ohne dich nicht geschafft," sagte sie sanft. „Ich weiß, ich hab's dir schon gesagt, aber
ich will, dass du es weißt. Ohne dich..." Ihre Stimme stockte, und
sie drehte den Kopf weg, um die Tränen zu verbergen. Finn drückte ihre Hand. „Wir haben es beide getan. Zusammen." Hannah, die
mit verschränkten Armen das Gespräch verfolgt hatte, sprach
plötzlich. „Ihr habt mehr geschafft, als nur diesen Möller zu Fall
zu bringen. Ihr habt geholfen, das Netzwerk aufzudecken. Wie
viele Menschen wurden dadurch gerettet? Wie viele Leben habt ihr
verändert?" Ihre Stimme war fest, aber das Zittern in ihrem Tonfall
verriet ihre aufgewühlten Gefühle. Mustafa lehnte sich vor, seine
Handflächen auf dem Tisch. „Wir alle waren dabei. Aber das, was
ihr zwei getan habt... das war anders. Ihr habt es durchgezogen.
Das war mehr als nur Mut." Für einen Moment sagte niemand etwas. Die Worte sanken schwer in die Stille, aber sie trugen auch
eine Art Trost mit sich. Dann begann Melanie leise zu lachen, ein
kleines, befreiendes Lachen. „Mut," murmelte sie. „Das war kein
Mut. Es war Wut. Reiner, purer Zorn." „Vielleicht war es das,"
antwortete Finn. „Aber es hat uns hierhergebracht. Und jetzt... jetzt
fängt etwas Neues an." Der Tisch wurde still. Iris warf einen Blick
hinüber und sah, wie sich die Haltung der Gruppe leicht veränderte. Die Schultern waren weniger angespannt, die Mienen etwas
weicher. Vielleicht war es der Kaffee, vielleicht die Zeit, vielleicht
die Worte, die gesprochen worden waren – aber irgendetwas war
anders. Die Welt hatte sie nicht vergessen lassen, was passiert war.
Aber vielleicht, nur vielleicht, würde sie ihnen jetzt erlauben, wei-
terzugehen. Sina nahm einen Schluck von ihrem Cappuccino, ihre
Augen schienen irgendwo zwischen nachdenklich und fern abwe-
send zu schweben. „Wie geht's nun weiter?" fragte sie schließlich,
fast flüsternd, während ihr Blick zu Finn und Melanie glitt. Melanie lehnte sich in ihrem Stuhl zurück, strich sich eine ihrer roten,
leicht gewellten Haarsträhnen hinter das Ohr und lächelte sanft.
„Mein Mann hat natürlich mitbekommen, was passiert ist," begann
sie leise. „Ich habe ihn am nächsten Tag bei der Polizei angerufen
und ihm alles erzählt. Er hätte es sowieso erfahren – jede Zeitung

hat darüber berichtet." Sie hielt inne, und ein Hauch von Erleichterung lag in ihrer Stimme, als sie fortfuhr: „Es tat so gut, endlich über meine Vergangenheit zu sprechen. Es war so wichtig. Er ist sofort mit unserem Sohn nach Berlin gekommen, und jetzt wohnen wir vorübergehend bei einer alten Schulfreundin. Es sieht so aus, als müssten wir noch eine Weile bleiben – zumindest bis die Ermittlungen vollständig abgeschlossen sind und wir keine Fragen mehr beantworten müssen." Melanies Gesicht hellte sich bei ihren nächsten Worten auf. „Er ist so ein großer Halt für mich. Genau wie du es für mich bist, Cousin." Sie drehte sich zu Finn, gab ihm einen Kuss auf die Stirn und drückte leicht seine Hand. Hannah legte ihren Kopf schief und sah Finn an. „Und du? Wie geht's dir, Finn?" Finn zuckte leicht mit den Schultern und dachte einen Moment nach, bevor er sprach. „Nun, in der Charité weiß natürlich jeder Bescheid." Sein Lächeln war leicht schief, aber ehrlich. „Finn hat recht – auch wir drei bekommen von allen Seiten mitleidige Blicke von den Kollegen und den anderen aus der Uni." Moritz nickte zustimmend und fügte mit ironischem Unterton hinzu: „Es gibt kaum einen Flur, auf dem nicht jemand plötzlich innehält und uns mit großen Augen ansieht, als hätten wir gerade einen Preis gewonnen – oder
verloren." Finn lächelte bei Moritz' Worten und fuhr fort: „Eigentlich war mein Plan, sofort aus diesem Haus auszuziehen. Es hat mir nur Schmerzen gebracht, all die Jahre. Aber..." Er hielt inne und atmete tief durch. „Ich habe mittlerweile beinahe täglich Gespräche mit einer Kollegin – sie ist bei uns Psychotherapeutin. Sie hat mir geholfen, zu dem Schluss zu kommen, dass ich nicht vor meiner Vergangenheit weglaufen sollte. Es fühlt sich an wie... naja, eine Art Trauma Bewältigung. Ich will mich dem stellen, was mich einst so eingeschüchtert hat." Er sah in die Runde, seine Augen funkelten leicht. „Ich bleibe," sagte er, diesmal mit einem entschlossenen Lächeln. „Ich sehe das Haus nicht mehr als einen Ort der Dunkelheit. Es ist anders geworden. Es ist nicht mehr derselbe Ort." Melanie lächelte, und für einen Moment war Stille am Tisch. Dann fügte Finn mit einem schelmischen Grinsen hinzu: „Außerdem dauert es gefühlte drei Jahre, in dieser Stadt eine neue Wohnung zu finden." Moritz schnaubte vor Lachen. „Drei Jahre? Du

bist optimistisch! Mach fünf draus!" Alle brachen in ein erleichtertes Lachen aus, das die Schwere der vergangenen Wochen für einen Augenblick verblassen ließ. Als die Ruhe zurückkehrte, sah Melanie Finn mit einem warmen Blick an. „Was machst du eigentlich in der Charité? Wir haben doch alle Urlaub bekommen." Finn beugte sich vor, gab Melanie einen Kuss auf die Wange und sagte leise: „Ich flüchte nicht. Auch nicht vor mitleidigen Blicken. Ich arbeite – weil es mir hilft." Melanie nickte langsam und seufzte. „Ja, das tun wir wohl alle. Irgendwie." Johannes, der bis dahin still gewesen war, lehnte sich zurück und ließ ein leises Seufzen hören. „Wir könnten eigentlich auch mal eine Pause gebrauchen. Aber wir sind genauso wie du, Finn – wieder voll in die Arbeit eingestiegen. Es tut gut, wenigstens kurz den Kopf frei zu bekommen." Eine Weile saßen sie schweigend zusammen, aber es war kein bedrückendes Schweigen. Es fühlte sich an wie ein Atemzug nach einem langen Rennen – ein Moment, um neue Kraft zu schöpfen. Melanie nahm einen letzten Schluck ihres Kaffees und sprach mit leiser, aber klarer Stimme: „Der Staatsanwalt hat uns gesagt, dass wir keinerlei Konsequenzen zu erwarten haben für das, was damals passiert ist. Dafür, dass wir..." Sie stockte kurz, schluckte die Emotionen hinunter und fuhr fort. „...das widerliche Monster verbrannt haben. Wir waren neun Jahre alt." Die Stille am Tisch war greifbar. Dann lächelte Melanie und fügte hinzu: „Und als keiner hingeguckt hat, hat er mir auf die Schulter geklopft und gesagt: ‚Gut gemacht.'" Für einen Moment herrschte verblüffte Stille, dann brach ein warmes, ehrliches Lächeln über die Gesichter aller am Tisch aus. Es war kein Lachen, sondern eine stille Bestätigung, ein Moment, der Bände sprach. Da erklang plötzlich die Glocke der Eingangstür, und ein Mann trat ein. Er wirkte unsicher, hielt den Blick auf die Gruppe gerichtet. Seine hellblauen Augen suchten die ihren, und obwohl er zögerte, war da etwas in seinem Auftreten, das Stärke und Verletzlichkeit zugleich ausstrahlte. „Ich habe euch von draußen gesehen," sagte er schließlich, seine Stimme leise und vorsichtig. „Darf ich mich dazusetzen?" Es war Leo. Die Stille im Café wurde beinahe ohrenbetäubend. Niemand sagte ein Wort, aber die Spannung war fühlbar. Finn, Melanie und die anderen sahen ihn an, und die Zeit schien stillzustehen.

Da war er – derjenige, der mit allem angefangen hatte. Der Junge, den sie einst beschützt hatten, der Junge, der töten wollte, um sich zu befreien. Finn konnte nicht sitzen bleiben. Er stand langsam auf, und Melanie tat es ihm nach. Langsam ging Finn auf Leo zu, und als er vor ihm stand, sprach er nur ein einziges Wort: „Danke." In diesem Moment schien etwas zu brechen – die Unsicherheiten, die Angst, die Bürde all der Jahre. Finn zog Leo in eine feste Umarmung, und Melanie folgte, schlang ihre Arme um beide. Sie hielten sich fest, zitterten fast unter dem Gewicht der Emotionen, die sie alle teilten. Leo stand regungslos, dann ließ er seine Zurückhaltung fallen und hielt die beiden ebenso fest. Die anderen am Tisch schauten still zu. In diesem Moment waren keine Worte nötig. Es war der Abschluss, den sie alle gebraucht hatten – ein Kreis, der sich nach all den Jahren endlich schloss. Draußen begann ein leichter Schneefall, der die Straßen und das kleine Café in ein stilles, friedliches Weiß hüllte. Und drinnen, inmitten des warmen Lichts und der nach Kaffee duftenden Luft, saßen Freunde zusammen – nicht mehr als Opfer, sondern als Überlebende. Es war vorbei, aber die Narben blieben.

Im selben Moment, in dem die Gruppe gemeinsam in der kleinen Bäckerei saß, lachten und befreit von der Angst einen Neuanfang feierten, setzte sich anderswo das Grauen in Bewegung. In einer anderen Stadt, an einem schäbigen, verfallenen Ort, stand eine Kamera. Dahinter vier Männer, ihre Augen kalt und voller bösartiger Genugtuung. Sie filmten etwas, das alle Grenzen der Menschlichkeit überschritt – eine Szene, die von Grausamkeit und Brutalität durchdrungen war. Schreie zerrissen die stickige Luft, während die Männer jede Sekunde ihrer abartigen Tat mit stoischer Präzision festhielten. Es war kein Film, sondern ein Monument der Perversion – ein Zeugnis von Qual, unbarmherzig und ohne Erlösung.

"Die Jagd beginnt. Dies ist nur der Anfang."